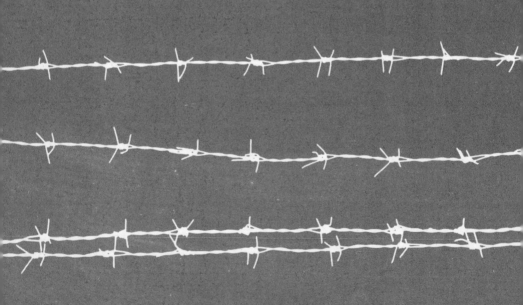

NARCO EN LA FRONTERA

Narco en la frontera. Adolescentes al servicio de los Zetas

Primera edición, octubre de 2016

D. R. © 2016, Dan Slater
D. R. © 2016, Traducción: Carolina Alvarado
D. R. © 2016, Ediciones B México S. A. de C. V.
        Bradley 52 | Col. Anzures
        11590 | CDMX | MX
        www.edicionesb.com.mx

ISBN 978-607-529-052-2

Impreso en México | *Printed in Mexico*

DAN SLATER

NARCO

EN LA FRONTERA

ADOLESCENTES AL SERVICIO DE LOS ZETAS

Barcelona · México · Bogotá · Buenos Aires · Caracas · Madrid · Miami · Montevido · Santiago de Chile

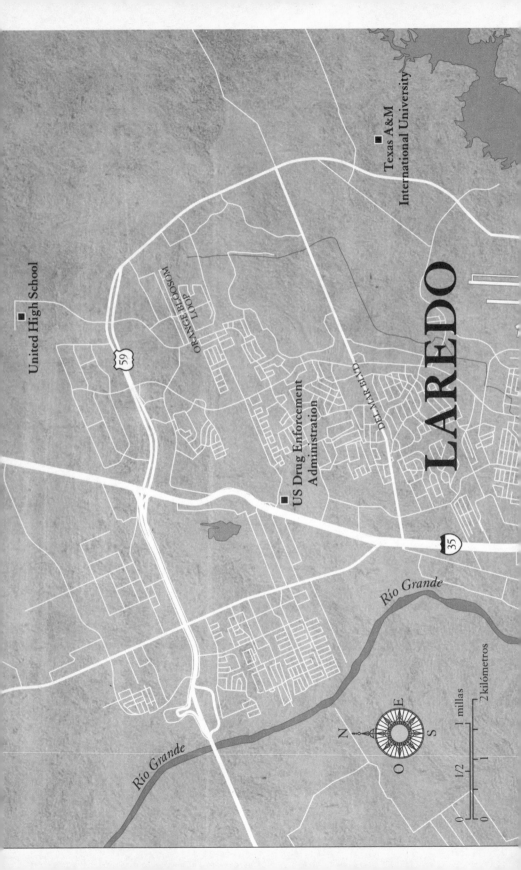

United High School

Texas A&M
International University

ORANGE BLOSSOM
LOOP

59

US Drug Enforcement
Administration

DEL MAR BLVD

LAREDO

35

Río Grande

Río Grande

N
O   E
S

1/2   1

0

1 millas

2 kilómetros

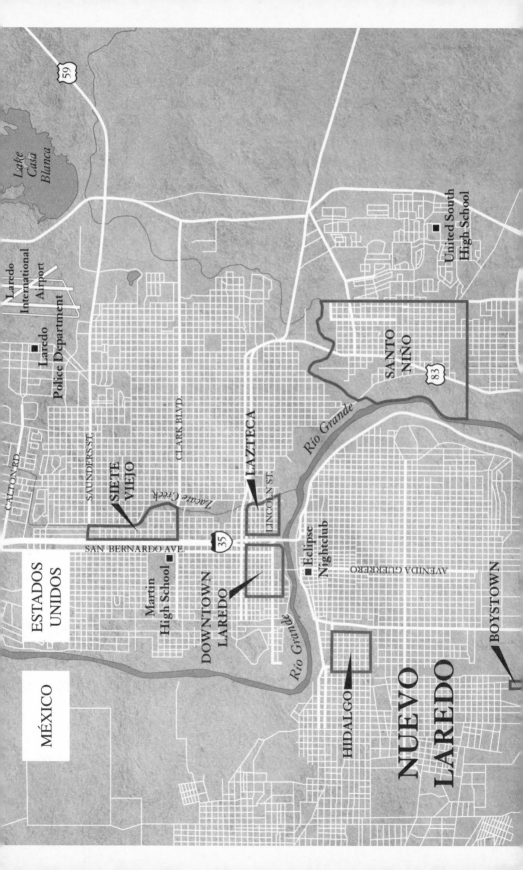

PRÓLOGO

El sol se ponía en el sur de Texas y Gabriel Cardona estaba impartiendo un tutorial de último momento en la cocina de la casa de seguridad.

—Te le acercas y nomás «pum» —le dijo a su recluta más reciente—. En la cabezota. Pero con las dos manos. En la coronilla, «pum». Así te lo chingas. Y si no, «¡pum pum pum pum!» cuatro en el pecho. Y luego en la cabezota, para estar seguro.

El recluta asintió y fue a terminar de prepararse.

Ya habían pasado cuatro días sin que nada les saliera bien. Aparte de un trabajo que echaron a perder, en el que casi mataron al tipo equivocado, habían estado encerrados en una casa de ladrillo rentada, encantadora, de una sola planta, en Orange Blossom Loop, comiendo comida rápida, cortando el pasto, comprando artículos domésticos en Walmart y hablando con chicas en sus teléfonos celulares intervenidos. Eran jóvenes y vigorosos y los encendía la certeza de que tendrían éxito. Se estaban preparando para matar de nuevo.

—¡Es hora de ponerse a trabajar! —gritó Gabriel. Aplaudió para infundir entusiasmo, como lo haría un entrenador de futbol de bachillerato antes del partido. Había avanzado mucho desde sus orígenes en la casa en ruinas del otro lado de la ciudad, en Lincoln Street, a tres cuadras al norte de la frontera internacional entre México y Laredo, Texas, donde su madre lo crio junto con sus tres hermanos con menos de 20,000 dólares al año. Ya habían quedado atrás aquellos días de pedirle prestado el Escort a su mamá, de vestir jeans y playeras blancas genéricas. Su armario ahora estaba lleno de ropa de marcas como Hugo Boss, Ralph Lauren, Versace y Kenneth Cole. Seguía cortándose el cabello en el salón de Nydia. Eso nunca cambiaría. Pero ahora conducía automóviles nuevos: un Jetta, una Ram y una camioneta Mercedes. Había mandado personalizar su Benz color plata en el taller; estaría listo en los siguientes días.

Caminó por la cocina, tiró a la basura una bolsa grasienta con comida rápida y lavó los platos que quedaban en el fregadero.

El joven se estaba dando cuenta de que el éxito traía consigo su correspondiente estrés: los que se unían a ellos, los que querían parecerse a ellos, los que fingían ser sus hermanos, la atención no deseada de cierto detective, la competencia. Richard, su nuevo teniente, estaba volviéndose más subversivo cada día. El tío Raúl, el hermano de su mamá, siempre había sido un tipo problemático y seguía entrando a los clubes del otro lado de la frontera presumiendo y valiéndose de la reputación de su sobrino para mantenerse fuera de peligro. Pero el tío Raúl no duraría mucho tiempo si seguía haciendo eso. Y luego estaba Christina, la de la cara bonita y las caderas no demasiado anchas, que se sentía abandonada mientras su chico trabajaba constantemente, siempre con prisas.

Seis meses después de su vigésimo cumpleaños, Gabriel Cardona estaba siendo preparado para una posición gerencial en una empresa global. Un empresario bilingüe, conocedor de las dos culturas, podría trabajar en ambos lados de la frontera fácilmente. Era un líder nato, apuesto y serio, con piel color de caramelo, labios carnosos y los ojos oscuros y melancólicos de un santo católico, parecido a las imágenes que decoraban las paredes de la casa de su madre en litografías decoloradas. La deidad, que también decidía destinos, lo había hecho fuerte y delgado. Ángel del Señor, señor del barrio. Un matón. El «chuco» por el que se peleaban incluso las niñas bien.

Había cometido algunos errores, pero todos los hombres de acción cometen errores. Había demostrado ser un «firme vato», un soldado leal con huevos de acero. En el poblado de medio pelo de Laredo, Texas, donde ser miembro de la Compañía era la cúspide de los logros, este estatus lo significaba todo. Su jefe, el Comandante Cuarenta, o simplemente Cuarenta, precisamente el capo de las drogas más temido en México, lo apreciaba. Gabriel le agradaba tanto que incluso buscaba protegerlo. Pocos días antes, Cuarenta le pidió que no participara personalmente en ciertos trabajos, que se quedara al margen y dirigiera a sus hombres a través del celular y que no se involucrara a menos que fuera necesario. Le agradaba al grado de sacarlo de la cárcel bajo fianza no sólo una, sino tres veces en los últimos ocho meses, con un costo de varios cientos de miles de dólares.

La ley lo dejaba salir. La Compañía lo pagaba. ¿Acaso había una validación más clara que esa?

Un año antes, cuando Cuarenta empezó a mandarlo a hacer trabajos en Texas, en los Estados Unidos, Gabriel se sintió un poco renuente, atrapado entre la falta de futuro de su país natal y el estado del narco donde el guerrero implacable era quien cosechaba el éxito. No era tan atractivo realizar misiones en un lugar donde las autoridades no veían los homicidios con buenos ojos. Pero se lo estaba pidiendo Cuarenta. Que un chico de Lazteca recibiera órdenes directas de «El Comandante», aunque fueran misiones suicidas, era algo enorme.

Gabriel se había imaginado un momento como éste, de gran responsabilidad, durante mucho tiempo, el momento de tener la oportunidad de ascender de una manera que su comunidad admiraba. Durante meses desayunó «roches», un tranquilizante fuerte, y Red Bull. Y el riesgo, bueno, ése era el precio de la inmortalidad. No había que ver más lejos que el mismo Cuarenta. Estoico. Serio. Nunca te pedía que hicieras algo que él no haría. Leal a sus amigos. Enemigo de sus enemigos. Un buen hombre, por y para la idea. Gabriel era parte de algo, y un verdadero «chico lobo» nunca decía que no.

Esa noche todo estaba listo: los coches limpios y las armas cargadas. Era hora. El inicio de algo. Alcanzaba a visualizar un futuro. Mientras tanto, la batalla con los sinaloenses, el cártel rival, incrementaba los costos y reducía las ganancias del tráfico, por lo que la economía del bajo mundo en la frontera se movía en una espiral descendente. El negocio del transporte era fluctuante. Pero la impartición de justicia era un trabajo estable. Acumularía dinero. Lo transferirían al sur de México, donde se encargaría de su propia ciudad. No descartaba del todo matar a su némesis, La Barbie, un capo de Sinaloa que entonces era el tercero más importante de su cártel. Los demás chicos lo admiraban. Richard entraría en razón. Christina se tranquilizaría. Estaba loca. Pero ese día, cuando venían de regreso del Applebee's, tuvieron una conversación constructiva. Cuando la dejó, ella le pidió que la abrazara. «Más fuerte», dijo.

Entonces se movió con pasos más rápidos, apretó el puño y se frotó las cicatrices debajo de su cabello cortado a rape, donde aún tenía fragmentos de metralla de viejas batallas. Para que Gabriel pudiera establecer firmemente su reputación como líder, para darle sentido al año anterior, tendría que tener éxito en ese momento, en el punto más crucial de la batalla, bajo los reflectores, ante cientos de hombres que lo ungirían como el siguiente «mero mero», o lo lanzarían a los tigres hambrientos como a cualquier otro hispano desechable.

Cuarenta dijo que el 2006 sería el último año de la guerra. Cuarenta dijo que el siguiente presidente de México estaba asegurado, pagado, y que el país sería de ellos. «Todo va a ser de la Compañía».

Pero justo entonces se escuchó un escándalo fuera de la casa, luego un golpe fuerte. Una granada aturdidora entró por la puerta principal. El golpe que se sintió con el estallido sacudió los oídos de Gabriel. Se tambaleó. Un destello brillante deslumbró los fotorreceptores de sus ojos y lo dejó ciego por tres segundos. Uno. Dos. Tres. Estaba boca abajo en la alfombra, con las manos esposadas a la espalda. Pensó que tal vez moriría. Pensó que tal vez escaparía.

El mundo de posibilidades era amplio.

PARTE I
LOS TRABAJADORES DE VERDAD

Las alabanzas correspondían a aquellos más valientes
en su búsqueda de cosas raras y exóticas,
por su rigor mental y físico, su resistencia, su talento
para pelear al enfrentarse a una emboscada
repentina, su audacia frente a lo desconocido.

Aztecs, Inga Clendinnen

1
NO ERES DE POR AQUÍ

Robert García tenía veintinueve años la primera vez que se cuestionó sobre el éxito. Le daba la impresión de que cada uno de sus logros venía acompañado de alguna pérdida o contratiempo, o de la toma de conciencia de algo que iba minando su inocencia. Obtuvo la beca pero no le gustó la universidad. Ganó la batalla pero perdió el bono. Se enamoró pero tuvo que enfrentar que lo dieran de baja de manera deshonrosa. El otoño de 1997 debería haber sido la época más brillante de la prometedora carrera de Robert, pero llegó con dolor. El «yin y el yang», lo llamaba él.

Dos décadas antes, cuando Robert era niño, migró de Piedras Negras, México, a la población fronteriza de Eagle Pass, Texas —un viaje internacional de un kilómetro y medio— con sus padres Norma y Robert. Su padre, que necesitaba mantener a su familia, había estado trabajando como ilegal en los Estados Unidos. En cuanto pudo demostrar que tenía un ingreso y que gastaba en Texas, obtuvo la *green card* y así el permiso de residencia para su familia, lo cual significó que Norma, Robert padre, Robert y su hermana menor, Blanca, podían ir a vivir a los Estados Unidos como «residentes» mas no como ciudadanos. Después de llegar, Norma dio a luz a otra hija, Diana, y a otro hijo, Jesse.

Robert, el mayor, empezó el tercer grado en una escuela estadounidense. Después de clases y los fines de semana, iba con su padre a cosechar pepino, cebolla y melón en las granjas locales. En la primavera y el verano, Norma, costurera en Dickie's, la fábrica de ropa de trabajo, se quedaba en Eagle Pass con las niñas y Jesse, mientras Robert y su padre seguían a los demás migrantes a Oregón y Montana para la temporada de remolacha azucarera. Ahí, Robert asistía a programas escolares para migrantes en las escuelas locales. Tenía la piel morena pero era étnicamente ambiguo, y las comunidades del norte le parecieron más acogedoras, con sus festivales de comida y sus puestos al lado de la carretera donde los indios vendían cosas para los turistas. Los paisajes verdes eran un bálsamo después de las planicies polvorosas del sur de Texas. Estados Unidos era un lugar hermoso.

En Eagle Pass el terreno era barato. No había códigos de construcción. La gente podía construir lo que quisiera. La familia García vivió en una cabaña de dos recámaras mientras construía la casa en la que viviría siempre. Era una labor que se hacía poco a poco, artesanalmente. Ahorraban y ponían azulejos en el baño; ahorraban un poco más y compraban una tina. En el invierno calentaban la casa con brasas que ponían en barriles, y en las mañanas Robert iba a la escuela oliendo a humo.

¿Cuándo terminarían la casa? Nadie preguntaba. El trabajo los unía.

Otros migrantes se fueron estableciendo cerca y Robert padre construyó un puesto donde vendía botanas y refrescos para los chicos de la comunidad. Había traído a su familia a los Estados Unidos para que tuvieran una vida mejor, pero en su mente siempre sería mexicano. Estaba orgulloso de vivir junto a otros inmigrantes en Eagle Pass. Para cuando Reagan llegó a la presidencia, su trozo de tierra se estaba convirtiendo en un suburbio oficial, con nuevas hileras de casas construidas a mano. Cuando los vecinos necesitaban ayuda con una ampliación de la casa o con algo de plomería, se acercaban a «los Robertos» para que los ayudaran.

Robert padre trataba a su hijo mayor como un hombre, y los hermanos de Robert lo respetaban como si fuera un segundo padre. Era delgado, huesudo y usaba gafas. Tenía un porte que lo hacía ver más alto que sus 1.70 m. En el bachillerato se inscribió en el ROTC, Cuerpo de Entrenamiento para Oficiales de la Reserva, y tocó el clarinete bajo en la banda de guerra. Terminó el bachillerato un semestre antes, consiguió empleo en la cadena de comida rápida llamada Long John Silver's y consideró si debería aprovechar la beca que le ofrecían en la universidad para estudiar diseño o si debería buscar en otra dirección.

A los diecisiete años parecía conocerse a sí mismo: hiperactivo, confiado. Poseía talento para la improvisación. Era respetuoso de las jerarquías pero no le importaba lo que otros dijeran o le aconsejaran. Introvertido e impaciente, tenía su propia manera de hacer las cosas. Aprendió tanto de su padre como de la escuela. También sintió el llamado de servir en el ejército, una obligación patriótica hacia su país adoptivo que les dio tanto a él y a su familia. La educación formal, decidió, no era para él. Así que en el verano de 1986 (el mismo año que nació en Laredo, otro poblado fronterizo de Texas, a 225 kilómetros al sureste, un chico que cambiaría su vida), Robert, para decepción de sus padres que no hablaban inglés, renunció a la beca y se enlistó en el ejército de los Estados Unidos.

Como se enlistó en el ROTC cuando estaba en el bachillerato, llegó al entrenamiento básico como líder de pelotón a sus diecisiete años y les daba órdenes a hombres de mayor edad. Para compensar esta diferencia de edad y su baja estatura, actuaba con más dureza con lo que se ganó el sobrenombre de Pequeño Hitler. Después del entrenamiento básico empezó a trabajar como ingeniero náutico en Fort Eustis, Virginia, donde consiguió como mentor a un sargento mayor que lo llevó a trabajar en bases ubicadas en España e Inglaterra. En estas bases jugó beisbol y levantó pesas. El Pequeño Hitler tenía brazos musculosos y su cuello, que antes era delgado y de *nerd*, desapareció en sus hombros.

En las islas Azores, en unas pequeñas instalaciones de la Marina de los Estados Unidos cerca de las costas de Portugal,

Robert conoció a Verónica, una gringa rubia de Arizona. Ronnie, como se le conocía, era hija de un marino y era la única mecánica en la base. Era ruda. Un día, cuando ella estaba arreglando el sistema hidráulico de un remolcador, Robert se acercó sigilosamente y le puso aceite lubricante de motores en el cuello. Ella se dio la vuelta rápidamente y le dijo que era un imbécil. «¡Vete a la chingada!», le dijo. Una semana después concibieron un hijo.

Ronnie tenía veinte años, estaba casada con un soldado y tenía un hijo de dos años. A sus padres nunca les agradó su esposo. Según ellos, era un abusivo que bebía demasiado en el bar que tenían en Arizona. No les gustaba ver a su hija como la proveedora y la responsable del niño. Y entonces llegó Robert: no bebía, no fumaba y haría lo que fuera por ella.

Pero el adulterio entre militares era un delito grave. A discreción de la corte militar, podía implicar tiempo tras las rejas y una deshonrosa baja del ejército. Los jefes les leyeron sus derechos a Ronnie y Robert. Por su parte, ellos admitieron su aventura. El esposo de Ronnie voló a Portugal. Se paseaba furibundo por la base, bebía, buscaba peleas y rompió las ventanas de la casa de Ronnie. A nadie le agradaba, así que los jefes se reunieron para arbitrar el triángulo amoroso y dejaron que Robert y Ronnie se fueran sin mayor represalia. Cuando el esposo llamó a la madre de Ronnie y le dijo: «¡Tu hija es una puta!», el padre de Ronnie tomó el teléfono y le respondió: «¡Tú ni siquiera naciste de una mujer! Cuando dos trenes de carga chocaron, tú saliste del culo de un vagabundo». A partir de entonces, la separación continuó sin mayores problemas.

En 1991, el contrato de cuatro años de Robert con los militares se acercaba a su fin, justo al inicio de la Primera Guerra del Golfo. Robert se enteró de que otros soldados se estaban enlistando de nuevo y que les daban bonos de 10,000 dólares por ello. Estaba dispuesto a hacer lo mismo hasta que el gobierno de los Estados Unidos le ofreció la ciudadanía en vez del bono. A Robert no le interesaba mucho la ciudadanía. Al

NARCO EN LA FRONTERA

igual que su padre, siempre se había considerado mexicano y, además, su condición de residente le permitía tener un pasaporte estadounidense. Pero de todas maneras él interpretó la negativa de recibir el bono, la oferta de la ciudadanía como sustituto del dinero que a diferencia de él recibían los demás soldados, como un insulto. ¿Cómo podía servir a su país por cuatro años y no recibir la ciudadanía automáticamente? Así que no se volvió a enlistar, se marchó —sin bono y sin ciudadanía— y regresó a Texas con Ronnie y los niños donde consiguió empleo como mecánico de motores a diésel en Laredo, un poblado fronterizo que ninguno de los dos conocía.

Al conducir la primera vez por la Interestatal 35 en aquellos años, después de San Antonio la mayoría de la gente esperaba toparse de frente con la frontera, pero la carretera seguía y seguía avanzando hacia el sur. Las colinas de Texas se vuelven planas y el paisaje se torna infinitamente vasto, dando la sensación de que se acerca el fin del mundo. Ciento noventa kilómetros después, aún en territorio estadounidense, se llegaba a un sitio con letreros en luces de neón que anunciaban hoteles y restaurantes de comida rápida. Al devolver la mirada al norte parecía como si se hubiera atravesado una tierra de nadie, ni de aquí ni de allá. Hacia el oeste, a varias cuadras de la I-35, había filas de almacenes colonizando el área alrededor de las vías del tren. Al este, los suburbios de clase media alta se convertían en zonas extensas de guetos y subguetos conocidos como colonias. Tres kilómetros más al sur la I-35 termina en el cruce fronterizo, a 2,500 km de distancia de su extremo norte en Duluth, Minnesota.

Robert y Ronnie eran gente de pueblo pequeño. Laredo, con sus 125,000 habitantes entonces, era una gran ciudad comparada con un lugar como Eagle Pass, que tenía una población menor a 20,000 habitantes.

—Bueno —suspiró Ronnie—, lo intentaremos por un par de años.

Unos meses después, mientras se recuperaba de una lesión en la mano que se hizo en el trabajo, Robert vio un anuncio del departamento de policía de Laredo. Le gustaba más el servicio público que trabajar para una compañía. Pero debía ser ciudadano estadounidense para poder ser policía. No le veía ningún beneficio a la ciudadanía salvo esta carrera policíaca y no se sentía particularmente patriota después del desprecio de los militares. Se preguntó ¿qué haría su padre? Su padre se tragaría su orgullo y haría lo que más conviniera a su familia. Buscaría el trabajo de policía y seguiría adelante. Así que Robert estudió, hizo el examen y luego el juramento para obtener la ciudadanía estadounidense.

Cuando Robert ingresó a la policía en Laredo, el Departamento tenía unos doscientos oficiales. Los policías compraban sus propias pistolas. Los uniformes consistían en jeans y camisas de mezclilla, a las cuales las esposas les cosían las insignias de la policía. Cada patrulla cubría un área enorme. Cuando una patrulla pedía apoyo, éste no siempre llegaba a tiempo. Pero, fuera de uno que otro pleito doméstico y robos a mano armada, la ciudad no tenía mucha violencia. Del otro lado del río, Nuevo Laredo, con su población mayor a 200,000 habitantes, no era peor. El tráfico de drogas e inmigrantes estaba fuera de control. Pero el poder del tráfico no provenía de controlar el territorio con violencia e intimidación sino más bien del alcance de sus contactos entre las fuerzas de la ley y los políticos y sus capacidades de operar en México con protección del gobierno. A cambio de sobornos los políticos y policías arbitraban las disputas referentes al tráfico.

La industria de los narcóticos en México estaba bien organizada. El negocio estaba compuesto por dos grupos: los productores y los traficantes. En el lado occidental de México, en las tierras altas y fértiles de la Sierra Madre Occidental, los gomeros o granjeros que cultivaban droga hacían contratos con grupos de traficantes para que llevaran sus cargamentos al norte, a los poblados fronterizos. En los estados de Sinaloa,

Durango y Chihuahua la combinación ideal de altura, lluvia y acidez del suelo permitía que hubiera cosechas constantes de *Papaver somniferum*. Esos campos de amapola, algunos de los cuales se originaron con las plantaciones de inmigrantes chinos un siglo antes, producían millones de toneladas métricas de opio en bruto al año. La marihuana, también conocida como «mota», era el otro narcótico producido en México. Cuando la locura de la marihuana azotó a los Estados Unidos en la década de 1960, la mota provenía principalmente de las montañas de los estados de la costa del Pacífico, Sinaloa y Sonora, pero luego se expandió a Nayarit, Jalisco, Guerrero, Veracruz, Oaxaca, Quintana Roo y Campeche. La cosecha de mota irrigada iba de febrero a marzo. La cosecha natural, de julio a agosto. Toda la «merca» debía llegar a la frontera en el otoño, en noviembre a más tardar. Los estadounidenses no trabajaban en las épocas de fiestas.

El enorme cuerno curvado de México está anclado por dos grandes cadenas montañosas, o cordilleras, que se elevan desde el extremo norte hasta el sur, una en el este, viendo hacia el Golfo de México y la otra en el oeste, viendo hacia el azul Pacífico. Entre estas cadenas montañosas hay una planicie central alta que se va angostando por todo el cuerno hacia la península de Yucatán. Hace eones, los volcanes cortaron la planicie en incontables valles y bosques de pino, roble, abeto y aliso. Las tierras costeras son típicamente húmedas, pero la planicie tiene un clima de eterna primavera. Debería ser eminentemente adecuada para que la habitara el hombre.

Pero, en vez de eso, el futuro de México estaría lleno de conquistas, dictaduras, revueltas, corrupción y delitos.

Cuando Robert y Ronnie llegaron a Laredo en 1991, los mayores cruces fronterizos a lo largo de la frontera de tres mil kilómetros de largo entre México y Estados Unidos eran, de este a oeste: Matamoros, Nuevo Laredo, Juárez y Tijuana. Estos cruces estaban controlados por «familias» de traficantes que tenían un pie en cada lado de la frontera y cobraban un impuesto, conocido como cuota o piso, que a su vez se usaba para pagar los sobornos que aseguraban las rutas para el tráfico de drogas y migrantes. De vez en vez surgían peleas entre las familias, y un poco de esta violencia se propagaba a otros ámbitos, pero no había cárteles, no todavía.

Los oficiales de la policía de Laredo decomisaban grandes cantidades de narcóticos y de vez en cuando encontraban muertos en las entradas de las casas. Pero nada demasiado gráfico. Los policías jóvenes, que ganaban sus nueve dólares por hora más tiempo extra, eran intrépidos. No tenían conciencia del mundo exterior, todo giraba alrededor de ellos. Los lugares como Florida, Colombia, la Ciudad de México, Guadalajara y Washington, D.C. estaban a un mundo de distancia y estaban cambiando. Las políticas de la guerra contra las drogas se estaban modificando. En Laredo, Robert y sus compañeros apenas conocían poco más que sus patrullas. Cuando los policías iban ascendiendo en el departamento, algunos empezaban a buscar puestos en el equipo de SWAT (Armas y Tácticas Especiales; SWAT por sus siglas en inglés), otros hacían solicitudes para ingresar a agencias estatales como el Servicio de Protección a la Infancia (CPS, por sus siglas en inglés), y se daban cuenta de que lo suyo no era lidiar con pesadillas domésticas. A Robert le gustaba el trabajo de narcóticos por el impacto local que tenía. Un arresto por drogas no terminaba en eso. No sólo estaba sacando a un vendedor de droga de la calle, ese mismo delincuente probablemente también asaltaba y robaba para conseguir drogas. Si era un traficante mayor, tal vez usaba a niños para transportar su mercancía y para operar las «casas de seguridad», los lugares donde los traficantes almacenaban sus drogas y su dinero. Robert detenía a un tipo con un gramo de coca o medio kilo de mota o descubría una casa que le vendía heroína a los adictos locales de Laredo. Una fotografía suya llevando a un tipo a la cárcel local apareció en el *Laredo Morning Times*. Él sentía como si estuviera «limpiando las calles del crimen». Encendía la televisión y veía a alguien diciéndole a todos «¡Di no a las drogas!» al estilo Nancy Reagan y se sentía como Supermán.

El cheque de liquidación que Ronnie consiguió cuando dejó el ejército alivió un poco la carga de su vida de pareja. Pagaron en efectivo su casa móvil en el sur de Laredo. El salario de Robert pagaba las cuentas.

Sin embargo, eran una pareja joven con dos niños pequeños que intentaba abrirse camino en una ciudad nueva. Surgían muchas cosas que provocaban peleas entre ellos. Ronnie pertenecía a la minoría compuesta por unas mil personas blancas en una ciudad donde las líneas de sangre y los contactos decidían quién conseguía empleo y quién se movía en qué círculo social, por lo cual ella era aún más ajena a esta ciudad que Robert. Se sentía aislada como ama de casa. La vida en Laredo no era satisfactoria. Ésa era su mayor pelea: ella quería irse. Cuando fue a buscar empleo con suerte consiguió que la contrataran en un consultorio médico, donde le dijeron: «Sabes, me agrada que no eres de por aquí».

Más adelante, Robert aprendió a separar su faceta de policía de las de padre y esposo. Pero a sus veintitantos años, su machismo todavía se echaba a andar automáticamente en casa: «Yo soy el hombre y me vas a obedecer. Voy a salir esta noche. No puedes hacer nada al respecto». Ronnie también era dominante hasta que se hartó de pelear y cedió. «Muy bien, diviértete», le dijo una noche. Sorprendido por su capitulación, Robert se preocupó de qué sucedería cuando él regresara a casa. Regresó rápidamente una hora más tarde. «¿Eso era todo lo que hacía falta?», se preguntó Ronnie.

A Ronnie tal vez no la inmutaba la valentía de su esposo, pero el hermano menor de Robert, Jesse, lo veía como un héroe. Jesse pensaba que sólo podría complacer a sus padres si sus logros se equiparaban con los de su hermano mayor, por lo que se salió del bachillerato un año antes de terminar para irse a vivir con Robert y Ronnie en Laredo, donde consiguió empleo como guardia de seguridad de una escuela. Jesse también quería ser policía, pero era joven. Robert le aconsejó que estudiara una carrera técnica en justicia criminal en la Universidad Comunitaria de Laredo. Pero Robert no había asistido a la universidad y Jesse estaba ansioso por empezar a trabajar. Se abrieron algunas vacantes en la academia policial en Uvalde, cerca de Eagle Pass. En el verano de 1997 Robert le dio a Jesse algo de dinero y su antigua pistola del servicio, una Magnum .357.

Jesse terminó el curso en la academia, pero reprobó el examen escrito y luego lo volvió a reprobar. Si reprobaba una tercera vez le impediría volver a solicitar empleo en las fuerzas de la ley en Texas para siempre.

Mientras tanto, después de cientos de arrestos relacionados con las drogas, catorce autos chocados en persecuciones y una docena de fracturas menores, Robert recibió la distinción de Policía del Año.

Una semana después, Jesse se fue en autobús a Wisconsin, donde sus padres pasarían el verano trabajando en una fábrica. Pasó el fin de semana con ellos sin mostrar ninguna señal particular de depresión y luego regresó a la casa familiar en Eagle Pass donde se disparó en el corazón con la pistola de Robert.

Tras la muerte de Jesse empezaron a surgir rumores. Tal vez una novia que podría haber estado embarazada. Tal vez estaba metido en las drogas o le debía dinero a alguien. Robert le dio un puñetazo a la pared y luego recorrió Eagle Pass en busca de personas con quien hablar sobre Jesse, hasta que su padre le dijo: «Déjalo. Ya no investigues». Así que Robert se llevó la posesión más preciada de Jesse, una chaqueta de Marlboro que había pedido por correo, y guardó con ella su dolor.

El premio de policía del año llegó con una oportunidad. La Administración para el Control de Drogas (DEA, por sus siglas en inglés) le ofreció a Robert un puesto como oficial de fuerza de tarea. No ganaría lo mismo que un agente federal de la DEA. Seguiría siendo un policía y recibiría su salario del departamento de policía de Laredo. El salario base de los agentes de la DEA con títulos universitarios era el doble del de los policías de fuerza de tarea. Los agentes también recibían bonos monetarios por investigaciones mayores, a veces hasta 5,000 dólares por caso. El único incentivo para los oficiales de fuerza de tarea era la paga por el tiempo extra, entre 10,000 y 12,000 dólares anuales por trabajar horas excesivas. Obtener un reconocimiento, perder un hermano. Obtener un ascenso, tener el mismo salario. Pero ahora Robert tendría el poder de investigar el tráfico de drogas y de arrestar gente en cualquier parte del país. Habló con Ronnie. «Viajaré y no voy a poder estar mucho tiempo contigo ni con los niños. Pero es algo temporal. Puedo partirme el lomo durante un rato». Eric, el hijo mayor, estaba en tercer grado. Trey, el menor, estaba en primero. Ronnie sabía que este trato la convertía en madre soltera: «De acuerdo. Tómate cuatro años», le dijo.

Para un joven policía que creía en la guerra contra las drogas, entrar a la DEA era un paso importante en su carrera. No sería para nada como él lo esperaba.

2
LA VELA PARPADEANTE

Hagamos una pausa: veamos a Gabriel Cardona caminar en reversa, alejándose de la granada aturdidora y de las casas de seguridad de Laredo, alejándose de las cárceles de Texas y del abogado de la Compañía, de regreso a esa zona de impunidad. Veamos a la policía que saca a todos de un restaurante para que un enemigo se quedara comiendo solo, una presa quieta, buena práctica para un nuevo soldado. Veamos una Pickup: escuchemos los gritos de los hombres atados dentro que habían matado al hermano del jefe de Gabriel y que se van apagando en una hoguera atronadora. Veamos a Gabriel, meses antes, que llegaba al campo de entrenamiento, listo para trabajar pero todavía no convertido en un «frío», llamando la atención de la gente nueva por sus capacidades.

Y sigamos retrocediendo, diez años, a Laredo, Texas, a mediados de la década de 1990. Era una temporada tan esperanzadora como cualquier otra en el gueto más antiguo de la ciudad más pobre de los Estados Unidos. Una ciudad de nuevos inmigrantes y mexicano-estadounidenses cuya madre patria, al lado, finalmente estaba lista para democratizarse tras setenta años de gobierno de un solo partido. Era una ciudad en camino de convertirse en uno de los puntos comerciales más activos de la economía más grande del mundo.

Las mañanas de septiembre llegaban con la frescura de unos 36 grados, el «frío del final del verano» bromeaban los locales. La señora Gabriela Cardona, conocida entre sus hijos como «La Gaby», se levantó de la cama en silencio. Era mejor dejar que el borracho siguiera dormido. De camino al baño, cuyo techo estaba más cerca de caerse cada año pero aún sin ceder, golpeó los pies de sus cuatro hijos que dormían juntos en una cama *queen size*. «¡*Es-school! ¡Es-school! ¡Es-school!*», gritó con su inglés con acento y les echó agua a los niños de once, diez, seis y cuatro años.

A pesar de que La Gaby tenía un hermano que se metía en todo tipo de problemas y un esposo bueno para nada, los vecinos consideraban a los Cardona una familia capaz. La Gaby heredó una vieja casa familiar del otro lado del río en Nuevo Laredo y a veces la rentaba. Trabajaba arduamente y siempre tenía empleo. Los servicios de protección a la infancia nunca visitaban su casa.

Si acaso iba a tener problemas con alguno de sus hijos, dudaba que fuera con el segundo. Gabriel empezó a leer antes que los demás y consumía todos los volúmenes de la serie de *Plaza Sésamo* y de *Selfish, Selfish Rex*, una parábola sobre las virtudes de compartir. Corría con sus zapatos de Batman, tenía una asistencia perfecta en la escuela y en el catecismo y también leía la Biblia. Las maestras siempre resaltaban su generosidad y su manera de cuidar a los niños más pequeños.

«¡Órale, al agua pato!», gritaba La Gaby.

En las mañanas de los días de escuela, Gabriel se bañaba con su hermano mayor, Luis, mientras La Gaby les gritaba las instrucciones para enjabonarse desde la cocina: «Cabeza, cuello, arcas, wiwi, cola, pies». Les cepillaba el pelo a los niños con copetes altos a la Ricky Martin y continuó repitiendo las instrucciones hasta que aprendieron a hacerlo ellos mismos: «El partido por la orilla, lo demás pa'cá y levantas al frente». Luego, Gabriel ayudaba a sus hermanos menores a vestirse, comía su desayuno de un taco de huevo con chorizo, se llevaba su cuaderno y corría afuera donde un naranjo dejaba caer sus frutos agrios y proporcionaba sombra a los gatitos que siempre proliferaban y se cagaban en la tierra junto a las puertas oxidadas frente al número 207 de la calle Lincoln.

Situado en un risco con vista al río Bravo, El Azteca, su vecindario de seis manzanas conocido simplemente como «Lazteca», tenía 250 años de antigüedad. Las calles eran angostas y las aceras altas: daba la sensación de estar entre paredes. La hora favorita de Gabriel era muy temprano por la mañana. El amanecer llegaba en silencio al vecindario, ya que era cuando cambiaban de turno la policía y las patrullas fronterizas. Prefería esto al caos de Lazteca por la noche, cuando las calles revivían bajo los reflectores de los helicópteros que sobrevolaban ruidosamente la zona o con el rechinar de neumáticos de los coches de los narcotraficantes y coyotes, traficantes de inmigrantes, que intentaban escapar de las autoridades.

La carretera I-35, el mayor corredor de tráfico ilegal en los Estados Unidos, empezaba a menos de cien metros de la puerta de los Cardona. De camino a la escuela primaria J.C. Martin, hacia el norte por Zacate Creek, hacia el oeste por debajo del puente de la I-35, Gabriel y Luis pasaban junto a los hombres que regresaban de sus trabajos nocturnos empacando narcóticos en preparación para el recorrido hacia el norte, inmigrantes ilegales que buscaban alguien que los acercara a un hotel y la fila diaria fuera de la oficina del fiador. Ésas eran las señales de la salud económica de Lazteca. Y, al igual que cualquier otro vecindario amistoso, la generosidad hacía la comunidad. Los padres y novios y tíos y hermanos llegaban a casa tras un viaje exitoso a Dallas repartiendo cosas por todos lados, comprando pizzas. La Gaby les decía a los niños: «¡Vacúnalo!»

El tío Raúl, el traficante que se echaba *speedballs* (inyecciones de heroína y cocaína al mismo tiempo) siempre estaba entrando y saliendo de la cárcel, pero le enseñó a Gabriel y a sus amigos a jugar futbol americano. Gabriel era el *quarterback*. Uno de sus amigos de Lazteca, Rosalío Reta, tres años menor y más bajito que una mesa de cocina, siempre estaba intentando demostrar su valor entre los chicos mayores. Recibía golpes fuertes pero se levantaba sin quejarse, con una sonrisa, aunque las mejillas se le estuvieran hinchando como aguacates alrededor del lunar que tenía sobre el labio superior. Jugaban juegos de video violentos como Mortal Kombat y escuchaban música de rap de Tupac Shakur.

De regreso de la escuela, Gabriel y Luis jugaban a lo largo de las lodosas orillas del río Zacate. Si llegaban a casa con olor a pescado, La Gaby, siempre al pendiente con un cable en la mano y la nariz alerta, les daba una golpiza. Pero en el fondo tenía el corazón blando. Los mejores amigos de Gabriel y Luis, los hermanos Blake, se podían quedar a dormir si le traían a La Gaby una botella de refresco Big Red o una Coca-Cola. Lloró el día que la agencia de servicios infantiles se llevó a los Blake a un hogar temporal en Brownsville. La madre de los chicos había sido arrestada nuevamente por usar heroína.

El señor Cardona era bueno para ciertas cosas. Era guardia de seguridad, pero estaba desempleado y llevaba a Gabriel y a sus hermanos al parque para hacer carnes asadas y andar en bicicleta. Tocaba la guitarra y cantaba. Los fines de semana cruzaban la frontera para visitar a la familia en Nuevo Laredo, del aire fresco de los Estados Unidos a los aromas más agrestes de México: carne asada, caballos, cuero viejo. Los primos jugaban a disparar con rifles de aire. A Gabriel le daban en la cara pero no se daba por vencido. Lo llamaban loco.

Gabriel gozaba de un estatus especial al sur de la frontera por ser estadounidense. El Tratado de Libre Comercio para América del Norte, el TLCAN, que entró en vigor en 1994, eliminó los aranceles en los bienes comercializados entre México, los Estados Unidos y Canadá. Ahora no sólo Walmart podía enviar materiales en bruto a México, manufacturar ahí con mano de obra mexicana y reimportar el producto terminado a los consumidores estadounidenses sin penalización, sino que también podía establecer puntos de venta al menudeo en México y con eso hacer quebrar a las tiendas de pequeños comerciantes. Wall Street sonrió. La inversión fluyó. Los artículos americanos llenaron los estantes de los supermercados y las tiendas departamentales en México: Adidas y Kodak, Coca-Cola y Cheetos. La voz de Willie Nelson salía de las bocinas. Las tintorerías de 24 horas establecieron un nuevo ritmo de trabajo. Las importaciones baratas de maíz y trigo de los Estados Unidos empezaron a perjudicar a los agricultores mexicanos y los habitantes de las zonas rurales migraron a las ciudades del norte para trabajar en las maquiladoras, fábricas de dueños extranjeros, donde la cultura de consumo del país del norte arrasó con ellos. McDonald's, Pizza Hut e incluso Taco Bell alumbraban la atmósfera desde Monterrey hasta la Ciudad de México. La tendencia era idealizar todo lo estadounidense y restarle valor a todo lo mexicano.

Después de las visitas familiares, cuando los Cardona regresaban a Laredo, el padre de Gabriel se sentía inseguro y luego se tornaba violento al verse a sí mismo a través de los ojos de su familia mexicana: un americano a quien no le iba mejor que a ellos. Gabriel y Luis vieron a su padre borracho golpear a su madre a puñetazos, como si estuviera golpeando a otro hombre. Cuando Gabriel fue a la escuela con una mano marcada en el rostro, su maestra le preguntó si estaba bien. Él asintió. Conocía las reglas: «No identificarse». No decir nada.

Una noche, La Gaby atacó al padre de sus hijos con un cuchillo de cocina y luego lo corrió de la casa para siempre. Gabriel se sentía orgulloso de La Gaby por ser fuerte. Le molestaba que su padre bebiera mientras su madre trabajaba y no consideró la partida de su padre como una gran pérdida. La sensación profunda de pérdida llegó unos días después, en el día del décimo cumpleaños de Gabriel, cuando Tupac Shakur murió baleado. Tupac era su ídolo. Incluso años después seguía sintiendo coraje hacia la persona que tiró del gatillo.

En la secundaria, Gabriel se ganó certificados de excelencia por su desempeño excepcional en matemáticas e inglés. Varias de sus compañeras de clases y admiradoras lo recordaban como la persona a quien tenían que vencer en álgebra del séptimo grado. Tenía buena cabeza para los números y talento para la memorización. Su maestro de inglés les pidió a todos que memorizaran una canción y la cantaran. Gabriel apareció en el salón con un arete en la nariz con un diamante falso y una pañoleta azul en la cabeza. Todo el grupo moría de risa al escucharlo cantar *How Do U Want It?* de Tupac.

Fue el *quarterback* del equipo de futbol durante dos temporadas que quedaron invictos y soñaba con ser abogado. En el verano entre el octavo y noveno grado se inscribió en el Workforce Center, a través del Consejo de Migrantes de Texas, y ganaba cien dólares a la semana. Le dio dinero a La Gaby y compró unas camisas Polo y botas de Tommy Hilfiger para él. Se compró un boleto de autobús para ir a Brownsville a visitar a una antigua novia que se había mudado allá con su familia. Fueron a la isla South Padre y comieron pizza. Gabriel Cardona parecía ser uno de esos raros chicos de Lazteca cuya energía podría llevarlo a otra parte que no fuera la prisión. Al ver a este chico de catorce años tan trabajador nadie podría haber imaginado que los 896.10 dólares que ganó durante ese verano del año 2000 serían su primer y último ingreso legal.

Mientras tanto, el TLCAN trajo consigo enormes cambios para el comercio en la frontera. Decenas de miles de camiones pasaban por Laredo cada semana. La población de esa urbe se duplicó durante la década de 1990 y la ciudad se convirtió en la segunda con crecimiento más rápido en los Estados Unidos después de Las Vegas, así como el puerto tierra adentro más grande del hemisferio occidental. Más del 75 por ciento de las compañías de *Fortune 1000* invirtieron en las instalaciones de transporte de Laredo que almacenaban bienes mexicanos antes de que salieran al norte.

Pero aparte de algunos empleos con salarios mínimos en los almacenes, nada de esas nuevas ganancias parecían llegar a los bolsillos de la clase trabajadora. En Laredo, que todavía competía como una de las ciudades más pobres en Estados Unidos, el ingreso promedio estaba 30 por ciento por debajo del promedio nacional y 38 por ciento de los residentes vivían por debajo de la línea de pobreza; para la mayoría de sus habitantes, la ciudad había cambiado muy poco después del TLCAN. A pesar de la nueva orgía comercial, la ciudad seguía siendo una parada de camiones gigante y no había mejorías reales.

Si la ciudad de medio millón de personas no se veía tan pobre, era debido a que el mercado negro mantenía a flote al comercio legítimo. Muchos de los pequeños negocios de Laredo, desde perfumerías hasta jugueterías, desde lotes de autos usados hasta restaurantes, eran negocios de lavado de dinero. La Mafia Mexicana, una pandilla californiana con fuerte presencia en Texas, era dueña de los salones de maquinitas tragamonedas y de una cadena de tiendas de servicio al automovilista llamadas Mami Chula's, donde atendían adolescentes en bikini que aceptaban propinas como si fueran estrípers. Otras pandillas grandes, como el Texas Syndicate y los Hermanos de Pistoleros Latinos, conocidos como HPL, también eran dueños de negocios. El edificio más alto de la ciudad pertenecía a la DEA.

Gabriel dejó de anticipar con ansias sus visitas a México. Su familia no tenía mucho, pero de todas maneras se sentía mal al cruzar hacia el sur los domingos y ver a sus primos que no tenían nada. Algunos de ellos eran carteristas, lavacoches o montaban espectáculos en la calle en busca de unas monedas de parte de los turistas. Le gustaba escaparse de la iglesia con su primo para ponerle goma de mascar a un palo y sacar dinero de la cajita de las donaciones. Pero sentía que México era sucio. Las moscas zumbaban alrededor de la basura. Olía a orina, veía los grafitis de las pandillas en los muros de ladrillo y las bolsas de plástico que revoloteaban pegadas a las cercas, atrapadas como aves heridas. No le gustaba tener que estar atento de dónde se sentaba o por dónde caminaba. Su opinión cambiaría en el futuro, cuando tuviera algo de dinero. Pero en ese momento apreciaba un poco más a los Estados Unidos por su brillo relativo.

Cuando empezó el bachillerato, tenía la esperanza de convertirse en el *quarterback* del equipo de la escuela. Ningún equipo de Laredo había logrado pasar de la tercera ronda de eliminatorias estatales. La mayoría de los años, Laredo tenía el dudoso honor de ser la ciudad más grande de los Estados Unidos sin un jugador de futbol que se hubiera ganado una beca atlética de ningún nivel. Pero un chico de Laredo seguía siendo un chico de Laredo: Gabriel medía uno setenta y no era muy rápido, aunque sí era un jugador entregado. Leyó *Friday Night Lights*, el famoso libro sobre el futbol de bachillerato en Texas, y soñaba con entrar a ese mundo, con experimentar el rito estadounidense, como lo describió H.G. Bissinger, de jugar bajo una «luna llena que llenaba el cielo negro y satinado con una luz tan suave y delicada como la luz parpadeante de una vela». Soñaba con algo glorioso que llenara su vida aburrida.

El chico creció apuesto, talentoso y popular. Su ego no estaba familiarizado con el rechazo. Así que cuando el entrenador lo mandó a la banca para poner al frente a un chico de segundo grado, renunció al equipo. Vista en retrospectiva, la decisión fue determinante. Si él hubiera sido el *quarterback* principal del equipo, se hubiera quedado en el futbol, se hubiera quedado en la escuela para practicar y hubiera conservado las calificaciones que necesitaba para participar. En vez de eso, después de salir ese día de la práctica, se encontró con dos hermanos que estaban conectados con las pandillas callejeras de Laredo, fumó mota por primera vez y paseó por la ciudad vandalizando casas.

Algunos días después ciertos terroristas tiraron unos cuantos edificios en Nueva York.

3
MI PAPÁ ESTÁ EN DROGAS

Poco después del 11 de septiembre, Robert García estaba en el consultorio del médico recibiendo otra ronda de inyecciones de esteroides. Tenía una tupida cabellera de cabello negro que sobrevivió al servicio militar, a la amenaza de ser dado de baja con deshonor, a la paternidad temprana, a las dificultades en el matrimonio y a las tensiones de ser un policía en las calles. Ahora, a los treinta y tres años, el abundante cabello empezaba a caérsele en mechones de dos centímetros de diámetro.

Era bastante obvio que era a consecuencia de las drogas.

Cuando Robert ingresó a la DEA como oficial de fuerza de tarea, empezó a recorrer la I-35 hacia el «punto de revisión», una especie de segunda frontera a cuarenta y cinco kilómetros al norte de Laredo donde los agentes de la Patrulla Fronteriza revisaban al azar los vehículos, concentrándose más en los coches y camiones conducidos por hispanos. La I-35, que se conectaba con todo el sistema de carreteras interestatales de los Estados Unidos, pasaba por San Antonio, Austin, Dallas, Oklahoma City, Des Moines y Minneapolis. Pero todo empezaba en el punto de revisión, donde se hacían los decomisos más grandes. A veces se decomisaban toneladas de narcóticos. Como policía de la calle, Robert decomisaba pequeñas cantidades de drogas dentro de la ciudad. Sus primeros meses en la DEA le dieron una visión más amplia: «¿De dónde venía todo esto?», se preguntaba.

Para el año 2000, el TLCAN tenía ya seis años de haberse implementado y el comercio entre México y los Estados Unidos se había triplicado a 247 mil millones de dólares, y por los cuatro puentes que conectaban Nuevo Laredo y Laredo pasaban 60,000 camiones por semana. Debido a que cada vez que se detenía a uno de los camiones para revisarlo se frenaba el comercio mundial, el TLCAN también disminuyó las fricciones hacia los narcotraficantes. Grandes cantidades de polvo blanco venían ahora empacadas en contenedores de cítricos frescos, en cajas de plátanos de plástico, en lentes de sol de cinco dólares y en frascos de especias, así como en incontables bienes. Algunos de los traficantes contrataban a consultores comerciales para determinar qué mercancía pasaría por la frontera de manera más rápida bajo el nuevo régimen. ¿Un perecedero pasaba más rápidamente que un cargamento de acero?

En la fórmula básica del decomiso de drogas, la DEA capturaba a un narcotraficante que cruzaba y le ofrecía reducir sus cargos a cambio de su cooperación para atrapar al comprador en el país del norte, en lugares como Detroit, Brooklyn y Boston. Para justificar el tiempo perdido por el decomiso y asegurar que la transacción pareciera genuina al comprador en Estados Unidos, el camión se iba en avión hacia el norte en un jet de la DEA. O, si había tiempo suficiente, un agente encubierto, como Robert, llevaba las drogas al punto de venta. La DEA llamaba a estas misiones «entregas controladas».

Robert era joven y con frecuencia lo confundían con alguien de ascendencia del Medio Oriente por su piel morena, así que tenía un aspecto flexible que lo hacía muy solicitado para los trabajos encubiertos. Con la DEA trabajó y viajó constantemente. Trabajó encubierto con traficantes mexicanos y jamaiquinos. Se dejó crecer el cabello y se puso la chaqueta de Marlboro de su hermano Jesse. Un empleado promedio con dos años de antigüedad en la DEA en Laredo, que era un entorno rico en objetivos, veía la misma cantidad de acción que un agente con ocho años de antigüedad en Nueva York.

Algunos de los oficiales de fuerza de tarea de la DEA como Robert, los que habían salido en préstamo de una agencia local y no eran oficialmente agentes federales, se quejaban de la diferencia de paga. Pero esta diferencia nunca le molestó a Robert. Él era un policía de origen mexicano que trabajaba con agentes federales estadounidenses, iba encubierto a Nueva York y estaba recibiendo capacitación que luego podría él a su vez enseñar en el departamento de policía de Laredo. Si sólo estuviera en ese trabajo por el dinero, pensaba, entonces sí le molestaría. ¿Pero de qué tenía que quejarse?

En sus tiempos libres, Robert lograba hacer algo de turismo y le mandaba fotografías a su madre; la Estatua de la Libertad, el Empire State, el Hard Rock Cafe. Hizo varios decomisos importantes y posaba con los agentes en fotografías de trofeo.

«¡Dos millones de dólares en efectivo!»

«¡Una tonelada de cocaína!»

Al principio estos decomisos eran emocionantes. Pero pasaba el tiempo y Robert empezó a perder el entusiasmo por la falta de impacto de su labor, o de la labor de quien fuera, en el tráfico de drogas en general. Aunque él hiciera una entrega controlada por semana, el efecto en la oferta general de drogas sería insignificante. Inclusive los más optimistas sobre la guerra contra las drogas coincidían en que, como mucho, los decomisos lograban frenar un 10 por ciento del tráfico de drogas. Robert calculaba que ese porcentaje era más cercano al cinco o al dos por ciento. De cualquier manera, no había algo así como un buen año. Sólo en el aislamiento, divorciado de cualquier contexto, se podía entender uno de estos decomisos que aparecía en las noticias como algo importante. Descubrió que, donde había demanda, la oferta encontraba alguna manera de llegar. ¿Prohibición? Esto era ficción legal.

No podía entender el plan del gobierno cuando lo contrastaba con sus nuevos conocimientos sobre los resultados del proceso de decomisos, hasta que se dio cuenta de dónde provenía el dinero para la guerra contra las drogas. Después del 11 de septiembre de 2001, la oficina de la DEA de Laredo pasó de ser una oficina de agentes residentes que contrataba a personas locales a ser una oficina distrital que contrataba agentes de todo el país. De ser ocho agentes pasaron a ser cuarenta. La DEA no era el único grupo antidrogas en la ciudad, sólo era el principal. El departamento de policía de Laredo, el departamento de Seguridad Pública de Texas, la oficina del alguacil, la Agencia del Departamento de Justicia para Alcohol, Tabaco, Armas de Fuego y Explosivos (ATF, por sus siglas en inglés), el Servicio de Inmigración y Control de Aduanas de los Estados Unidos (ICE, por sus siglas en inglés), el FBI y el departamento de Seguridad Nacional: todos tenían los mismos objetivos y todos funcionaban con el dinero de las drogas. Los decomisos de efectivo y de equipo financiaban la mitad del presupuesto de una agencia, a veces más. El yin y el yang.

El tráfico de drogas aumentó, a pesar de la mejora en la aplicación de las leyes, pero era difícil argumentar contra la agenda económica de la guerra. Un narcotraficante cumplía su condena en una cárcel financiada por los decomisos después de ser arrestado por agentes que conducían un coche financiado también por los decomisos y que ganaban horas extras financiadas por los mismos decomisos en un operativo financiado por otros decomisos. ¿Quién en Washington se complicaría demasiado con una guerra autofinanciada? Lo más fácil era apoyar esta guerra. No era de sorprenderse que los políticos de ambos partidos se pelearan por ver quién tenía la postura más estricta.

Cuando las diferentes agencias no estaban peleando entre sí por casos y dinero, estaban peleando por el crédito de los arrestos, decomisos y casos. En su mayor parte, a las agencias les importaba ser las primeras en informar a Washington sobre algún decomiso. Incluso dentro de la DEA, los agentes y los oficiales de fuerza de tarea se apuñalaban por la espalda, se robaban informantes y se negaban a compartir información que mejoraría la efectividad general de las incautaciones. La oficina tenía un diseño abierto pero los agentes rara vez sabían en qué estaba trabajando el agente de junto. Para un ingeniero con una estructura mental concentrada en la eficiencia era imposible hacer caso omiso de lo improductivo de la guerra contra las drogas y todo lo que Robert había hecho en la década anterior le parecía completamente inútil.

Se suponía que Robert pasaría cuatro años en la DEA pero el tiempo pasó muy lentamente para él y el trabajo lo agotaba. Se mudó con Ronnie y los niños a una casa de tres recámaras en una nueva subdivisión de Laredo llamada Los Presidentes y entonces se le empezó a caer el pelo en mechones. Antes sentía orgullo al luchar por la causa, pero ahora entendía que la vigilancia de la frontera no tenía que ver con lograr implementar sus políticas (¡No drogas! ¡No inmigrantes!), sino más bien con ser un símbolo de la autoridad estatal. La frontera era un teatro, un escenario en el cual se podían contar muchas historias. Los decomisos vistosos, a pesar de ser indicativos engañosos del progreso, ganaban votos para los políticos en funciones, alimentaban a la prensa hambrienta y neutralizaban a los enemigos políticos que intentaban presentar la frontera como un sitio fuera de control. El 11 de septiembre sirvió para abrir la cartera federal y le añadió otro ángulo lucrativo a la narrativa de la frontera: tráfico de terroristas.

«¡Los terroristas del Medio Oriente podrían entrar en cualquier momento!», le gritaba el alguacil del condado de Webb, al que pertenece Laredo, a todo el que estuviera dispuesto a escucharlo. Robert observaba, furioso, mientras el alguacil, un tipo que nunca había esposado a nadie, hacía conferencias en el río como si él fuera la última línea de defensa en el Armagedón. El alguacil ondeaba un trozo de tela que según él era un parche militar iraquí que un ranchero local había encontrado en la maleza.

Después de cuatro años de estar en la DEA, durante la cita con el doctor que le inyectaba esteroides para el cabello, Robert lo dijo en voz alta por primera vez: «La guerra contra las drogas es una pinche mentira».

La guerra llevaba doscientos años de ser una mentira. Los primeros intentos de los estadounidenses para regular el vicio solamente regulaban el precio: en otras palabras, pura economía. En 1802, Little Turtle, el jefe de los indios miami, pronunció un discurso ante Thomas Jefferson sobre el efecto que tenía el alcohol en las comunidades de indios americanos nativos:

> Padre, la introducción de este veneno se ha prohibido en nuestros campamentos pero no en nuestros poblados, donde muchos de nuestros cazadores, a cambio este veneno, no sólo se deshacen de sus pieles sino con frecuencia también de sus armas y sus mantas y regresan como indigentes con sus familias.

Los legisladores autorizaban leyes que limitaban el flujo de alcohol en las tierras indias. Pero continuaba existiendo la demanda de los indios por el whisky; y las pieles que ofrecían a cambio de la bebida se podían vender muy caras en el este. Las leyes que prohibían la venta de whisky a los indios sólo sirvieron para aumentar el precio del alcohol en territorios indios, de manera que un galón de whisky de 25 centavos en San Louis podía revendérsele a un vendedor de pieles a unos cientos de kilómetros de distancia, en el territorio que hoy es Iowa, a 64 dólares. Los vendedores de pieles —como el hombre más rico de los Estados Unidos, John Jacob Astor, cuya empresa, la American Fur Company, controlaba el 75 por ciento del comercio de pieles— fueron quienes más se beneficiaron de esta temprana prohibición.

La compañía de Astor buscaba que se hicieran excepciones a la prohibición india e insistía en que los hombres de la compañía que subían en bote por el río Missouri a comprar pieles requerían whisky para su uso personal en los viajes largos. Así que se legislaron excepciones a la ley y se emitieron los permisos correspondientes para los navegantes que eran, en esencia, permisos para traficar. En 1831, sólo uno de cada cien galones de whisky que entraban al territorio indio estaba protegido por algún permiso.

Una década después, la Oficina de Asuntos Indígenas informó que más de cien indios murieron en peleas entre borrachos en el territorio sioux en un año y que todos los poblados indios podrían morir de hambre si continuaba el comercio de whisky. La Oficina de Asuntos Indígenas designaba a un agente ambulante para decomisar el licor ilícito en el Missouri. A pesar de que el agente no encontró mucho licor durante su año en el campo, su presencia frenó el flujo de alcohol por el Missouri, promoviendo que los indios, al fin, aumentaran los precios de sus pieles y que los comerciantes de pieles se quejaran con el gobierno.

La lección de la prohibición era clara: donde había demanda la oferta encontraba una manera de llegar. En futuros intentos por regular el vicio, la única cuestión sería qué comunidad llevaría la carga del mercado negro, como consumidores del vicio, proveedores del mercado o ambos. ¿Quiénes serían estos indios?

Los espacios dejados por la calvicie de Robert provocada por el estrés desaparecieron después de una ronda de inyecciones de esteroides, pero luego regresaron. Se puso más inyecciones y le volvió a crecer el cabello. Se fue de Nueva Jersey a Chicago y luego a San Diego persiguiendo un cargamento de drogas en un caso que lo obsesionaba. La pizarra blanca que estaba sobre su escritorio en la DEA, llena de fotografías en desorden, hilos y tarjetas de notas, era una demostración matemática universitaria de que nunca podría resolverse ese caso, aunque Robert pudiera trabajar en éste por siempre. Él armaba carpetas no sólo sobre los drogadictos que perseguía sino sobre sus parientes y memorizó cada una de sus direcciones.

Cuando la estancia de Robert en la DEA se extendió a seis años, se empezó a preocupar sobre los amigos de sus hijos y a quiénes llevaban a casa. Robert debía aprobar a todas las familias de los amigos de sus hijos y además revisaba si algún padre o tío de éstos había sido arrestado. También investigaba a cada uno de los vecinos: conocía el historial criminal de cada familia a un par de kilómetros de distancia de su casa. Resultó que los vecinos de junto, con cuyos gemelos jugaban sus hijos Eric y Trey, hacían negocios con proveedores de drogas del otro lado de la frontera.

Mientras Robert estaba fuera, a veces hasta dos semanas por mes, Ronnie se encargaba de criar a los niños. En la mayoría de los hogares mexicanos, los hombres trabajaban fuera y las mujeres se quedaban en casa. Ronnie tomó lo que le gustaba de la cultura de su esposo, pero esa tradición la dejó atrás. Los niños aprendieron a cocinar, limpiar y a lavar la ropa. Todos contribuían.

Ella, Eric y Trey conversaban y reían. Pero en el momento que Robert regresaba a casa, la dinámica cambiaba. Tenía un humor del carajo. Si alguien hacía ruido, los castigaba. Trey, su hijo biológico, obedecía. Eric, el hijastro, tenía menos respeto. Eric hacía cosas a escondidas de Robert y se burlaba de él.

«¡Cállate!»

«¡Al suelo y haz veinte lagartijas!»

Robert y Ronnie aleccionaron a Eric y Trey para que no le dijeran a la gente lo que su padre hacía para ganarse la vida. Como Robert solía relajarse trabajando en proyectos de la casa, los García les decían a los vecinos que Robert estaba en el negocio de la construcción. Pero un día, al dar una presentación acerca de su familia, Eric cometió un error y dijo: «Mi papá está en drogas». La maestra llamó a Ronnie: «Señora, estoy un poco preocupada».

4

LA NOBLE LUCHA

Rohypnol, mejor conocida como rufis, la droga de la violación, se solía llamar mosca española. En Laredo, los chicos llamaban a las pastillas de fiesta «roches» porque las fabricaba Hoffmann-La Roche, la compañía farmacéutica suiza. Las roches, un poderoso tranquilizador, eran ilegales en los Estados Unidos pero se podían conseguir fácilmente del otro lado de la frontera. Era fácil conseguir una receta por 5 dólares y 100 pastillas por 50 dólares.

Un día, Gabriel estaba afuera de la escuela Martin High cuando una chica un poco mayor llamada Ashley pasó en coche con sus amigas y le ofreció llevarlo. Las chicas se detuvieron en una gasolinera para comprar unas latas de Sprite y esparcieron un montón de pastillas en el cofre de su coche.

Había dos tipos de chicas en Laredo: las mujeres de los pandilleros y las fresas. Las fresas por lo general eran latinas de piel clara del lado norte, el más adinerado de Laredo. Las fresas usaban brillo labial mientras que las pandilleras se ponían labial rojo intenso. Las fresas preferían los suéteres y las botas con forro aborregado y las pandilleras andaban por ahí en Nikes y playeras recortadas. Las fresas fingían resistirse y decían «no soy puta» antes de bajarse la tanga, las pandilleras daban la pepa sin mayor problema. Ashley era pandillera, «del pueblo, pal pueblo». En el fondo era una chica dulce de un hogar destrozado y digno de ser investigado por la agencia de protección a la infancia en Lazteca.

Cuando una de sus amigas le ofreció una pastilla a Gabriel, Ashley dijo: «¡No! ¡No va a tomar ninguna!». Pero decirle a Gabriel que no hiciera algo sólo aseguraba que lo hiciera. Como le dijeron que no, él aplastó la pastilla, echó el polvo a un refresco, se lo bebió y ¡bum!

Así empezó cierta rutina: con el estéreo a todo volumen, Ashley y Gabriel se iban en el choche manejando y platicando por horas. De una roche pasaron a dos y luego a tres: la sensación agradable era instantánea, con ganas de andar paseando por ahí. Platicando. Sin preocupaciones. Sin vergüenza. Ashley se convirtió en la ruca de Gabriel, su chica. Alguien con quien salir de manera estable pero menos que una novia. Ella le dedicó la canción *Dilemma* de Nelly y Kelly Rowland.

Las píldoras, que se usaban básicamente de manera recreativa y no para violar, funcionaban de manera diferente en cada persona. Algunos se ponían muy sensibles y lloraban. Otros se ponían locos, alucinaban y saltaban de los puentes. Para Gabriel, las roches lo relajaban y lo insensibilizaban. Las noches de domingo todos se iban a la San Bernardo Avenue, una calle para pasear junto a la escuela Martin High, a una cuadra al occidente de la I-35. Ahí, los dueños de Chevys S10 y Dodge Rams convertidos presumían sus puertas de mariposa y sus llantas Forgiato que costaban más que los propios coches. Gabriel se fijaba en quién era el dueño de qué coche y hacía un catálogo mental de los traficantes más grandes de Laredo. Su valentía era amplificada por las roches y caminaba por el centro de San Bernardo, de cara al tráfico. Evadía los coches *low-riders* cuando pasaban rugiendo a su lado y el mundo le parecía inofensivo.

En su primer año de bachillerato, Gabriel iba caminando en un pasillo cuando un miembro de una pandilla llamada Movida chocó contra él a propósito. Muchos de Movida habían jugado futbol con Gabriel en la secundaria. Pero el hermano mayor de Gabriel, Luis, era miembro de una pandilla rival, los Sieteros. Cuando los de Movida vieron que Gabriel se estaba juntando con los Sieteros le reclamaron. Él se cortaba el cabello con frecuencia en el salón de Nydia, territorio de Movida. Un día lo vieron ahí y le preguntaron qué representaba. «Yo no estoy metido en esas chingaderas de niñitos. Yo represento a mi vecindario, Lazteca», dijo imitando lo que alguna vez había escuchado decir a su tío Raúl. Los chicos de Movida dijeron que no tenían problema con Gabriel. Pero al parecer su opinión había cambiado.

Esa misma tarde, Gabriel le pidió a Luis las llaves del Escort de su madre para poder irse de la escuela y escapar de una confrontación potencial con miembros de Movida. Cuando cruzó el estacionamiento escuchó que lo insultaban. Cuando se dio la vuelta, vio a una docena de miembros de Movida que iban caminando hacia él y se preparó para la madriza. Cuando se empezaron a acercar los de Movida, Luis, que era de baja estatura pero de un físico imponente, salió y se colocó entre Gabriel y el grupo. El líder de Movida le lanzó un puñetazo a Luis, pero él lo esquivó y le devolvió un golpe hacia arriba que lo noqueó. Cuando el de Movida se puso de pie, fingió que se iba a ir pero se dio la vuelta, golpeó a Luis por sorpresa y le lastimó la ceja.

Después de que terminó la pelea, Gabriel se sintió humillado. Sabía que nunca debía permitir que alguien más peleara por él y prometió que no volvería a suceder.

Gabriel empezó a juntarse con los Sieteros. Iba a sus fiestas y buscaba oportunidades para serles útil. La pandilla necesitaba pistolas, de .380 y 9 mm. Un policía de Laredo vendía armas que traía en la cajuela de su coche. Tenía catálogos de armas de la policía que los chicos podían hojear y les hablaba cuando tenía noticias de inventarios especiales. El policía, que vivía en Lincoln Street, a una cuadra de los Cardona, incluso tenía lanzagranadas y algunas granadas aturdidoras con las cuales ponerlos a prueba.

Durante más de un siglo, Laredo funcionó bajo el viejo sistema del patrón que se basaba en el favoritismo político. J.C. Martin,

quien le dio nombre a la escuela Martin High, fue alcalde de
Laredo de 1954 a 1978. Martin, el patrón original, conservó el poder administrando las políticas favorecedoras hacia
los inmigrantes en su ciudad básicamente hispana. No pedía
identificaciones. Había mucha oferta habitacional pública. Las
condiciones para recibir ayuda de la beneficencia eran laxas.
Martin podía hacer que millones de dólares desaparecieran del
departamento de vialidad de la ciudad y pavimentar solamente
el camino que rodeaba su mansión. Era corrupto como pocos,
pero conseguía votos.

Las áreas más pobres de Laredo, el lado oeste, donde estaba
la escuela Martin High; el centro-sur, donde estaba Lazteca;
y el sur, donde estaba Santo Niño, el peor barrio por mucho,
estaban unidas por la geografía: el río y la frontera. Después
de que la población de la ciudad se duplicó durante la década de
1990 y llegó a casi 250,000 habitantes, el negocio de los bienes raíces —que seguía controlado por las familias más antiguas
y adineradas de Laredo (los Martin, los Bruni, los Killam, los
Walker y los Longoria)— continuó teniendo algunos los precios más elevados en Texas, lo cual ayudaba a mantener controlada a la clase media y evitaba que los pobres pudieran ser
dueños de terrenos.

Además de los guetos oficiales en las zonas central y sur
de Laredo —Lazteca, Siete Viejo, Cantaranas, Heights, Santo
Niño— Laredo estaba rodeado por comunidades o campamentos llamados colonias. Después de la Segunda Guerra Mundial,
los desarrolladores empezaron a usar terrenos que carecían de
valor agrícola para crear estas subdivisiones no incorporadas
sin infraestructura ni servicios para luego vender las propie-
dades a inmigrantes que hacían pagos bajos pero no recibían
las escrituras hasta dar el pago final.

El consejo de la ciudad no tenía integrantes independientes,
nadie que representara a estos bloques de votantes políticamente
significativos. Más bien, cada vecindario era un distrito con su
propio concejal. El concejal construía un centro comunitario o

tal vez mejoraba un parque y luego era reelegido una y otra vez por un centenar de votos. Ni siquiera el alcalde podía proponer una ordenanza de toda la ciudad.

«Casi todos aquí son hispanos, e incluso el puñado de gringos está integrado», dijo Ray Keck, el presidente de la Universidad Internacional Texas A&M. Hijo gringo de inmigrantes europeos, Keck creció justo al norte de Laredo, fue a la universidad de Princeton, se casó con una hispana de Laredo y luego fue maestro del internado Hotchkiss en Connecticut. «Como hay poca tensión étnica, hay un sistema más sencillo y natural de subyugación, y las clases sociales tienden a estancarse», aseguraba Keck.

Todas las escuelas de Laredo tienen una colonia afiliada y los chicos de la colonia llegan en autobús. Cuando los delitos se convierten en un asunto político, los medios locales culpan a las colonias y las pintan como fuentes de depravación y suciedad. No importa que las mayores familias criminales de Laredo con frecuencia procedan de las clases altas del lado elegante, en el norte de la ciudad. La Gaby lo sabía, al igual que Robert y Ronnie García. Cuando un chico de United North o de Alexander High se metía en problemas, nadie se enteraba porque sus padres eran parientes de los abogados y los jueces. Los ricos salían de sus problemas con una amonestación mientras que un José cualquiera terminaba en la cárcel del condado.

En el distrito escolar independiente de Laredo, donde estaban las escuelas de Martin, Nixon y Cigarroa, el 97 por ciento de los estudiantes eran considerados «en desventaja económica» y el otro tres por ciento simplemente no había llenado los documentos. En Martin, el director de la escuela reconoció que tenía dos grupos bajo su cuidado: aquellos que entrarían al negocio de las drogas y aquellos que los perseguirían. Policías, agentes, abogados, jueces, empleados de la corte, oficiales de libertad condicional; por no mencionar mecánicos de diésel, dueños de lotes de camiones y bodegas que almacenaban contrabando decomisado para el gobierno: la lista de empleos creados por la prohibición de las drogas era larga.

Sin embargo, todos, al parecer, estaban inmiscuidos en algo. Los miembros del consejo de Laredo vivían de sobornos. Los jueces favorecían a los traficantes que apoyaban sus campañas. El negocio de las fianzas era el mayor engaño de todos. Los fiadores con frecuencia se repartían el dinero con los fiscales que ayudaban a recuperar los vehículos decomisados y a que sus clientes consiguieran mejores tratos. A cambio de un poco de dinero, un oficial de la prisión del condado Webb lograba que la fianza de los arrestados fuera menor. El hijo del funcionario de prisiones era el fiscal de distrito de Laredo, aunque el fiscal de distrito nunca se vio implicado en estos negocios.

Lazteca, también conocida como El Rincón del Diablo, estaba sobre una colina alta, rodeada por palmeras sin cocos y junto a un enorme puerto de entrada y un valioso corredor de tráfico ilegal. Su posición era envidiable para convertirse en el centro de comercio del mercado negro. Inmigrantes. Narcóticos. Automóviles. Armas. Dinero. Aquí, en la universidad del bajo mundo, un chico valiente e ingenioso resultaba útil.

Una noche, durante el verano entre el primero y segundo año del bachillerato de Gabriel, los Sieteros estaban haciendo una fiesta cuando la novia del líder de la pandilla gritó desde donde estaba sentada en el piso. Cuando la gente se acercó a ayudarla a levantarse, dijo que un chico de baja estatura que estaba borracho la había golpeado en la cara.

Rosalio Reta tenía doce años, todavía medía menos de un metro y medio y le preocupaba que su nombre sonara femenino. Era fanático de *Los Simpson* y recientemente se había cambiado el nombre a Bartolomeo. Sus amigos y familia ahora lo llamaban Bart.

La gran familia de Bart era típica entre los pobres de Laredo. Su padre, un trabajador de la construcción y su madre una esteticista, ambos nacidos en México, ganaban entre los dos 400 dólares a la semana y recibían 1,200 dólares al mes en cupones de alimentación. Bart, nacido en Houston, era el segundo de ocho hijos, cuatro hombres y cuatro mujeres. Vivía del otro lado de la calle de los Cardona y asistió a la escuela primaria J.C. Martin hasta el segundo grado, cuando se quemó la casa de su familia. Entonces la familia Reta se mudó un poco al norte, a Siete Viejo. La casa móvil de marco de madera estaba en pésimo estado y ni siquiera tenía ventanas ni puertas. En la recámara que Bart compartía con sus hermanos, su artículo favorito era un póster de los Navy SEAL's (Fuerzas de Operaciones Especiales de la Marina de Estados Unidos) que se había robado de un centro de reclutamiento local. En la noche, cuando su familia se quedaba dormida junta mientras veía televisión, Bart se iba y caminaba a un lugar donde se estaban construyendo casas y donde se reunían los miembros de la pandilla de los Sieteros para fumar marihuana, tomar cerveza y jugar basquetbol bajo las luces de seguridad que alumbraban las veinticuatro horas.

Bart se aventuraba a salir en esas noches porque quería vivir su propia vida. Estaba cansado de no tener lo que necesitaba, de quedarse sin cenar algunas noches para que sus hermanos y hermanas menores pudieran tener más comida. Entendió que para tener algo se tiene que trabajar por ello. Él estaba dispuesto a trabajar. Se unió a los Sieteros y se convirtió en el favorito del líder de la pandilla.

Pero ahora, en la fiesta, Bart estaba bebiendo brandy Presidente en el patio trasero cuando ese mismo líder se le acercó, sacó una pistola y le puso el cañón en la cabeza. Faltarle al respeto a la novia del líder de una pandilla ameritaba una golpiza. Golpearla en la cara ameritaba algo peor. Algunos de los Sieteros discutieron si debían llevar a Bart a un campo cercano y dispararle. Un miembro de la pandilla señaló que matar a Bart no sería inteligente porque las chicas de la fiesta los delatarían.

Gabriel se quedó ahí parado, esperando la oportunidad de intervenir a favor de su amigo de la infancia, el chico rudo que siempre jugaba futbol con los más grandes y que sólo quería pertenecer a un grupo. Varios de los chicos de la pandilla empezaron a golpear a Bart, quien intentó defenderse pero no pudo.

Gabriel al final detuvo la pelea y se llevó a Bart arrastrando.

Después de esa noche, Gabriel y Bart se distanciaron de los Sieteros y empezaron a pasar más tiempo juntos. Una noche que estaban caminando cerca de la casa de Gabriel en Lazteca, gente de Movida pasó disparándoles desde el auto.

A Gabriel ya le habían disparado dos veces sin lastimarlo. Escuchaba las balas silbar a su lado y se imaginaba en la película *The Matrix*, pensando que podía levantar la mano un poco, estirarla lo justo y atrapar una bala. Sentía un escalofrío, un temblor y luego entraba en modo de batalla. Pero en esta ocasión sí le dieron en la parte de atrás de la cabeza con fragmentos de metralla. Descubrió que no era lo mismo que las balas pasaran a su lado que recibir su impacto. No sintió los fragmentos pequeños cuando entraron. Sólo un ardor y gotas frías.

Luego llegó la humillación, un cosquilleo de furia en sus labios y la sensación intolerable de que alguien tenía la ventaja.

«Dos adolescentes heridos en una balacera», decía el *Laredo Morning Times*.

Los policías recuperaron los cartuchos de la escena y dijeron que la investigación estaba abierta. «Investigación mis huevos», pensó Gabriel después de salir del hospital. En venganza, le disparó a uno de sus rivales en la pierna y éste fue un de punto de inflexión en sus quince años de vida. Se le empezó a conocer como «un vato de huevos», alguien que tuvo el valor de tirar del gatillo, un gatillero. Lo más importante es que ahora él se encargaría de pelear sus propias batallas. La gente se sentía segura en su presencia. Sus amigos querían estar con él. Cuando no estaba en las reuniones, la gente preguntaba dónde andaba. El respeto lo embriagaba. Empezó a portar una pistola consigo mismo.

Su cuerpo cambió. Su pecho bronceado y sin vello seguía siendo cóncavo, pero ahora sus hombros eran prominentes. Sus labios se hicieron más llenos, su nariz era recta y fuerte y sus manos duras. Dejó el cabello esponjado de Ricky Martin y lo cambió por un estilo más moderno, el degradado de Eminem.

Como cualquier otro adolescente que está adoptando una postura y actitud hacia el mundo, la personalidad de un hombre, los modelos culturales le enseñaron las realidades amargas de la vida y las maneras nobles de soportarlas. En la covacha en ruinas junto a la de su madre, en la calle Lincoln 207, Gabriel y Luis vieron muchas veces *Blood In, Blood Out*, una película sobre unos primos adolescentes del este de Los Ángeles. Después de que los personajes de la película se pelean a muerte con una pandilla rival, sus caminos se separan. Paco se va a la escuela militar y se convierte en policía. Miklo va a prisión y se convierte en el líder de una pandilla. Gabriel entendió el mensaje de Paco: puedes provenir de un vecindario pobre y de todas maneras hacer algo de tu vida. Pero se identificaba más con Miklo. La manera heroica en que el personaje se mantiene fiel a su código y se convierte en el líder de su pandilla —el hombre más malo de la prisión— era una fantasía seductora.

Sobre la pared de la covacha Gabriel escribía letras de canciones y poesía de Tupac Shakur. Se quitaba la camisa, fumaba marihuana y escuchaba *Hit 'Em Up, Still Ballin* y *Hail Mary*, canciones sobre la vida en la calle y la venganza. Tupac escribió sus mejores canciones en la cárcel, vivió la vida que describía con entusiasmo, luchó contra policías corruptos y sobrevivió a sus atacantes.

Gabriel bailaba y boxeaba con su sombra al ritmo de la música.
Five shots couldn't drop me
I took it and smiled...

«¡Apaga esa mierda de Two-pack!», le gritaba La Gaby desde la entrada con suelo de tierra de la casa, pero Gabriel no le hacía caso. Mientras se movía, dando vueltas, golpeando al aire, con los jeans sueltos debajo de la cintura de sus bóxers a cuadros Tommy Hilfiger, le venían ideas; principios cristalizados en un código. Se trataba de estar en la punta del cañón.

¡Éntrale primero!

¡Muere por los compañeros!

Los cuates de Gabriel lo visitaban con frecuencia en la covacha. Gabriel, Bart y otro amigo cercano llamado Wences Tovar, conocido como el Tucán por su nariz prominente, junto con un grupo de cuates asociados de Lazteca y Siete Viejo intercambiaban números de la revista *Vibe* y seguían cada momento del pleito entre el hip-hop de la costa este y de la oeste. Al leer sobre el magnate homicida de la música, Suge Knight, y la corrupción del departamento de policía de Los Ángeles, veían reflejado su propio hábitat en aquel éter celebrado. La música no sólo tenía el nombre de *gangsta* rap. Era real.

Esta realidad quedó clara con el éxito de Carlos Coy, un individuo de Houston mejor conocido como South Park Mexican (SPM), con canciones como *Thug Girl* e *Illegal Amigos*. Según el *Houston Press*, South Park Mexican «era un héroe para los chicos morenos de cabeza rapada, camisas y jeans holgados, los hijos de los jardineros, constructores de caminos, albañiles y lavaplatos, la juventud atrapada entre dos culturas pero no valorada en particular por ninguna». SPM se convirtió en la vía de escape para su rabia y su desesperación, pero también para sus sueños. Rapeaba para todos los *crazy motherfuckas*. Les dejaba saber que él también había estado perdido y también necesitaba ayuda, igual que ellos. Por eso, quienes lo seguían, «eran las personas más enfermas del mundo», porque ellos eran a quienes SPM quería ayudar y cambiar. Se salió de la escuela porque estaba «cansado de venderle crack a la mamá de un amigo y de sentirse como un espalda mojada sin valor». Tenía casi dieciocho años cuando se salió del primer año del bachillerato. SPM también estaba preocupado de que lo metieran a la cárcel por estupro.

Gabriel y Luis usaban la covacha para recibir a sus amigas. En la parte exterior, la que daba a Lincoln Street, colocaron el póster de una chicana con muchas curvas y mirada insinuante que posaba junto a unas botellas de Bud Light.

Cuando empezó su segundo año, un funcionario de la escuela encontró papeles para forjar cigarros y una bala en el bolsillo de Gabriel. Fue el último día que puso un pie en la escuela Martin High.

5
PINCHE PERFECCIONISTA

Ronnie García continuaba batallando en Laredo. La ciudad estaba llena de violencia doméstica y no hacía falta ser un policía para darse cuenta. Después de trabajar como recepcionista en un consultorio médico durante años, aceptó un nuevo trabajo como administradora y reclutadora en la Universidad Internacional A&M de Texas, conocida como TAMIU, *Tammy U.* Una amiga cercana de Ronnie que trabajaba ahí era la mamá del mejor amigo de Trey. Esta mujer decidió cambiar de línea de trabajo y acababa de aprobar su examen de enfermera. Un día le dijo a su esposo que iba a salir a celebrar. Él le dijo que no. Ella salió de todas maneras. Él la esperó en el jardín a la entrada de su casa en la noche, le cortó la garganta y la mató.

El padre fue condenado a cadena perpetua. El hijo de ocho años, el amigo de Trey, pasaba de la casa de su abuela a la casa nueva de los García en Los Presidentes. La primera Navidad después del asesinato de su madre estaban abriendo los regalos cuando el niño se vino abajo. Ronnie lo abrazó por horas, pero era difícil saber qué hacer. Llamó a sus padres en Arizona. «¡Robert nunca está en casa! ¡El niño está inconsolable!», se quejó. «Ay, ya cállate, pinche perfeccionista. Tranquilízate, amor. No puedes ser todo para todos», le dijo su padre con el rudo lenguaje que usaban en privado pero no de manera agresiva.

A pesar de las dificultades, una ética inamovible ataba a Robert y Ronnie de una manera que podía aislarlos de los demás, en particular de los conocidos de Robert. Los policías de Laredo hacían excepciones a las reglas, desde las multas por exceso de velocidad hasta los arrestos, a cambio de favores de gente poderosa. Robert no participaba en esos juegos. Ronnie valoraba su rectitud aunque eso limitaba su vida social a un círculo diminuto de policías y agentes federales.

En la DEA, todos los narcóticos y el efectivo y los coches que estaban en el almacén de evidencias podrían financiar una segunda agencia. La tentación era grande, al igual que en otras oficinas de policía de Laredo, y Robert nunca sabía cuál de sus colegas caería. A veces un agente se mantenía limpio pero cuando sus hijos crecían y necesitaba dinero extra, robaba un poco de alguna incautación. Cuando contaban el dinero, el drogadicto arrestado decía: «No, había más dinero». Pero era un criminal, así que el policía se salía con la suya. Y ése era el primer paso hacia la ruina, porque si el agente lograba salirse con la suya en su primer robo de dinero, lo volvía a intentar. Podía hacerlo sin que lo descubrieran una segunda vez, también. Siempre en la tercera vez terminaba hablando con un abogado y despidiéndose de sus colegas. Podía ser un agente que provenía de una familia de varias generaciones de policías, o de un esquema entre padre e hijo. Podía ser un viejo compañero, alguien que creías conocer como la palma de tu mano. Pero si ves la palma de tu mano cada cinco años, verás que cambia.

Los García pensaban: «El sistema no es justo pero hay oportunidades. No hay que ser abusivo. Hay que servir a la comunidad y la comunidad te servirá. Consigue empleo, aguanta. Consigue otro empleo. Edúcate. Mantente en movimiento». No había nada político ni ideológico en todo esto. El principio que los guiaba, más bien, era la intolerancia por la holgazanería en esta pareja de personas que se ganaron a pulso todo lo que tenían.

Los García no eran religiosos. Tampoco idolatraban el dinero. Robert entendió que el respeto y el poder eran arbitrarios y escurridizos. Si el trabajo no te entusiasmaba, no tenía ningún sentido. No odiaba las armas de fuego, pero tampoco le gustaban. Desde el suicidio de Jesse no tenía interés en ellas. Prefería cocinar que cazar, prefería soldar un nuevo horno para ahumar carne los domingos que hacerle adaptaciones al coche. En su cochera convertida en guarida masculina o estudio, se paraba detrás de la barra y recibía a sus amigos con el futbol en la pantalla grande y música en la vieja rocola.

Los fines de semana, Robert pasaba tanto tiempo como le era posible con los chicos. Él y Trey luchaban en la mañana. Eric, su hijastro, resentía que fueran tan cercanos. A los trece años, Eric entró a la recámara de Robert y Ronnie y les preguntó si podía cambiarse el apellido a García. Antes de que Ronnie pudiera responder, Robert dijo que no. Le dijo que cuando cumpliera dieciocho años podría hacer lo que quisiera.

«Te estás portando como un hijo de puta», le dijo Ronnie.

Tal vez. Pero un nombre, para Robert, no importaba. Lo importante era la educación. Robert era el mayor de sus hermanos y nunca llamó «papá» al Roberto mayor. Lo llamaba Beto. Esta formalidad no tenía nada que ver con la falta de afecto. Tenía que ver con el respeto. Si querías criar un bebé, había que tratarlo como niño. Si querías que el chico trabajara contigo para ayudarte a ver por la familia, había que tratarlo como un hombre. Ser sentimental, para Robert, no era un requisito para ser buen padre.

Por esta razón, Robert intimidaba a Eric y Trey. No les decía mucho ni les mostraba muchas emociones. Pero tenía su manera de demostrar que le importaban. Cuando hacían proyectos juntos, Robert les hacía preguntas a los chicos sobre la escuela y sobre la vida. Entre los tres pusieron los azulejos del baño y construyeron un muro alrededor de la casa. En el jardín de la entrada plantaron árboles y flores e instalaron un sistema de aspersores para regarlo. En la parte de atrás construyeron una veranda, un bar exterior y un cobertizo nuevo. Trey era el atleta. Pero Eric, el gringo, aprendió español mejor que su hermano mexicano y su trabajo manual siempre fue de mayor calidad. «No tienen que saber hacer todo, sólo tienen que entender lo que implica hacerlo para poder reconocer cuánto hay que pagarle a alguien más. De otra forma, terminas pagando demasiado», les decía Robert.

Para los residentes que se iban amontonando a su alrededor, Robert y sus chicos eran una maravilla de la disciplina. Cuando los vecinos se referían a sus esperanzas de lograr proyectos similares en sus casas, Robert les decía: «Compra los materiales y nosotros iremos a hacerlo».

Desde que empezó a meter a los jóvenes de Laredo tras las rejas todos los días, Robert puso especial atención en su labor como padre. En este aspecto, Ronnie se adaptó al estilo de su esposo. Juntos prestaban extrema atención en áreas donde otros padres eran confiados. Tenían que saber con quiénes estaban los chicos y a dónde iban. Los teléfonos celulares de amigos y padres de los amigos. Horarios para dejarlos y recogerlos cuando salían. Trey cumplía. El chico más joven se parecía a su padre, no podía mentir aunque quisiera. Eric, que ya estaba en el bachillerato, era distinto.

—¿A dónde vas, Eric?
—Voy a salir.
—¿Con quién?
—Amigos.
—¿A qué hora regresas?
—En algún momento.

Eric era un chico blanco que asistía a una de las escuelas más rudas de Laredo, United South, y tenía más dificultades de las que sus padres se daban cuenta. Sus clases de inglés se enseñaban en español. Los chicos usaban jeans holgados y camisetas de *Scarface*, hacían señales de pandillas y no les importaba nada. Eric, que no era agresivo por naturaleza, fue acosado y eso lo hacía estar siempre molesto. Robert le enseñó a los niños a conservar la calma al enfrentar agresiones, a pelear solamente cuando se vieran obligados, pero no era tan sencillo.

El mejor amigo de Eric tuvo un hijo a los trece años. Los chicos de séptimo grado conducían las trocas de sus padres a la escuela. Eric, ciertamente, no deseaba imitar todo el libertinaje que veía a su alrededor, pero envidiaba las libertades que disfrutaban sus compañeros menos vigilados. Sentía que nadie en Laredo notaba que él existía, excepto por su propio padre, el Pequeño Hitler.

A los dieciséis años, Eric fumaba algo de mota y bebía un poco. Sus compañeros lo hacían más. Ese año, catorce estudiantes fueron expulsados de United South por drogas y violencia y se colocaron perros detectores de drogas en todas las entradas, lo cual le ganó el título de «escuela persistentemente peligrosa» bajo la ley de George W. Bush de *No Child Left Behind*.

El *Laredo Morning Times* decía:

> United South está pegada a la frontera mexicana en el lado sur de la ciudad en un vecindario de clase media. Pero algunos de sus estudiantes llegan de las colonias, asentamientos fronterizos no incorporados donde los residentes empobrecidos viven sin servicios públicos.
>
> Sin agua corriente, «algunos estudiantes llegan a la escuela sin bañarse por días», dijo Dago Carmona, un consejero de drogas en United South. Algunos trabajan para o están relacionados con miembros de los cárteles de drogas armados en Nuevo Laredo, México...
>
> «Dificulta las cosas a los maestros, porque algunos sienten temor», concluyó Carmona.

Es verdad que las colonias tenían inmigrantes ilegales, pero los medios de comunicación lo exageraban. Las familias de los mayores delincuentes generalmente provenían de esos vecindarios de clase media donde los padres inmigrantes consentían a sus hijos para darle a la siguiente generación más de lo que ellos tuvieron. Como reclutadora de TAMIU, Ronnie visitaba los bachilleratos y presenciaba este fenómeno de primera mano. Generalmente veía que los chicos de las colonias se comportaban mejor que sus compañeros con más recursos económicos. En los mejores casos, le atribuía esta diferencia al ejemplo que tenían por tener dos padres que trabajaban. En muchas familias de la zona de los García, y en las familias más ricas del lado norte, la madre se quedaba en casa pero eso rara vez implicaba una mayor supervisión.

Una tarde de otoño en 2003, alguien le ofreció a Eric una roche y le dijo que la partiera a la mitad. En vez de hacer eso, se tomó toda la pastilla y luego se cayó de su silla en clase de matemáticas. Cuando llegó el personal de seguridad unos minutos después, Eric seguía postrado en el pasillo.

Robert los alcanzó afuera del salón. En el estacionamiento de la escuela, Eric y Robert empezaron a discutir, se empujaron y se gritaron. En casa, Robert hizo que Eric hiciera tres pruebas de drogas, ¡tres!

Ronnie regresó del trabajo y observó desde la cocina. «Aquí va de nuevo», pensó. La primavera anterior, cuando Robert había estado fuera haciendo un trabajo encubierto, Eric había regresado a casa de pésimo humor y había abierto la puerta del refrigerador con tal fuerza que le hizo un hoyo a la pared. «¿Por qué no puedes controlar tus emociones?», le preguntó Ronnie mientras Trey observaba la escena. Cuando Eric le respondió «Cállate, puta», Ronnie, que no era pequeña, retrocedió un paso y le dio un golpe en la cara con el puño cerrado. Mantuvo el incidente en secreto entre ella y los chicos, para no hacer que la reacción de Robert terminara de alejar a Eric.

«¡No se preocupen! ¡Robert se encargará de esto! ¡Llegará al fondo de este caso así sea lo último que haga!», dijo Eric en ese momento a su público imaginario mientras orinaba en un recipiente tras otro.

Mientras su hijastro seguía despotricando, Robert pensó: «No sabes nunca lo que tienes en casa. El carpintero puede ser muy bueno, pero sus propios muebles se deshacen. Al mejor mecánico del pueblo se le descompone el coche en la autopista». Al ver a Eric salirse de control, Robert se preguntaba si habría sido una equivocación no permitir que los chicos cometieran sus propios errores. Era necesario monitorearlos y ser estricto, pero necesitaban salir y hacer sus propias pendejadas. El yin y el yang. Cuando Eric, todavía despotricando, lanzó un puñetazo al aire, Robert lo tacleó, lo esposó y llamó a una patrulla para que lo llevaran a un centro de detención juvenil a pasar la noche. De haber sido cualquier otra persona al teléfono, los operadores hubieran pensado que se trataba de una broma.

6
LA UNIVERSIDAD DEL BAJO MUNDO

«Empiezo mi día a las cinco de la mañana como operadora de un servicio de transporte médico», explicó Gabriela Cardona al Juez Danny Valdez cuando la llamaron a la corte juvenil para que explicara las inasistencias de su hijo en el reformatorio.

«Juez, yo no sé qué hace o a quién ve. Va a Nuevo Laredo y no regresa hasta las cuatro de la mañana.»

En 1987, como joven juez, Danny Valdez creó la primera cumbre de pandillas en la cafetería de Martin High. Los líderes de las pandillas llegaban, se daban la mano, compartían una pizza y una semana después volvían a las hostilidades. Pero la ilusión inicial que siempre creaba la cumbre de pandillas, representaba una excelente oportunidad para crear relaciones públicas, y estos eventos se volvieron un clásico de la primavera en lugares como Martin High y United South. El juez Valdez conocía otras maneras de reformar a los chicos que no se comportaban. Una semana en el reclusorio juvenil, por ejemplo, podía ayudar a enderezar a un chico. Pero como el reclusorio juvenil de Laredo sólo tenía veinticuatro camas, la mayoría de los infractores eran liberados y se iban con sus padres. En las calles se decía: «Lo único que necesitas es que un papá se presente y te dejen ir».

A principios de la década de 2000, cuando proliferaron las pandillas callejeras con vínculos a ambos lados de la frontera, el juez Valdez empezó a ver uno de los índices más altos de arrestos de jóvenes por delitos violentos en el país. Las pandillas solían pelear con los puños, pero ahora peleaban con armas. En promedio, se arrestaba a un menor de edad por un delito grave en la ciudad un día sí y uno no.

Pero lo que el juez Valdez veía en su corte, en su mayoría, eran familias monoparentales que se estaban yendo al infierno. El involucramiento de los padres, eso lo sabía bien, era algo que rendía frutos a largo plazo. Intentó ordenarle a los progenitores que se quedaran con sus hijos delincuentes en la escuela una o dos mañanas por semana. Esta estrategia podía ser efectiva salvo en los casos en los cuales era poco realista que un padre de familia fuera con su hijo a la escuela, lo cual era cierto en la mayoría de los casos, como el de Gabriela Cardona.

Por las faltas de asistencia de su hijo, el juez Valdez le puso a La Gaby una multa de doscientos dólares y le dijo que acompañara a Gabriel al reformatorio los martes y los miércoles. También ordenó que Gabriel asistiera a un programa de disciplina militar, un correccional de fin de semana que reforzaba las consecuencias de la delincuencia y la falta de respeto.

«¿Falta de respeto a qué?», le preguntó Gabriel a sus amigos de vuelta en la covacha en Lincoln Street. «¡A los Estados Unidos, güey!», le respondieron.

Los chicos rieron. Laredo dedicaba todos los febreros a un mes de celebraciones por el cumpleaños de George Washington, pero estos chicos de Lazteca no sentían ninguna reverencia por él. Los principios que regían a los Estados Unidos, creían, eran hacer la guerra económica y explotar otras sociedades. El día de los veteranos supuestamente conmemoraba las vidas perdidas en la guerra por la libertad. Pero, «¿cuál libertad?», se preguntaban. ¡El petróleo no tiene nada que ver con la libertad!

En Televisa, la cadena de televisión mexicana, veían cómo capturaban a narcotraficantes a ambos lados de la frontera y los paseaban delante de las cámaras frente a pacas de marihuana o ladrillos de cocaína, dinero y armas. Lejos de ser ejemplos cautelares, consideraban a estos hombres esposados como unos pesos pesados.

Dieciocho meses antes de que Gabriel y La Gaby se presentaran frente al juez Valdez, el incidente de los papeles para cigarro y la bala ya lo habían hecho terminar en la Lara Academy, la primera capa del sistema correccional sobrecargado de Laredo. En Lara, un veterano de la Segunda Guerra Mundial les hablaba sobre los horrores de la guerra y la importancia de educarse. Les describió cómo tuvo que sacar cuerpos despedazados del Pacífico Sur y cómo confrontó a los pilotos kamikazes de Japón, quienes creían que morir por el emperador significaba vivir para siempre. «Era una manera extraña de pensar», dijo el veterano, «pero los bombardeos suicidas del 11 de septiembre fueron similares a las misiones kamikazes». Concluía diciendo que las influencias del entorno no eran ninguna excusa para ser un delincuente.

Cuando Gabriel se presentó en la Lara Academy con resaca un lunes después de un fin de semana de beber, lo enviaron a la siguiente capa del sistema: el Programa de Educación Alternativa de Justicia Juvenil, o JJAEP, por sus siglas en inglés. En JJAEP, también conocido como la Alternativa, tenían casas móviles convertidas en aulas formando un cuadrado alrededor de una cancha de basquetbol. Los estudiantes trabajaban en módulos de aprendizaje a su propio ritmo. Para esta etapa del sistema, en un punto entre el bachillerato y la prisión, el juez Danny Valdez y otros jueces juveniles que supervisaban JJAEP discutían qué tan similar a una prisión debería ser la Alternativa. Por ejemplo, tener cámaras vigilando a los estudiantes era motivo de controversia. ¿Las cámaras eran aconsejables como medidas de precaución o eran demasiado parecidas a un Big Brother? ¿Cómo negarles un sentido de seguridad y valor propio a los estudiantes cuando el personal estaba intentando generarlo en ellos? Era difícil decidir. Principalmente, las cámaras capturaban actos sexuales durante el descanso, escenas de la chica que hacía sexo oral después de la escuela.

Pero los maestros y supervisores dejaban algo claro: si no intentabas aprender a comportarte, te enviarían sin duda al reclusorio juvenil Texas Youth Commission, TYC, la prisión que te preparaba para la casa grande.

Cuando Gabriel intentó reinscribirse en Martin High como estudiante de segundo año, el director le sugirió que sería más conveniente que se pusiera al corriente en la Alternativa y que luego regresara a Martin y se graduara con su generación. Aunque Gabriel se sintió frustrado por el rechazo del director, también estaba ya demasiado ocupado con lo que estaba haciendo en el bajo mundo como para preocuparse mucho por sus fracasos escolares. Acompañado de Bart, o de algún otro socio, Gabriel robaba autos en Laredo y los vendía del otro lado de la frontera a un tipo llamado Mario Flores Soto, conocido como Meme Flores, a quien conoció a través de una familia de Lazteca.

Meme era el líder de una de las organizaciones criminales de Nuevo Laredo. Hasta ese momento, Gabriel sólo había visto el dinero que se podía ganar con las drogas que iban al norte. Pero Meme le mostró el otro lado: la demanda en México por coches de contrabando y armas. Del uso de la 9 mm pasó a usar armas más grandes como la Mini-14, un rifle de asalto.

Desinhibido, gracias a las roches que ahora tomaba cada vez con más frecuencia, hasta cinco al día, Gabriel robaba coches y camiones con una eficiencia metódica que a veces se disolvía en una rápida frustración si sentía que un compañero no estaba compartiendo el mismo riesgo. Con una reputación establecida como alguien que siempre estaba «dispuesto a todo», listo para emprender cualquier oportunidad criminal, Gabriel sentía que otros miembros de su círculo, como su hermano mayor, Luis, sólo querían gozar de los beneficios pero sin arriesgarse. Cuando Gabriel forzó a Luis a robarse una troca de una gasolinera, su hermano intentó controlar el miedo. Entró a la gasolinera pero luego siguió caminando, pasó de largo junto al vehículo y se perdió en la oscuridad.

Bart era el único amigo cuya intrepidez y ética laboral eran similares a las de Gabriel. El día que Gabriel se robó un Ford

F-150 personalizado de Lazteca, Bart, a pesar de estar usando chanclas, corrió detrás de la troca y se lanzó a la caja mientras la gente de la colonia lo observaba y se reía.

Sentenciado al correccional militar por no asistir a la Alternativa, Gabriel, sin dormir y aún borracho por la noche anterior, estaba decidido a ganarse su lugar cuando La Gaby lo dejó en la primera sesión de fin de semana. Olvidó traer su propia botella de agua, una de las reglas del lugar, y casi se desmayó deshidratado durante los ejercicios de marchar, correr, hacer lagartijas y abdominales. Durante el descanso, un congresista habló con ellos: «La mitad de este grupo no va a terminar el bachillerato. He visto a mucha gente buena terminar en malos lugares y no queremos que eso les pase a ustedes».

Gabriel volvió a irse de fiesta ese sábado y se negó a regresar al campamento a la mañana siguiente, así que su madre llamó a la policía. Un sargento del campamento, al ver que Gabriel llegó escoltado por la policía, lo trató más duramente ese día.

«¡Vamos, vamos, eres demasiado lento!»

«¡No te oigo!»

«¡Más rápido, más rápido!»

«¡Fórmate!»

La teoría era que los gritos motivacionales eran efectivos porque estos chicos carecían de una figura de autoridad. Pero el sargento no quería que Gabriel estuviera ahí si no iba a obedecer las órdenes. Así que le dejó claro a Gabriel que, si quería, podía irse, y luego asistir al mismo entrenamiento en TYC. «Está bien», dijo Gabriel, y se fue, como para esperar un coche que lo llevara al reclusorio juvenil. Cuando el sargento regresó al interior, Gabriel se fue corriendo a Lazteca y el reclusorio quedó para después. Un mes después, a finales de 2003, lo detuvieron por participar con Bart en un tiroteo desde el coche y Gabriel finalmente terminó en TYC. «Nos volvemos a encontrar», dijo el sargento. Después de unas cuantas semanas ahí —donde Gabriel volvió a ver a Ashley, la que lo introdujo a las roches, y que ahora barría el piso de la cafetería— el oficial de libertad provisional le dio una oportunidad al chico de diecisiete años y lo envió a rehabilitación al hogar de recuperación de la juventud. Pero lo único que veía Gabriel en la rehabilitación era gente muy afectada por las drogas. No sentía que perteneciera ahí, así que se escapó.

Todo ese tiempo, nunca se sintió como un gánster en entrenamiento. Tampoco estaba tomando la decisión consciente de ir hacia un lado o el otro. Nunca fue una decisión de ese tipo. Siempre fue algo del estilo de: «Bueno, pues lo hago». Te expulsan del bachillerato y te meten al reformatorio. Te expulsan del reformatorio y te meten a la Alternativa. Te expulsan de la Alternativa y te mandan al reclusorio juvenil. Para entonces ya estás perdido y el sistema parece estarte enviando de una etapa de deterioro a la siguiente. Aparentemente no había nada que pudiera detener su caída.

En la mente de Gabriel, este estado perpetuo de delincuencia, todas estas vueltas entre reformatorios y negocios del bajo mundo, lo conducían hacia alguna parte. Sus problemas en la escuela no representaban fracasos. Tenía una ética laboral militante que lograba traspasar la neblina de las roches y adoptaba la forma de una ambición impulsada por la energía que liberaban los efectos poderosos del narcótico. Traficaba con armas y ganaba dinero. Robaba coches y ganaba dinero. Durante las épocas más tranquilas, se metía con un amigo a un teatro abandonado de Lazteca y juntos robaban cajas de ropa y otros bienes que los comerciantes locales guardaban ahí. Gabriel pensaba que, cuando encuentras una misión en la vida, tienes que dedicarte a ella. Y aunque nunca se había sentido comprometido con ningún grupo, ahora sentía como si estuviera deslizándose en dirección a alguna entidad que merecía todo su respeto.

Esta actividad con Meme, pensaba Gabriel, «ya no eran pendejadas de niños. No era estar vendiendo bolsitas de mota. No eran peleas tontas». Meme y sus asociados en Nuevo

Laredo eran hombres serios que tenían sus propios códigos y que se encargaban de cuidar a su gente. El socio de Meme estaba en una prisión de Nuevo Laredo y su celda tenía muebles de cuero, cocina y una televisión de pantalla plana. Recibía visitas de sus amigos. Unas mujeres proporcionaban el entretenimiento mientras los guardias compraban cerveza. ¿Qué tan malo era eso?

Así que cuando Gabriel se escapó de la rehabilitación y corrió por los campos de cebolla del condado de Webb, levantando nubes de polvo en su regreso a Lazteca, no estaba escapando del sistema sin destino, estaba corriendo de regreso a esas empresas que beneficiaban a su madre, tías, tíos y hermanos en forma de dinero en efectivo. Su estilo de vida criminal también le permitía conocer a nuevas personas constantemente y se afiliaba con los elementos destacados del inframundo. Cualesquiera que hubieran sido sus sueños, a los seis u ocho o diez años, de convertirse en abogado, de impresionar al público con su carisma... pues bien, ahora ya había decidido llevar su talento en otra dirección.

Ya era 2004 y, según un rumor del bajo mundo, un nuevo grupo con filosofía suicida estaba apoderándose de Nuevo Laredo. Algunos se referían a ellos como «la gente nueva».

Para Gabriel, un originario de Lazteca, un chico del rumbo destacaba entre todos los demás. Richard Jasso era lo más cercano que Lazteca tenía a la realeza del narcotráfico. Era un par de años mayor que Gabriel y vivía del otro lado de la calle con la familia de su esposa. Richard no trabajaba para una pandilla, no tenía que hacerlo. Cuando tenía seis años, empezó a trabajar con su abuela en el tráfico de inmigrantes. Para los ocho su padre lo llevaba cuando hacía entregas de cocaína a Houston.

A los dieciséis, Richard registró una empresa fantasma llamada R.J.'s Trucking Inc. Se especializaba en transportar grandes cargamentos de cerámica mexicana y desperdicio de plástico, lo cual podía comprar barato en la frontera y usar como «frente» para sus cargamentos de marihuana. Transportaba toneladas de marihuana a lugares como Georgia y Carolina del Norte. Buscaba en línea las compañías en esos estados que comerciaban con cerámica o desperdicio de plástico y los listaba como los compradores en su manifiesto de envío. El conocimiento de embarque incluía un número telefónico de una amiga suya que contestaba con voz sexy de secretaria: «R.J.'s Trucking».

Richard compraba camiones Freightliner usados y luego se robaba los permisos y placas de otros camiones que se veían parecidos. En vez de pagar 8,000 dólares por cada contenedor de carga, los rentaba a un tipo que esperaba dos semanas antes de reportar la caja como robada. Para entonces, Richard ya había llevado un cargamento o dos al norte y ya había abandonado la caja en algún lugar donde los policías la pudieran encontrar fácilmente y devolvérsela a su dueño. A los diecisiete años, Richard había introducido más o menos unas cincuenta toneladas de marihuana a los Estados Unidos.

Pero la marihuana apenas fue el comienzo. A los diecinueve años, gracias a una conexión que negoció el esposo de su hermana, Richard estaba agregando un producto más lucrativo a su negocio: cocaína. Richard compró una nueva línea de camiones, así como seguros y permisos, contrató un mecánico de tiempo completo por mil dólares a la semana y rentó una bodega en San Antonio, donde él y su cuñado pasaban casi todo el tiempo. Richard pasó de usar el estilo del barrio con pantalones de mezclilla Guess y botas Polo al uniforme informal pero de trabajo de pantalones DKNY y zapatos Steve Madden, «el aspecto de un universitario acomodado», como él decía. Ofreció contratar a Gabriel, quien seguía trabajando con Meme, como guardaespaldas y mensajero.

Richard representaba mucho de lo que Gabriel quería. Estaba casado con una mujer que también provenía de una familia de estafadores. Richard se iba de fiesta a Miami Beach con uno de sus clientes que le compraba cocaína, un caballero cubano que abastecía al sur de la Florida. En Lazteca, Richard contaba historias exóticas que sucedían en lugares como Ocean Boulevard, sobre estar en el club nocturno Mansion y beber champaña Cristal directo de la botella mientras las mujeres más hermosas del mundo, con la ropa más elegante, endulzaban la atmósfera. Y no era mentira. Gabriel y Luis, que también trabajaba para Richard, vieron cómo vivía Richard en San Antonio. Vieron cómo las secciones VIP en los clubes más populares como el Planeta Bar-Rio y Ritmo Latino, siempre estaban reservadas para Richard, su cuñado y quienes estuvieran con ellos. Vieron que siempre había whisky Buchanan's y tequila Patrón en la mesa, y notaron cómo Richard entregaba sobres de varios cientos de dólares a la persona a cargo de la seguridad, a la mesera y al administrador del club, quien les permitía usar su oficina para actividades que requerían discreción. Un día, cuando Richard llevó a su madre a un concierto de Los Tigres del Norte en el Planeta Bar-Rio, una pareja ocupó la mesa que él quería cerca del escenario. Richard les ofreció dos mil dólares para que se cambiaran de lugar.

Un Volvo, una Avalanche, un GMC Denali y un Jeep Grand Cherokee. Joe Brand, Versace, Hugo Boss, Lacoste, Prada, GBX, Fendi, Rolex y joyería exclusiva. Cenas familiares en los mejores restaurantes mexicanos con un grupo de mariachis que tocaba toda la noche las canciones que ellos pedían. Richard estaba viviendo un sueño.

Tenía muchas chicas de fin de semana que amaban su almacén de cocaína. El administrador de las Embassy Suites también lo amaba. Estas actividades le provocaban problemas en casa. Pero a su esposa y a sus hijos no les faltaba nada. Su suegra, amiga de La Gaby, conducía una camioneta nueva. Cada vez que Richard gastaba otros cinco mil dólares en Toys "R" Us, las cajeras le preguntaban si no quería adoptar a sus hijos. Gabriel se daba cuenta de la lujuria en los ojos de las chicas de barrio cuando Richard cruzaba Lazteca en su Hummer, con llantas

Assassyn de cromo que brillaban en el sol como cuchillos gira-
torios. Incluso las amigas de la esposa de Richard coqueteaban
con él abiertamente. Era apuesto de una manera menos tosca que
Gabriel, pero también de cierta forma menos delicada. Richard
era un chico gregario con la cualidad magnética de alguien que
te hace sentir mejor contigo mismo, con una sonrisa grande y
blanca que parecía decir: «Conmigo te vas a divertir muchísimo».

En Lazteca, si alguien era dueño de un coche ostentoso,
como una Tahoe o una Escalade personalizadas, con buenos
neumáticos, un estéreo y cristales polarizados, la gente consideraba que ese era un tipo que «se movía», que traficaba, y
era respetado. Pero si tenía varios de esos vehículos entonces
se decía que «se mueve pesado», y esa etiqueta venía con un
nivel distinto de respeto. En los ojos de la comunidad, Richard
era un joven modelo, un joven pesado que se hacía cargo de su
negocio. En Lazteca, alguien que se hacía cargo de su negocio era lo mejor que había. Gabriel lo envidiaba.

Empleado por Richard, la conciencia de éxito de Gabriel se
expandió de las cosas materiales —Versace, Mercedes— al comportamiento. ¿Cómo actuaba el poder? ¿Cómo se establecía y
cómo se mantenía? Richard tenía un marco mental empresarial.
Era sociable, siempre en busca de compradores al norte, «pio-
jos» que pudieran aumentar sus ganancias. Richard dejaba clara
su aptitud para la violencia pero la dejaba en manos de otros
siempre que era posible. Gabriel vio lo cuidadosamente que
construía Richard la confianza y lo rápido que ésta se podía
romper. Richard incluso acusaba a su propia esposa de robarle
drogas. La lealtad era algo pasajero en ese mundo donde estaban en juego tales cantidades de dinero.

Richard, quien ahora estaba encargado de las operaciones en la bodega de San Antonio, ganaba 15,000 dólares a la
semana, a veces el doble. Y sin embargo parecía pensar que
pagarle a Gabriel 300 dólares a la semana y cubrir el gasto
de los clubes era suficiente. ¿Qué había de los cargamentos
que Gabriel llevaba a Austin? ¿Richard consideraba a Gabriel

demasiado tonto para saber que se merecía una comisión? Bueno, tal vez el siguiente cargamento tendría que perderse y tal vez el que le siguiera también.

En un negocio de narcotráfico tradicional entre profesionales, en el cual el proveedor de drogas de Laredo contrata a un transporte para llevar el cargamento de drogas a un comprador en el norte, es bastante difícil que una de las partes estafe a la otra. Tanto proveedor como transportista se protegen con una cosa conocida como una «carta». El proveedor quiere protegerse para que el transportista no le venda las drogas a otro comprador y se quede con toda la venta y luego diga que chocó el vehículo o que el cargamento fue decomisado por las autoridades. El transportador quiere protegerse a sí mismo contra el proveedor, quien podría ser un informante que lo delate dando detalles del vehículo del transportista a los policías. En la carta el transportista escribe los detalles del vehículo que va a usar para transportar el cargamento, sella la carta en un sobre y se la da al proveedor. El proveedor puede abrir la carta, después, sólo si algo sale mal en la transacción. Si el transportista regresa con una historia sobre un choque o un decomiso, el proveedor puede confirmar la historia abriendo la carta y comparando los detalles del vehículo con, por ejemplo, los documentos policiales o un reportaje en las noticias. Pero si las cosas salen como estaban planeadas, el proveedor debe regresar la carta al transportista sin abrir.

Normalmente, Richard usaba la carta con sus transportistas, pero no con Gabriel porque Gabriel era un viejo amigo y sólo se encargaba de cargamentos pequeños.

Y así fue como Gabriel, con su amigo de la infancia Wences, el Tucán Tovar, le robó veintitrés kilos de mota a Richard y los llevó al norte, hasta donde estaba su contacto en Springfield, Illinois. Se robó otro cargamento, noventa kilos, y lo llevó a San Antonio. Sin embargo, esta vez la droga iba escondida en una caja de acero dentro del tanque de gasolina. Consiguieron una sierra eléctrica y se estacionaron en un vecindario acomodado. Las chispas empezaron a volar cuando intentaron cortar el tanque a la mitad. La gente salió a sus jardines para verlos. Cuando las chispas encendieron el combustible, el camión se incendió. Gabriel corrió por una cubeta y una manguera mientras los espectadores metían a sus hijos a las casas, pero las flamas cubrieron el camión demasiado rápido y Gabriel y Wences huyeron. Gabriel le dijo a Wences que no se acercara al vecindario por un par de semanas. Le dijo a Richard que habían arrestado a Wences.

¿El Tucán en la cárcel? Era creíble.

Nacido en Texas y criado en Lazteca hasta los diez años, Wences estaba cruzando la frontera de México cuando descubrieron a su padre por tráfico y se vio obligado a huir. Wences regresó a Laredo a los quince años. Después de dos estancias en Lara Academy y JJAEP, Wences hizo una solicitud para regresar a Martin High. El director le dio una última oportunidad para no echarlo todo a perder. Pero cuando un estudiante de segundo grado lo retó a pelear por una chica, Wences le abrió la mejilla al tipo de un puñetazo. La víctima dijo que Wences le había pegado con boxers, lo cual no era cierto, pero Wences terminó en la cárcel del condado durante unos meses y luego se declaró culpable por agresión con agravantes y le dieron libertad condicional. Se corrió la voz: Wences recibió un cargo por un delito de segundo grado, y lo dejaron salir bajo libertad condicional.

«¡Consíguete un trabajo!», le gritó su madre. Wences trabajó en Expediters Inc., una bodega en el lado oeste, pero no le gustaba ganar el salario mínimo. Le interesaba tener suficiente dinero para tener un buen coche, fumar mota, salir con chicas fresas del norte de la ciudad y comprar algo de joyería llamativa; las cadenas gruesas y las esclavas que eran tan valoradas en su vecindario.

Wences había vivido en ambos lados de la frontera, al igual que Gabriel, por lo que tenía una amplia red de contactos. Y ambos la necesitarían ya que su asociación con Richard no duraría mucho tiempo más.

La mayor parte de la vida social de Gabriel ahora ocurría del otro lado de la frontera. En los centros nocturnos de Nuevo Laredo, donde los adolescentes de México y los de Estados Unidos se juntaban, donde las chicas pandilleras los provocaban con las camisetas sudadas pegadas a sus senos y los pulgares enganchados en sus shorts diminutos mientras movían las caderas dando vueltas al son de *Gasolina* de Daddy Yankee. Bebían Budweiser en grandes cantidades y se restregaban contra cualquier bolsillo que mostrara un buen bulto de gánster que les diera una idea de las ganancias de una buena semana. Las fresas con sus trenzas largas se congregaban en un rincón y bebían Boone's Farm, el vino más barato, mientras que las pandilleras esperaban a que el DJ Kuri anunciara el siguiente baile privado. Los estrobos color morado destellaban su luz eléctrica sobre traseros en movimiento, los ojos pulsaban, los dientes brillaban.

Los jóvenes de la frontera tenían una cultura de gorras deportivas. De vez en cuando, Gabriel usaba una de los Dodgers de Los Ángeles por La Amalia, el vecindario de Nuevo Laredo controlado por Meme. Los estadounidenses que tenían un poco de dinero, en especial los que estaban conectados con gánsteres prominentes como Meme, tenían poder en la escena de los clubes nocturnos de Nuevo Laredo. La mayoría de los estadounidenses iban al Señor Frog's, que tenía una seguridad más estricta y era más un lugar para ir a ligar. Los clubes como 57th Street tenían menos seguridad y atraían a un grupo de personas más agresivas.

Pero mientras Gabriel no molestara a las personas equivocadas, el trabajo para Meme Flores (que no lo dejó mientras trabajó con Richard) hacía que los clubes fueran para él una verdadera zona de impunidad. Una noche, drogado con roches y sintiéndose intocable, Gabriel se acercó a un enemigo suyo en el club nocturno 57th Street y le dijo: «¿Qué onda, pendejo?». Este enemigo era un examigo. Pero después de un desacuerdo sobre un intercambio de pistolas, el amigo se había vuelto hostil y en cierto momento golpeó a Gabriel por sorpresa y luego amenazó a su hermano menor. Gabriel había confiado en el tonto. Y ahora esto. Nah.

Las roches habían eliminado lo que le quedaba de control, así que llamó al enemigo afuera del lugar y golpeó a este chico más grande que él hasta que casi lo hizo perder la conciencia. Fue la peor golpiza que el equipo de Gabriel había visto jamás. Se llevaron al chico de regreso a Laredo y luego lo llevaron en helicóptero a San Antonio esa misma noche. Así fue como Gabriel se hizo de la reputación de ser alguien que casi había matado a otra persona con las puras manos.

Del lado estadounidense de la frontera, en Lazteca, las relaciones de negocios de Gabriel se desgastaban. Richard Jasso, quien ya sospechaba sobre los cargamentos faltantes, dejó de darle trabajo a Gabriel. El tráfico, aprendió Gabriel, era un juego rudo. Las partes móviles, las responsabilidades.

Su separación de Richard le provocó un retraso. Pero seguía teniendo a Meme, los coches, las pistolas, ¿y quién sabe a dónde podría llevarlo eso?

PARTE II
LA COMPAÑÍA

La escalinata de promoción estaba definida de una manera
directa y aritmética: la toma de prisioneros
—en combate uno a uno y clasificados según la calidad—
para presentarlos y asesinarlos
en la roca de la muerte.

Aztecs, Inga Clendinnen

7

EL CAPO ORIGINAL

Al principio, una brutal mañana de junio, cuando el calor del sur de Texas coagulaba el cielo y cocinaba las planicies, las cosas en la ciudad apenas se movían, apenas se alcanzaban a diferenciar las identidades. ¿Eran estadounidenses o mexicanos? ¿Deberían establecerse de este lado o del otro? ¿Importaba en cuál Laredo vivieran?

Corría el año de 1853, tras la victoria de los Estados Unidos contra México en la guerra. A mediados de la década de 1840, James Polk transformó su carrera política y se ganó la Casa Blanca al percibir que la gente estaba a favor de anexar a Texas a la Unión. Continuó su expansión hacia el oeste, justificada por la doctrina del destino manifiesto; atacó a México y ganó California y Nuevo México en 1847. Seis años más tarde, se les ofreció a los residentes de Laredo la alternativa de quedarse al norte del río Bravo, en lo que ya era territorio estadounidense, o mudarse al otro lado del río, a México. Por aquellas fechas, un periódico nuevo, el *New York Times*, envió a su reportero a Laredo. El periodista fue testigo de un altercado en un bar en el cual un cirujano estadounidense le disparó a dos hombres. El cirujano escapó al otro lado de la frontera, donde sus captores le pusieron grilletes y lo enviaron de regreso. En Laredo lo subieron a una caja y lo ahorcaron. El reportero del *Times* también presenció redadas de ganado y campamentos militares, violencia y comercio intimidatorio. «¿Qué efecto tenía esta vida fronteriza desmoralizada en el carácter?», se preguntaba. «La gente se acostumbra a esto, a una vida descuidada, difícil e insolente. Su atención está concentrada en conseguir ropa y comida. La costumbre de portar armas, que unos cuantos imponen a todos, los vuelve suspicaces y precipitados».

Tras el fin de la guerra entre México y Estados Unidos, ambos países aumentaron sus legiones de inspectores de aduanas y patrullas fronterizas, lo cual convirtió a Laredo y a Nuevo Laredo en poblados corruptos que recolectaban aranceles. La desembocadura del río Bravo, donde el gran río desemboca en el Golfo de México, a trescientos veinte kilómetros al sureste de Laredo, se estaba convirtiendo en uno de los puertos más activos del mundo. Pero Laredo y Nuevo Laredo siguieron siendo puestos comerciales, lo cual significó que cada nueva ley les presentaba una nueva oportunidad de tráfico ilegal: café, azúcar, tocino e incluso algodón. Cuando empezó la Guerra Civil en los Estados Unidos, los buques europeos esperaban en el Golfo para intercambiar su carga por el algodón confederado que le ayudaba al sur a financiar su guerra. Cuando los buques de la Unión intentaron bloquear el comercio de algodón para cortar el financiamiento de los confederados, los traficantes de algodón optaron por viajar a través de Laredo.

El tráfico iba en ambos sentidos. La prohibición del tabaco en México, tras la independencia de España en 1821, se tradujo en enormes ventajas para los comerciantes estadounidenses de este producto. Durante las hostilidades posteriores a la guerra entre México y Estados Unidos, las autoridades mexicanas decomisaron 565 pacas a Samuel Belden, un tabaquero de Nueva Orleans. Belden hizo una petición al entonces presidente de los Estados Unidos, Millard Fillmore, exigiendo que el gobierno en Washington interviniera a su favor. Otros comerciantes presentaron quejas similares. Aunque el resultado para Belden fue algo mejor que lo que hoy pueden esperar los capos de la droga mexicanos cuando se decomisa su mercancía, no llegó a ser satisfactorio. Décadas después, en 1885, el gobierno de los Estados Unidos le restituyó a Belden 128,000 dólares por una pérdida de 500,000 dólares.

Durante la segunda mitad del siglo XIX, Laredo estaba desarrollando nuevas industrias: petróleo, minerales y cebollas. La revolución industrial transformó a la ciudad en un sitio importante. Los puentes conectaban países. Los trenes traían inmigrantes. Comerciantes franceses y libaneses. Fabricantes suizos de sillas de montar. Vendedores polacos de comestibles. Curtidores checos. Hoteleros italianos. En 1880, Anheuser-Busch estableció una de sus primeras distribuidoras en Laredo. Pero la ciudad no dejaba de ser un punto comercial. La guerra y la política siempre se harían en otras partes; Laredo era la placa de Petri donde se experimentarían las consecuencias en la frontera. Ningún negocio afectaría a la ciudad como los narcóticos.

En las décadas de 1870 y 1880, los veteranos de la Guerra Civil ansiaban conseguir la morfina que se les proporcionaba en el campo de batalla, y los doctores descubrieron el valor de la cocaína como anestésico. El negocio farmacéutico, dirigido por compañías como Parke-Davis, cimentó el interés de los consumidores por la morfina y la coca, y las drogas se convirtieron en un problema de salud.

Durante la primera década del siglo XX, los estados experimentaron con la regulación mientras que a nivel federal aumentaba el apoyo por implementar la prohibición. En 1912, los Estados Unidos y una docena más de naciones, incluyendo a Alemania, Francia, Italia, China, Japón, Rusia, Persia y Siam firmaron la Convención Internacional del Opio en La Haya. Esta convención fue el primer tratado internacional contra las drogas y comprometía a sus participantes a suprimir los opiáceos y a librar a la sociedad de los viciosos. Dos años después, los Estados Unidos restringieron el acceso con la Ley Harrison de Impuestos sobre Narcóticos.

Los primeros agentes antinarcóticos de los Estados Unidos tenían trabajos de poco estatus y salarios bajos. Pertenecían a la división de misceláneos del Departamento del Tesoro: el área encargada, entre otras distinguidas tareas, de supervisar la calidad de la margarina. Cuando las primeras decisiones de la Suprema Corte determinaron que la Ley Harrison prohibía que los doctores recetaran siquiera dosis de mantenimiento de opio o de coca, los agentes de narcóticos arrestaron a miles de médicos y cerraron clínicas. Los adictos se vieron forzados a acercarse a proveedores de dudosa reputación y nació un mercado negro lucrativo.

La política de drogas de los Estados Unidos estaba arraigada en la moralidad y en el pánico por la salud pública. Pero la ley antidrogas de México, que se adoptó en 1916, surgió parcialmente de una preocupación por la seguridad, o al menos por la xenofobia. Durante décadas, las ciudades costeras del Pacífico de México vieron llegar a muchos inmigrantes chinos. Algunos pagaban cincuenta dólares para que los trasladaran a California. Otros se quedaban en México y algunos se dirigían al interior para establecerse en Sinaloa y Sonora. Ahí, en las montañas de la Sierra Madre, encontraron el clima adecuado para el negocio que conocían bien en casa: el cultivo de la amapola.

Después de 1916, cuando la demanda por el opio era grande en los Estados Unidos, no existía nadie que regulara el mercado negro y supervisara el comercio ilegal de narcóticos entre sembradores y traficantes. El Coronel Esteban Cantú llenó ese vacío. Era un oficial de caballería que hizo campaña contra los indios yaquis durante la revolución mexicana y tomó el control del valle de Mexicali. Mexicali está en el norte de la península de Baja California y en aquel entonces era un destino popular para el turismo estadounidense. Cantú entrenó un ejército privado de 1,800 hombres y generó una sensación de orden entre los turistas preocupados por la seguridad en la zona roja de Mexicali.

El ingreso principal de Cantú provenía del impuesto al vicio: sexo, drogas y apuestas. El Tecolote Gambling Hall le pagaba 15,000 dólares al mes. Un sindicato de comerciantes chinos de opio pagó 45,000 dólares inicialmente y luego otros 10,000 al mes. Estos impuestos, en opinión de Cantú, moralizaban el vicio: mantenían la seguridad en el negocio prohibido, financiaban obras públicas y educación, y libraban al sector turístico de su dependencia del gobierno central de la Ciudad de México que era corrupto e inútil.

El Coronel Cantú era un forajido utilitario que no saqueaba ni amenazaba ni robaba. Como el primer capo del vicio de México, innovó el rol que tenía siglos de existir en el país.

Antes de la conquista española de México, en 1519, los comerciantes pagaban un tributo a las élites de guerreros dominantes, como los olmecas, los toltecas y los aztecas. Los aztecas eran una tribu nómada que decía provenir de Aztlán, una región mítica al noroeste de México. Empezaron su recorrido como guerreros mercenarios para la tribu que gobernaba la zona próspera de lagos que estaba donde ahora está la Ciudad de México. Eventualmente, los aztecas establecieron su propia ciudad-estado. A lo largo de los siglos XIV y XV, el imperio azteca se extendió prácticamente por todo México. Bajo su dominio, prosperaron ciudades sofisticadas que gozaban de economías de mercado pujantes. Los gobernantes regulaban los mercados y arbitraban disputas entre comerciantes.

En 1519, cuando Hernán Cortés llegó a Veracruz, por el Golfo de México, los españoles terminaron con las élites de guerreros aztecas y arrasaron con el antiguo imperio. Los nativos que sobrevivieron a la conquista española y a las enfermedades que trajo consigo despertaron en un mundo nuevo. Los conquistadores implementaron el sistema de encomienda que consistía en designar una zona de nativos a un colono español, un noble local conocido como encomendero que reportaba a la corona española.

Bajo el mandato español, los nativos aumentaron su consumo de pulque, una bebida de cactácea fermentada de alto octanaje. Los bebedores perdían la conciencia, el control y se comportaban de manera violenta. Se decía que el pulque provocaba el hechizo de los cuatrocientos conejos. La corona española, preocupada de que los nativos perezosos produjeran sólo suficientes cultivos para pagar el tributo real, le cedió a los encomenderos el poder del reparto de efectos: un monopolio para vender los productos de lujo importados, como caballos y chocolate, a precios inflados a los nativos. El reparto de efectos coaccionaba a los nativos a acelerar la producción de bienes de exportación valiosos, como el trigo. En los siglos XVII y XVIII, el potencial industrial de una zona estaba regulado por lo que se conoció después como el caciquismo. El cacique, un líder militar con sus hombres, se convirtió en el siglo XIX en un hombre como el coronel Esteban Cantú.

Mientras Cantú organizaba Mexicali para que se convirtiera en la primera zona de vicio de México, los Estados Unidos hicieron grandes cambios en sus políticas comerciales que moldearían a los hombres con las mismas proclividades que Cantú en muchos distintos criminales.

A principios del siglo XX, había un debate entre los proteccionistas y los promotores liberales del comercio en Estados Unidos sobre si debían tener una economía cerrada o abierta. Desde la Guerra Civil, los aranceles, la marca de una economía cerrada, eran la fuente de la mitad del ingreso del gobierno estadounidense. Pero en 1913, ganaron los abiertos: el Congreso aprobó la Decimosexta Enmienda que establecía un impuesto sobre la renta nacional. Este impuesto revirtió la manera en que los Estados Unidos se financiaban. Para 1920, los aranceles apenas representaban un cinco por ciento del ingreso nacional, mientras que el impuesto sobre la renta proporcionaba más de la mitad del presupuesto del país. Esta transformación de políticas provocó cambios en la frontera. En cuanto a la aplicación de la ley, el cambio en la política económica significó que el Servicio de Aduanas de los Estados Unidos dejó de funcionar principalmente como departamento de seguridad económica, encargado de recaudar aranceles, y empezó a comportarse más como fuerza de seguridad con el mandato de detener el tráfico. Entre 1925 y 1930, el personal de aduanas se sextuplicó. Del lado de los delincuentes, el tráfico pasó de ser una actividad de evasión de aranceles a una de evasión de la prohibición. El incremento en la vigilancia y la aplicación de la ley elevó los precios de los bienes prohibidos. Los poblados fronterizos de México se expandieron para facilitar el comercio ilegal. En 1930, el Congreso de los Estados Unidos creó la Agencia Federal de Narcóticos (FBN, por sus siglas en inglés) como parte del Departamento del Tesoro. El FBN luchaba contra el opio y la heroína y tuvo éxito en la criminalización de la cannabis con la Ley de Impuestos sobre la Marihuana de 1937. Para entonces, el coronel Cantú estaba retirado en California. La época de oro del tráfico de vicios apenas comenzaba.

Cuando la prohibición estadounidense hizo ilegal el comercio de alcohol, un joven de la costa del Golfo empezó a traficar con whisky y sotol (un aguardiente de cactácea) hacia Texas. Ya en la década de 1940, este traficante, de nombre Juan Nepomuceno Guerra, empezó a diversificar su empresa para incluir apuestas, prostitución y opio. La segunda Guerra Mundial renovó la demanda de morfina en los Estados Unidos. Nepomuceno Guerra se unió a un grupo de contrabandistas entre los que estaban Jaime Herrera Nevarez, el rey de la heroína, Pedro Avilés Pérez, uno de los primeros traficantes mexicanos en expandirse a la cocaína, y Domingo Aranda, quien traficaba con trenes cargados de neumáticos, azúcar, café y cualquier otra cosa que estuviera racionada en los Estados Unidos durante los años de guerra.

La heroína seguía sobrepasando en demanda a la cocaína. En Nueva York y Chicago, el grupo de renegados judío-italianos de

Lucky Luciano, Bugsy Siegel, Frank Costello y Meyer Lansky enviaron a la novia de Siegel, Virginia Hill, a México. Ella se hizo amiga de algunos funcionarios, compró un centro nocturno en Nuevo Laredo y enviaba heroína al norte. En 1948, el FBN declaró que México era la fuente de la mitad de las drogas ilícitas en Estados Unidos. Nepomuceno Guerra organizó la red de traficantes que más adelante se llegaría a conocer como el Cártel del Golfo.

Durante las décadas de 1950 y 1960, los traficantes de narcóticos consiguieron aliarse con el partido único que gobernaba México, el Partido Revolucionario Institucional, conocido como el PRI. En ese momento, los Estados Unidos tenían poco que decir sobre las drogas y la corrupción en México. Era la época de Kennedy, en la cúspide de la Guerra Fría. Cuba, Rusia, Vietnam. De manera similar a los Estados Unidos tras los ataques del 11 de septiembre, toda la atención estaba centrada en la seguridad nacional. En la Ciudad de México había un centro de espionaje soviético y base para agentes cubanos, y las oficinas de la CIA eran la base más importante de la agencia en América Latina. La policía secreta federal de México, de la Dirección Federal de Seguridad, era una incubadora criminal que se encargaba de organizar la protección a los traficantes a nivel nacional. Pero la DFS también compartía inteligencia con el FBI y la CIA. A cambio de esta ayuda, las agencias se hacían de la vista gorda con la corrupción y el tráfico.

Cuando el presidente Kennedy anunció la Alianza por el Progreso, un programa multimillonario de ayuda que tenía la intención de fortalecer los lazos con América Latina y luchar contra los grupos de izquierda, el gobierno mexicano invitó al FBN a abrir oficinas en México. Sin embargo, sólo fue un gesto simbólico. El procurador general de México aclaró: ya no se permitiría que agentes encubiertos compraran droga, ningún agente del FBN podría testificar en cortes mexicanas y los traficantes sólo podrían ser arrestados antes de entregar las drogas, una regla que anulaba el decomiso.

Los resultados de esta lección se verían repetidos varias veces a lo largo de los siguientes cincuenta años. ¿Era realista esperar que una dictadura intercambiara un poco de generosidad económica del extranjero suprimiendo la única fuente de ingresos para millones de campesinos? No. La ayuda de los Estados Unidos, o la inversión, o como se le quiera llamar, más bien compró la apariencia de cooperación, temporal, hasta que el gobierno de un sólo partido de México volvió a regular su industria de las drogas de la manera más segura posible: vendiendo las rutas de tráfico a cambio de sobornos. Y, de cualquier forma, los estadounidenses pusieron sus oficinas en México con la intención profesa de atacar la oferta mientras pasaban por alto la demanda en su propia casa.

En 1969, Richard Nixon retomó el tema de la lucha contra las drogas y se puso a jugar con él. Su Proyecto Intercepción proponía inspeccionar más vehículos en la frontera, lo cual resultó en un freno al comercio. La idea era hacer que los empresarios mexicanos se interesaran en establecer relaciones comerciales entre ambos países y presionar al gobierno mexicano para que empezara a tomar más en serio la prohibición de las drogas. Pero el programa tenía un precio inaceptablemente alto: echar a perder la economía para decomisar unos cuantos cargamentos más de drogas. ¿Estaba loco Nixon?

En la década de 1970, la segunda oleada de capos del narco en México empezaba a tomar el control. En el lado oriental del país, Juan Nepomuceno Guerra continuaba expandiendo su dominio a lo largo de la costa del Golfo y los cruces fronterizos con Texas, en asociación con su sobrino, Juan García Ábrego. En el lado occidental, en el Pacífico, en los estados que rodean la Sierra Madre Occidental, el dominio pertenecía a varios traficantes del Cártel de Guadalajara, hombres como Ernesto Fonseca Carrillo y Rafael Caro Quintero. En este grupo de Guadalajara se encontraba el padrino de los traficantes mexicanos, Miguel Ángel Félix Gallardo. Nacido en 1946, Félix Gallardo, conocido como El Padrino, fue policía y guardaespaldas del gobernador del estado de Sinaloa. La relación laboral cercana de El Padrino con las autoridades lo hacía parecer como si él fuera el gobierno, como si el comercio de drogas, al igual que el petróleo y otras industrias de aquella era, estuvieran nacionalizados.

El PRI autoritario en México se creó en la década de 1920, tras la Revolución Mexicana. A pesar de todas sus fallas, el PRI estaba bien equipado para administrar el país con su importante sector criminal. Todas las posiciones del gobierno contaban con el apoyo de ese partido. Dentro del sector policíaco, las carreras se asignaban a través de las conexiones con el partido. Los políticos o policías que hacían negocios con un criminal sin contar con la bendición del PRI debían dejarlo de hacer; si persistían, los mataban. El sistema del PRI para regular la industria de los narcóticos aseguraba a los traficantes que unos cuantos sobornos grandes protegían sus negocios en todos los niveles, desde la Ciudad de México hasta la frontera. Los hombres como El Padrino y Nepomuceno Guerra pagaban a la Dirección de Seguridad Federal, a la Policía Judicial Federal, al procurador general y al comandante local de policía.

Como parte del trato, conocido como la Pax Mafiosa, el PRI exigía que los criminales cumplieran con ciertos principios. Como la violencia afectaba de manera negativa la popularidad del partido con el electorado, con los turistas gringos y con Washington, los traficantes debían operar más o menos pacíficamente. Este acuerdo significaba que no debían dejar muertos en las calles, no debía haber escándalos mediáticos, se permitiría la captura y encarcelamiento periódicos de traficantes de bajo nivel, y se invertiría parte de las ganancias del narcotráfico en comunidades pobres.

Al administrar el mercado negro, el PRI minimizaba la violencia, pero esta paz relativa tendría una vida corta.

En 1973, Nixon consolidó varias agencias de control de drogas en una superagencia, la Drug Enforcement Administration

(Administración para el Control de Drogas), o DEA. Al mismo tiempo, intervenía en Turquía, que en aquel entonces era el primer productor de opio en el mundo, para que prohibiera esa droga, lo cual a su vez infló el valor del opio mexicano. En 1977, cuando México vio que podría haber dinero y beneficios políticos en la agenda antidrogas, se permitió a los estadounidenses rociar herbicidas en los cultivos. La Operación Cóndor pareció ser un éxito: además de entregar 39 helicópteros, 22 aviones y un jet ejecutivo en manos del procurador general de México, la erradicación de los cultivos pareció funcionar. Se usaron herbicidas fuertes, como el paraquat, que mata materia vegetal al contacto, con lo cual se redujo la participación de México en el mercado estadounidense de la marihuana de 75 a 4 por ciento y su participación en el mercado de la heroína de 67 a 25 por ciento. Para los estadounidenses, ver a los sembradores de drogas mexicanos obligados a abandonar sus tierras fue una imagen mediática poderosa. El que solía ser un enemigo sin rostro empezó a identificarse como el extranjero moreno con pistola y estas imágenes empezaron a colocar los cimientos de los términos de la guerra.

México también se ganó buena publicidad por su cooperación, pero al concluir la Operación Cóndor redujo la presencia de estadounidenses y dijo que los pilotos de la DEA ya no podían seguir volando por el espacio aéreo mexicano sin escolta. La Dirección de Seguridad Federal, en quienes los estadounidenses seguían confiando para que les proporcionara inteligencia, se concentró nuevamente alrededor del control centralizado de El Padrino sobre la industria de la droga.

En Washington, la guerra contra las drogas siguió siendo un interés secundario. Jimmy Carter, quien nunca apoyó mucho la prohibición, estaba interesado en reducir la dependencia de los Estados Unidos del petróleo del Medio Oriente y firmó contratos con México para comprar su petróleo. Pero las prioridades de Washington siempre volvían a las drogas cuando se implicaba la seguridad nacional. A principios de la década de 1980, la ruta internacional de la cocaína, de Centroamérica a Florida, convirtió a Miami en una zona de guerra. En 1982, el vicepresidente George H. W. Bush anunció la creación de la South Florida Task Force (Fuerza de Tarea del Sur de Florida), un esfuerzo que abarcaba varias agencias y que enfatizaba el decomiso y el levantamiento de cargos contra los traficantes. Los políticos estadounidenses del este y del suroeste se quejaron de que esta fuerza de tarea no estaba resolviendo el problema, sino simplemente desplazándolo: el tráfico de drogas ahora pasaba por California, Arizona y Texas. Así que el concepto de la fuerza de tarea se expandió a otros cinco centros regionales: Los Ángeles, El Paso, Nueva Orleans, Chicago y Nueva York.

Conforme el tráfico de cocaína pasaba a México, el control de El Padrino en el mercado de drogas mexicano empezó a desmoronarse. En 1985, se acusó a El Padrino de la tortura y asesinato del agente de la DEA Enrique, Kiki Camarena, cuyo rostro apareció en la portada del *Time*. La Operación Leyenda, una enorme investigación de la DEA, buscaba llevar ante la justicia a todos los responsables de la muerte de Camarena. Arrestaron a varios capos, incluidos Ernesto Fonseca Carrillo y Rafael Caro Quintero, socios de El Padrino en el Cártel de Guadalajara. La DFS fue desarticulada y los traficantes mexicanos tuvieron que empezar a valerse por sí mismos y a establecer nuevos acuerdos de protección con quien tuviera la autoridad para hacer esos tratos.

Para los estadounidenses, la tragedia de Camarena pareció, irónicamente, un progreso. Pero la sobrerreacción dramática al asesinato de Camarena creó otro patrón en la guerra contra las drogas: al igual que la captura de un capo o su escape de la cárcel, el asesinato de un agente de la DEA fue el tipo de micro evento que empañaría la capacidad de los Estados Unidos de ver qué era lo que estaba sucediendo en México.

El mismo año de la muerte de Camarena, un temblor demasiado fuerte sacudió la Ciudad de México y el valor del peso se desplomó. Eso dejó a los policías mexicanos, entre otros, desesperados por conseguir dólares. En el pasado, cuando un dólar compraba veinticuatro pesos, los policías corruptos no hacían demasiado trabajo sucio para los traficantes que les pagaban sobornos. Pero cuando el valor del peso fue cayendo, los policías de más alto rango empezaron a trabajar para los traficantes en asuntos seguridad y de tráfico.

En 1987, El Padrino, que ya presentía el desplome del sistema que daba impunidad a los traficantes en México, convocó a una reunión con los mayores traficantes de la nación en Acapulco y repartió las rutas de comercio entre ellos.

La ruta de Tijuana les correspondió a los hermanos Arellano Félix.

Juárez le tocó a Amado Carrillo Fuentes, conocido como el Señor de los Cielos, por sus innovaciones en el tráfico aéreo.

La costa del Pacífico le tocó a uno de los protegidos del Padrino, Joaquín, El Chapo Guzmán. El Chapo creció en las montañas de la Sierra Madre durante la década de 1960. De niño se sentaba frente a la mesa de su madre y dibujaba billetes de cincuenta pesos en rectángulos de papel para colorear. «Guárdemelos», le decía a su madre cuando salía a jugar en las colinas. Ahí, entre sembradores de cannabis y opio, El Chapo dejó la escuela en el tercer grado para ponerse a trabajar.

El territorio del Golfo, junto con el noreste de México, permanecía en manos del Cártel del Golfo y Juan García Ábrego.

La «privatización» de la industria de la droga que hizo El Padrino creó un nuevo panorama de subsidiarias independientes y competitivas. Sin una autoridad central que reforzara los beneficios de ponerse de acuerdo, los hombres que dirigían estas regiones gradualmente dejaron de resolver disputas frente a una mesa y optaron por un estilo más agresivo. A finales de la década de 1980 y principios de la de 1990, hubo peleas por el territorio entre El Chapo Guzmán y los hermanos Arellano en Tijuana. Hubo secuestros y coches bomba. En 1993, unos matones de los Arellano se reunieron en el aeropuerto de Guadalajara para asesinar a El Chapo en el momento que llegara a tomar un vuelo. El Chapo escapó porque los asesinos mataron a un cardenal de la iglesia católica por equivocación y generaron el tipo de publicidad catastrófica que el PRI deploraba.

Pero el PRI ya iba de salida.

Los partidos de oposición estaban ganando elecciones estatales en México. Cada año, empezando en 1989 y acelerándose durante la década de 1990, el poder se empezó a dispersar más y más entre los políticos locales. Los gobernadores de los estados ahora podían establecer nuevas redes de patrocinio con el narco. Durante un tiempo, el PRI logró retener algo de control sobre la industria de la droga, administrando cuidadosamente los acuerdos de corrupción. Raúl Salinas, el hermano del entonces presidente de México y miembro del PRI, Carlos Salinas, subastaba personalmente diferentes áreas de protección a principios de la década de 1990, lo cual, en esencia, era venderle a los funcionarios locales el derecho de extorsionar a los narcotraficantes. Pero el PRI gradualmente perdería su monopolio en la autoridad para dar su visto bueno a traficantes y garantizar protección.

Mientras tanto, los traficantes ya no sabían a quién pagarle. ¿Sobornar a un grupo del gobierno garantizaba la cooperación de otro? En este nuevo entorno, muchos traficantes preferían contratar ejércitos privados en vez de depender de la protección poco efectiva del Estado. ¿Cuál Estado? Para 1995, la mitad de las novecientas bandas criminales armadas de México estaban compuestas por miembros de las fuerzas de la ley en activo y retirados.

Empezando por las élites de guerreros, pasando por los caciques y llegando hasta Esteban Cantú y el capo contemporáneo, cuando el narcoestado se estableció ya llevaba cinco siglos de preparación. La pobreza y la riqueza, la oferta y la demanda, la seguridad nacional, el libre comercio y la moralidad exigente del poder mundial... La guerra que se avecinaba sería tan irreconciliable como las agendas que la definían, y el autocontrol no sería uno de los principios regidores de la nueva ética laboral de los cárteles.

Muchos vinculan la guerra contra las drogas del México moderno con el año 2006, cuando el nuevo presidente lanzó un ataque frontal contra los cárteles. Algunos dirán que empezó una década antes, cuando la descentralización del sistema político mexicano puso en movimiento a la organización criminal más violenta de la historia contemporánea.

Otros dirán que empezó con una cena.

8
BANK OF AMERICA

Ante los ojos del poder mundial, el gobierno de un solo partido en México era una bestia horrenda, obsoleta. Así que una noche de febrero en 1993, cuando el PRI con su gobierno de setenta años enfrentaba a su primer rival político viable, empezaron a llegar las limosinas de los treinta oligarcas más ricos del país a la mansión del Secretario de Hacienda en la Ciudad de México, en el elegante rumbo de Polanco. El presidente Carlos Salinas dirigiría la reunión.

La agenda de la noche era definir cómo proveer de recursos a la bestia en problemas: el PRI. Salinas no podía postularse nuevamente para la presidencia, la constitución lo prohibía. Pero la izquierda ya representaba un reto serio para el PRI. El PRI ya no podía darse el lujo de confiar en el patrocinio gubernamental para la campaña electoral venidera, como lo había hecho en el pasado. Si todo salía como estaba planeado, México, a través del TLCAN, estaba a punto de expandir su economía y no podía darse el lujo de que se le considerara un sistema con un partido estatal. Los oligarcas estuvieron de acuerdo en que la noción izquierdista de la reforma de financiamiento de campañas era un pequeño precio que pagar por lo que estaban a punto de ganar cuando México empezara a cotizar en el mercado y cuando convirtieran sus acciones corporativas en bienes atractivos para los conglomerados ricos del extranjero.

A partir de su toma de posesión en 1988, el presidente Salinas privatizó 252 compañías estatales. A cambio de condiciones de regulación muy favorables, los oligarcas pagaron precios altos por esas compañías. Salinas les agradeció su generosidad y preparó el camino para más de una docena de monopolios. Entre los invitados esa noche estaban el nuevo barón del cemento y el nuevo barón de las bebidas carbonatadas. Carlos Slim, que pronto sería el hombre más rico del mundo, era el barón de la telefonía. Cuando Slim compró Telmex, el gobierno de Salinas autorizó que el precio del servicio telefónico aumentara un 247 por ciento.

Sí, todos estaban de acuerdo, había que salvar a la Bestia. Los oligarcas financiarían al PRI con su propio dinero.

Se creó un cofre de campaña de 500 millones de dólares como cifra inicial. Alguien sugirió que se dieran 25 millones por cabeza. El magnate de la televisión dijo que por qué no 50 millones. Algunos de los invitados se crisparon. No todos habían tenido tanto éxito como el magnate de la televisión, cuya empresa, Televisa, tenía un índice de audiencia de 95 por ciento.

Carlos Slim dijo que él apoyaría lo que se decidiera. ¿Pero por qué tanto alboroto? ¿Por qué no podían recolectarse los fondos de manera privada, anónima?

Slim sabía que, en un país donde la mitad de la población vivía en la pobreza, surgirían preguntas sobre cómo estos treinta magnates, que eran empresarios de clase media antes de la privatización, podían conseguir 25 millones por cabeza para el PRI. La gente empezaría a preguntarse a cambio de qué favores lo estaban haciendo. ¿Qué idiota hizo un banquete? Esto se convertiría en un escándalo cuando salieran a la luz los cargos por corrupción.

Slim entendía algo sobre la historia de México que sus compañeros oligarcas habían olvidado. Como lo dijo el premio Nobel de literatura mexicano, Octavio Paz: la Revolución Mexicana, que duró de 1910 a 1917, fue una lucha entre principios opuestos: el nacionalismo contra el imperialismo, el trabajo contra el capital, la democracia contra la dictadura.

Fue una lucha entre la economía manejada por el Estado y los mercados libres. Los intelectuales del norte de México querían un poder central fuerte. Los campesinos del sur luchaban por la justicia social.

Los ejércitos conservadores del norte ganaron. Después de 1917, el nuevo Estado mexicano intentó mantener el orden en un país atestado de feudos en guerra y el mandato de jefes locales originados en su historia de caciquismo. ¿Pero cómo se podía alcanzar la estabilidad? Se podía lograr escribiendo algunas frases sin sentido en la constitución. Para aplacar a la izquierda, los nuevos gobernantes crearon periodos de seis años sin reelección. Bajo la lógica de la nueva constitución, un partido gobernante podía garantizar la continuidad pacífica. El único control sobre el poder del PRI sería una retórica socialista vacía, puesta en el altar en los murales comisionados por el gobierno que realizaron artistas como Diego Rivera y que hacían sentir mejor a los liberales a pesar de que no se les estaba haciendo caso en los asuntos más importantes. Irónicamente, observa Andrés Oppenheimer, un periodista destacado de América Latina, el nuevo estado revolucionario mantendría la ley y el orden y extinguiría el periodo histórico mexicano de dictaduras y revueltas a través de la creación de una nueva dictadura.

Y entonces, con el dinero extranjero que fluía hacia México en anticipación de la implementación del TLCAN en 1994, Wall Street y Washington se encontraron del lado de Salinas y los oligarcas y viceversa. Los inversionistas europeos se habían concentrado en las oportunidades de los nuevos mercados del bloque soviético y prestaron poca atención a las reformas de libre comercio de América Latina. El futuro del México de Salinas y Slim estaba más cerca de casa: con Estados Unidos. Pero para honrar su parte del trato con Washington, los oligarcas debían proporcionar estabilidad. «No sería ningún problema», pensaron. El potencial revolucionario de México era de peso ligero, o así lo era hasta el día de ese banquete.

Los oligarcas salieron de la cena, habiendo quedado en dar 25 millones por cabeza. Horas más tarde, el editor de un periódico financiero llamado *El Economista,* en su capacidad de empresario más que de periodista, asistió a un desayuno organizado por un grupo de cabildeo de empresarios, en el cual el barón del cemento y el magnate de las tiendas departamentales hablaron abiertamente acerca del banquete de recaudación de fondos de la noche anterior. Las noticias de lo ocurrido pronto terminaron en la primera plana de *El Economista* y del *New York Times,* el *Wall Street Journal* y del *Miami Herald.* El escándalo amenazaba con echar por tierra el TLCAN. El banquete demostraba que Salinas no estaba impulsando a México hacia una sociedad democrática con un mercado libre, sino que lo estaba hundiendo más en un sistema oligárquico marcado por una sociedad secreta al estilo de la mafia. Las consecuencias fueron graves: otra devaluación del peso, una caída de la bolsa de valores de México y una revolución campesina en el estado de Chiapas, al sur del país.

Para el presidente Bill Clinton, el TLCAN era el negocio del siglo, una pieza clave de la prosperidad clintoniana. A pesar de las objeciones de los sindicatos molestos, de los productores domésticos y de sus enemigos políticos como Ross Perot, Clinton le infundió vida al TLCAN gracias a un rescate de 50 mil millones de dólares para México. Incluso cuando se afirmaba que Raúl Salinas, el hermano del presidente de México, estaba coludido con el Cártel del Golfo en el asesinato de su propio cuñado, el líder de la mayoría en el Congreso, y a pesar de que la policía arrestó a la esposa de Raúl en Suiza cuando estaba intentando sacar fondos de una cuenta de 120 millones de dólares, los promotores del TLCAN en Washington no vieron muchas razones para preocuparse demasiado por la creciente clase criminal mexicana.

Washington no hizo caso a las comparaciones entre México y Colombia. Los traficantes mexicanos no estaban ni remotamente cerca del poder de Pablo Escobar. El Chapo Guzmán estaba en la cárcel. El Padrino también. Estos tipos no estaban buscando ocupar un cargo público, como Escobar en Colombia. Washington seguía orgulloso de la cacería humana que condujo a la muerte de Escobar en 1993. Pero la fama de Escobar eclipsaba su verdadero legado: los recursos invertidos en esta persecución dejaron claro que matar a un capo de la droga era una meta en sí misma, un símbolo separado de la guerra contra las drogas. La única entidad más interesada que Escobar en la leyenda inflada de Escobar era el gobierno estadounidense, que necesitaba justificar haber volteado a Colombia de cabeza para matarlo. México estaba a punto de convertirse en un país de Escobares, asesinos en masa y policías corruptos elevados a un estatus de historia mundial por una sociedad fascinada con los medios decididos a atrapar a los criminales.

Pero las muchas fuerzas policiacas mexicanas no eran las únicas vulnerables a la corrupción, también estaban los soldados. Creada en 1986 como fuerza de seguridad para la Copa Mundial de la FIFA, el Grupo Aeromóvil de Fuerzas Especiales de México, o GAFE, se convirtió en el escuadrón militar de élite del país. Durante la década de 1990, los soldados del GAFE asistieron a cursos en Fort Benning, Georgia y en Fort Bragg, Carolina del Norte, en un programa supervisado por el general estadounidense Barry McCaffrey. Conocido como Escuela de las Américas, el programa tenía el propósito de entrenar a los militares latinoamericanos para defenderse contra posibles subversiones comunistas. Entrenados por veteranos en contrainsurgencia en El Salvador y Guatemala, unos 3,200 oficiales del GAFE, el equivalente a los Boinas Verdes, aprendieron sobre despliegues rápidos, asaltos aéreos, tiro al blanco, emboscadas, tácticas de grupos pequeños, recolección de inteligencia, rescate de prisioneros y comunicaciones. A finales de 1993, después del famoso banquete de los oligarcas, el gobierno mexicano buscó el apoyo de las tropas del GAFE para terminar con el levantamiento de Chiapas. Tras el despliegue de este grupo, en cuestión de horas, ya habían muerto treinta rebeldes de Chiapas y sus cuerpos aparecieron en la ribera de un río sin orejas y sin nariz.

Después de Chiapas, los funcionarios del GAFE formaron una unidad antinarcóticos que se coordinaba con la DEA y el FBI. Pero los miembros del escuadrón de narcóticos del GAFE rápidamente formaron también su propio grupo de tráfico de drogas, otra mafia policiaca.

Para mediados de la década de 1990, ya que la ruta marina del sur de Florida estaba cerrada, tras la atención de la era Reagan en Miami y Colombia, más del 90 por ciento de la cocaína que tenía como destino los Estados Unidos llegaba a través de México. El margen de utilidades mexicano para la cocaína se revalorizaba una y otra vez, conforme aumentaba el valor de México como ruta de la cocaína al banco de Estados Unidos. Los mexicanos sacaron ventaja de su posición hasta que se convirtieron en los «dueños» de la cocaína sudamericana. Cuando antes ganaban 2,000 dólares por kilo trabajando como mulas para los colombianos o peruanos o bolivianos, ahora podían comprar un kilo de Colombia por 2,000 dólares y venderlo a cinco veces ese precio en la frontera o diez veces ese precio en Dallas o veinte veces ese precio en Nueva York. Como Clinton se concentró en perseguir las metanfetaminas domésticas, otro producto de poco peso y alto valor, esto provocó cambios en la producción de esa droga al sur de la frontera. Con el advenimiento del milenio, México se estaba convirtiendo en la región de Burdeos dentro del comercio de las drogas.

Para el año 2000, el comercio fronterizo entre Estados Unidos y México se cuadruplicó y las transacciones ascendieron a más de 250 mil millones de dólares. Pero Nuevo Laredo vio una parte desproporcional de este nuevo comercio, más de dos veces la actividad de camiones que en Tijuana o Juárez. Los cárteles cada vez más fraccionados de México deseaban tener el nuevo poder que el TLCAN le dio al Cártel del Golfo.

En 1996, cuando las autoridades mexicanas arrestaron al líder del Cártel del Golfo, Juan García Ábrego —el primer traficante mexicano que llegó a la lista de los más buscados del FBI—, y lo extraditaron a los Estados Unidos, el liderazgo del cártel recayó en dos hombres: Osiel Cárdenas Guillén y Salvador Gómez Herrera, conocido como Chava.

Osiel, quien fue mecánico automotriz y también trabajó como madrina o informante, de la Policía Judicial Federal, era hábil para usar la ley en contra de los traficantes rivales. Osiel era la principal fuente de ingresos del Cártel del Golfo. Chava Gómez estaba a cargo de mantener el control de los corredores de tráfico. Pero Osiel pensaba que Chava pedía dinero con demasiada frecuencia. Llamaba y le decía: «Oye, Osiel, necesito que me mandes 50,000». Este trato hacía sentir a Osiel como empleado de Chava. «Mi compadre ya me tiene hasta la madre. Me exige como si él no pudiera generar sus ingresos», decía Osiel.

El hombre que Osiel contrató para el asesinato de su colíder en el Cártel del Golfo fue un joven soldado del GAFE. Arturo Guzmán Decena se convirtió en el primer empleado, el Z-1, del nuevo brazo armado del Cártel del Golfo, los Zetas.

—¿Qué tipo de trabajadores necesitas? —preguntó Guzmán Decena.

—Los mejores hombres armados que tengas —respondió Osiel.

—Esos sólo están en el ejército.

—Los quiero.

Se corrió la voz de que estaban contratando. Los métodos de reclutamiento eran osados e incluían interceptar frecuencias de radio militares para informar a los soldados sobre los beneficios de cambiar de bando. Los soldados del GAFE conocían a Osiel como Fantasma, Ingeniero y Matamigo. Escucharon que sus excolegas se estaban llamando a sí mismos los Zetas y que estaban ganando cañonazos de dólares.

Un ejemplo típico de los reclutas era el Z-7, conocido como Mamito. En 1994, cuando tenía dieciséis años, Mamito se unió al GAFE y más adelante trabajó como parte del escuadrón de narcóticos. En 1999, cuando el gobierno mexicano lo procesó por corrupción, Mamito desertó del ejército, se fue a Tamaulipas, el estado del noreste mexicano donde está Nuevo Laredo, y encontró trabajo con Osiel como recolector de deudas, como matón a sueldo y como supervisor de los cargamentos de drogas para el Cártel del Golfo.

En 2002, cuando el ejército mexicano asesinó al Z-1 en un restaurante, otro ex GAFE, Heriberto Lazcano, el Z-3, se hizo cargo. Se distinguía por su aspecto de estrella de cine y su talento táctico y lo conocían como El Verdugo. Dirigió a los Zetas junto con otro hombre del GAFE, Efraín Teodoro Torres, el Z-14, conocido como Catorce.

Los Zetas pronto reclutaron a unos cincuenta exsoldados además de otras personas que no eran militares. Corrían rumores sobre el origen del nombre Zeta. Algunos decían que era una señal de radio. Otros creían que Osiel llamaba a sus ejecutores los Zetas porque «z» es la letra con la cual empieza la palabra zapatos. «Un hombre sin zapatos no puede caminar», solía decir, encantado probablemente de que el niño que alguna vez anduvo descalzo ahora comandara un ejército con botas. Los Zetas usaban uniformes tácticos negros y chalecos antibalas. Tenían insignias en los hombros con una Z sobre la silueta del estado de Tamaulipas circulada por las palabras: Fuerzas Especiales del Cártel del Golfo. Osiel envió a los Zetas a Nuevo Laredo con instrucciones de establecer el control.

En el pasado, la policía mexicana usaba informantes para llevar un registro de cuánto ganaba el capo del narco local en la plaza —un poblado o área a través de la cual pasaban las drogas a cambio de un impuesto que se le pagaba a la autoridad que controlaba la zona: los policías— y ajustaba el soborno mensual acorde a esto. El término «comandante» no se refería al capo de la droga sino al comandante de la policía, cuyo poder incluía tener el respaldo del procurador general, el ejército y el PRI. Un capo de la droga duraba mientras pudiera pagar los sobornos y ahuyentar a la competencia, pero conforme los Zetas, en nombre del Cártel del Golfo, iban arrasando con el noreste de México, limpiando los estados de Coahuila, Nuevo León y Tamaulipas, el viejo sistema de corrupción se transformó.

Un día, el joven agente del ministerio público federal, Carlos Hinojosa, recibió una invitación junto con otros funcionarios locales para asistir a una junta.

«No interfieran con el tráfico. La Compañía trabajará libremente», les dijo Catorce, el líder Zeta. La Compañía se refería ahora a la entidad corporativa conformada por la combinación del Cártel del Golfo y su brazo armado, los Zetas.

Como ministerio público, el trabajo de Hinojosa era procesar las quejas y tomar decisiones sobre a quién acusar de los delitos. También servía como contacto entre la oficina del procurador y los cárteles. Conocía a todos los traficantes y era quien recolectaba los sobornos. Pero le advirtieron que aquellos días ya eran cosa del pasado. El soborno ya no sería un asunto negociable. Muchos policías, al enterarse de esto, cambiaron de bando, dejaron de fingir que eran servidores públicos y se unieron directamente a la Compañía. Catorce se acercó a Hinojosa: «¿Entonces estás trabajando para ellos o para mí?».

«¿Qué hacía falta para unirse a la Compañía?», se preguntó Hinojosa.

Le dijeron a Hinojosa que mientras generara ingresos para la Compañía era bienvenido. Cuando dejara de generar ingresos, ya no sería bienvenido. Era así de simple. Así que Hinojosa, con sus anteojos, se convirtió en el contador de la Compañía. Recolectaba dinero de los traficantes que trabajaban para la Compañía o que hacían negocios con la Compañía. Los nuevos colegas de Hinojosa en el cártel lo llamaban Jotillo, por decirle pequeño homosexual. No se sabe si este apodo era por menospreciar su estatus de oficinista o si se refería realmente a su homosexualidad.

A principios de la década de 2000, los Zetas llegaron a Nuevo Laredo y se toparon con un mercado negro ya transformado. Las viejas familias de traficantes habían cedido el lugar a grupos más grandes de traficantes. Los grupos se originaban con familias pero incluían a reclutas de sus comunidades locales. Conforme fue aumentando el tráfico de drogas, estos grupos fueron repartiéndose Nuevo Laredo y distribuían las ganancias de su sistema de impuestos. Ahora los grupos se enfrentaban a una decisión: podían operar bajo el mando de los Zetas y pagar el impuesto de tráfico a la Compañía o podían ser borrados del mapa.

El líder del primer grupo, Los Chachos, se negó a ceder su territorio. Lo encontraron boca abajo en una cuneta, desnudo salvo por una tanga de leopardo.

El segundo grupo, la pandilla Flores Soto, tenía como líder a Meme Flores, el hombre que le compraba coches y armas a Gabriel Cardona. Meme se convirtió en embajador de los Zetas en Nuevo Laredo, encargado de proporcionar coches y armas, así como hacer todo lo que le pidieran los Zetas.

El tercer grupo, Los Tejas, incluía a dos estrellas en ascenso en el bajo mundo de la frontera: los hermanos Treviño, Omar y Miguel. Pero su jefe en Los Tejas no quería cooperar con los Zetas. Así que los Zetas se acercaron a Miguel Treviño.

Miguel Treviño era uno de trece hijos y creció en un barrio de clase trabajadora de Nuevo Laredo donde hacía trabajos de vez en cuando para la gente rica mientras su padre administraba ranchos. Nunca les faltó comida. A todos los Treviño se les enseñó a cazar. De adolescente, Miguel aprendió del negocio de las drogas gracias a su hermano mayor. Viajaba mucho a Dallas por la I-35 y dominaba ese tramo de autopista de 650 kilómetros que podía hacer que un kilo de coca o un paquete de treinta kilos de mota fuera 100 por ciento más valioso.

Después de una persecución en auto en 1993, la policía de Dallas arrestó a Miguel, que tenía entonces diecinueve años, en un Cadillac rosado con la columna de dirección rota. Pagó una multa de 672 dólares por intentar fugarse. Pero cuando arrestaron a su hermano mayor por tráfico de marihuana en

Texas y lo sentenciaron a veinte años en prisión, Miguel se puso furioso. Los Estados Unidos trataban a los mexicanos como mierda. Miguel se tatuó «Hecho en México» en la nuca y una cobra que bajaba por su antebrazo. Regresó a Nuevo Laredo y trabajó como policía, dándole información a Los Tejas y luego se unió al grupo con su hermano Omar. Miguel controlaba una zona conocida como Hidalgo, un punto crucial para los traficantes en la sección norcentral de Nuevo Laredo, justo al este de las vías del tren que cruzan el río, suben por el lado oeste de Laredo y pasan por la escuela Martin High. A finales de la década de 1990 y principios de la de 2000, ni Miguel ni Omar Treviño eran conocidos más allá de su pequeño rincón del bajo mundo de Nuevo Laredo, pero eso estaba a punto de cambiar.

«Es frecuente que los narcos actúen como personas leales a sus jefes. Pero esa actitud es sólo un camuflaje. Actuar con lealtad u honestidad no significa ser lo uno ni lo otro. [...] No hay valores aunque la mafia tenga sus reglas. La premisa que los mueve en ese agitado e inhumano entorno es la frialdad», escribe Ricardo Ravelo en su biografía de Osiel Cárdenas. Aunque no era un exsoldado del GAFE, Miguel seguramente sintió que su sistema de valores, o la falta de éste, era afín al enfoque zeta de tener sangre fría y adueñarse de todo. Para establecer su posición entre los Zetas, Miguel asesinó a su líder de Los Tejas y luego eliminó también a la familia del líder.

Miguel y Omar Treviño fueron dos de los muchos que se unieron a los Zetas cuando llegaron a Nuevo Laredo para adueñarse del territorio. Pero los hermanos Treviño hicieron lo que hacen los gánsteres exitosos: adquirir el poder a través de la crueldad. Miguel, quien ya tenía treinta y tantos años, ascendió en las filas de los Zetas a través de su control férreo de Nuevo Laredo y de siempre andar del lado de la precaución cuando se encontraba con enemigos percibidos.

Una noche, a principios de 2004, confundió a dos adolescentes estadounidenses con adversarios.

9
LA GENTE NUEVA

—¿Qué están haciendo aquí? —preguntó otra vez el hombre que se parecía a Rambo con una combinación entre inglés y español. Se arrancó una granada de la banda que traía al pecho y empezó a pasarla de una mano a la otra como si fuera una pelota de tenis.

—Nada —respondió Gabriel con la mandíbula adolorida, los ojos endurecidos y la mirada vidriosa y perdida.

—¿De dónde eres?

—Vamos a la universidad en Texas —respondió Gabriel—. Trabajamos en McDonald's.

—¿Ah, sí? ¿Qué estudias?

—Derecho.

—¡No me chingues!

—Sí, señor. Digo, no señor.

Se acercó un paso más a Gabriel.

—Te miras tranquilo. Demasiado tranquilo. ¿Por qué?

—No sé.

—Hijo de tu pinche madre. Te crees bien verga. ¿Con quién jalas? ¿A quién le andabas vendiendo la troca?

Esa noche Gabriel y Wences Tovar se habían llevado un Jeep Cherokee a Nuevo Laredo. Wences dijo que tenía un nuevo contacto, un policía mexicano que pagaría un poco más de mil dólares, la cifra que se solía pagar por camioneta. «Claro», dijo Gabriel, que siempre estaba dispuesto a expandir su red de trabajo. Acompañó a Wences a las barracas de la policía de Nuevo

Laredo y preguntaron por el policía. La respuesta fue una mirada en blanco. Así que se fueron. Estaba oscuro. De regreso en la calle Guerrero, que los llevaría de vuelta al International Bridge One (que del lado mexicano se conoce como Puente de las Américas) y luego a Texas, una camioneta de la policía mexicana los detuvo. Esposaron a Gabriel y a Wences y los llevaron a un prado donde les dijeron que no se movieran. Los policías hicieron una llamada.

Gabriel sabía que La gente nueva estaba limpiando Nuevo Laredo, deshaciéndose de los traficantes de antes y poniendo un alto a toda la venta local de drogas. Si tenías drogas y no te conocían, eso significaba que alguien más te las estaba vendiendo o que tú las estabas vendiendo sin autorización. Te torturaban hasta que confesaras quién era tu proveedor. Gabriel se apresuró a pasar sus esposas al frente de su cuerpo y buscó en el interior de sus jeans. Estaba a punto de tirar su bolsita con roches a los arbustos pero lo pensó y mejor se tragó las cinco pastillas.

Una caravana de cinco Suburbans negras se orilló en la carretera con luces de policía centelleando. Estas personas no parecían policías. Estaban vestidos de negro. Les vendaron los ojos a Gabriel y a Wences y los metieron a la parte trasera de una camioneta. Diez minutos después llegaron a otra parte, los sacaron y los llevaron a una especie de edificio. Les quitaron las vendas de los ojos y cuando pudieron empezar a ver de nuevo se dieron cuenta de que estaban en una habitación angosta y sin ventanas. Parecía una caballeriza de ladrillo. Más allá de la puerta abierta había una entrada para autos en forma circular y lo que parecía ser un rancho grande, un ejido con varias casas pequeñas. Los dejaron solos. Llegaron más Suburbans.

Ya habían cacheado a Gabriel y Wences para ver si traían armas, pero no le habían quitado a Gabriel su teléfono celular. Le habló a su hermano mayor.

—¿Qué onda, güey? —le respondió su hermano.

—Nos agarraron del otro lado —dijo Gabriel—. Estamos en una especie de finca y no sé si... —Gabriel trató de escupir las palabras pero no lograba acelerar su voz.

Se bajaron más hombres de las Suburbans. Con la iluminación de los faros de los coches se podía ver una nube de polvo que se levantaba, se quedaba suspendida en el aire, se movía hacia el frente y luego se disolvía.

—¿Qué? —escuchó Gabriel decir a su hermano antes de cerrar el teléfono. Desde las sombras vio que avanzaba un grupo de hombres dirigidos por un individuo que traía una pistola en un muslo y un cuchillo en el otro: Miguel Treviño.

—¿A quién le estabas hablando? —preguntó Miguel.

—A nadie, señor.

—No me quieras ver la cara de pendejo —Miguel volteó hacia arriba, tensó los músculos del cuello y luego clavó su mirada penetrante en los chicos—. ¿Estás drogado?

—No, señor —dijo Gabriel y luego miró a Wences para confirmar. Aterrado y sin roches para darle valor, los ojos sobrios de Wences devolvieron la mirada a Gabriel como si tuvieran conciencia propia y quisieran salirse de sus órbitas y escapar. Gabriel apretó los labios pero no pudo contenerse: explotó en risas.

Miguel, sorprendido, le dio un puñetazo fuerte a Gabriel. Gabriel cayó y lo ayudaron a levantarse. Le hicieron más preguntas y él contestó más cosas estúpidas.

Entonces salió la granada. Miguel salió de la caballeriza.

Gabriel le dijo entonces a Wences que lo quería y que le daba gusto que hubieran sido amigos. Wences, con el corazón desbocado, no podía entender cómo Gabriel permanecía tan tranquilo. ¡Wences no quería morir! Gabriel continuó diciendo que era una pena que terminaran así, pero había cosas peores. Ambos miraron a Miguel que hablaba con otros afuera con la granada agarrada con su cadera como un pícher con su pelota de beisbol.

Gabriel pensó entonces en algo: Meme.

—¡Trabajo para el Cero Dos! —gritó Gabriel al recordar el código para Meme Flores: Cero Dos.

Miguel volteó.

—¿Qué?

—Le traigo coches y trocas. También le paso juguetes, pistolas.

Miguel se rio.

—¿Por qué chingados no dijiste algo?

—No sabía con quién estábamos tratando. No quería decir algo a la gente equivocada. Nuevo Laredo todavía es territorio mixto.

—Ya no es mixto. Ahora somos los únicos dominantes.

Gabriel asintió. Miguel le explicó que el policía a quien le habían intentado vender la troca era un contra, un enemigo, y que lo habían borrado del mapa el día anterior.

Pasaron treinta minutos y llegó Meme.

—Sí, es de los míos —dijo Meme—. Suéltenlo.

Les quitaron las esposas a Gabriel y a Wences.

Meme les presentó a Miguel como un comandante de los Zetas. Meme no conocía a Wences. Pero le dijo a Miguel que él respondía por quien Gabriel llamara pareja. Gabriel, explicó Meme, era un trabajador estelar, un «firme vato» que le surtía vehículos y armas de Texas.

En su mente, Gabriel hizo la conexión: todos esas trocas y armas robadas llegaban, al final, a La gente nueva, los Zetas. Ni Gabriel ni Wences habían oído hablar de Miguel Treviño hasta esa noche, pero ahora entendían que era un miembro de alto rango del nuevo cártel.

—Pueden llamarme Cuarenta —les dijo Miguel a los chicos, refiriéndose a su código zeta, Z-40. Le dio una palmada a Gabriel en la espalda. Sin resentimientos.

Esa noche, Miguel, Gabriel, Wences y Meme dieron la vuelta por Nuevo Laredo en una caravana. Gabriel alcanzó a oler hule y troncos quemados. Vio a varios grupos de mexicanos amontonados alrededor de las fogatas que hacían en tambos de doscientos litros, estirando los brazos y empujando al de junto para acercarse más al calor. El conductor llamó a un restaurante y para cuando llegaron ya estaba vacío.

Mientras cenaban, Miguel se dio idea del trabajo de Gabriel con Meme y preguntó sobre los problemas legales de los chicos en Texas. Wences, que estaba sobrio y seguía recuperándose emocionalmente de la experiencia cercana a la muerte, no habló mucho. Pero Gabriel percibió una oportunidad. Tal vez su conexión con Meme podía convertirse en algo más grande. Gabriel habló con Miguel sin miedo, como si fueran iguales. A pesar de las píldoras, su mente juvenil seguía llena de detalles y fechas. Le soltó una letanía de transgresiones, como si estuviera enumerando una lista de logros en un currículum: drogas, armas, asaltos.

Miguel escuchó. Chicos como éste podían serle útiles.

Un año antes, en 2003, el líder del Cártel del Golfo y fundador de los Zetas, Osiel Cárdenas, había sido aprehendido en México. La cacería de la DEA en busca de Osiel, que duró varios años, implicó seguir a las novias de Osiel y trabajar con productores del programa de televisión *America's Most Wanted* durante la parte de la operación descrita como «ataque mediático» en los informes de la DEA. Los Zetas intentaron sacar a Osiel de la cárcel con un escuadrón de helicópteros, pero el intento falló cuando el clima empeoró y un piloto se arrepintió.

Si Osiel pensó que sería un escape fácil, tal vez fue porque su rival del otro lado del país, el Chapo Guzmán, líder del Cártel de Sinaloa, había logrado escapar de una de las prisiones más seguras de México en 2001. Ahora, con Osiel en la cárcel y el Chapo libre de nuevo, la Compañía —el Cártel del Golfo y los Zetas— se enfrentaba a su primera amenaza real: el Chapo quería expandir el alcance de su organización al este, más allá de Juárez, al cruce fronterizo más lucrativo de todos, Nuevo Laredo.

A principios de 2004, cuando Miguel Treviño conoció a Gabriel Cardona y a Wences Tovar, seguramente era cons-

ciente de las ambiciones del Chapo. Sin duda también sabía
de un traficante estadounidense de Laredo que recientemente
había rechazado a los Zetas y se había pasado al lado del Cártel de Sinaloa.

En la década de 1980, Édgar Valdez Villarreal creció del
lado norte de Laredo, del lado rico, y jugó como defensa en
el equipo de futbol americano de United High. Lo conocían como «La Barbie» por su cabello rubio y sus ojos azu-
les, alguien que en México se conoce como güero. Pertenecía
a una pandilla, llamada Mexican Connection, formada por
chicos pudientes que vendían droga. La Barbie no entró a la
universidad y prefirió unirse a un grupo de traficantes que
transportaban marihuana y luego cocaína a Georgia y más
al norte. Cuando lo acusaron de tráfico en 1997, La Barbie
se mudó a Nuevo Laredo. En 2002, el Cártel del Golfo y los
Zetas llegaron a Nuevo Laredo y mataron al jefe de La Barbie, el líder de Los Chachos, el que apareció muerto en tanga.
Entonces La Barbie inició una revuelta. Al respecto, el informe
de la DEA dice:

> El Cártel del Golfo le adelantó 100 kg de cocaína a Édgar Valdez
> Villarreal por los cuales pagó posteriormente. Después, el Cártel
> del Golfo le adelantó 300 kilos de cocaína y él los pagó íntegros.
> Valdez Villarreal entonces recibió 500 kilos de parte del Cártel
> del Golfo pero sólo pagó 250. A continuación, Valdez Villarreal
> convenció al Cártel del Golfo de que le adelantara 1000 kilos.
> Valdez Villarreal no pagó ese cargamento. La deuda resultante,
> considerada un robo, condujo al inicio de las hostilidades...

Los Zetas enviaron un operativo para matar a La Barbie pero él
huyó a Acapulco y se unió a una familia de traficantes afiliados
con Sinaloa, los hermanos Beltrán Leyva, quienes importaban
cuarenta toneladas de cocaína al mes a través del puerto de Zihuatanejo, al sur de México. Un subordinado de los Beltrán Leyva
tenía una empresa que vendía mármol en San Antonio, Texas, y la

organización usaba ese frente para traficar la cocaína a compradores en Atlanta y Nueva York. La Barbie, junto con el Chapo y los hermanos Beltrán Leyva decidieron luchar por Nuevo Laredo.

Miguel sabía que La Barbie estaba organizando soldados con el respaldo de los Beltrán Leyva y el Cártel de Sinaloa y que se avecinaba una batalla.

De vuelta en el restaurante, Miguel le preguntó a Gabriel a quiénes conocía en Laredo y por su tono quedaba claro que se refería a gente de alto perfil en el bajo mundo.

Gabriel pensó en sus recorridos de domingo por la noche en San Bernardo Avenue, cuando solía pedirle a los chicos mayores que le dijeran qué coche pertenecía a qué traficante. Asintió y escupió unos nombres. Moisés García. Chuy Resendez. Richard Jasso.

Impresionado, Miguel le mencionó un campamento de entrenamiento en el sur de México. Gabriel parecía estar interesado. Wences permaneció básicamente en silencio. Miguel dijo que Meme estaría en contacto con ellos para que asistieran al campamento.

Gabriel y Wences regresaron a Laredo después de conocer al equipo mortífero de La gente nueva, los Zetas, los que no aceptaban un no como respuesta.

A finales de 2003, Robert García regresó al departamento de policía de Laredo después de seis años estresantes en la DEA. Terminó su periodo con los federales y fue de los que aguantó más tiempo. Se sentía aliviado de haber concluido con eso, contento de por fin dejar de viajar constantemente. Tenía treinta y cinco años y le ilusionaba pasar más tiempo con Ronnie y los chicos. Trey acababa de empezar el bachillerato y Eric estaba en su último año.

Pero la realidad ya no correspondía con lo que Robert se imaginaba que sería su regreso al ritmo más tranquilo de la ciudad que solía patrullar en la década de 1990. Habían aumentado los asesinatos y los delitos relacionados con las drogas. Laredo se estaba convirtiendo en la capital del robo de autos en Estados Unidos. El delito entre los jóvenes estaba fuera de control.

El nuevo jefe de policía de Laredo, Agustín Dovalina, citó a Robert en su lujosa oficina. Con sus asistentes al lado, el Jefe Dovalina bromeó diciéndole a Robert que lo pondrían en un trabajo más relajante.

«¿Cuál?», preguntó Robert. Le dijeron que necesitaban otro detective en la división de homicidios.

Si esperaban renuencia, no la obtuvieron. Después de las drogas, la opción de trabajar en homicidios era un alivio. Robert sabía lo que hacían los detectives de homicidios. Aparecía un cuerpo. Ayudaban a la familia con su pérdida e intentaban averiguar qué había sucedido. No necesitaba la ignorancia deliberada de un policía de narcóticos para creer en su trabajo. El homicidio era apolítico. La presión del trabajo en homicidios también le atraía, así como la naturaleza de ganar o perder que tenía este cargo: o atrapabas al asesino y lo enviabas a la cárcel o no.

«Las cosas del cártel», como lo llamaría después, no cruzaron por su mente cuando aceptó el empleo. El departamento de policía de Laredo sabía sobre el Cártel del Golfo, los Zetas y el Cártel de Sinaloa. Tenían inteligencia sobre los conflictos entre los cárteles en México. Pero no había motivos para pensar que esos conflictos afectarían a Laredo. Miguel Treviño era conocido en la policía de Laredo, pero sólo como otro traficante del bajo mundo de Nuevo Laredo, uno de los muchos delincuentes locales que trabajaban para cualquier organización que dominara el área.

A su regreso al departamento de policía de Laredo, en los últimos días de 2003, Robert no tenía idea de que el choque entre dos cárteles se trasladaría a Texas y que su trabajo se convertiría en algo más que investigaciones normales de homicidio y sería una lucha por la ciudad en sí.

Gabriel Cardona, el joven de Laredo que Robert conocería pronto, tampoco sabía qué le tenía reservado el futuro. Desde el noveno grado, Gabriel vivía al día. No tenía idea de dónde lo llevaría su asociación con Meme Flores ni su reunión inicial con Miguel Treviño. A los diecisiete años ya había robado algunos autos, había traficado con algunas armas, había movido un poco de droga y había participado en algunas peleas. Era un delincuente inteligente, pero no dejaba de ser un desertor escolar lleno de roches que no sabía nada de los asuntos políticos que ocurrían por encima de su cabeza en lugares muy lejanos.

La iniciación de Gabriel en los cárteles se desarrollaría el siguiente año. Su primera reunión con Miguel le enseñó solamente que su mentor del bajo mundo, Meme Flores, estaba más metido en el juego de lo que Gabriel pensaba.

Ni Gabriel ni Robert podían haber sabido que, a través de una serie de situaciones que fueron escalando, ambos terminarían en la batalla inaugural de una de las guerras más brutales en la historia moderna, una guerra que alcanzaría un estándar de violencia que el continente no había visto desde tiempos precoloniales, o quizá nunca.

Gabriel estaba listo para ingresar al mercado global, como miembro del cártel, y Robert estaba preparado para regresar a lo local, como detective de homicidios. Parecían estar en caminos diferentes. Pero estaban avanzando directamente uno hacia el otro.

10
CRIAR LOBOS

Cada mañana, a las ocho y media, los reporteros de la prensa escrita y de la televisión entraban a La Parroquia, una cafetería de doscientos años de antigüedad en el puerto de Veracruz, México, con vista a la costa del Golfo. La fachada de concreto de La Parroquia está sobre el transitado malecón de Veracruz, donde hay puestos de helados, refrescos y artículos para turistas. En el puerto se descargan artículos de todo el mundo: electrónicos, mobiliario y cargamentos de muchas toneladas de cocaína sudamericana.

Desde Veracruz la coca viajaba al norte por avión a poblados como San Fernando, Reynosa y Matamoros. Una vez a la semana, los jefes de plaza recibían a los aviones que traían 400 kilos cada uno. Desempacaban las maletas de 25 kilos y volvían a empacar la mercancía en ladrillos de un kilo que luego subían a los vehículos terrestres. Los conductores entonces llevaban estos vehículos al norte, a poblados fronterizos de Texas como Brownsville y Laredo, y de ahí a centros de distribución en Houston y Dallas.

Aquí, en Veracruz, uno de los puertos de entrada de droga más grandes de México y, por tanto, una de las ciudades más corruptas, la élite criminal controlaba los medios y eso tenía lugar en La Parroquia. Para las 9 de la mañana, las mesas estaban llenas de políticos, empresarios y cualquier otra persona que deseara ser escuchada por los periodistas locales. Muchos miembros de la prensa aceptaban dinero de entidades ajenas a las organizaciones periodísticas que los empleaban de manera oficial. Los lustradores de calzado se agachaban en el piso de terrazo. Los hombres comían huevos rancheros mientras una enfermera recorría el café y cobraba cinco pesos por revisar la presión sanguínea. Los meseros de chaqueta blanca servían leche caliente en vasos de café concentrado para preparar el tradicional café lechero. A lo largo de las siguiente cuatro horas se recogían, inventaban, negociaban y pagaban las noticias del día.

El colíder de los Zetas, el Z-14, llamado Catorce, estaba a cargo de la plaza de Veracruz. Una plaza más pequeña como San Fernando, a medio camino entre Veracruz y la frontera, podía valer unos cincuenta millones al año por ser entrada a las ciudades fronterizas. Matamoros, una ciudad en la frontera, podría valer el doble de eso. Pero en Veracruz, el sitio líder en importaciones de cocaína, un jefe de plaza competente como Catorce podía ganar varios cientos de millones de dólares al año. Así que Miguel Treviño viajó ahí en 2004 y aprendió todo lo que pudo sobre el manejo de la plaza.

Esto es lo que aparentemente aprendió Miguel y lo que usaría al regresar a Nuevo Laredo:

Seguridad: Bajo el protocolo de la Compañía, la primera tarea de cualquier nuevo jefe de plaza era entrenar y equipar a una fuerza de seguridad. El costo de administrar una plaza típica era de aproximadamente un millón de dólares al mes en tiempos de paz y dos o tres veces eso en tiempos de guerra. Los gastos incluían sobornos, nómina, casas y equipo: armas de calibre .50, miles de cartuchos, granadas, bazucas y camionetas blindadas que costaban 160 mil dólares ya acondicionadas.

Catorce insistió en que un soldado del GAFE entrenara a todos los reclutas. Todos los hombres entrenados aprendían a utilizar armas de fuego, a caminar en la maleza, a pelear con un cártel rival, a rescatar a un compañero muerto o herido, a cuidar al jefe, a saltar desde autos en movimiento y a hablar en código de radio de la Compañía. El entrenamiento duraba entre dos y tres meses. Cada hombre ganaba unos 130 dólares a la semana. Entre salario y equipo, el costo para entrenar un soldado de los Zetas era de 8,000 dólares. Como graduados, cada soldado ganaba 250 dólares a la semana más comisiones.

Bonos para los empleados: Catorce ofrecía a sus hombres un programa de inversión para empleados llamado «la polla». Un grupo reunía su dinero para invertirlo en un cargamento con el precio de frontera de la Compañía de 10,000 dólares por kilo. Si el kilo llegaba a Brownsville o Laredo, se vendía por 12,500 dólares; 14,500 en Houston; 18,000 en Dallas; 24,000 en Atlanta y 30,000 o más en Nueva York. Como un contrato de futuros, cada polla estaba etiquetada con una ciudad. Una polla era para precios de Atlanta, otra para precios de Chicago. Los hombres de la Compañía podían hacer sus propios cálculos de riesgos lo cual les permitía sentir que tenían un interés personal en el negocio.

Ventajas: Las dos personas más importantes en la policía, el jefe de la policía preventiva y el jefe de la policía de caminos federales ganaban entre 6,000 y 10,000 dólares al mes en sobornos, mientras que los tenientes ganaban 3,000. Muchos periodistas «le reportaban» a un político y alrededor de 5 por ciento le reportaban a un cártel. En La Parroquia, los políticos, muchos de los cuales aceptaban dinero de los cárteles, les pagaban a los reporteros que publicaban cobertura positiva de sus agendas y escribían lo que otros querían en sus columnas. Los reporteros de televisión y de prensa impresa ganaban entre 1,300 y 3,300 dólares al mes, casi ocho veces sus salarios.

En Veracruz, Miguel comprendió que una prensa bien compensada se pagaba a sí misma. Como castigo por no pagar el piso, dos sucursales de una popular cadena de sándwiches podían quemarse en la misma tarde. Al día siguiente, el periódico más grande de Veracruz publicaba una editorial sobre vinos. Varios bares eran arrasados con metralletas a plena luz del día y la primera plana al día siguiente era una reflexión sobre los perros callejeros de la ciudad. No había manera de saber qué encontrarían digno de publicar los periodistas.

Ganancias: La fuente principal de ingresos era la «cuota» o «piso», el impuesto del tráfico. Para poder pasar por la plaza, los inmigrantes pagaban una cuota de 250 dólares si eran de México, de 500 si eran de Centroamérica y 1,500 si eran europeos. Los coyotes, quienes los guiaban, pagaban 100. Los traficantes de drogas pagaban 50 dólares por kilo de marihuana (unos 50,000 por tonelada) y 500 por kilo de cocaína (unos 500 mil por tonelada). Algunos pagaban su impuesto en especie, por ejemplo, cinco kilos por cada cien. Después de rebajar la coca para hacer que el kilo original rindiera dos o tres kilos, cortándola con cosas como laxante para bebés, el cártel ganaba 50,000 dólares por kilo vendiendo pequeñas cantidades, conocidas como «grampillas» entre los ciudadanos de Veracruz.

El jefe de plaza también obtenía una ganancia del piso que cobraba a los negocios. Los tenderos pagaban 1,000 pesos al mes. Las farmacias, 3,000 pesos al mes. Los bares, clubes nocturnos y burdeles, dos o tres veces eso. El piso compraba más que la protección, también ofrecía un escudo contra la supervisión gubernamental. Negarse a pagar este impuesto del cártel podía provocar respuestas violentas o problemas legales del tipo de una visita de un inspector de la ciudad que inventaría violaciones a las leyes de salubridad; por otro lado, un pago a tiempo significaba que el tendero podía vender alcohol veinticuatro horas al día, que el club nocturno podía servirle alcohol a los menores de edad y que el restaurante podía ahorrarse algunas cosas en cuanto a medidas de higiene.

Si un negocio debía pagar 20,000 pesos por el servicio de electricidad (unos 1,000 dólares) la persona a cargo de la Comisión Federal de Electricidad se encargaba de que el negocio pagara sólo una tercera parte de eso. A cambio, el negocio le pagaba al funcionario de la CFE 1,000 pesos por la cuenta fija y 3,000 pesos para Catorce por asegurar que la cuenta se fijara. Para algunos, las ventajas de la anarquía justificaban el pago de piso.

Espías: Las «panteras», mujeres informantes, eran cruciales para el negocio de Catorce. Los ingresos por los impuestos se reinvertían en bailarinas y meseras de bares que podían monitorear las pláticas subversivas y proporcionar fotografías e información sobre los condenados. Los trabajadores de hoteles y taxistas también eran fuentes muy buenas.

Banca: En 2004, Catorce le dio 12 millones de dólares a Pancho Colorado, un magnate y distinguido dueño de una compañía de servicios petroleros en Veracruz llamada ADT Petroservicios. Colorado participaba en licitaciones de contratos con el gobierno para proporcionar sus servicios de descontaminación y saneamiento que Pemex, la compañía petrolera nacional, subcontrataba. Colorado, siempre sonriente en La Parroquia, era un hombre generoso que también era dueño de hoteles y empleaba a personas con discapacidades mentales, pues pensaba que todo el mundo merece tener un empleo. Con los 12 millones de la Compañía compró la gubernatura de Veracruz, lo cual influyó para que se le otorgaran los contratos de petróleo. Cuando ganó las licitaciones, los contratos de ADT requerían de capital para funcionar. Catorce proporcionaba los fondos para los gastos generales que regresaban como dinero limpio del gobierno.

Miguel regresó a Nuevo Laredo listo para hacerse cargo de esta nueva oportunidad. Reclutaría soldados, establecería una cultura de disciplina y dominaría el territorio.

De vuelta en los campamentos de entrenamiento de Tamaulipas, en el verano de 2004, había llegado la hora de poner a los reclutas en redadas simuladas y quitarles los malos hábitos. Para este propósito usarían cientos de contras, miembros del cártel enemigo de Sinaloa capturados en redadas.

«Bienvenidos, cabrones. Ésta es la Compañía, la mera *paipa* de México», les decía Meme Flores a los reclutas cuando llegaban al campamento de entrenamiento. El grupo de aproximadamente setenta jóvenes, de entre quince y treinta años de edad pero vestidos de manera idéntica con jeans y camisetas, estaban sentados en bancas de madera y lo miraban a los ojos. Escuchaban. Para los reclutas mexicanos, ser aceptados en la Compañía los hacía sentir como si fueran posibles todas sus fantasías: cumplir con las promesas hechas a la familia, viajar por México al lado de hombres respetados, y regresar con sus padres y esposas convertidos en «alguien».

Conocido como el «adiestramiento» o el «'diestra», el campamento de entrenamiento contaba con personal mexicano, israelí y colombiano. Una semana antes, Gabriel, uno de los pocos estadounidenses del campamento, se había subido a una caravana de Suburbans con destino al sur, al campamento de entrenamiento cerca de Monterrey. Había pasado un mes desde su reunión con Miguel, cuando Meme le pidió a Gabriel que fuera al adiestramiento. No invitó a Wences. En la caravana, Gabriel traía puestos jeans y camiseta blanca, como le habían indicado, y dejó todo lo demás, incluyendo su teléfono celular y su cartera.

Los reclutas dormían en catres duros, veinticinco por edificio, y les daban un pan y un plátano cada mañana. Nadaban y sorteaban obstáculos: lodo, túneles, cuerdas y muros. Dos veces a la semana, a media noche, los líderes del campamento despertaban a los reclutas para que quitaran las hierbas de los campos de futbol. En la carrera de la mañana, el que llegara al último debía hacer cien lagartijas. En la tarde jugaban soccer y luego todos se turnaban para boxear. No sentían vergüenza por no saber pelear. Estaban ahí para aprender.

Aprendieron sobre armas: cómo trabajar con la doble empuñadura de una subametralladora MP5, hecha por Heckler & Koch; cómo disparar la Glock, la treinta y ocho y la FN Herstal; y cómo recargar el tambor de un rifle de asalto AR-15 sin perder terreno frente al enemigo. Los mercenarios colombianos enseñaban habilidades de combate. Cómo interceptar un auto en una intersección. Cómo saltar entre dos carros en movimiento. Cómo disparar a través de vehículos blindados vaciando el arma debajo de la manija de la puerta. Cómo caminar y disparar con precisión al mismo tiempo siendo disimulado. Cómo disparar a un enemigo que corre, como si se enviara un pase a un receptor abierto en un juego de futbol americano. Con base en estos primeros entrenamientos, más de la mitad de los setenta reclutas se separaban y eran entrenados para trabajos que no tenían que ver con el combate, como vigilantes y patrulleros. Unos veinte reclutas permanecían para recibir el entrenamiento de sicarios: asesinos.

Después de tener un excelente desempeño en las prácticas en seco, Gabriel fue elegido para demostrar el primer ejercicio en vivo: tomar un rifle de asalto AR-15, entrar corriendo a una casa y matar al contra que estaba dentro. Los otros reclutas que habían sido designados como asesinos fueron invitados a la casa para observar desde la habitación contigua. Meme le dijo al contra que, si sobrevivía, lo dejaría en libertad.

Gabriel respiró profundamente, apretó el rifle y entró. Tras pasar la puerta, Meme salió a su encuentro y le quitó el rifle de un manotazo, luego pateó el arma hacia el contra. Gabriel peleó con el contra para recuperar el rifle. Meme los separó y se dirigió a los reclutas.

«Si caen o pierden su rifle en una redada, nunca peleen por su arma. Su principal desventaja en una redada es que están en territorio que no les es familiar. No conocen sus alrededores. No saben en qué posiciones están los contras en la casa. Al momento de entrar, lo único que saben es que alguien los noqueó. Tal vez sea el único que tengan que neutralizar. O tal vez haya otros. No lo saben. Pero está bien. Sus hermanos entrarán detrás de ustedes», luego Meme gritó: «¡Escuchen! Nunca peleen por un arma. Mejor saquen su cuchillo y eliminen al contra a mano».

Entonces trajeron un nuevo contra y le dijeron que si podía tirar a Meme y quitarle el AR-15, lo dejarían libre. Cuando empezó la práctica, Meme perdió el rifle a propósito y lo pateó hacia el contra. Mientras el contra se apresuraba para recuperar el arma, Meme sacó el cuchillo que traía amarrado a la pierna y apuñaló los muslos, el estómago y el pecho del contra hasta que lo mató. Se puso de pie y recuperó el aliento mientras dos reclutas se llevaban el cuerpo del contra. De los veintitantos reclutas que quedaban, varios salieron de la casa y se unieron a los que estaban entrenando para roles que no fueran de combate.

De los reclutas que demostraron que podían matar, cada uno recibía un «cuas», una pareja. Al caminar, disparar, comer, cagar, tú y tu cuas (de cuate) siempre se cuidaban mutuamente. El cuas de Gabriel era un chico llamado Israel que Gabriel recordaba de cuando iba a la iglesia de niño en Nuevo Laredo, cuando los Cardona cruzaban la frontera los fines de semana para ver a la familia. Los sicarios se reunieron a la orilla de un bosque, a diez metros de una línea trazada con gis en el suelo. Del otro lado, en el bosque, había dos contras atados uno al otro por la cintura y a quienes les dijeron que si sobrevivían la primera ronda, si lograban huir de los disparos, los dejarían libres. Con su cuas, Gabriel corrió a la línea con la mirada enfocada en los hombres que eran su blanco. Se detuvieron, pusieron el pie izquierdo al frente, como les habían enseñado, giraron ligeramente la cintura, pusieron la mano izquierda en la empuñadura del cañón, levantaron el codo izquierdo al nivel del corazón, apuntaron con el AR-15 y dispararon treinta tiros: ¡Prrrrrrtt! Mantuvieron su posición, movieron el pulgar de la mano que tenían en el gatillo al lado derecho de la empuñadura, presionaron el botón sobre el gatillo que liberaba el cargador de dos lados y simultáneamente extendieron los otro cuatro dedos de su mano derecha para atrapar el cargador cuando se soltaba. Sin soltarlo, giraron la mano hacia afuera, con el pulgar hacia abajo, insertaron el otro lado del cargador en el rifle y dispararon otros treinta tiros, ¡Prrrr-rrtt! Mientras sus víctimas continuaban cayendo. Dispararon un total de sesenta balas en diez segundos. Se separaron y entró la siguiente pareja tras ellos. Así, les dijeron, se conservaba un territorio y se mantenía a los contras a raya. Si un recluta dejaba caer un cargador, alguien gritaba: «¡A mamar!» y él y su cuas le debían a la Compañía cien lagartijas mientras sus hermanos continuaban y los contras morían por docena.

Además de las lecciones de Meme, cuando llegó el momento de que les enseñaran tortura y asesinato en el campo de entrenamiento, los instructores de la Compañía enseñaban con el ejemplo. Los instructores usaban la frase: «Ves y haces». Y este enfoque promovía la competencia. Un recluta recordaba: «Todos quieren ser mejores que el de junto. Todos quieren hacer lo mejor».

La psicología tenía su rol en el entrenamiento de la Compañía, al igual que la tuvo para los hombres del GAFE educados en Fort Benning y Fort Bragg. En el 'diestra, aislados durante un mes y entrenados para matar a sangre fría, los instructores les recordaban a los reclutas su sed de dinero y viejas. No tenían trabajo, educación ni futuro. Al aislar del mundo exterior a estos reclutas enojados, separados de la familia, los amigos y las novias, de las comodidades de una cama y ropa, los comandantes los encapsulaban en una soledad psíquica; motivación por humillación. Eran los olvidados, lejos de casa. Pero ahora eran soldados. Y cuando llegaran a la plaza, llegarían con un propósito y descargarían toda su ira.

Finalmente, cuando se acercaba el final del campamento, llegó el momento de matar sin ninguna de las armas con las cuales habían entrenado: nada de corta (pistola de mano), larga (rifle) o cuchillo. En ese momento la Compañía medía la fortaleza de las mentes, veía si podías perder el miedo y separaba a los fríos, los que no se tocaban el corazón, de los que podían tener otras funciones. ¿Podías hacerlo y dormir en las noches?

El recluta elegía entre varios utensilios: una pala, un pico, un martillo, un machete. Como ejemplo, el comandante seleccionó un machete y decapitó a un detenido. ¡Cómo pateó ese hombre! Si se hacía correctamente, un pico requería de uno o dos golpes. Una pala requería de varios. Intentaban pegarle al contra directamente en la cabeza para que sufriera poco.

Entonces ponían las herramientas a un lado y mataban con las manos. Sentir cómo el cuerpo cedía a la muerte por primera vez fue en palabras de un recluta: «Algo totalmente diferente».

11
YO MERO

Con sus sistemas verticalmente integrados y sus jóvenes profesionales empujando para subir de rango, la Compañía, a diferencia de esos trabajos sin futuro de salario mínimo en Laredo y los futuros aún más deprimentes que les aguardaban a los que estaban del lado mexicano de la frontera, les daba a sus miembros la noción de que el compromiso se reconocería a través de compensaciones, seguridad laboral, flexibilidad y prestigio.

Los altos rangos en la Compañía, los jefes y sus manos derechas conocidos como comandantes, se referían a los jóvenes sicarios un poco despectivamente como soldados: mandaderos brutales que hacían lo que se les ordenaba. Oficialmente, los soldados eran conocidos como «eles», por la letra L, de lobo. Al igual que sus jóvenes hermanos mafiosos en Nueva York, o Nápoles, los chicos lobo del cártel estaban dispuestos a morir no por motivos religiosos sino por dinero y poder.[1]

La mayoría de los chicos lobo eran, en el vernáculo de la juventud mexicano-estadounidense de Laredo, «mexicanos puros». Pero cuando en el este de México empezaron a ascender los justicieros del cártel del Golfo y sus ejecutores, los Zetas, como una única unidad corporativa que se preparaba para incursionar en batalla contra el Cártel de Sinaloa, unos cuantos jóvenes estadounidenses se unieron a las filas de los soldados zetas y se volvieron lobos de la Compañía. Gabriel

---

[1] «Chicos lobo» es un término acuñado por el autor.

estaba entre esos primeros reclutas estadounidenses. Wences Tovar todavía no había asistido al campamento de entrenamiento. Sin embargo, Wences también se convirtió en un hombre de bajo rango de la Compañía y traficaba armamento de Texas a México para Meme Flores.

En los círculos en los que se movían Gabriel y Wences, pertenecer a la Compañía era algo enorme. El músico Beto Quintanilla, rey de la música norteña pesada, una especie de hip-hop mexicano con ritmos de polca, cantaba canciones sobre los justicieros de la Compañía. Las canciones se podían escuchar a todo volumen por las ventanas de los coches de todos los adolescentes desde Reynosa hasta Piedras Negras.

El dinero, por supuesto, era gran parte del atractivo. Para los sicarios, el salario mensual, que llamaban aguinaldo, era de 500 dólares. Las misiones por comisión, trabajos en solitario que se asignaban fuera del operativo, que era la patrulla normal, tenían una compensación de 10,000 dólares cada una, posiblemente más dependiendo de la importancia de la víctima. Un policía de alto nivel, un político o alguien del cártel rival, por ejemplo, ameritaban un botín más alto para compensar por la mayor dificultad del trabajo pero también por el riesgo: a mayor importancia de la persona asesinada, mayor la posibilidad de que los familiares de esa persona o sus asociados se vengaran.

Aunque la ciudadanía estadounidense de Gabriel le aportaba un estatus ligeramente superior a sus contrapartes mexicanas puras, las cualidades básicas para ser un chico lobo eficiente eran universales. Como Gabriel, el chico lobo ideal, no tenía hijos ni vínculos amorosos serios; como Gabriel, podía estar en las calles en todo momento e ir a cualquier parte. Sin tener cargos de conciencia, quizá por su juventud, el ambiente, su naturaleza, los narcóticos o una combinación, el chico lobo era cruel y libre, un misil en busca del calor del capitalismo del mercado negro, listo para ser lanzado contra cualquiera que estuviera en contra de la Compañía, que amenazara sus negocios, que denigrara su nombre o que retara a sus líderes. Durante los siguientes dos años, cuando el Cártel de Sinaloa llegó al este y luchó contra la Compañía por los derechos del cruce de Nuevo Laredo-Laredo, los chicos lobo serían muchos y la vida tendría un precio muy bajo.

A Gabriel lo asignaron a la plaza de Nuevo Laredo en el otoño de 2004 y empezó su vida con la Compañía. Aprendió los roles, responsabilidades y todo lo que era necesario para ascender. Aprendió la diferencia entre un comandante regional (del estado), un comandante regular (el jefe de plaza), un comandante de mando (un jefe de nivel medio) y un encargado de seguridad. Como sicario, o ele, Gabriel le reportaba a Meme Flores, quien era ahora encargado de seguridad en Nuevo Laredo. Meme, a su vez, le reportaba a Miguel Treviño, el jefe de plaza. Debajo de Gabriel en la jerarquía estaban los halcones que servían de vigilantes y los guardias, que patrullaban. Estos chicos y chicas más jóvenes monitoreaban la actividad en la plaza, registraban los movimientos de los narcotraficantes e informaban sobre todas las actividades de la policía.

La Compañía también empleaba un equipo grande de financiamiento; cada plaza tenía varios contadores. Uno estaba a cargo de la nómina. Otro supervisaba las tienditas locales, pequeñas narcotiendas que vendían drogas a los usuarios mexicanos locales. Otro contador recolectaba los impuestos de los negocios locales como bares y farmacias. Dentro de cada plaza, un contador era asignado a cada uno de los dos productos primarios de la Compañía: marihuana y cocaína. Estos contadores se comunicaban con los «corredores» o transportistas de ambos lados de la frontera y le reportaban al contador en jefe de la plaza.

El comandante regional, el del estado, hacía una auditoría de los libros de cada plaza de su estado de manera regular. El contador de la plaza principal, que respondía al comandante estatal, revisaba las cosas periódicamente. «Ven a tal y tal lugar. Trae el libro», se le decía. Si había algún problema con las cuentas, todos los contadores se reunían para ver si se podía resolver. Si no se podía, el contador de la plaza moría a manos del jefe de plaza y, a su vez, el jefe de plaza podría morir a manos del comandante regional. Se rumoraba que una vez, en Monclova, los libros estaban tan mal que nadie se presentó cuando se convocó a junta. Se tuvo que reemplazar a todo el personal de la plaza.

En sus primeros trabajos, cuando le pedían que acompañara a Meme, o a otros, a matar a alguien o a una redada en México, Gabriel se ponía nervioso. Apretaba la mandíbula y su rifle AR-15 se sentía tan ligero como un libro de pasta blanda. Para distraerse de la misión se concentraba en la función y en el armado de su arma. Frotaba sus manos sudorosas contra sus pantalones hasta que llegaba el momento de entrar. En las misiones por comisión, esos trabajos individuales que se asignaban fuera del operativo, los policías mexicanos con frecuencia le ayudaban a Gabriel a localizar a la víctima y a sacar a la gente del lugar. En una de las misiones, los policías patrullaron el territorio alrededor de un restaurante mientras Gabriel entraba y le disparaba a un contra en la cabeza.

Aunque el acto de quitarle la vida a alguien se volvió cosa de rutina, ciertos trabajos pesaban más en su mente. Un traficante de Nuevo Laredo que vendía coca en una de las tienditas de la Compañía había estado reportando menos ganancias de las recibidas. Gabriel y Meme lo buscaron en su coche. Meme lo sacó, le dio un cachazo y lo echó en el asiento trasero de su Jeep Cherokee. Le pidió a Gabriel que lo atara mientras él conducía hacia una casa. Dentro de la casa, Meme le quitó la camisa y le puso cinta adhesiva en los ojos, brazos y piernas. Luego lo aventó a la cama. El traficante no paraba de decir que les pagaría pero que necesitaba tiempo. Sólo necesitaba conseguir más merca para compensar la pérdida, decía. Meme le dijo a Gabriel que podía irse. Al día siguiente, cuando Gabriel le preguntó a Meme qué había pasado, Meme le dijo: «Se lo fumaron, 'pal guiso».

Gabriel se sintió mal por el tipo. Una cosa era matar a un rival en la guerra, a alguien que trabajaba para el otro bando. La gente que ellos mataban en el campo de entrenamiento eran rivales, del Cártel de Sinaloa, o al menos eso era lo que les decían a los reclutas. En el caso de este narcomenudista, ¿cuánto dinero podría faltar si la tiendita que manejaba era sólo una de una docena o más de las que tenía la Compañía sólo en Nuevo Laredo? Pero estas medidas estrictas, pensó Gabriel, mostraban la seriedad de la organización. El lema de la Compañía era: «Por y sobre la verga». Los miembros más viejos de la Compañía repetían la frase constantemente. Lo que querían decir era más o menos: por y sobre la idea, el principio. Las reglas son las reglas.

Un enemigo, o contra, típicamente significaba un rival conectado con el Cártel de Sinaloa o un policía que recibía dinero de los sinaloenses. Pero Gabriel aprendió pronto que la definición de «contra» era flexible. También podía referirse a un traficante de la Compañía que robaba dinero o drogas o que no entregaba las ganancias completas. Un contra incluso podía ser alguien que se atreviera a salir con la exnovia de algún hombre de rango más alto de la Compañía. Bajo el mando zeta, la ofensa más leve era motivo de muerte.

En la Compañía no todo era trabajo. Las fiestas eran una parte importante de la vida del cártel. Cuando la plaza de Nuevo Laredo estaba caliente, cuando había redadas de la policía federal, todos salvo los guardias y los halcones que se quedaban en la plaza para ver quién divulgaba información al gobierno, se dispersaban para un franco, o sea, una vacación. Cuando estaban de franco, muchos de los hombres de la Compañía se retiraban a La Zona, o Boystown, una ciudad amurallada de burdeles que empleaba prostitutas de toda América Latina. Algunas venían de sitios tan distantes como Brasil y Perú. Había un Boystown en Nuevo Laredo y otro en Reynosa, otra ciudad fronteriza a casi doscientos kilómetros al sudeste de Nuevo Laredo. Ambos Boystowns eran administrados, o extorsionados, por la Compañía pero estaban también abiertos al público y no los visitaban solamente los mexicanos sino también muchos gringos de Houston y Dallas. En los bares de Boystown cada visitante tenía una prostituta y le ofrecía un «palo», acostarse con él, por entre treinta y ochenta dólares. Había muchas mujeres hermosas en Boystown y Gabriel no podía entender por qué trabajaban ahí.

Muchos de los chicos lobo mexicanos frecuentaban el Boystown, pero Gabriel nunca logró concebir pagar por sexo. Prefería gastarse su dinero en los centros nocturnos de Nuevo Laredo, algunos de los cuales se conocían específicamente como «clubes ele», clubes que estaban hechos especialmente para los chicos lobo, como el Luxor y el Eclipse.

En el Eclipse, el DJ Kuri anunciaba periódicamente *El pescadito*. «¡Ésta es la canción del pescado!¡A pescar!», gritaba por el micrófono.

Una noche, Gabriel lanzó la carnada de su caña de pescar imaginaria al otro lado de la pista y atrapó a una chica de quince años de Laredo que se llamaba Christina. Ella era de primer año en United High, el alma mater de La Barbie, el traficante que retó a la Compañía, se fugó de Nuevo Laredo y se unió al Cártel de Sinaloa. Christina tenía la cara alargada y el cabello rubio cenizo. Su nariz se abría un poco al respirar. Ella y Gabriel empezaron a salir juntos.

Christina resultó ser amiga de la novia de Wences. Aunque Christina iba a United y vivía del lado norte de los suburbios, la zona más adinerada de Laredo, su familia estaba en problemas porque su padre pasó ocho años en la cárcel acusado de tráfico. Sus tíos y primos también estaban en el negocio de las drogas, trabajando como traficantes y lavadores de dinero. Sin embargo, lo que Gabriel vio, fue a una fresa bonita, una chica delgada de buen porte que usaba blusas transparentes y camisetas apretadas, alguien que se veía como si viniera de una zona mejor, y estar con ella alimentaba su ego.

Las amigas de Christina tenían expectativas altas para los chicos. Actuaban muy mamonas y presumidas. Pero Christina sólo quería un novio fijo, y eso se lo dejó muy claro a Gabriel. Gabriel la hacía sentir segura y ella también le inspiraba sentimientos positivos a él. El soldado que había dentro de él se suavizaba en presencia de ella. Le dijo: «La gente dice que soy frío. Pero contigo soy distinto».

Pasaron varios meses de trabajo en México.

Gabriel pronto aprendió a sobornar a los policías de Nuevo Laredo, a conseguir información que podía usar contra los enemigos de Sinaloa y a interactuar con el centro de comando e inteligencia de la Compañía. «No disfrutas lo que tienes que hacer», le dijo a su hermano mayor, Luis, cuando hablaban de matar personas. Pero como joven propenso a sentir que su vida no tenía propósito si no estaba haciendo cosas y ganando dinero, Gabriel sí estaba encantado con la acción continua. Mientras seguía a sus víctimas y se mantenía en contacto cercano con Meme, le gustaba la sensación de que otros dependieran de él. Más que nada, disfrutaba dándole dinero a La Gaby y a sus hermanos y gastando dinero para divertir a sus amigos, ese círculo creciente de personajes compuesto por viejos compañeros de sus primeras épocas de delincuente en Lazteca y Siete Viejo.

Los amigos de Gabriel ahora estaban a su servicio pues sabían que él estaba conectado con los hombres más respetados del bajo mundo de la frontera. Estaban siempre dispuestos a hacer sus mandados y a llevarlo en sus coches cuando necesitaba un favor. Cuando Gabriel llevaba a sus amigos a La Siberia, su lugar favorito para comer en Nuevo Laredo, dejaban el coche a media calle. «Soy gente de Meme», le decía Gabriel al de la puerta. El tráfico se detenía mientras ellos comían pero nadie tocaba el claxon ni se quejaba. Un policía simplemente pedía a los conductores que se echaran en reversa y que circularan por otra calle.

En Nuevo Laredo, durante los primeros meses de Gabriel en la Compañía, no alcanzó a percibir gran cosa de la guerra. La Compañía parecía controlar el área. Pero después, en la primavera de 2005, cuando la Compañía y los sinaloenses expandieron sus filas, el conflicto más intenso llegó a la frontera y el control de la Compañía en Nuevo Laredo ya no era cosa segura. Gabriel descubrió que la impunidad que había disfrutado había disminuido un poco. El primero de abril, después de que lo detuvieron por ir conduciendo un coche robado y por posesión de cocaína, estuvo en la cárcel de Nuevo Laredo durante diez días.

El poder y la autoridad pueden cambiar muy rápido en el mundo de los cárteles. La frase «Soy gente de Meme» ya no le proporcionaba tanta palanca a Gabriel como antes. Durante sus diez días en la cárcel, su estatus como miembro de La gente lo mantuvo a salvo y le proporcionó algunos privilegios. Consiguió una cama para él solo, aunque estaba infestada de cucarachas, y algo de dinero para comprar mantas limpias. Comió tacos fritos y guisado de res, en vez de cucharones de la cubeta general del «rancho», una sopa aguada de arroz, papas y frijoles. Pudo ver que el control de las prisiones era crítico para el control del cártel en la plaza. En las prisiones, las redes criminales se mezclaban y unían fuerzas, compartían información, encontraban nuevos reclutas y mataban a los enemigos; la muerte se registraba como un pleito entre presidiarios en vez de asesinato.

Una tarde de domingo, en mayo de 2005, un mes después salir de la cárcel, gracias a un soborno, Gabriel amaneció en la casa de Meme en Nuevo Laredo. Era una mansión de mal gusto conocida como El Castillo donde Gabriel había pasado la noche muchas veces. Al despertar, pensó inmediatamente en Christina. Su novia estaba empezando a molestarse. Él estaba ocupado trabajando o en la cárcel. Pasaba una semana sin que hubiera comunicación. Cuando finalmente la llamaba, ella lo amenazaba: «¡Ven a verme de inmediato o te puedes olvidar de nuestra relación!».

—Llama a Wences —le dijo Meme a Gabriel—. Dile que cruce.

—No quiero ir —le dijo Wences a Gabriel por teléfono.

—¿Por qué no? No tienes alternativa.

Un cargamento de armas que se suponía que Wences pasaría a México se había perdido, le explicó Wences, y temía cuáles serían las consecuencias. Después del incidente con Meme y el traficante de coca, Gabriel ya no pensaba que las armas perdidas no ameritarían un castigo. Pero se sentía confiado de que Meme no le pediría que engañara a su propio amigo.

—No te preocupes —dijo Gabriel—. Yo estaré ahí.

Al conducir hacia las afueras de Nuevo Laredo, Meme le dijo a Gabriel y a Wences que iban a reunirse con los hombres de Nuevo Laredo. «Sean serios», les dijo. Era una misión y había dinero de por medio. «Aprovechen. Pidan lo que necesiten: rifles de asalto, chalecos, dinero, coches. Se los darán».

Diez minutos más tarde, Wences y Gabriel estaban en un patio en la parte trasera de una casa acomodada. Una Suburban negra se echó en reversa por la entrada y se estacionó viendo hacia la calle. Salieron dos hombres, uno se quedó mirando hacia la calle y el otro le dio la vuelta al coche. Salieron otros dos y caminaron hacia el patio. Traían vestimenta militar y cascos de camuflaje atados bajo la barbilla. Gabriel estaba impresionado: usar pura ropa negra se había puesto de moda en sus rumbos, pero estos tipos eran soldados. Pensó en el póster de los SEAL's que tenía Bart, en los videojuegos que solían jugar.

Cuando los hombres se acercaron, Gabriel reconoció al Comandante Cuarenta, Miguel Treviño. Gabriel sabía que trabajaba para Miguel, aunque las órdenes provinieran de Meme. Pero prácticamente no lo había visto desde aquella noche, casi un año antes, cuando él y Wences intentaron venderle la troca al policía equivocado.

—Saludos, señor —dijeron los chicos.

—¡Mis gabachos! —dijo Miguel usando el término para referirse a los estadounidenses. Luego, echó la cabeza hacia atrás y vio a los chicos desde ese ángulo—. No me llamen «señor». Señor es para el que está en el cielo. Llámenme comandante.

Les preguntó quién de ellos era su gallo.

Wences permaneció en silencio y Gabriel le dijo:

—Yo mero.

Miguel tocó el pecho de Gabriel y sonrió

—Eres como yo, güey. Tú sí eres frío —dijo. Luego tocó el corazón de Wences y lo notó desbocado—. ¿Tienes miedo?

—Me acabo de echar un pase —tartamudeó Wences explicando que se había metido una línea de coca que Meme les ofreció de camino. Wences confesó que pensaba que se lo iban a echar por el cargamento de armas perdido.

—Cómo crees, güey —respondió Miguel y se rio—. Eso pasa siempre.

Entonces Miguel volteó a ver a Gabriel.

—¿Entonces te crees muy verga?

—Sí, comandante.

—¿A cuántas personas te has fumado?

—No sé.

Miguel rio.

—¿Tantas que no sabes? ¿Sabes a cuántas me he echado yo?

—No, comandante.

—He matado a más de ochocientas personas.

Gabriel y Wences siguieron a Miguel y a Meme a la casa para una reunión con los comandantes zetas.

Después de hablar un poco, los hombres acordaron que la guerra con sus rivales de Sinaloa necesitaba pelearse también en los Estados Unidos y no sólo en México. Los contras de Sinaloa estaban robando cargamentos de la Compañía en México, los pasaban del otro lado de la frontera y se establecían en Texas, donde asumían que la cultura de la ley y el orden de los Estados Unidos los protegería, o al menos que dificultaría la venganza. Además, al inundar el sur de Texas con dinero, los sinaloenses, a través de un traficante aliado en Laredo llamado Chuy Resendez, estaban consiguiendo que los traficantes de la Compañía cambiaran de bando. Todos los contras y los que habían huido a Texas tenían que ser eliminados, decidió el mando zeta. Eso sólo se podría lograr con una presencia fuerte del lado de Estados Unidos.

Los comandantes miraron a Gabriel y a Wences, y les pidieron que encontraran a ocho gabachos de huevos que pudieran asistir al campamento de entrenamiento y luego se unieran a ellos en la plaza.

«¿Cuál plaza?», se preguntó Gabriel.

Hasta ese momento, la única plaza que conocía era la de Nuevo Laredo, donde los policías no sólo se hacían de la vista gorda cuando asesinaban a alguien sino que con frecuencia lo ayudaban a asesinar a la gente. Él y Wences simplemente asintieron: sí, lo harían.

Cuando los chicos iban de salida, el significado de lo que habían dicho los comandantes quedó claro.

Miguel les dio 10,000 dólares a cada uno y les dijo que compraran coches usados y les asignó dos trabajos por comisión, a 10,000 cada uno, en Laredo.

¿Laredo? ¿En Texas?

Llevar a cabo una misión en un sitio donde las autoridades se tomaban en serio el homicidio no era tan apetecible. Pero el Cuarenta lo estaba pidiendo, el mismísimo Miguel Treviño, y Gabriel entendía las implicaciones de ello. Para poder ascender, tenía que trabajar en los Estados Unidos.

Uno de los hombres que Miguel les pidió matar, un policía de Nuevo Laredo llamado Bruno Orozco, quien había desertado de la Compañía y ahora trabajaba con Chuy Resendez en Laredo, había matado al primo de Wences unos meses atrás. Wences, antes tímido, se mostró valiente y dispuesto.

Harían los trabajos, le aseguró Gabriel a Miguel, y reclutarían más firmes vatos.

—¿Quién es mi gallo?

—Yo mero.

Ahora ya formaba parte de algo y un chico lobo nunca podía decir que no.

PARTE III
EFECTOS COLATERALES

El primer cautivo ofrecido así le conseguía a uno
el título de «joven líder», «un captor» marcado por la pintura facial
correspondiente, el derecho a usar un taparrabos
con extremos elegantemente largos en vez de los cortos que usaban
los novatos, y una capa con un diseño en vez de una lisa:
no era poco para un joven consciente de su aspecto y narcisista.

Aztecs, Inga Clendinnen

12
EL CUARTO SUCIO

Se acercaba la media noche, la luna llena prendía fuego al río y los hermanos Treviño venían a cobrar.

Bzz. Bzz. Bzz.

El teléfono de Mario Alvarado vibraba nuevamente sobre la mesa. A la tercera llamada contestó.

—La cagaste —le dijo Miguel—. No deberías haberte ido. ¿Por qué te fuiste?

—No me dijiste que me quedara ni nada —dijo Mario.

—Tienes que pagar esa cuenta —le dijo Miguel refiriéndose a la deuda de Mario—. Le debes mucho dinero a la «gente». Reúnete con Omar de este lado. Trae tu Hummer, pa' entregarla.

Mario Alvarado, el joven estadounidense, colgó el teléfono. Estaba ante una disyuntiva. Podía mandar al diablo todo el negocio de tráfico de drogas y desaparecer. La cuenta era de un millón de dólares. ¿Los hermanos Treviño lastimarían a su familia por esa cantidad de dinero?

¿En verdad estaba preguntándoselo Mario?

La segunda opción era regresar con los hermanos Treviño a México, confrontar a Miguel y a Omar con la esperanza de que valuaran su cuenta más que la cabeza de Mario y que luego confiaran en que Wayo, el asistente de Mario, reuniera la cantidad mientras Mario se ofrecía como garantía a los hermanos.

Mario Alvarado...

La mayoría de los corredores que traficaban con ladrillos y pacas en el norte eran meramente subcontratados por la

Compañía: hombres bajo comisión. Pero Mario Alvarado era estadounidense y trabajaba por su cuenta. Compraba coca y marihuana directamente a los hermanos Treviño en México, lo cual era como comprar directamente a la Compañía. Esta relación convertía a Mario en algo más parecido a un socio de la Compañía que un empleado. Claro, él era sólo uno de los muchos corredores que movían una fracción de las aproximadamente diez toneladas de coca que la Compañía cruzaba por la frontera a la semana, unos 100 millones de dólares en producto al precio de frontera de 2004, el cual era de 11,500 dólares por kilo. Había quienes movían mucha mercancía trabajando en el centro de Dallas: José Vázquez, por ejemplo, movía 1000 kilos en Dallas al mes. Pero José era un hombre de la Compañía que ganaba tres por ciento de cada cargamento. En una compra de 20 millones, la comisión de 600 mil dólares de José era igual a la ganancia de Mario en cargamentos mucho menores y menos arriesgados. Mario, como trabajador independiente con un contacto directo, era el dueño de las drogas que movía: la diferencia del precio entre la frontera y Dallas, o entre la frontera y Nueva York, le pertenecía a él. Así como el riesgo en caso de que, digamos, algún policía detuviera a uno de los choferes de Mario. Durante tres años, el privilegio de Mario lo mantuvo motivado, un poco confiado mientras traficaba droga por todo el país, comprando y modificando vehículos y expandiendo su red de compradores al norte. La mayor parte del tiempo estaba orgulloso de su posición. Esta noche, mientras se ocultaba de los hermanos, sintió esa posición como una sentencia.

Todo empezó en 2002, cuando Mario tenía dieciocho años y estaba vendiendo suficientes bolsitas de coca en Dallas para poder financiar un viaje de cacería a Nuevo Laredo. Allá, un guía llamado Adolfo Treviño, a quien todos llamaban Fito, le cobró quinientos dólares por una semana de cacería de venados en su rancho. Mario conoció a los hermanos de Fito, Omar y Miguel. Fito y Omar llamaban a Miguel «Michael», pero nadie más lo llamaba así.

Miguel era bueno para disparar y era divertido y generoso con sus consejos sobre cómo dar en el blanco. Con frecuencia comía dulces Rolo, aparentemente adicto a estos chocolates rellenos de caramelo. Cuando posaron para tomarse fotografías con sus presas, Miguel echó la cabeza hacia atrás, sonrió levemente y extendió los dedos meñique e índice de su mano derecha, haciendo «cuernos» por así decirlo. Miguel tenía ojos oscuros y pómulos pronunciados. No era alto pero tenía ancho el pecho, al igual que los brazos y muslos. Los hermanos Treviño portaban armas en los restaurantes y conducían al doble del límite de velocidad. Pero los policías nunca los molestaban.

Cuando regresó para otros viajes de cacería, Mario se sentía como en casa en los centros nocturnos de Nuevo Laredo, donde sus dólares gringos le ganaban ciertos privilegios a los cuales no estaba acostumbrado en Dallas. Una noche se encontró con Miguel y Omar, que iban vestidos de uniforme negro y andaban por la ciudad en una caravana de Suburbans. En ese momento a Mario le quedó claro que los hermanos Treviño estaban metidos en algo más que la cacería. Ellos también reconocieron a Mario.

«¿Qué onda, güey?» dijo Miguel. Mario pensó: quiero trabajar. Por eso le preguntó a Omar Treviño cómo podía conseguir algunos kilos y Omar le dijo que podía comprar los que quisiera.

La economía del negocio era simple. Todo era cuestión de pagar 11,500 dólares por kilo en Nuevo Laredo contra los 18,000 dólares que valía en Dallas. Mario tendría que encargarse de cruzar la coca en la frontera. Pero el riesgo bien valía la ganancia. Regresó a Nuevo Laredo con 57,500 dólares en efectivo y compró cinco kilos a los hermanos. Mario y su compañero, Wayo, rentaron una casa para guardar su mercancía en Nuevo Laredo. Para preparar el producto y que estuviera listo para cruzarlo por la frontera y llevarlo a Dallas, designaron una habitación donde harían la primera envoltura y lo llamaron el cuarto sucio. Después de la primera envoltura, se quitaban la ropa y pasaban las drogas a la segunda habitación, el cuarto limpio, y luego se bañaban y se ponían ropa limpia antes de envolverla por última vez. El primer negocio grande de coca de Mario le proporcionó 25,000 dólares libres y luego empezó a planear su nueva operación.

Mario compraba Pickups y les quitaba los paneles y los faros. El truco era empacar las drogas en una parte del vehículo donde el cuerpo no perdiera su sonido hueco cuando le dieran un golpe. Llegó el momento en que Mario estaba comprando diez kilos por semana. Luego veinte. Luego treinta y cinco. Cuando los hermanos vieron que Mario era un cliente confiable y fijo, empezaron a adelantarle kilos al joven.

No pasó mucho tiempo antes de que Mario se diera cuenta de que podía intercambiar armas por drogas. Los hermanos le compraban todas las armas que Mario podía pasar al sur. La ganancia en una docena de AR-15, que compraba por un total de 18,000 dólares en una exposición de armas en Texas y luego vendía por 30,000 dólares en México cubría un kilo y el pago de los «compradores» que les conseguían las armas a Mario en las exposiciones de Texas. Con cada docena de rifles de asalto que Mario pasaba al sur, el ladrillo salía gratis y toda la venta de los 18,000 en Dallas era ganancia. Mario empezó a mover cincuenta kilos por semana a Dallas. Usaba un Buick Riviera, un Lincoln Navigator, una Ford Expedition y una Dodge Ram. Cuando Nuevo Laredo empezó a ponerse más violento, en 2004, rentó una casa nueva del otro lado del río, una casa rosada en Topaz Trail en una calle de clase alta en el lado norte de Laredo.

Un vendedor movido era muy valorado en la Compañía y el tejido social de la Compañía absorbió a Mario. Lo invitaban a carnes asadas en Nuevo Laredo donde los comandantes en ascenso, siempre en busca de sus propias redes, trataban de quedar bien con él. Cualquier hombre en las filas de la Compañía sabía que para poder ascender y permanecer como un miembro bienvenido era necesario generar ingresos.

«Nah. Es mi gente», decía Miguel cuando sus colegas de la Compañía trataban de tentar a Mario con mejores oportunidades de negocios.

Mario estaba metiéndose hasta el fondo y no pasaría mucho tiempo antes de que empezara a aprender sobre el lado negativo de hacer negocios con la Compañía. Para empezar, si quería mover la «blanca» tenía que mover también la «verde» que no era tan redituable. Un día Mario despertó en Dallas y encontró 550 kilos de marihuana en su puerta sin haberla pedido. Como no tenía dónde almacenarla, guardó bultos de 35 kilos en la cochera de su madre, sin saber que su primo —que estaba violando su libertad condicional— estaba quedándose ahí. Fue triste cuando la policía llegó a llevarse a su primo por la violación de su libertad condicional y descubrieron la mota en la cochera. La madre de Mario, a quien arrestaron junto con su primo por posesión de 550 kilos de marihuana, llamó a Mario de la cárcel y Mario tuvo que recordarle que mantuviera la boca cerrada. Algunas veces Miguel le envió kilos malos, y Mario tenía que pagarlos de todas maneras. Ser «gente» significaba que había que aceptar lo bueno junto con lo malo. Y lo malo podía ser bastante desagradable.

Pero había un resultado al que le temía más que a todos. Y le llegó a finales de 2004, cuando tuvo que llamar a Miguel y decirle: «Se ahogaron mis becerros». Le habían decomisado noventa ladrillos de blanca a su transportista de camino a Nueva York. Le habían adelantado casi cien kilos de cocaína y le debía a la Compañía un millón de dólares. Fue a Nuevo Laredo para tratar de arreglar las cosas con Miguel, para pedirle otro cargamento que lo ayudara a recuperar la pérdida. Pero Miguel no estaba receptivo. No dejó a Mario irse en toda la noche. En la mañana, Mario, en estado de pánico, se fue sin permiso.

Ahora, en la elegante casa rosada de Topaz Trail, rodeado de la parafernalia de la operación de narcotráfico: máquinas para empacar comida al vacío y plástico para envolver las drogas;

televisiones huecas para transportar los kilos, y una dotación vitalicia de abrillantador de neumáticos y Windex para ocultar los olores, Mario y Wayo tomaron una decisión. Mario se entregaría a los hermanos y les daría su Hummer como adelanto. Wayo se quedaría en Laredo y esperaría instrucciones.

«Tenemos que esposarte. Podrías volver a intentar escapar», le dijo Miguel a Mario cuando regresó a Nuevo Laredo.

Se fueron de cacería y Mario los acompañó a varias redadas de casas donde se almacenaba droga. Mario vio a Miguel responder de manera desenfadada al escándalo y a los disparos.

Rara vez veía por encima del hombro o estudiaba una habitación antes de entrar. La escolta de Miguel, su escuadrón personal de soldados, lo protegía. Pero en las misiones, Miguel era el primero en entrar, siempre moviéndose hacia el blanco con la misma confianza y brutalidad: barbilla hacia arriba y los pies apuntando hacia afuera.

Le dieron a Mario unos kilos para que se los mandara a Wayo, quien los llevó a Dallas. Diez kilos aquí, diez allá. Mario logró bajar su cuenta a 120 mil dólares. Luego redujo ese número a la mitad al darles 60,000 dólares en joyería.

Después de cuatro semanas detenido, estaban en un restaurante cuando Miguel anunció: «Ya voy a liberar a Mario».

Mario se sintió feliz. Pagar su deuda no le había garantizado la libertad o siquiera la vida. Algunos en el cártel estaban renuentes a dejar que cualquier deudor se fuera vivo. Los que han sido amenazados por dinero solían ser rencorosos. ¿Y si Mario decidiera convertirse en informante del gobierno?

Pero aparentemente este prospecto tampoco le importaba a Miguel. Para un capo de la droga en Chicago o Nueva York, aislarse en contra de los subordinados soplones cuando eran arrestados era una preocupación constante. Pero Miguel tenía la mejor protección del mundo: una frontera de más de tres mil kilómetros que separaba a la Compañía de las fuerzas de la ley estadounidenses y estaba bastante acomodado en un mundo donde él ponía las reglas. Además, Mario era estadounidense

y era difícil justificar la muerte de un buen corredor estadounidense.

No, para Miguel tenía más sentido dejar vivo a Mario. Pero
alguien más pagaría eventualmente por el perdón del traficante.

13
EL ORGASMO DE GARCÍA

Según Robert García, un requisito para ser buen policía era ser bueno en lo que él llamaba la «cogida mental». Aprendió el valor de esto cuando era un joven patrullero. Cuando lo llamaban a testificar, siempre llegaba temprano a la corte para hablar con el abogado de la defensa. Se ponía a fanfarronear con él sobre algún caso pasado o recordaba aquella vez que habían cenado juntos, si se conocían. Y luego, después de testificar, durante un descanso, pasaba junto a la mesa del acusado de nuevo, y hacía más bromas. «Caray, ¡casi me haces caer en esa!», le decía al abogado. Podía notar que el delincuente estaba pensando: «¿No se suponía que este abogado estaba trabajando para mí?» Ahí estaba la cogida mental.

Los abogados de la defensa le enseñaron mucho a Robert. Los mejores eran amables al principio de las preguntas. Fingían creer todo lo que decía. Robert lo llamaba un «Columbo»: crear una falsa sensación de seguridad para meterle el pie más adelante.

La cogida mental, en el fondo, tenía que ver con el control. Pasaba días o semanas preparándose para testificar, memorizando cientos de datos y fechas de un caso que tal vez compartía datos con otros casos. Cuando llegaba el día del testimonio, quería entrar rápidamente por las puertas, correr al estrado y escupir toda la información. Siempre debía recordarse ir lento.

El abogado lo llamaba. Las puertas se abrían. Todos volteaban a verlo. Él entraba, se abotonaba el saco y luego se lo desabotonaba al llegar al estrado. Acomodaba la silla. Ajustaba el micrófono. Pedía agua. Respondía a las preguntas lentamente. Veía hacia dónde se dirigía la defensa. Respondía más lentamente de lo que quería el abogado.

Los juicios eran un gran espectáculo. Pero podían parecer un baile hermoso cuando estaban bien controlados.

Robert aprendió sobre el control durante sus primeros años de patrullero, cuando los agentes federales con quienes pronto trabajaría todavía estaban en la universidad. Todos los días detenía personas, se relacionaba con criminales, aprendía cómo hablar con ellos, cómo ser blando, cómo fingir de manera convincente que ellos se lo estaban cogiendo mentalmente a él. Después, vio venir a los chicos universitarios, los que iban directo al puesto de la DEA o del FBI sin tener experiencia en las fuerzas de la ley. Eran muy rígidos en las calles y usaban palabras elegantes para sonar autoritarios, como si estuvieran en un programa de televisión de policías. Los delincuentes, igual que los perros, podían olfatear ese miedo.

En la estación de policía, en la sala de interrogatorios con informantes y sospechosos, el control proviene de la capacidad de leer la personalidad. El gánster quería que alguien le agrandara el ego. El adicto reformado quería ser policía. La chica fiestera del fin de semana sólo quería que la escucharan. Si él no encontraba su motivación, no tenía contra qué actuar y entonces el que terminaba siendo cogido era él.

Diez por ciento del tiempo, los sospechosos de asesinato tenían un colapso y rompían en llanto en la estación. Robert los consolaba. Le contaban todo. El otro 90 por ciento de los sospechosos entraban a la sala de interrogatorios con un plan, un conjunto de mentiras que iban a decir. Si Robert esperaba que no mintieran y les creía cada pendejada que decían, rápidamente se topaba con un callejón sin salida. El delincuente sabía qué tanto podía presionar. Robert aprendió a permitir que lo presionaran aún más. Quería que le mintieran para que sacaran toda la mierda. Porque entre las mentiras habría un poco de verdad. La clave era recolectar esos fragmentos y guardarlos para luego confirmar y corroborarlos con otros. El intercambio de horas, el toma y daca de un buen interrogatorio, bueno, para Robert este intercambio era una especie de sexo intelectual. Era una cogida mental que culminaba en orgasmo mental. Salía del cuarto de interrogatorios pensando: «¡Ah! ¡Pásenme un cigarrillo!».

El cambio de la DEA a la división de homicidios de la policía de Laredo le renovó el vigor a Robert. Le había dedicado todo lo que tenía a los objetivos de la DEA. Eso le había costado caro y sentía como si los arrestos de drogas no hubieran servido de nada. La meta de los decomisos de drogas era demasiado incierta. Si no se atacaba la demanda en los Estados Unidos, Robert no alcanzaba a verle ningún sentido a dedicar tantos recursos a detener sólo una fracción del tráfico. Pero ya que la violencia empezara a pasarse del otro lado era un asunto aparte.

Cuando transfirieron a Robert a homicidios, en los últimos días de 2003, no había violencia relacionada con los cárteles en Laredo. Pero, apenas unos días después de iniciar su nuevo trabajo, hubo un doble homicidio. Un mes después, emboscaron a un tipo frente a su casa. Y poco después mataron a un tipo en su Cadillac blanco. Todas las víctimas eran gánsteres conocidos de Laredo. Quedaba claro a partir de las investigaciones del departamento de policía que las víctimas de cierta manera estaban conectadas con organizaciones del otro lado de la frontera, pero no estaba claro cómo. Los asesinatos eran profesionales y no localizaron sospechosos. Una vez, a mediados de 2004, la policía de Laredo arrestó a un importante zeta, sin saberlo, y luego lo dejó ir. Cuando 2004 se convirtió en 2005, el número de asesinatos en Laredo aumentó demasiado. Incluso se habló de ello en los noticieros a nivel nacional. Sin embargo, Robert sabía que las cifras reales eran peores que las reportadas. A través de informantes se enteraba de los asesinatos que cometía el cártel que nunca se resolverían o de los cuales nunca se sabría. Los cuerpos que caían en Laredo estaban siendo desechados en México.

Era junio de 2005. Unos días antes un tipo llegó a la puerta de la casa de un gánster local, tocó el timbre y mató al hijo de trece años del gánster por equivocación. La cámara de seguridad de una escuela al otro lado de la calle grabó el delito, pero el video era de mala calidad. La policía de Laredo sabía que alguno de los dos cárteles que operaban en Nuevo Laredo, el Cártel del Golfo y los Zetas, por un lado o, por el otro, el de Sinaloa, eran los responsables de estos asesinatos estilo ejecución, pero no sabían cuál. El nombre de Miguel Treviño había surgido en las entrevistas con los informantes; aparentemente ahora él era un líder de los Zetas en Nuevo Laredo. Los nombres de los líderes de otros cárteles también eran conocidos. Pero la policía de Laredo no tenía pistas sobre la batalla entre los cárteles. En cuanto a los cuerpos que estaban apareciendo en Laredo, era difícil investigar los asesinatos que mandaban cometer personas de otro país, en particular personas de un país donde había pocos miembros de las fuerzas de la ley en los que se pudiera confiar que cooperarían con las autoridades estadounidenses.

Sin embargo, el 8 de junio de 2005 hubo un pequeño avance. Robert arrestó a un chico de dieciocho años llamado Gabriel Cardona en la escena de un asesinato a plena luz del día en Killam Industrial Boulevard, cerca de la I-35 en el extremo norte de la ciudad.

No era la primera vez que se veían. Ocho meses antes, cuando Gabriel estaba a punto de cumplir dieciocho años, Robert lo interrogó. La policía de Laredo lo había arrestado por asalto a mano armada. Gabriel y otro chico de Lazteca habían participado en un tiroteo desde su coche para arreglar alguna disputa personal que no parecía estar relacionada con conflictos entre pandillas. El incidente no fue muy relevante para Robert. Los tiroteos desde los autos eran cosas que ocurrían a diario. Gabriel sólo pasó un par de días en la cárcel por eso, si Robert lo recordaba correctamente, y luego pagó la fianza por 10,000 o 20,000 dólares y salió.

Ahora, esto es lo que Gabriel le contó a Robert y lo que Robert sabía por su investigación en la escena del asesinato en Killam Industrial Boulevard:

Gabriel iba conduciendo uno de tres coches. El equipo que realizaría el asesinato iba fingiendo ser un grupo de policías encubiertos. Detuvieron a un expolicía mexicano llamado Bruno Orozco en medio de una calle transitada. Cuando Orozco se dio cuenta de que no eran policías, gritó para pedir ayuda. En ese momento, otro joven, llamado Wences Tovar, le disparó nueve veces con un AR-15 con silenciador. El que iba a la cabeza del grupo era un hombre que Gabriel sólo conocía como el Marine, o Z-47. El Marine se fue en un coche y escapó. Wences se fue en el segundo coche que abandonó cerca de la frontera junto con el AR-15, se adentró en la maleza y escapó. Gabriel salió a toda velocidad, condujo hacia la frontera y lo detuvieron cerca del centro de Laredo después de una breve persecución.

Había sido una semana violenta a ambos lados de la frontera. Del lado mexicano, el nuevo jefe de policía de Nuevo Laredo acababa de tomar posesión. «No estoy comprometido con nadie», dijo el jefe de policía, que antes era dueño de una imprenta y presidente de la Cámara de Comercio. Después agregó que creía que quienes deberían estar asustados eran aquellos que sí estaban comprometidos. Tres horas más tarde, el nuevo jefe de policía fue asesinado en su coche. Del lado de los Estados Unidos, los sinaloenses balearon a un zeta en una agencia de Mercedes de Laredo. Luego, se cometió el asesinato del chico de trece años que fue confundido con su padre cuando abrió la puerta.

Ahora, en el cuarto de interrogación, frente a Gabriel, Robert se preparó para la cogida mental.

Pero no tenía mucha idea de qué pensar del chico, un adolescente estadounidense que decía estar conectado con los Zetas. No era raro que las organizaciones de narcotráfico de

México contrataran a un estadounidense en Laredo para realizar un asesinato. Eso sucedía de vez en cuando. Pero por lo general los tipos que aceptaban esos trabajos eran gánsteres experimentados de treinta o cuarenta y tantos años, tipos pertenecientes a pandillas grandes estadounidenses como Texas Syndicate, HPL o la Mafia Mexicana. Esos estadounidenses no eran en realidad miembros del cártel mexicano sino que andaban con alguna de las pandillas que aceptaba contratos de asesinato a través de algún contacto del otro lado de la frontera. Así que, a primera vista, a Robert le costó trabajo creerlo: ¿Este chico estadounidense de dieciocho años realmente estaba trabajando como matón para los Zetas? ¿O era pura mentira lo que estaba diciendo Gabriel Cardona? Los criminales de Laredo, en especial los jóvenes, siempre estaban mintiendo acerca de sus logros en el bajo mundo.

Gabriel le explicó más sobre el asesinato de Killam. Le dijo a Robert que el día anterior se había encontrado a un amigo en Laredo. No, no sabía cuál era el nombre del amigo, sólo su código, 47. Que Gabriel dijera que no sabía el nombre de su amigo no era automáticamente mentira, la gente del bajo mundo con frecuencia sólo se sabe el nombre clave de los demás. Este amigo, continuó Gabriel, le había preguntado a Gabriel si tenía un coche y, de ser así, si Gabriel podía ayudarlo a secuestrar a una persona en Laredo y llevarla del otro lado de la frontera. «Sólo había que levantarlo y cruzarlo», le enfatizó Gabriel a Robert. Acerca del fulano que iban a secuestrar, Gabriel sólo sabía que era policía en México, o expolicía, y que lo buscaban por matar zetas a nombre de un distribuidor importante aliado con los de Sinaloa en Texas llamado Chuy Resendez.

La conexión con Chuy Resendez. Para Robert, este detalle era demasiado específico para ser inventado. Robert le creyó que la idea original era secuestrar al tipo y no matarlo. Pero la idea de que Gabriel se había encontrado a un amigo y luego lo había acompañado a una misión de esa magnitud, ya fuera secuestro o asesinato, sonaba a ficción.

Bueno, Gabriel era un sospechoso que estaba confesando algo a Robert, aunque no fuera el que había disparado, así que cambió de estrategia y se centró en el pasado de Gabriel.

—¿Cuánto tiempo tienes de ser zeta? —preguntó Robert.

—Cinco meses o menos —dijo Gabriel.

Robert se preguntó si Gabriel hablaría sobre los delitos que cometió en México.

—¿Cuánta gente has matado del otro lado?

Gabriel dijo que había matado a tres personas en México.

—¿Mataste a los tres al mismo tiempo?

—No. Dos juntos y uno aparte.

—¿Policías?

—Eran unos tipos.

—¿Quién fue el último que mataste del otro lado?

—Lo llamaban La Rata —dijo Gabriel, llamándolo por el término que la Compañía usaba para los militares mexicanos.

—¿Con un cuerno o con una nueve?

—Una treinta y ocho.

—¿A quemarropa?

—Me le acerco y, si voltea, le disparo. Si no voltea, le disparo en la cabeza. En otras palabras...

—¿Así que matas a los tipos y luego qué chingados haces?

—Los policías los recogen y los tiran. Me dicen que «esos tipos se van al guiso» y no es problema.

—¿Y los policías te escoltan?

—Los policías establecen el área, la limpian y ponen las sirenas si hay un problema. Así es del otro lado —dijo Gabriel de manera franca y encogiéndose de hombros, como diciendo ¿qué se puede hacer? Así es como son las cosas allá—. Los militares son las únicas personas que no están en la nómina.

—Así que si algún policía te detiene allá, si vas por la calle, ¿qué les dices?

—Te tocan en la ventana. Yo bajo el vidrio, pero sólo así —indicó con el pulgar y el índice— y les pregunto qué quieren. Me dicen: «Bájate». Y yo les digo: «¿Por qué me tengo que bajar?». Ellos me dicen: «Bueno, ¿qué haces?». Yo les digo: «Estoy trabajando. Estoy con la Compañía».

—¿La Compañía?

—Sí. Y entonces no informan nada.

—¿Vas armado?

—Cuando voy armado, sólo les digo: «¿No ven la pistola?». Y el tipo no me hace más preguntas porque sabe que si llevo pistola es porque estoy con ellos. Sólo me pide dinero. Le doy diez o quince dólares.

—Cuéntame. De estar de este lado haciendo tiroteos desde el coche a matar personas como si fueran cucarachas, ¿cómo chingados das el salto de una cosa a la otra?

—Me dijeron que me darían quinientos dólares a la semana, diez mil por trabajo y que tendría todo el poder.

—Pero hay una guerra entre los dos grupos. ¿No te da miedo que el otro grupo te vaya a levantar?

—El otro bando no sabe quién soy.

—Sí, pero lo averiguarán eventualmente.

—Sí, eventualmente así será. Pero por eso uno sabe en lo que se está metiendo. Así que no hay problema. Si me levantan, pues bueno, demasiado tarde. Ya estoy en esto.

—Bueno, ¿sabes en qué te metiste, verdad?

—Sí, supongo que ya la cagué —dijo Gabriel, como si lo hubieran descubierto faltando a la escuela.

Robert sintió que le empezaba a ganar el mal humor, así que salió de la habitación y observó a Gabriel en el monitor.

—¿Estás escuchando esto? —le preguntó Robert a Chuckie Adan, su pareja en la división de homicidios.

Chuckie, también de Eagle Pass, era unos años más joven que Robert, y tenía muchos hijos con una policía fronteriza que era muy guapa. Chuckie había jugado beisbol y era un tipo grande que se servía dos cervezas en un vaso al mismo tiempo en vez de perder el tiempo sirviendo cada cerveza por separado. Trabajaba mucho, era irreverente y hacía una excelente pareja con Robert.

—¿Qué crees que sea? —preguntó Chuckie—. ¿HPL? ¿Texas Syndicate?

—Dice que es un zeta.

—Eso dice —respondió Chuckie dudoso—. Pero probablemente sea de la Mafia Mexicana o alguna chingadera por el estilo.

—Nah. Solía andar con los Sieteros, esa pandillita de Lazteca y Siete Viejo. Pero ahora suena como si fuera parte de un grupo zeta que trabaja de aquel lado, recibiendo órdenes tal vez de alguien de México.

En el video, Robert y Chuckie observaban a Gabriel jugar con un lápiz, con un pedazo de papel. Robert llevaba dieciocho meses en homicidios y había hablado con varios asesinos. La mayoría eran criminales de más edad que confesaban lo necesario para conseguir negociar una buena fianza. Los que se sentían más confiados a veces se referían a otros logros criminales, pero nunca daban datos específicos y nunca algo como esto. Nada sobre policías que ayudaban con asesinatos ni de mandar a los cuerpos al guiso. Nada de los salarios semanales. Nada sobre la Compañía. Este chico definitivamente era distinto a todo lo que había visto Robert durante su carrera.

Gabriel se estiró hacia el respaldo de su silla, se pasó las manos por el cabello, hablaba solo. Robert estaba consciente de que Gabriel sabía que no lo podían tocar por lo que había hecho del otro lado y que estaba usando esa información para fastidiarlo. «¿Te crees un policía muy chingón? Me agarraste en ésta, pero no me puedes tocar por lo demás». El chico quería hacerle frente a los policías y ser un hombre, como era en México. Pero no estaba en México. Estaba en los Estados Unidos y estaba enfrentando cargos por asesinato como adulto. De la nada, Robert y Chuckie vieron que Gabriel casi rompía en llanto: el peso potencial de su acusación por asesinato lo golpeó de repente. Ah, pensó Robert, tenemos a un llorón. Un sicario sensible.

Robert regresó a la sala de interrogatorio y le preguntó a Gabriel si conocía a un tipo llamado Catorce, refiriéndose a Efraín Teodoro Torres, el Z-14, el miembro original de los Zetas que había controlado Veracruz. El nombre de Catorce había estado apareciendo en reportes de la policía de Laredo junto con los nombres de Heriberto Lazcano y Miguel Treviño.

—No sé quién es ese tipo —dijo Gabriel con aspecto sorprendido de que Robert conociera ese nombre, pero también orgulloso de sí mismo por conocer a alguien tan importante.

—¿Y qué me dices de un tal Miguel Treviño? —preguntó Robert.

—No, no lo conozco —respondió Gabriel sin inmutarse.

—¿Pero él no está a cargo del otro lado? —preguntó Robert refiriéndose a Nuevo Laredo—. Tienes que conocerlo.

—Nop.

Quedaba claro que Gabriel iba a hacerse el tonto sobre todo excepto lo que Robert podía demostrar, y eso fastidiaba a Robert. Al principio lo había intrigado con algunos detalles de la vida en el cártel y ahora estaba replegándose.

Robert tomó el celular de Gabriel y revisó la pantalla.

—Te han estado hablando el Cuarenta y siete y el Cuarenta —dijo Robert.

Esta información le hubiera servido a Robert si hubiera sabido los códigos de los Zetas, pero aún no tenía esa información. No sabía que Cuarenta se refería a Z-40, Miguel Treviño.

—¿Cuarenta y siete es el Marine? —preguntó Robert.

—Sí.

—¿Y quién es Cuarenta?

—Un amigo de Cuarenta y siete.

Robert siguió bajando por la lista de contactos de Gabriel.

—¿Quién es A-Uno?

—Es Ashley, una chica. La conocí ayer.

—¿Y C-Uno?

—Es Christina, mi novia.

—¿Y guisos? —preguntó Robert—. ¿Ahí es donde echan a los tipos para desaparecerlos?

—Sí. Pero no me sé su nombre.

—¿Quién es Cero-Dos? —preguntó Robert sin saber que era el código de llamada de Meme Flores.

—Juan —dijo Gabriel.

—¿Juan qué?

—Juan Gómez.

Robert mostró su frustración.

—No me estés jodiendo.

—Sí —dijo Gabriel—. No.

—¿Quién te da órdenes de los Zetas?

—El Comandante.

—¿Cuál?

—Eliseo —dijo Gabriel pensando en Efraín Teodoro Torres: Catorce.

—¿Ése es su nombre o así lo llaman?

—Así es como él se llama a sí mismo.

El celular de Gabriel volvió a sonar: 40.

—¿Quién es este Cuarenta?

—No sé.

—Pues no deja de llamarte.

14
SAQUEOS CORPORATIVOS

Todos los miembros de la escolta de Miguel, su equipo de saqueo, usaban rifles de asalto AR-15 con un aditamento de lanzagranadas, cuatro granadas de fragmentación y nueve tambores dobles, además de una pistola de mano calibre .45 con cuatro barriles y un chaleco antibalas de cuarto nivel con dos placas de metal. Y si, a pesar de todo su equipo, no se sentían seguros, el valor del comandante que siempre entraba primero en las redadas, que nunca pedía a nadie hacer algo que él no haría, era suficiente para infundirles confianza. Miguel era la mera paipa. Lo seguirían a cualquier parte.

A mediodía, cuando llovía, encontraban un lugar donde descansar. Cuando volvía a salir el sol en el estado de Tamaulipas seguían con la persecución y asesinato de contras, soldados y traficantes de Sinaloa, que trabajaban para hombres como La Barbie, los Beltrán Leyva y para el mismo Chapo Guzmán. El escuadrón de redada iba dejando tras de sí cuerpos sembrados por toda la tierra y Miguel empezó a adquirir la apariencia de un autómata.

En el guiso que se hacía después de las redadas, las flamas de los tambos de petróleo se tragaban humanos enteros. El encargado del guiso cortaba el fondo a los tambos y los colocaba en agujeros de treinta centímetros de profundidad en el suelo. Las cenizas y el aceite se impregnaban en la tierra durante las dos o tres horas que tardaba un cuerpo en quemarse por completo. A veces sacaban antes los cadáveres quemados, con los rostros retorcidos en un rictus de dolor ennegrecido, y los dejaban sobre la tierra. Luego, los soldados pateaban los restos con pereza, como si estuvieran pateando una piedrita, y los cuerpos se colapsaban en suaves explosiones de cenizas. El que cuidaba el guiso entonces echaba las pilas de cenizas en Pickups, una manera conveniente de deshacerse de los cuerpos, convertidos de vuelta en polvo mientras la Pickup avanzaba por la carretera.

Wences Tovar, el que jaló el gatillo en el asesinato de Bruno Orozco, se integró después a la escolta de Miguel. Wences escapó de la escena del asesinato en el Killam Industrial Boulevard, donde atraparon a Gabriel y lo arrestaron, huyó al otro lado de la frontera y se escondió en un hotel de Nuevo Laredo. Cuando estaba ahí llegaron los hombres de La Barbie a vengar el asesinato de Bruno Orozco, un empleado valioso de los sinaloenses. Wences se había convertido en un objetivo. Pero logró engañar a la gente de La Barbie: se escapó por la puerta trasera del hotel y se reunió con Miguel en una gasolinera.

—¿Mataste a Orozco? —preguntó Miguel mientras desenvolvía un tubo de chocolates Rolo.

—Sí, lo hice.

—¿Ya fuiste al campamento?

—No.

Miguel echó la cabeza hacia atrás y miró a Wences con gesto de aprobación.

—¿Sabes qué?

—¿Qué?

—No eres un panochón.

Wences asintió, orgulloso.

Miguel le dio diez mil dólares.

—¿Qué quieres?

—¿A qué te refieres?

—Puedes pedir lo que quieras.

—¿De qué? ¿Como comida?

Miguel y sus hombres rieron.

Wences lo pensó.

—No tengo coche —dijo.

—¿Qué tipo de coche quieres?

—Una Avalanche.

Miguel le dio a Wences un número telefónico y le dijo que se tomara unos días de descanso.

—Llama a este número a las nueve todas las mañanas y a las nueve todas las noches. No te saltes ninguna llamada. Te avisarán cuando te puedas reincorporar.

Le dio a Wences el nombre de un hotel donde la Compañía tenía reservadas habitaciones.

Esa tarde, una Avalanche blanca aperlada apareció enfrente.

Una semana después, Wences se incorporó a la escolta de Miguel. Cada día había una nueva redada, con frecuencia muchas redadas. Entraban por la fuerza a las casas y mataban a los de Sinaloa. Al ir acercándose a las casas, Wences registraba los sonidos más leves y se preparaba para las oleadas de adrenalina. Luego las botas golpeaban el piso como un antiguo grito de guerra. Entraban por la puerta de atrás o por la principal, o a veces hacían un tiroteo para cubrir la casa mientras un soldado se acercaba a lanzar una piña —es decir, una granada— por la ventana.

Hacían hasta diez redadas al día. Tomaban todo lo que podían cargar después de matar o capturar a los contras. El botín, una combinación de drogas, efectivo, armas y joyería, se amontonaba en una mesa y se repartía entre la escolta. Después de asegurar una casa, Miguel se acercaba primero al contra más inquieto y le hacía preguntas. ¿Para quién trabajas? ¿Qué haces? ¿Conoces a tal o cual persona? ¿Y a esta otra? Pedía direcciones y nombres. Escribía todo lo que averiguaba en un cuaderno pequeño. Siempre estaba buscando la siguiente casa para hacer otra redada. Cuando la conversación se iba acabando, Miguel ponía la mano derecha en su .38 Especial, echaba la cabeza hacia atrás, arqueaba el cuello y sacudía la pierna izquierda, de adelante hacia atrás, como si estuviera midiendo el tiempo. La pierna se sacudía: así era como Wences sabía que alguien estaba a punto de morir. Entonces Miguel iba con el segundo contra más inquieto, le hacía preguntas y ¡pum! Los ojos de Miguel buscaban al siguiente y al siguiente y... ¡pum! Si el contra le daba lo que él quería, el contra moría rápido. Si no, empezaban a volar orejas y ojos y extremidades.

Cada día, Miguel y otros hombres de la Compañía aportaban nueva información en las oficinas centrales de inteligencia de la Compañía en Nuevo Laredo, conocidas como La Central, donde la carpeta de Miguel con nombres, rostros, ubicaciones y demás información se actualizaba constantemente. También conseguía las ubicaciones de sus panteras, las espías y vigilantes femeninas. Estas mujeres dormían con el enemigo, tomaban fotografías y escribían direcciones. Sus panteras eran tan valiosas que cuando la policía federal de México intentó extraditar a una a los Estados Unidos él inició una batalla abierta en la plaza para evitarlo.

Era hijo de campesinos y hombre de rutinas. Excepto por las películas clásicas de Mario Moreno, el cómico mexicano mejor conocido como Cantinflas, a Miguel no le interesaba el cine. Decía que le generaba expectativas poco realistas de la vida a la gente. En *Proceso*, la publicación semanal, seguía la política y las noticias sobre los cárteles, pero no hablaba de ninguno de los dos temas. En las noches, cuando no estaba trabajando, usaba camisetas blancas de cuello redondo, jeans o shorts largos, y sus Nike o Reebok. Una vez al mes rentaba un hotel y le decía a sus hombres que invitaran a sus familias el fin de semana. Él no usaba marihuana ni coca, sólo olía las pacas o probaba el ladrillo para comprobar si eran de calidad cuando se movían cargamentos por la plaza.

Donde trabajaban, en los entornos llenos de ranchos ganaderos del noreste de México, Miguel compartía cabrito asado con su equipo y hacía pedidos de doscientos tacos, y también de cabeza de vaca en barbacoa. La carne blanda y sabrosa de las mejillas de la res se deshebraba, se envolvía en una tortilla y se aderezaba con cilantro y cebolla. Cuando estaban cerca de Monterrey, enviaba a sus guardaespaldas a conseguir cantidades masivas de cabrito de un restaurante famoso llamado El Rey. A diferencia de otros capos, Miguel no intentaba intimidar a sus subalternos con su riqueza. Si un soldado o la esposa o el hijo de un soldado, o incluso una de las chicas de fin de semana, necesitaba algo, Miguel les daba la cantidad que necesitaban sin hacer preguntas, o enviaba al doctor de la Compañía de inmediato.

Cuando estaban de descanso, se fugaban a Tampico y a la playa Miramar. En las aguas color cobalto de estas costas al norte de Veracruz, bajo la sombra de las palapas, siempre pedían Miguel y su gente platones de mariscos y cervezas. Una vez, cuando Wences, que desconocía esta tradición, pidió una hamburguesa con queso, Miguel se rio y le dijo: «¡Si no estás en Boorger Keeng, güey!», y le puso el apodo de Hamburguesa al chico.

Algunos fines de semana, Miguel cazaba venado en el rancho de su hermano Fito y jugaba basquetbol con sus hombres. Visitaba a sus dos hijas preadolescentes de su primer matrimonio, a su hijo, Miguel, de su segundo matrimonio, y a su nueva esposa, Maribel, y su hijo (también llamado Miguel) e hija. Otros fines de semana sus guardaespaldas lo acompañaban a La Molienda, un hipódromo donde los caballos corrían un cuarto de milla en diecisiete segundos.

Los cuarto de milla...

Miguel estudió a los purasangre más preciados: Mr. Jess Perry, First Down Dash, Walk-Thru Fire. Aprendió cómo comprar en los sindicatos: las participaciones en las ganancias de los hijos futuros de un caballo de primera. Estas acciones eran bienes rentables; liquidez que las distinguía como buena inversión. Aprendió acerca de las transferencias de embriones equinos, en las que los criadores transferían embriones de una yegua mayor a un útero más joven y cosechaban potros con la genética impecable de su madre moribunda. Miguel estaba al tanto de las subastas y de los caballos en una Black-Berry y calculaba el valor de cada caballo comparando cuánto había pagado en la subasta y cuánto ganaba cada caballo en las carreras y por las tarifas de reproducción. Antes de las subastas, subían las imágenes de los caballos a internet. Examinaba las fotografías. ¿Tenían alguna imperfección en su paso? ¿Las rodillas les funcionaban bien?

Un agente de Miguel le encontró unos hombres que servirían de prestanombres para comprarle caballos en México y en los Estados Unidos. Cuando compraba un caballo, sin respetar la práctica de la industria, Miguel le cambiaba el nombre. Sus caballos tenían nombres de coches: Rolls-Royce, Corvette, Bugatti, Jaguar, Porsche Turbo, Mercedes Roadster. Con frecuencia, después de correr un caballo se lo vendía de regreso al prestanombres. Cuando alguno de ellos, después de ser contratado, se negaba a seguir siendo partícipe del esquema de Miguel, se lo comían crudo, o en otras palabras, lo mataban, y un nuevo hombre tomaba su sitio.

El pasatiempo de las carreras de caballos era una buena manera de lavar dinero. Para empezar, los gastos eran interminables. Las caballerizas y el alimento. Los entrenadores. Las cuotas de ingreso y las instalaciones privadas para correr. Los sobornos a los jockeys y a los cuidadores. Había tantas maneras de hacer desaparecer el dinero. En la mayoría de los esquemas de lavado de dinero si se pagaban veinte centavos por dólar, es decir, si se pagaban veinte centavos para lavar un dólar, y se recibían ochenta centavos de dinero limpio, era buen negocio. Pero este esquema no sólo lograba eso sino que de hecho se podía ganar dinero. En las carreras grandes, la bolsa de un ganador típico era de 400 mil dólares y Miguel podía arreglar las carreras en México de media docena de maneras. Por ejemplo, podía poner un dispositivo de choques eléctricos en la mano del jockey. O, si tenía un caballo débil en la carrera, pagaba para que la pista estuviera muy dura y así favorecer a los caballos más lentos. O pagaba 10,000 dólares a cada uno de los encargados de las puertas de salida en la pista para que las mantuvieran cerradas un milisegundo más mientras su caballo salía disparado antes.

La colección de caballos cuarto de milla de Miguel creció y llegó a ser de varios cientos. Compró un nuevo rancho en Coahuila y lo llamó La Ilusión. Los entrenadores y criadores que empleaba sabían que no debían mencionar los peligros de tener una pastura demasiado llena: enfermedades, lesiones, peleas. Los entrenadores y criadores hacían lo que Miguel pedía. Después de todo, se hicieron de nombre en la industria trabajando con la gente que tenía los mejores caballos. El Comandante conocía su negocio y ser condescendiente con él era la mayor falta de respeto.

Los domingos, Miguel iba a la iglesia con su madre en Valle Hermoso.

15
EL ALMA PURA DE GABRIEL CARDONA

Gabriel pensaba que la religión era para los ignorantes, a pesar de su crianza religiosa. En su rincón empobrecido de los Estados Unidos, veía a la gente someterse al Catolicismo que, en su opinión, era «todo sobre la religión y nada sobre la gente que se somete a ella». Pensaba que se sometían por debilidad y luego se volvían más débiles. Lo mismo con el Islam. ¿Todas las promesas de vida eterna en el paraíso? Eran lavado de cerebros para atraer adeptos, según él.

Los comandantes zetas se reían de Al Qaeda. Esos tontos peleaban por una fantasía, sacrificaban todo en preparación para la vida siguiente. ¿Por qué estaban enojados en realidad? Ciertamente no era por que las mujeres mostraban un poco de piel, lo cual debería ser una fuente de dicha. Y no por los hombres que se acostaban con otros hombres. Deshacerse de alguien con sida tenía sentido en los negocios, pero un puto limpio siempre era buena fuente de dinero en Boystown. Los terroristas tampoco tenían ningún problema legítimo con el judaísmo, una fe honrada que giraba en torno al dinero. ¡Ah! Lo que tenía encabronados a los terroristas era ser pobres.

Bueno, Gabriel podía entender eso. Si tienes una persona desesperada y ociosa la puedes convencer de que la fuente de su infortunio es cualquier cosa. La modernidad. La codicia. Los Estados Unidos. La panocha desobediente. Los desesperados estaban llenos de ira, faltos de propósito y ansiosos por pertenecer a algo. En las filas de los Zetas se conocía bien este fenómeno.

Desde que salió del campamento de entrenamiento, Gabriel creía que vivías y morías y quizá todo tuviera algún sentido pero, ¿quién lo iba a saber? Todos estaban motivados por la ira. Eso lo sabía. Y ciertamente era mejor concentrar esa ira para conseguir algo real, algo en el presente, porque la muerte tenía tanto significado espiritual como orgullo tenía un trabajo en un restaurante de comida rápida. Lo importante era el legado, que la familia y socios de un hombre lo recordaran con reverencia, como un vato de huevos que murió en la raya y no como un cobarde que cocinaba hamburguesas, sino como un soldado que murió con balas zumbando a su alrededor en el campo de batalla.

Gabriel tenía su propia religión, la llamaba la «ley de la atracción». En resumen: conseguías lo que te proponías conseguir. Él se propuso ganar dinero y lo ganó. Se propuso trabajar con Meme Flores y la relación se convirtió en más de lo que podría haber imaginado. Se propuso estar con Christina y también la consiguió. Consideraba que esta fe en su autodeterminación era su rasgo estadounidense, su derecho por ser ciudadano. Los Estados Unidos, en su mente, eran el paradigma de la actitud de «que se chingue el mundo hay que vivir y a ver qué pasa».

Había decidido mandar todo a la chingada, se propuso echarse a Bruno Orozco y ahora estaba en la cárcel. No estaba seguro del significado de esto para su ley de la atracción, pero sabía que la misión de Orozco había sido un éxito, en tanto que Orozco estaba muerto, y la cárcel, al parecer, era simplemente la consecuencia de ese éxito.

Gabriel conocía la escena penitenciaria del condado. En el otoño de 2004, después del arresto por ese tiroteo desde el auto, pasó varios días encerrado en la cárcel del condado de Webb, en el centro de Laredo. Pero en esa ocasión lo habían metido con la población general, una mezcla de guardería de gánsteres y escuela del crimen, donde todos veían las telenovelas en la tarde y se enamoraban de las actrices mexicanas. Había varios dormitorios de dieciséis camas con un retrete común, una sala para estar durante el día, mesas, una televisión, un teléfono y visitas frecuentes. La cárcel era civilizada y no era desagradable. Este arresto por lo de Orozco, sin embargo, fue diferente. En vez de mandarlo a la cárcel del condado Webb, el estado mandó a Gabriel a ciento sesenta kilómetros al norte a la cárcel del condado Frio en Pearsall, Texas, y lo segregó en una celda apartada sin teléfono ni privilegios.

Del otro lado del pasillo, en la población general, conocida como PG, alcanzaba a ver a los testigos de Jehová que llegaban diario a hacer proselitismo. Todos los días, un tipo de una secta satánica en PG se dedicaba a confrontar a los testigos y les escupía con odio: «¡Que se joda Dios! ¡Dios me la mama!», les gritaba. Entonces, un día, Gabriel vio a un testigo sonriente que le extendió la mano entre los barrotes de su celda y le dijo, de manera que lo pudieran escuchar todos en el piso: «Todo está perdonado, amigo». Sorprendido, el satánico se acercó, desbordando gratitud, y tomó la mano del testigo con ambas manos. Esta conversión espontánea, el triunfo de la fe sobre el ateísmo, afectó a Gabriel.

Había biblias rodando por toda la cárcel. Pidió una, la leyó, y se dio cuenta de que recordaba muchas de las cosas de sus clases de catecismo a las cuales nunca faltó.

Transcurrieron varias semanas. Se puso flaco y barbón y el cabello le creció por primera vez desde que era niño. Entre los golpes de los barrotes de hierro y el sonido de los postigos de acero, empezó a entrarle la duda. ¿Quiénes eran sus amigos? ¿Cómo podía salvarse a sí mismo? ¿Qué interpretaba al dormir sin ayuda de roches y soñar con gargantas cortadas, cabezas que explotaban y cuerpos quemados?

Como policía de homicidios en Laredo, Robert y su pareja, Chuckie Adan, tenían mucho trabajo incluso sin contar la violencia relacionada con el cártel.

Era una tarde entre semana a finales de junio de 2005. Robert y Chuckie se presentaron en el lugar donde les informaron que habían encontrado el cuerpo sin vida de una niña, el cuerpo estaba medio escondido en la maleza cerca del lago Casa Blanca, por el trébol Bob Bullock en la carretera 20, la que rodea las áreas del norte y oeste de la ciudad. La niña muerta traía puestos pantalones deportivos negros con una franja rosada a los lados y una camiseta blanca. Los detectives observaron varias contusiones superficiales en su mejilla izquierda y cortes más profundos debajo de su barbilla, sobre el ojo y en la base de la oreja. El cuerpo, con las piernas cruzadas en los tobillos, no parecía haber sido aventado ahí sino que alguien lo había colocado con cuidado en los arbustos. Era casi como si alguien hubiese intentado, a medias, darle sepultura a la niña.

La joven madre reportó a la niña perdida poco antes de que un ciudadano en busca de un terreno cerca del lago descubriera el cuerpo. Cuando Robert y Chuckie llegaron al departamento de la mamá, ella mostró pocas señales de angustia. Dijo que ella y su novio habían visto a su hija de seis años la noche anterior antes de irse a dormir, como a las once, y que la niña se había quedado viendo televisión en el futón donde dormía.

El novio le explicó a Robert:

«La niña es bien chiflada y nunca hace caso. Yo la busqué y no la encontré».

La madre sugirió sonambulismo. Especuló que su hija podría haber salido caminando dormida del departamento.

Robert consultó sus notas: la niña fue descubierta sin zapatos y sin calcetines. En contraste con sus tobillos manchados de tierra y sus brazos amoratados, tenía las plantas de los pies impecables.

¿Sonámbula? ¿Seis kilómetros? Robert y Chuckie mostraron confusión. La madre intentó forzar el llanto.

En la cárcel del condado de Frio, Gabriel leyó la *Biblia* y se obsesionó con el versículo 12:43 del *Evangelio según San Mateo*. Cuando un espíritu impuro salía de un hombre, vagaba por lugares desiertos, en busca de descanso, y no lo encontraba. Si, cuando ese espíritu impuro regresaba al hombre encontraba la casa de su alma limpia, pero todavía sin ser ocupada por algo nuevo y bueno, el espíritu traía consigo otros espíritus impuros a vivir ahí. Sin algo honesto que reemplazara lo malvado, entendió Gabriel del *Evangelio según San Mateo* 12:43, el mal no sólo regresaba sino que se multiplicaba.

Llamó a Christina todos los días y le insistía en que estuviera en su casa a las cinco de la tarde. Aumentó mucho la cuenta telefónica de la madre de Christina por sus llamadas por cobrar. Christina le mandó una carta con una foto de ambos y le puso su perfume Lacoste en el sobre. Estaba «empelotada», enamorada, y él también empezó a enamorarse. Si ella no estaba en casa a las cinco para aceptar sus llamadas, Gabriel le dejaba mensajes en los que le expresaba su molestia.

En la celda de al lado, una nueva prisionera, una joven de veinte años, lloraba sin cesar y rogaba que le trajeran al capellán. Cuando el capellán tardaba en llegar, la mujer les rogaba a los guardias que le permitieran quitarse la vida. Lloraba y lloraba y el sonido se volvió insoportable. Gabriel finalmente golpeó la pared y le preguntó qué era lo que la tenía tan alterada. Ella le dijo que no quería hablar del tema. Así que él le preguntó el monto de su fianza.

—¿Qué importa? —le dijo ella.

—Sólo dime.

Su fianza era de 500 mil dólares. Entonces Gabriel lo supo. Antes de que ella llegara, había escuchado el chisme sobre una mujer de Laredo llamada Yulianna Espinoza. Decían que su novio había golpeado a su hija de seis años hasta matarla y que luego la había tirado junto a un mezquite cerca del lago Casa Blanca. Decían que ella no había hecho nada por impedirlo. ¿Alguien que rogaba morir? ¿Una fianza de medio millón de dólares? ¿Quién más podía ser?

Normalmente los hombres y las mujeres no estaban presos en celdas contiguas. Sin embargo, esta cárcel de condado era pequeña. La policía de Laredo envió a Gabriel ahí por su propia seguridad, para que pudiera estar en una unidad segregada, y mandaron a Yulianna ahí por el mismo motivo. A los prisioneros no les gustaban las personas que mataban niños.

«Mira, no puedes cambiar las cosas. Vive tu duelo pero debes saber que la vida continúa», le dijo Gabriel.

Le preguntó si tenía más hijos. Tenía dos niños.

«Entonces vive por ellos», le dijo. Le aconsejó que buscara en la *Biblia* el pasaje de Lucas 2:19 donde se describe cómo el ángel Gabriel le había enseñado a María a tener fe en lo que no alcanzaba a comprender. Yulianna le dijo a Gabriel que estaba loco. Pero su llanto aminoró. Se hicieron amigos. Su celda no tenía ducha, por lo que cada dos días los guardias los cambiaban de celda para que ella se duchara en la de él.

El novio, que también estaba en la cárcel, le mandaba notas a Yulianna en papel de envoltura de sándwich.

«Me sentía mal cuando golpeaba a tus hijos», le escribió en una. En otra: «No intentes hacer parecer que yo te quité a tu hija. Tú sabes cómo se portaba y cómo nos frustraba a los dos». Le pidió a Yulianna que asumiera la culpa por la muerte de la niña.

—Todavía lo amo —le dijo Yulianna a Gabriel y empezó a tirar las notas por el retrete.

—Ya bájate de tu viaje —le siseó Gabriel—. Ese tipo no tiene madre.

—Pero no entiendes.

—¡Claro que entiendo! —dijo él—. ¡Tus hijos te necesitan!

Discutieron durante varios días hasta que Yulianna cedió. Cuando accedió a pasarle las notas restantes a su abogado, Gabriel tomó su *Biblia*: «Todos los caminos del hombre son limpios en su propia opinión, pero el Señor es quien pesa los espíritus».

16
EL REINO DEL JUICIO

Como fiscal federal, Ángel Moreno creía en la justicia de la ley estadounidense más de lo que jamás creería Robert García en ella. A Robert, por ejemplo, le daba igual si la marihuana permanecía ilegal o no. Le parecía que se podía castigar con el equivalente a una multa de tránsito en vez de prisión. Pero Ángel Moreno estaba totalmente en contra. Moreno rechazaba los argumentos en favor de la legalización de las drogas como mierda liberal. Sin embargo, este hombre, a quien Robert respetaba por su tenacidad en los juzgados y su disposición para dar seguimiento a los casos difíciles, era una de las personas más importantes en la vida profesional de Robert. Se reunían para almorzar o para tomar un trago después del trabajo varias veces al año.

Moreno era un fiscal de carrera con cabello canoso y aspecto similar a un Donald Sutherland latino. Emigró con su familia de Nuevo Laredo a Laredo cuando tenía siete años. Terminó el servicio con el cuerpo de Marines en 1977, el mismo año que Robert llegó a Eagle Pass, Texas, con su familia. Moreno pasó de la escuela Martin High a la universidad local de Laredo, luego a la universidad Texas A&M International y luego a la escuela de derecho en la Universidad de Texas en Austin a mediados de la década de 1980, más o menos en la época que Gabriel Cardona nació.

Como joven fiscal, Moreno estuvo al frente de casos de pena de muerte y casos de corrupción. Como Asistente del

Fiscal de Distrito de los Estados Unidos del lado federal, un AUSA, por sus siglas en inglés, pasó un año en Washington, D.C. capacitando a fiscales nuevos. De regreso en el sur de Texas, se encargó de los casos de narcotráfico a lo largo de la frontera. En el año 2000, a pesar de las objeciones de su esposa, se ofreció como voluntario para participar en el plan del Departamento de Estado de los Estados Unidos para reformar el sistema de justicia colombiano tras la muerte de Pablo Escobar. Moreno, entre otras cosas, ayudaría a Colombia a establecer programas de intervenciones telefónicas, protección de testigos y seguridad portuaria. A su esposa no le gustó la idea de llevarse a su hijo de cinco años a vivir en una zona de guerra por dos años.

Una noche, Moreno y su esposa vieron la película *Proof of Life* en la cual el personaje de Russell Crowe se va a América Latina para rescatar al ejecutivo secuestrado casado con el personaje de Meg Ryan. Moreno disfrutó la película. De hecho, lo inspiró un poco. En casa esa noche recibió una llamada de seguimiento del Departamento de Justicia sobre el trabajo en Colombia. Moreno le dijo a su esposa que le gustaría aceptarlo.

En Colombia, Moreno rápidamente descubrió que la burocracia del Departamento de Estado asfixiaba cualquier posibilidad de lograr una reforma real. Notó que el Departamento de Estado sólo estaba interesado en gastar su presupuesto de 88 millones de dólares lo antes posible y luego irse del país. Moreno se fue de Colombia un año antes de lo previsto, cuando la administración Bush entró en funciones y lo llamó de regreso a Texas. Pero aprendió algo mientras estuvo allá.

Lo que distinguía a Colombia de otros países latinoamericanos desgarrados por el tráfico de drogas y la corrupción, según Moreno, era la dedicación de los idealistas colombianos. Moreno veía cómo los fiscales y policías colombianos, la minoría no corrupta, terminaban en coches bomba o asesinados a balazos en las entradas de sus casas. Y, no obstante, continuaban presentándose a trabajar todos los días. Por supuesto, las drogas no dejaban de fluir desde Colombia, pero esta experiencia hizo que Moreno pensara que un pequeño grupo de verdaderos creyentes podía marcar la diferencia.

«Eso son pendejadas», pensó Robert. El optimismo de la guerra contra las drogas era donde Moreno, el fiscal, y Robert García, el policía, diferían. A diferencia de Robert, a Moreno no le quitaban el sueño las imperfecciones de la guerra contra las drogas. Desde su punto de vista, sólo porque la prohibición no fuera un gran éxito eso no significaba que la alternativa era mejor. A Moreno le gustaba beber a veces. Pero, ¿legalizar la cocaína? ¿La heroína? ¿Por qué aumentar la lista de cosas que podían echar a perder la vida de la gente?

Después de regresar de Colombia, Moreno volvió a su papel de AUSA para el Distrito Sur de Texas. Este distrito (uno de los cuatro en Texas) incluye siete territorios procesales: Brownsville, Corpus Christi, Galveston, Houston, McAllen, Laredo y Victoria. Moreno servía como el jefe de narcóticos del distrito y se encargaba de dirigir la oficina de Crimen Organizado y Fuerza de Tarea Antinarcóticos, OCDETF, por sus siglas en inglés.

Como supervisor de la OCDETF, Moreno organizaba las investigaciones de los cárteles que se hacían entre varias agencias a ambos lados de la frontera. Le daba instrucciones a los agentes y a los policías sobre cómo reunir suficientes evidencias para que el caso llegara a nivel federal. Ayudaba a conseguir órdenes de cateo y permisos para intervenir teléfonos y colocar micrófonos. Y, cuando se hacían los arrestos, él negociaba con la defensa y llevaba los casos a juicio.

Moreno entendía la realidad de los decomisos de drogas: que la mayor parte de las drogas pasaban por la frontera. No obstante, esto no parecía molestarle tanto como a Robert. Ni veía una gran hipocresía en el hecho de que varios fiscales como él hicieran tratos regularmente con los peores capos, asesinos y traficantes mientras que los traficantes de a pie recibían sentencias mucho más severas. En la mente de Moreno, tener una sociedad libre de drogas era una meta deseable, por lo cual se tenían que aceptar las realidades de buscar alcanzar esa meta. No existían los sistemas perfectos. Moreno prefería enfocarse en lo que salía bien. Y la OCDETF, cuando se consideraba de manera aislada, era una máquina de procesamiento eficiente.

El programa de la OCDETF surgió de la idea original de la Fuerza de Tarea del Sur de Florida, establecida a principios de la década de 1980. La meta era desmantelar a los sindicatos de las drogas procesando a sus líderes. En el fondo, la OCDETF era un mecanismo de distribución de fondos: hacía más eficientes las investigaciones sobre las organizaciones de narcotráfico al obligar a las agencias de policía a competir unas con otras y al evaluar la información disponible antes de decidir hacia dónde se dirigiría el dinero. Este organismo evitaba que varias agencias trabajaran de manera independiente contra el mismo objetivo, que duplicaran el trabajo y que desperdiciaran recursos.

Alrededor del 40 por ciento de los casos de crimen organizado en Estados Unidos se perseguía en la zona suroeste del país y una gran parte de ellos estaban concentrados en el sur de Texas. Para los agentes y policías de Laredo, Ángel Moreno era el portero a nivel federal: la persona que decidía si un conjunto de pistas podían traducirse en un caso grande, algo que ameritara armar el paquete promocional para que un agente subiera en el tabulador de salarios, y, de ser así, qué pruebas adicionales se requerían para que Moreno abriera un caso y consiguiera una acusación.

Moreno, en su papel del rostro del gobierno federal en la corte, era el juez antes del juez. Tenía las llaves del reino del juicio. Si un agente de la DEA o del FBI o de cualquier otra agencia federal necesitaba un citatorio o si necesitaba colocar micrófonos para poder armar su caso, Moreno, monje de la Cuarta Enmienda, esa disposición constitucional de los Estados Unidos que prohíbe los cateos e incautaciones sin causa probable, era quien leía el archivo del agente y decía sí o no.

Ahora, mientras almorzaban, Robert y Moreno hablaban sobre distintos casos. Robert mencionó el arresto reciente de Gabriel Cardona y explicó lo que se sabía sobre el asesinato de Bruno Orozco. Orozco había sido policía de Nuevo Laredo y zeta. Después, traicionó a los Zetas y le dio información a un miembro del Cártel de Sinaloa en Laredo llamado Chuy Resendez. Moreno conocía a Chuy Resendez, toda la policía en Laredo lo conocía. Chuy controlaba las rutas de tráfico a través de Río Bravo, un pequeño poblado fronterizo al este de Laredo.

Robert dijo que, irónicamente, un día antes del asesinato de Bruno Orozco, Cardona se había reunido con el Marine, Z-47, en el boliche Jett Bowl de Laredo para planear el asesinato mientras el departamento de policía de la ciudad participaba en un torneo en el mismo lugar. Se rieron. Lo que era más irónico, dijo Robert, era que la Patrulla Fronteriza había hecho una redada en el motel de Laredo donde se estaba quedando Cardona. Los inmigrantes ilegales se quedaban con frecuencia en el Motel Hacienda, así que la Patrulla Fronteriza hacía investigaciones periódicas. Cardona, explicó Robert, ocultó el AR-15 en la cajuela de su Jetta. Lo único que encontró la Patrulla Fronteriza en la habitación de Cardona fue un rollo de celofán de tamaño industrial.

Robert relató el interrogatorio de Cardona. Los asesinatos con cooperación de la policía. El guiso. La Compañía.

—¿La Compañía? —preguntó Moreno.

—Así es como le llaman al Cártel del Golfo y los Zetas ahora.

Robert explicó que el chico se decía zeta y afirmaba que había otros como él trabajando a ambos lados de la frontera.

—¿Él te dijo esto?

—Estaba orgulloso.

Moreno preguntó un poco más sobre la actividad del cártel. Robert le contó que recientemente había investigado un tiroteo en un campo de soccer de Laredo. Un grupo de los Zetas había intentado matar a unos sicarios que trabajaban para La Barbie. Varios de estos chicos también eran adolescentes estadounidenses de Laredo. Al igual que Chuy Resendez, La Barbie era un local de Laredo y todos en la policía lo conocían.

—¿La Barbie tiene ahora sus propios sicarios? —preguntó Moreno.

Tras el incidente del campo de soccer, dijo Robert, la policía de Laredo encontró rifles de asalto y granadas. Durante el interrogatorio, uno de los hombres de La Barbie, un sicario de Laredo de veinte años de edad, jugueteó con la idea de volverse informante e incluso le compartió a Robert un video que aún no había salido a la luz. En el video aparecían cuatro hombres, al parecer operativos zetas, que La Barbie interrogaba y después ejecutaba personalmente.

Más tarde ese mismo día, Robert pasó por la oficina de Moreno y le mostró el video. Un zeta hablaba sobre sus planes de matar al procurador general de Tamaulipas y al nuevo jefe de policía de Nuevo Laredo. Otro zeta hablaba de los campamentos de entrenamiento. Los temas discutidos incluían el guiso y las razones detrás del reciente asesinato de una reportera de Nuevo Laredo.

Después de ver el video, Moreno se sostuvo la espalda baja y rio.

—Bueno, eso fue interesante.

Robert trataba las atrocidades intelectualmente y sólo demostraba sorpresa si la dinámica social lo exigía, pero Moreno veía a los criminales violentos con quienes trataban como algo relativamente divertido. Pensaba que le sería imposible hacer el tipo de trabajo que hacía sin que le afectara y se valía del humor para interiorizar y procesar esta violencia sin volverse loco.

Robert y Moreno estaban acostumbrados a que los cárteles contrataran pandilleros estadounidenses para cometer asesinatos en Texas. Pero era raro que los cárteles mismos fueran responsables de algún acto violento en los Estados Unidos. Por lo general, procuraban no arriesgarse a propiciar un contraataque político, ya que con frecuencia eso se traducía en un mayor rigor en la aplicación de la ley a ambos lados de la frontera. Pero incluso cuando contrataban a un matón no afiliado, no usaban artillería pesada como granadas ni riles de asalto. Las ejecuciones grabadas, los asesinos adolescentes estadounidenses, esas cosas eran definitivamente nuevas.

Robert y Moreno estuvieron de acuerdo en que «esos hijos de puta estaban entre ellos».

La meta de la OCDETF, la «estrategia del capo» de la guerra de Estados Unidos contra las drogas, era ir tras quien estuviera dando órdenes de ejercer esa violencia desde México: La Barbie, los hermanos Beltrán Leyva, el Chapo Guzmán o un líder de la Compañía. Como la meta de la OCDETF era procesar los casos de los grandes capos del narco, y como las investigaciones que realizaba eran costosas, antes de solicitar el apoyo y fondos de un caso de la OCDETF los fiscales preferían asegurarse de que los arrestos de los individuos de rango menor, como Gabriel Cardona, conducirían a la cadena de mando de la organización criminal y proporcionarían suficiente evidencia, eventualmente, para levantar cargos a los jefes importantes de los cárteles por conspiración y por violaciones a la ley RICO (la ley federal contra el crimen organizado en Estados Unidos).

Pero sin poder demostrar una conexión directa entre Gabriel Cardona y el liderazgo de la Compañía, era imposible armar un caso para la OCDETF. Moreno y Robert necesitaban algo más que el recuento de un chico sobre sus contactos de alto nivel. Y sin una conexión clara con el tráfico de drogas, Moreno no podría convencer a la DEA de que se uniera al caso.

Por el momento, los cargos de Gabriel Cardona por el asesinato de Bruno Orozco se quedarían al nivel estatal y nunca tocarían al crimen organizado mexicano.

Tres meses y una semana después del asesinato de Orozco, un juez magistrado redujo la fianza de Gabriel de 600 mil dólares a 75,000 dólares. Miguel envió a alguien a que la pagara. El 14 de septiembre de 2005, un día antes de cumplir diecinueve años, Gabriel salió de la cárcel y regresó a Laredo en el autobús de la prisión. Pasó esa primera noche de libertad con Christina.

«Deja todo y empieza de cero. Nos tenemos a nosotros», le susurró Christina durante su reunión.

Tal vez fue el verano que pasó en la soledad de la cárcel, o el rol positivo que tuvo en la vida de Yulianna. O tal vez tuvo que ver con recuperar la religión de su juventud, o con cumplir diecinueve años. El caso fue que Gabriel pensó en su vida en el cártel, en cómo arriesgaba todo, y se puso emocional. Él no provenía de una familia terrible. Lo querían. Y tenía a una buena chica que lo amaba. Había visto suficientes películas para saber que podía echarle la culpa de su situación, que en ese momento podía reconocer como algo restrictivo, a la ausencia de una figura masculina de autoridad.

«¿Por qué prefieres un *cagapalo* que a un calmado?», le preguntó Gabriel. Quería saber por qué prefería estar con alguien que busca problemas que con una persona civilizada.

Christina no lo había pensado mucho. Se aventuró a conjeturar que podía estar relacionado con el aburrimiento. O era simplemente la manera en que se sentía. Ella no tenía una figura paterna y él tampoco. Gabriel era posesivo y a ella eso le gustaba un poco. Quería que la protegieran. A diferencia del hermano de Gabriel y a diferencia de Wences, a diferencia de muchos de los pendejos de Laredo, Gabriel nunca la golpeó y prometió nunca hacerlo. ¿Por qué un cagapalo sobre un calmado? ¿Dónde estaban los calmados?

Christina sabía que Gabriel idealizaba el lado norte, de donde era ella. Pero él no lo entendía. La familia de Christina podía pagar los precios de vivir en el lado norte solamente porque su padre estaba en el negocio de las drogas. Cuando llegaron a la zona, su papá intentó salirse del negocio. Pero cuando corrieron el riesgo de perder su casa en el norte volvió al negocio y ahora también estaba en la cárcel.

No había miedo en el amor de Christina por Gabriel. De todas maneras, se preguntaba: «¿Estaba bien querer estar con una persona como Gabriel, alguien seguro de sí mismo y apuesto y tierno, pero que al mismo tiempo no fuera como él?». No sabía los detalles de lo que hacía para ganar el dinero que le daba, pero sabía que no era nada bueno. Su relación con Gabriel la colocaba en el centro de los rumores relacionados con las noticias del bajo mundo. Pero en el asunto de Bruno Orozco todos sabían que Wences era quien había tirado del gatillo y no Gabriel. A ella no le gustaba lo que hacía Gabriel, pero lo amaba. Debajo de esa arrogancia, pensaba, simplemente que se sentía inseguro. Cada palabra que salía de su boca, cada mirada, tenía su efecto en él y ella disfrutaba tener ese pequeño poder.

No sabía cómo articular estas ideas. Así que imitaba a sus amigas mayores y decía: «Los calmados son jotillos».

Luego se recostó y le ofreció la pepa. El aire húmedo los bañaba y cogieron hasta que los nervios les quedaron entumecidos.

Al día siguiente, Yulianna le habló de la cárcel a Gabriel para agradecerle y desearle buena suerte.

Robert García usó las notas que Yulianna guardó por sugerencia de Gabriel para forzarla a confesar.

Shanea, la hija de seis años de Yulianna, estaba haciendo una rabieta porque quería ir a la casa de una prima. El novio de Yulianna tomó un cinturón y golpeó a Shanea repetidamente. Yulianna observó y luego le dio la espalda. Cuando no pudo soportarlo más, se fue a la recámara. Más tarde, cuando estaba ayudando a Shanea a bañarse, notó laceraciones en la cara y cuero cabelludo de su hija. Shanea se fue a dormir quejándose de dolor de estómago y nunca despertó. El novio se llevó el cuerpo de la casa y regresó sin él.

Robert revisó el archivo de la familia. Había señales. La agencia de CPS había visitado el departamento en varias ocasiones durante los últimos diez meses y encontraron los peligros usuales: el piso cubierto de pañales sucios, cables expuestos, cuerpos pequeños con cicatrices. Sin embargo, el mandato de la agencia era de ayudar a rehabilitar a las familias, no a separarlas, lo cual significaba que la mayor parte del tiempo una niña como Shanea regresaba una y otra y otra vez a la misma casa destrozada.

Cuando Robert le enseñó la confesión de Yulianna al novio, el hombre atacó a Robert. Varios policías entraron rápidamente a la sala de interrogatorios para separarlos. Un jurado sentenció al novio a cadena perpetua más sesenta años. Pero eso no aplacó al padre biológico de Shanea, quien mató al hermano del novio porque había contribuido a deshacerse del cuerpo de la niña. «Ojo por ojo», dijo el alcalde del condado Webb. El fiscal no tenía interés en llevar a juicio el asesinato por venganza. ¿Qué jurado lo condenaría?

En cuanto a Yulianna, se declaró culpable por lesiones a un menor. En la fecha de sentencia, estaba recuperándose de una cesárea por el nacimiento de su tercer hijo. El juez la sentenció a veinte años y mandó al bebé a cuidados temporales con sus hermanos. Con suerte ella saldría de la cárcel cuando su hijo mayor tuviera la edad de Gabriel.

17
¿QUIÉN ES EL SIGUIENTE CAPO DEL NARCO?

Cuando Gabriel salió de la cárcel en septiembre de 2005, la gente lo trataba distinto. En la playa Miramar en la costa del Golfo, lo esperaba una habitación de hotel para tomar unos días de vacaciones con los hombres de la Compañía. En los clubes del lugar, la gente murmuraba que no debían meterse con él.

La presencia de la Compañía en Laredo había aumentado en los tres meses que Gabriel estuvo fuera. Había más reclutas. Había una nueva casa de seguridad en Hillside, una zona cerca de la biblioteca pública, y un conjunto de departamentos rentados en Lazteca, a la vuelta de la casa de su madre en el número 207 de Lincoln. Estos sitios estaban llenos de comida, armas, coches y más asesinos, más chicos lobo estadounidenses que fueron reclutados mientras Gabriel no estuvo.

Algo le molestaba de estos chicos. Parecían ser «chukkies», en busca de estatus, tipos que nunca habían hecho ni madres, que no estarían listos cuando llegara la hora de moverse. O lo opuesto: lunáticos. Uno de los chukkies se metía tanta coca que siempre tenía una costra de sangre alrededor de las fosas nasales. Otro chukkie era buena onda, pero se sabía que su novia había trabajado para el otro lado, para los chapos. Si ese secreto se divulgaba, las cosas no irían nada bien.

Cuando terminaba el verano de 2005, Gabriel y Meme Flores regresaron de la playa de Tampico por la carretera 85, por las montañas del sur de Tamaulipas y a través de la ciudad de

Monterrey. En el Jeep Cherokee blindado de Meme, Gabriel iba nervioso. Si aparecían los contras, el protocolo exigía que Gabriel, el subordinado, enfrentara el tiroteo mientras Meme escapaba. Ambos traían pistolas .38 Súper y los ojos bien abiertos. Gabriel iba monitoreando las frecuencias de radio para asegurarse de que el camino estuviera despejado y respondía a las llamadas que entraban a varios celulares conectados a la consola. En la parte de atrás del Cherokee, tenía un rifle de asalto, una larga, fija a un trípode soldado al piso. En su mente, ensayó los pasos para soltar el clavo, el compartimento escondido debajo del tablero, donde había más armas: 1) Aire acondicionado en el nivel más alto; 2) velocidad en neutral; 3) seguros de las puertas; 4) frenar.

El asunto de Bruno Orozco y los tres meses en la cárcel del condado le habían enseñado que operar del lado estadounidense era más difícil que en México. Quería seguir trabajando para Meme, llevándole autos y armas y quizás transportar pequeñas cargas de drogas, pero decidió que quería salirse de la Compañía. No quería más trabajos en Texas. No quería regresar a la cárcel. Durante el recorrido de cuatro horas a Nuevo Laredo, intentó averiguar qué pensaba Meme sobre el futuro.

«Te podrían haber asignado una plaza más caliente, como Monterrey o alguna ciudad en Michoacán. En esos lugares las batallas armadas con los contras y los federales son cosa de todos los días», le explicó Meme. Gabriel sabía que Meme tenía razón. Desde su liberación, Gabriel y sus amigos de Lazteca se habían mantenido en contacto con Wences. Wences también llamaba para preguntarles cómo estaban desde algún lugar en Michoacán, el estado al sur del país, y para contarles sobre sus misiones allá. Al día siguiente leían la nota en el periódico y decían: «¡Chingá! ¡Esa ardillita está volando alto!».

—Te asignaron a la frontera —dijo Meme—, porque eres el sicario de más confianza para los trabajos difíciles. La Compañía tiene planes para ti. Te eligieron.

—¿Me eligieron? —preguntó Gabriel.

—Absorbe todo —le respondió Meme—. Tienes que estar listo. En poco tiempo te van a mandar al campamento de seis meses y te convertirás en comandante.

Meme había sido fundamental para el desarrollo de Gabriel, lo había llevado a Reynosa y Matamoros, le había enseñado cómo operar. Meme respondía por él y supervisaba su progreso. Y Meme era generoso. Una vez estaban en un club y Gabriel elogió el estilo de Meme: «Qué chida tu camisa, güey». Y ahí, mientras las estrípers daban vueltas alrededor de sus postes, Meme se quitó la camisa de Versace que traía puesta y se la cambió a Gabriel por su vieja camisa Guess. Meme lo quería. Además, Meme era el favorito de Catorce, su consentido, un consejero, y Catorce era el segundo de los Zetas.

«¿El de más confianza para los trabajos difíciles?»

«¿Comandante?»

«¿Quién es mi gallo?»

«Yo mero.»

Tal vez Gabriel se había cuestionado la lealtad de la organización pero las palabras de Meme le cambiaron la perspectiva. Sintió algo por Meme. Era estúpido pensar en él como un padre. Pero Meme le había salvado la vida a Gabriel, le había enseñado cómo se llevaba el negocio y le había dado confianza. Así que cuando Meme le dijo que haber sido asignado a la frontera era un privilegio, le pareció que tenía sentido. Conoció a Meme cuando estaba traficando con autos y armas. En el bajo mundo se hablaba de capos que ascendieron por sus propios méritos y, con frecuencia, habían empezado haciendo cosas así, justo como había empezado Gabriel. «¡Me acuerdo cuando Osiel nos conseguía coches! ¡Recuerdo cuando Miguel llevaba mota a Dallas y así!» Conseguías lo que te proponías conseguir.

«Tal vez los chukkies no eran tan malos», pensó Gabriel. Claro que eran falsos. Pero también eran hermanos que podían entrar a hacer trabajos en su lugar. Pensó en el caso del asesinato. Para cuando llegara su juicio, probablemente ya estaría en México de tiempo completo, donde era intocable.

Cuando iban llegando a Nuevo Laredo, Gabriel le preguntó a Meme qué implicaba manejar una plaza. Meme lo pensó, ¡era una buena pregunta!, y respondió con generalidades.

«Siempre hay que ser disciplinado. Respetar a todos. Elogiar a tus sicarios, no denigrarlos», le dijo.

Gabriel asintió. Seguramente manejar una plaza implicaba mucho más, pero ya habría tiempo de aprender.

Se reincorporaron a Nuevo Laredo, donde todos estaban viendo el video.

Al igual que cualquier acontecimiento transformador, se generó un rumor sobre el video en el interior y se filtró por las filas de la Compañía. Cinco sicarios zetas habían ido a Acapulco con instrucciones de matar a los policías que estaban en la nómina de La Barbie y tomar la plaza. Conocían las reglas: no debían ir a los antros ni salir en la noche y nunca debían salir solos. Tal vez por insubordinados, o por la incapacidad de los jóvenes de resistir la vida nocturna del puerto, los asesinos fueron a un centro nocturno donde su aspecto norteño los identificó como ajenos a la narcocomunidad insular de Acapulco.

En quince minutos la policía ya había alertado a La Barbie: los Zetas estaban en el puerto y lo iban a matar. Al día siguiente, los hombres de La Barbie hicieron una redada en la casa de seguridad donde estaban quedándose los Zetas y capturaron a tres de los asesinos. Mientras escapaba, al cuarto asesino se le cayó el celular en el patio. El quinto estaba en la ciudad, usando un teléfono público para llamar a su hermana, cuando los tipos de La Barbie lo golpearon en el vientre y lo metieron a una camioneta junto con su esposa y su hijastra de dos años que lo habían acompañado para disfrutar de unas vacaciones. El sicario que escapó condujo toda la noche. Cuando dio la noticia en Nuevo Laredo, Miguel Treviño llamó al celular perdido, pidió hablar con La Barbie y solicitó que le regresaran a sus hombres.

NARCO EN LA FRONTERA

—Pagaré lo que quieras.

—Nah —le dijo La Barbie—, tengo dinero.

—Está bien, las plazas. Reynosa y Nuevo Laredo. Las que más quieres, las que más peleas.

La Barbie no era tan tonto como para caer de esa manera.

—La guerra es guerra —respondió.

—Entonces deja ir a la familia.

La Barbie se quedó una noche con la esposa y la hijastra. A la mañana siguiente le hizo un plato de cereal con plátano a la niña y la dejó jugar en la piscina.

—Tu esposo me pidió que te dijera que te ama —le dijo a la nueva viuda y le dio mil pesos para regresar a casa.

En el video en DVD que salió a la luz, meses después, cuatro hombres, dos de ellos sin camisa, estaban sentados en el piso, golpeados y sangrando, frente a un fondo de bolsas negras para basura pegadas con cinta adhesiva a la pared. La Barbie, que estaba detrás de la cámara, pidió a los cautivos que se identificaran y que describieran sus trabajos.

El primer hombre explicó que había estado ocho años en el ejército y que tenía contactos con los militares para averiguar sobre la actividad de las patrullas. Explicó que los Zetas estaban molestos con el procurador de Tamaulipas porque estaba aceptando sobornos pero también estaba permitiendo que hubiera operaciones militares contra la Compañía. También dijo que el jefe de policía recién elegido de Nuevo Laredo moriría por llamar demasiado la atención, en referencia al jefe de policía que habían asesinado en junio horas después de tomar posesión de su cargo.

La Barbie continuó.

El segundo hombre dijo que era de los GAFE y se había vuelto reclutador. Los Zetas reclutaban gente aunque no fueran desertores de los GAFE, relató, y los entrenaban en uno de cuatro campamentos: Nuevo Laredo, Monterrey, Miguel Alemán o Ciudad Mier.

El tercero dijo que trabajaba de halcón refiriéndose al trabajo de vigilante, alguien que estaba oculto en la plaza y buscaba contras. Después lo enviaron a las caravanas a levantar gente con Miguel. Explicó que después de capturar a alguien, Miguel o Meme Flores les decían si tenían que llevarlo al guiso.

—¿Qué es el guiso? — preguntó La Barbie.

—Es cuando agarran a alguien, le sacan información de cómo movía las drogas o el dinero, o algo así, le quitan lo que ellos quieran y luego, después de torturarlo, lo ejecutan. Se lo llevan al rancho, le dan el tiro de gracia, lo echan a un tambo y lo queman con diferentes combustibles como diésel y gasolina.

La Barbie preguntó sobre una reportera de radio en Nuevo Laredo que había aparecido muerta en esos días.

—Lupita Escamilla era responsable de ponerle cosas de más a las notas periodísticas y de que las cosas no salgan a nivel nacional. Y ella ya no trabajaba con ellos porque le estaban dando mucha presión para los reportajes y para que no hablara la mandaron matar.

—¿Y tú, amigo? —le preguntó La Barbie al cuarto hombre conocido como Pollo, un tipo que Gabriel conocía desde su infancia. Pero antes de que Pollo pudiera contestar, una pistola entró en el encuadre de la cámara y le voló la cabeza. Fue la primera vez que Gabriel vio que mataran a un amigo. El video termina ahí, pero se asumía que los demás habían muerto de la misma manera.

La Compañía le puso precio a la cabeza de La Barbie: un millón de dólares. Según la mayoría de los recuentos, estaba viviendo en Acapulco, en la costa sur de México, pero algunos creían que visitaba a su familia en Laredo con frecuencia.

A una semana de haber salido de la cárcel, las palabras de Meme seguían rebotando dentro de la cabeza de Gabriel, que ya había regresado a las roches después de encontrar la religión en la cárcel durante el verano, y decidió que haría lo que fuera necesario para tener éxito en la Compañía, incluso matar a La Barbie y convertirse en el siguiente gran capo del narco en los Estados Unidos.

En septiembre, más o menos cuando Gabriel Cardona salió bajo fianza de la cárcel, la opinión de Ángel Moreno sobre las posibilidades de abrir una investigación de la OCDETF sobre el liderazgo zeta cambió. Moreno estaba en una reunión de rutina escuchando las declaraciones de unos traficantes estadounidenses de Dallas.

Habían descubierto la casa rosada de Mario Alvarado en Topaz Trail, al norte de Laredo, después de una llamada anónima. Alvarado tenía treinta y cinco kilos de mota escondidos en un sillón y unos cuantos kilos de cocaína escondidos en una televisión, cantidades para uso personal en el caso de un tipo como Alvarado, pero suficiente para que ameritara un buen tiempo tras las rejas. Alvarado, de veintidós años, quería conseguir una reducción de su sentencia y tenía muy entretenido a Ángel Moreno con su historia épica sobre trabajar directamente con los líderes zetas los últimos cuatro años. Alvarado dijo que conocía personalmente a los hermanos Treviño, Miguel y Omar, y a su red de zetas. Dijo que cazaba con ellos, que hacía negocios con ellos; que incluso lo habían tenido como rehén.

Moreno pensó en su almuerzo con Robert García y empezó a preguntarse algo: «¿Podría usar a ese chico, Gabriel Cardona, y a Mario Alvarado, que no estaban conectados salvo por su vínculo en común con los Zetas, como base para una investigación de la OCDETF?». En teoría, sí. Pero para que se aprobara un caso de la OCDETF, necesitaba al menos que otra agencia federal participara con ellos. Había muchas posibilidades: el FBI, la ATF, la DEA, el ICE. Cada una de estas agencias tenía una presencia fuerte en Laredo y Moreno conocía a todos los jefes. Hizo sus rondas en busca de apoyo.

La meta de una investigación era capturar a los jefes importantes de los cárteles. ¿Pero qué significaba que un capo fuera «importante»? Los factores que conformaban la percepción gubernamental de tal importancia eran los mismos factores que formaban la percepción del público: cobertura en los medios.

Los Treviño no eran muy conocidos en los Estados Unidos. El liderazgo zeta, hasta donde se sabía, también estaba compuesto por hombres poco conocidos salidos de las fuerzas especiales como Heriberto Lazcano y Efraín, Catorce, Teodoro Torres.

La Barbie, por otro lado, había estado trabajando en su campaña de relaciones públicas. Publicaba editoriales en los periódicos de México donde alegaba ser un empresario legítimo e imploraba al gobierno mexicano que eliminara a los Zetas a quienes calificaba de delincuentes. En el verano, Robert y el departamento de policía de Laredo habían decidido no hacer público el video de ejecución de La Barbie, como ahora se le conocía. Pero sí lo compartieron con algunas personas de agencias federales, como el FBI, la agencia a cargo de las investigaciones sobre personas desaparecidas, para asegurarse de que no se estuvieran engañando sobre la creciente amenaza. Un agente del FBI filtró el video que por alguna razón terminó en un pequeño diario de Tacoma, Washington, en manos de unos reporteros que no sabían mucho sobre los cárteles de las drogas mexicanos y no podían traducir del español. Los reporteros del estado de Washington hicieron una búsqueda en internet sobre los Zetas y encontraron historias de Alfredo Corchado, el periodista mexicano-estadounidense que dirigía la oficina de la Ciudad de México para el *Dallas Morning News*. Le enviaron el video a Corchado quien investigó las declaraciones que se hacían en el video, escribió una historia para el *Dallas Morning News* y subió el video en línea. El video de ejecución de La Barbie se hizo viral y se mostró una y otra vez tanto en la televisión mexicana como en la estadounidense. Esto le dio una reputación global a La Barbie y borró toda duda sobre el tipo de negocios en los que estaba involucrado.

Desde su infancia en Laredo y sus primeros cargos de tráfico, las autoridades estadounidenses conocían a La Barbie. Por otro lado, a pesar de que la reputación de Miguel Treviño estaba creciendo entre las autoridades de Laredo porque los informantes que pasaban por las salas de entrevistas contaban historias sobre él, muchos todavía pensaban que era un actor secundario. En realidad, La Barbie era un narcotraficante exitoso y un soldado capaz, pero era de nivel medio en la jerarquía del narco en México, ni más ni menos importante que Miguel. Sin embargo, el video terrible, los artículos, el pedigrí de Laredo y el aspecto rubio y fresa le ayudaban a La Barbie a convertirse en el nuevo símbolo de la guerra. Lo era a ojos del público, y por lo tanto, también a ojos del gobierno estadounidense. Washington, D.C, quería a La Barbie. La DEA tenía un informante en el círculo cercano de La Barbie. De hecho, resultó ser el mismo tipo que le dio el video a Robert para empezar.

Así que los directores de las agencias rechazaron el plan de Ángel Moreno para abrir el caso de la OCDETF contra los Zetas. Aunque Moreno tenía más poder que los directores locales de las agencias, no tenía jurisdicción sobre sus oficinas. Ellos respetaban a Moreno. Pero algunos le guardaban rencor por situaciones en las que Moreno pasó por encima de ellos y de su autoridad y les dio órdenes a sus agentes, o casos en los que fue directamente con sus jefes regionales a Houston. La Barbie, decían con mucha seguridad, era el blanco.

Después de recibir el DVD del video de ejecución de La Barbie y de verlo varias veces, Alfredo Corchado, el jefe de la oficina de México del *Dallas Morning News*, viajó al estado de Tamaulipas para reunirse con José Luis Santiago Vasconcelos, un subprocurador que fungió como zar antidrogas durante la presidencia de Vicente Fox. Vasconcelos, a quien se acusa en el video de aceptar dinero de la Compañía, no estaba ansioso por entrevistarse con Corchado y canceló tres veces. Finalmente, Corchado logró conseguir la entrevista pero sólo después de pedir a la administración Fox que forzara a Vasconcelos a reunirse con él.

Vicente Fox, quien tuvo sembradíos de brócoli y fue ejecutivo de Coca-Cola, llegó a la presidencia de México en el año 2000. A pesar de sus promesas de cambio, había asumido una posición que muchos consideraron laxa en la persecución de los capos de la droga. Las fuerzas de la ley de los Estados Unidos le enviaban consejos a la administración Fox sobre criminales claves en México. Pero no sucedía nada o incluso los mismos criminales se enteraban de lo que sucedía. Corchado entrevistó a Fox muchas veces y creía que él simplemente no estaba dispuesto a reconocer la creciente amenaza de los cárteles. A Fox no le gustaba que la cobertura extranjera de los cárteles eclipsara la imagen del México que él quería establecer, la de una democracia en ascenso.

«Son puras mentiras —dijo Vasconcelos cuando Corchado finalmente logró verlo y lo obligó a ver el DVD en el cual un zeta lo acusaba de recibir sobornos—. Contarían cualquier mentira, en especial si los están torturando. No es nada nuevo —dijo. Luego, agregó—: Ésta no es una historia para ti. ¿Por qué no te enfocas en las historias de turismo? Son más seguras».

18
TODO QUEDA EN LA PANDILLA

A principios de octubre de 2005, Gabriel estaba de regreso en
Laredo, en el salón de Nydia, cuando entró un chico de baja
estatura. Tenía sandalias, jeans negros y una camiseta sin man-
gas de tejido abierto. Traía bigotes como de Cantinflas y se
veía drogado, «grifo». Había crecido unos centímetros pero
apenas superaba el metro y medio.

—¡Nada que ver! —le gritó Gabriel desde el otro lado de
la estética angosta.

—No has cambiado nada —le dijo Bart.

Antes de la temporada que estuvo en la cárcel, Gabriel había
recibido llamadas de su viejo amigo Bart Reta, quien cumplía una
condena de trece meses en la Comisión Juvenil de Texas por
una acumulación de cargos incluyendo posesión de marihuana
y asalto a mano armada por llevar un rifle a la escuela en el séptimo grado y golpear a un miembro de una pandilla rival en
el pecho con el arma.

En los guetos de los que provenían Gabriel y Bart, la violencia y la volatilidad eran algo que se daba por hecho. En la mente
de Gabriel, un chico podía ser intrépido, incluso frío, y seguir
siendo buen chico. De hecho, éstas eran cualidades admiradas en
las calles. Sin embargo, en el caso de Bart, Gabriel pensaba que
era buen chico por su extraordinaria lealtad. Asumía la culpa por
otros y nunca se echaba para atrás en ninguna misión criminal.

Pero, incluso para Gabriel, Bart era raro. No sólo no
parecía notar el dolor de los otros sino que también era poco

cauteloso en lo que respectaba a su propio bienestar. Pensaba que todo era una broma. Que lo arrestaran por asalto a mano armada o por posesión de drogas, estos contratiempos le provocaban menos ansiedad que la que la mayoría de la gente siente cuando está atrapada en el tráfico de la hora pico. Cuando se lo llevaban esposado, Bart siempre hacía una carita de perrito sin dueño y luego se empezaba a carcajear. «Nunca podía ser él mismo porque quería pertenecer», decía Gabriel para describir a su amigo y consideraba que era parte del «complejo del hombre chaparro». Detrás de la intrepidez y de la fachada de bromista, Bart guardaba la ira de un chico pobre a quien su familia no podía alimentar, de un chico de baja estatura a quien sus amigos llamaban Enano, de un joven, ahora de dieciséis años, que asiduamente cultivaba la aprobación de los mayores de su pandilla, independientemente del riesgo, y sin importar el precio.

En las llamadas a la prisión, durante los meses que precedieron a la liberación de Bart de TYC en julio de 2005, intercambió varios chismes con Gabriel. Quién estaba en la cárcel. Quién había salido. Gabriel le contó que estaba saliendo con una fresa de United High. Bart le dijo que había estado leyendo mitología y poesía e incluso había escrito algunos versos. Podía poner mucha emoción en su poesía, presumía, y podía alterar su voz para que sonara como la de cualquier otra persona. En TYC, los internos se peleaban todos los días, le contó a Gabriel. Bart le dijo que él manipulaba a los demás para que se pelearan entre ellos. Presumía de haberse unido a una pandilla de California llamada Sur 13.

—Ya bájate de tu viaje. Sur 13 tal vez sea grande en Califas, pero no vale un carajo en Texas —le dijo Gabriel.

La condescendencia era algo típico en su relación. Gabriel sabía cómo irritar a Bart y lo denigraba. Se entendía, entre ellos, que Gabriel quería lo mejor para Bart, quería ayudarlo, siempre y cuando quedara claro quién era el jefe, quién era el chingón de la zona.

—¿Ah sí? —dijo Bart—. ¿Tienes algo mejor?

—Wences y yo andamos en algo grande —le explicó Gabriel—. Cuando salgas, a lo mejor puedes participar.

Ahora, en el salón de Nydia, Gabriel ofreció pagar por el corte de pelo de Bart.

Bart empezó a ir y venir del departamento que Gabriel rentaba a la casa de su novia. Todos sabían que la novia de Bart había estado saliendo con otro tipo mientras Bart estuvo en TYC, que se había embarazado y que había tenido al hijo del otro tipo. Pero en este vecindario era tabú vivir con una chica que ya tenía hijos, así que, para evitar el ridículo, Bart decía que el niño era de él.

Una tarde, unos cuantos días después de verse en el salón de Nydia, Gabriel iba conduciendo por Lazteca cuando vio a Bart en una bicicleta. Llevó a Bart al centro comercial de Laredo, donde compraron camisas Lacoste y Versace, jeans Calvin Klein, un cinturón, un reloj, colonia, botas Polo y un teléfono celular. Luego Gabriel llevó a Bart a Nuevo Laredo para que conociera a unas personas nuevas. Bart fue un éxito inmediato con los líderes y Miguel decidió quedárselo en México.

Igual que cuando Meme Flores reclutó a Gabriel en la Compañía, Gabriel también se volvió reclutador de talentos y era un reclutador particularmente bien colocado: era estadounidense. Y así como Bart buscaba la aprobación de Gabriel, Gabriel quería complacer a sus propios «padres» en la Compañía. Entregarles un joven soldado como Bart era un buen comienzo hacia su ascenso.

Para entender qué motivaría a Gabriel en los siguientes seis meses, es importante entender la diferencia entre operar en México y operar en Estados Unidos. En México, el control venía directamente de la cúpula administrativa de la Compañía. En México, un comandante de mando, un comandante de bajo nivel a cargo de un grupo pequeño, no elegía a sus propios empleados y, por tanto, era menos responsable de lo sucedido con los jefes. Pero para un comandante de mando en los

Estados Unidos, el ascenso que ahora tenía Gabriel, la confianza, desde su punto de vista, era mayor porque no tenía supervisión directa, sólo jefes en México. Gabriel recibía órdenes de Meme o de Miguel. Pero en Texas, él reclutó su propio mando, su equipo. Al estar encargado de elegir a sus compañeros y a sus empleados, era más responsable por sus actos que lo que hubiera sido si tuviera un grupo similar en México.

Le gustaba el poder y la presión y le encantaba el respeto que se había ganado entre sus amigos de Lazteca. En particular cuando el exjefe de Gabriel lo buscó para pedirle trabajo.

En junio, cuando arrestaron a Gabriel por el asunto de Bruno Orozco, la DEA descubrió la bodega de drogas de Richard Jasso en San Antonio. El problema para Richard empezó cuando la DEA arrestó al comprador cubano de Richard en Miami y, sin que Richard lo supiera, lo convirtieron en informante. El cubano había sido un cliente confiable, así que cuando le dijo a Richard que lo habían estafado recientemente y que necesitaba más cocaína para pagarle la deuda que le debía, Jasso estuvo de acuerdo en darle más y le dio 227 kilos. El cubano, que traía un micrófono de la DEA, recogió la mercancía. Cuando regresó a la siguiente semana con 6 millones y una orden por otros cuatrocientos kilos, Richard había estado de fiesta la noche anterior, así que le pidió a su cuñado que se reuniera con el cubano en la bodega. En la bodega, el cuñado de Richard se encontró con el equipo de arresto de la DEA.

Richard huyó a México y su nombre apareció en la subsiguiente acusación. Como se suponía que estaría en la bodega cuando hicieran el operativo, el proveedor mexicano de Richard, un afiliado de Sinaloa, empezó a hacer preguntas. La pérdida de 627 kilogramos, más de 10 millones en coca, era responsabilidad de Richard. No ayudó que el cuñado se convirtiera en soplón para el gobierno. Pero el proveedor perdonó a Richard y le dio 200 mil dólares para abrir una nueva línea de transporte y le dio dos cargamentos iniciales de cincuenta kilos cada uno para empezar. Richard quería ahorrar costos por lo que contrató choferes con poca experiencia y le decomisaron ambos cargamentos. El éxito previo de Richard ahora ya no significaba nada.

El proveedor le ofreció a Richard una última opción: irse a Monterrey, manejar el negocio desde allá, y ganarse de vuelta el dinero perdido. Richard lo pensó. ¿Una ciudad mexicana desconocida? ¿Supervisión constante? ¿Dejar a su familia? Podría ser una decisión inteligente o podría ser una estupidez. Podía ganar dinero o podía aparecer muerto. Decidió regresar a Texas, donde vendió algo de equipo y usó sus últimos 15,000 dólares para comprar un cargamento de mota de baja calidad que llevó a San Antonio pero no pudo venderla. Buscó trabajo como transportista con personas que había trabajado antes. Pero todos sabían que Richard estaba en la mira. Todos sabían que su cuñado era soplón. Les agradaba Richard, pero todos le decían que ya no estaban trabajando y le dieron la espalda. En un par de meses agitados, todo lo que había construido se evaporó. Tenía 21 años.

A decir verdad, el negocio del transporte se estaba poniendo más difícil para todos. La batalla por Nuevo Laredo había elevado los precios de la cocaína en un 25 por ciento en la frontera y se tuvo que derramar más sangre que nunca para mover un ladrillo por México. Pero los precios en Dallas, Atlanta, Chicago y Nueva York no se ajustaban mucho a las fluctuaciones en la frontera. Los corredores como Richard, los intermediarios, fueron los que sufrieron más con la castigada economía.

Richard tenía una esposa e hijos. Necesitaba el dinero. Necesitaba empezar de nuevo.

Con su fortuna llegando a su fin, decidió acercarse a su viejo socio, Gabriel. Había escuchado que Gabriel y otros chicos de Lazteca, como Wences, se habían abierto camino con la Compañía haciéndose cargo de los ajustes de cuentas. Tal vez Gabriel podría acercar a Richard a uno de esos equipos de sicarios. Este tipo de cambio de bando era común en el bajo mundo de la frontera: para sobrevivir, los traficantes mataban y los sicarios traficaban.

Richard fue caminando a la casa de seguridad en Jefferson Street, en Lazteca, tocó a la puerta y pidió reunirse con Gabriel en una de las recámaras traseras. Al principio Gabriel se le quedó viendo a Richard, estaba sorprendido de que le estuviera pidiendo trabajo. A Richard le quedó claro que Gabriel se sentía un poco... contento de ver cómo se había arruinado la vida de su exjefe.

«No nos pagan ni remotamente lo mismo a lo que estás acostumbrado», le dijo Gabriel.

Richard asintió. Sabía que los chicos lobo no tenían prospectos de ganancias financieras reales. Gabriel carecía del conocimiento para traficar. Él no podía aprovechar del todo sus contactos con los Zetas. Pero tal vez Gabriel podría tener una función. Si pudiera presentarle a Richard a la gente de la Compañía, Richard podría establecer un contacto directo con el cártel más poderoso. Cuando eso sucediera, si es que sucedía, Richard tendría que esperar, además, que su relación previa con los proveedores aliados a Sinaloa no fuera un problema.

Las segundas oportunidades no eran comunes. Pero si Richard lo lograba, su esposa, quien había empezado a mostrar señales de traición, volvería a creer en él. Los juguetes, los coches, las fiestas, la admiración y el amor, todo regresaría como un juego de video que se reinicia. ¿Y qué tendría que hacer? ¿Participar en algunos asesinatos? A quién le importaba. Estas personas iban a morir de todas maneras. Era tiempo de dedicarse nuevamente a los negocios.

Gabriel estaba considerando su asociación con Richard y tenía sus propios motivos. Para poder ascender en los Zetas y conseguir su propia plaza en México, necesitaba de un socio que pudiera hacer crecer el negocio del cártel, alguien que supiera traficar. A partir de la experiencia de Gabriel cuando le ayudó a Richard en sus trabajos de transporte, aprendió lo difícil que era el negocio. La única duda que tenía Gabriel era la familia de Richard. Un buen sicario no tenía lazos. Un hombre con esposa e hijos no era un gran candidato para una organización cuya ética se podía resumir como misiones suicidas. Y, sin embargo, esa sensación de futuro, y este nuevo respeto de Richard, de quien Gabriel había sentido desprecio cuando era más joven, cuando Richard era un traficante importante y Gabriel apenas empezaba, inspiró a Gabriel. Y aceptó a Richard.

Mientras tanto, La Barbie hizo sus propias movidas en contra del liderazgo de la Compañía. En septiembre solicitó reunirse con una importante pantera llamada Laura, La Viuda Negra, Molano. La Viuda Negra salía con el comandante zeta Iván Velázquez Caballero, conocido por su apodo, El Talibán. El Talibán, quien había empezado como cocinero y chofer personal del jefe zeta Heriberto Lazcano, ahora estaba a cargo, junto con Miguel, de la plaza de Nuevo Laredo. La Viuda Negra acompañaba a El Talibán a las juntas con la policía municipal en Nuevo Laredo, donde El Talibán hacía pagos regulares de 50,000 dólares. Donde fuera que pasaran la noche, siempre había cinco hombres armados protegiendo el perímetro. La Viuda Negra con frecuencia salía en la noche para darles algo de comer.

Ahora, tras convocar a La Viuda Negra a través de un traidor zeta en Nuevo Laredo, La Barbie se reunió con ella en su casa de Acapulco y le ofreció un millón de dólares para arreglar las cosas de manera que pudieran matar a El Talibán. La Barbie intentó ser persuasivo.

«Son unos mata niños, mata familias, y unos secuestradores», le dijo. La Barbie le aseguró que quería terminar con la guerra y regresar a Nuevo Laredo a la paz. La Viuda Negra asintió. Sabía que si decía que no, la matarían. Así que dijo que sí. Luego regresó a casa y le contó a El Talibán todo lo que planeaba La Barbie.

Gabriel buscó un sitio web que tuviera fotografías de los centros nocturnos de Laredo. Su tío Raúl insistía en que La Barbie estaba oculto a plena vista y que pasaba los fines de semana en casa de sus padres en Laredo. Gabriel monitoreaba la casa. Una Ford Expedition estaba estacionada en la entrada y con la parte trasera hacia la cochera. Parecía blindada. Parecía haber un conductor dentro. Gabriel se obsesionó con la casa hasta que Miguel le llamó y le dijo: «¡Ya bájale a tu viaje!». La Barbie era inalcanzable por el momento. Había más trabajo que hacer.

Un día antes del Día de Acción de Gracias de 2005, Gabriel hirió pero no mató a un enemigo de Sinaloa en Laredo. Al día siguiente la policía de Laredo fue a buscarlo porque había sacado su pistola entre varios testigos tras un accidente de tráfico sin importancia en una intersección de esa ciudad. Lo arrestaron en la casa de seguridad de Lazteca en Jefferson Street. En la mañana, un viejo compañero de Lazteca que ahora trabajaba para él pagó su fianza de 31,000 dólares (¡era tan fácil!) y Gabriel se reunió con los otros chicos lobo en la casa de seguridad de Hillside, donde se estaba quedando Bart, quien acababa de regresar del campamento de entrenamiento en México.

Empezaron a dar seguimiento a los movimientos de un traficante pesado en Laredo llamado Moisés García.

19
HERMANOS DE LA MANO NEGRA

—Oye —le dijo Gabriel a Bart en la camioneta en la que los llevaban a toda velocidad hacia el norte, hacia la casa de seguridad en Hillside—. No puedo creer que le dispararas así nada más. Llegaste directo a la ventana y le disparaste en la cabeza.

—Sí, creo que también le di a la vieja —dijo Bart—. Le di al mero tipo en la cabeza. No creo que haya sobrevivido.

La conductora, la esposa de Richard Jasso, les gritó:

—¡No quiero enterarme de nada!

Tenía ocho años más que Richard, era una década más grande que Gabriel y Bart. Los recogió en una tienda cerca de Torta-Mex porque ninguno de los otros respondían a sus llamadas. Los chicos rieron. ¡Ella ya era cómplice!

En la casa de Hillside, Bart saltó sobre el sillón como niño emocionado mientras esperaban las noticias de la tarde que confirmaran la muerte de Moisés García. Los chicos estaban muy emocionados con Bart.

—¡Tu primer trabajo! ¡Vas a tener pesadillas!

—¡Nah! —dijo Bart. Sabía que algunos de ellos tenían debilidades y que no podían cargar con esos actos en su conciencia, pero él dormiría tan tranquilo como un pez.

Antes de que la ambulancia la transportara del estacionamiento de Torta-Mex al Centro Médico de Laredo, la nueva viuda le dijo a Robert García que ella y su familia no habían terminado de comer cuando su esposo recibió una llamada en la cual le pidieron que regresara a su casa. Cuando iban saliendo del estacionamiento del restaurante, una camioneta Ford bloqueó la salida de su Lexus blanco. Ella iba en el asiento del copiloto. Su cuñado iba atrás, junto a su hijo de tres años. Un joven, le dijo a Robert, se bajó de la camioneta. Era un hispano moreno claro, con el cabello corto, de baja estatura y corpulento. Pensó que se había bajado para saludar a su esposo hasta que metió la mano en su chaqueta y empezó a disparar.

En el hospital, la viuda, que tenía dos fragmentos de bala en la espalda y el vientre, calificó su dolor como un nueve. Estaba muy sedada cuando Robert regresó a toda prisa con fotografías de sospechosos. Una enfermera le indicó que no era buen momento para hablar con la paciente.

La madre de Moisés García estaba de duelo, apenas unos días antes había estado en las bancas de la iglesia durante el bautizo de su nieta, procesando la bendición de un nuevo bebé y la pérdida de un hijo. Ahora, en la cuneta de la autopista Zapata, vendía platos de pollo con arroz a cinco dólares para reunir fondos para el funeral.

René García, su hijo mayor, sólo sentía rabia. Solía haber un código entre gánsteres. Había reglas. «No se toca a la familia». Ésa era una regla básica. René y Moisés, de 26 y 24 años, respectivamente, crecieron en el sur de Laredo. Su barrio se llamaba Santo Niño. La cultura criminal ahí era más descarada que en la mayoría de los barrios de Laredo. Era frecuente que los niños de esa zona vivieran solos, que manejaran casas de seguridad y tienditas y que tuvieran sus propios hijos. Con dos o tres tienditas en cada cuadra, la policía de Laredo podía ir a Santo Niño cualquier noche de la semana y arrestar a una docena de compradores de uso personal cuando iban de regreso a sus autos con sus bolsitas de marihuana (a 10 dólares cada una) y sus *eight-balls* de coca (3.5 gramos) de 100 dólares.

En la primaria, René y Moisés empezaron una pandilla local y luego se graduaron a los niveles iniciales de la Mafia

Mexicana, conocida como La Eme o la Mano Negra: una pandilla de chicanos que tenía su origen en California. «Somos soldados de Aztlán en la tierra del mexicano —empezaba la constitución de La Eme en referencia al hogar mítico de los aztecas—. Nuestras acciones reflejan las distintas formas que adopta nuestra lucha: económicas, políticas, militares, sociales, culturales. Estamos dedicados a todos los aspectos de interés criminal. Traficaremos con drogas, aceptaremos contratos por asesinato, prostitución, robo a gran escala y cualquier otra cosa que podamos imaginar». Diez por ciento del interés empresarial o personal de cada uno de los miembros iba de vuelta a La Eme. Los miembros más fanáticos trataban a La Eme como si fuera una religión: le rezaban a los dioses aztecas, hablaban el antiguo náhuatl y creían que eran guerreros.

René estaba orgulloso de su hermano menor, Moisés, el traficante estrella que hacía viajes a Dallas y la hacía en grande. Con el paso de los años, fueron testigos de una guerra civil dentro del liderazgo de La Eme. Bajo la guisa de disciplina, la organización sacrificó gente de sus propias filas. Se separaron grupos de los grupos separados. A principios de la década de 2000, Moisés pasó dos años en una prisión de Nuevo Laredo por ejecutar a otro miembro de La Eme por órdenes de un líder. En prisión, Moisés conoció a Meme Flores. A través de Meme, Moisés creció y empezó a hacer negocios con la Compañía.

El 8 de diciembre de 2005, cuando mataron a tiros a Moisés en el estacionamiento de Torta-Mex, su hermano René, quien estaba en el asiento trasero, sospechaba que La Eme estaba detrás de eso. Siempre había habido celos en Santo Niño, sobre todo porque Moisés ascendió muy rápido en el negocio. Y también estaba el problema del dinero: Moisés hizo varios negocios sucesivos que salieron mal en Dallas y sus supuestos carnales de La Eme se negaron a cubrir su deuda con la Compañía.

Bueno, pensó René mientras acompañaba a su mamá que empacaba comida y refrescos en la carretera Zapata, el destino de su hermano fue una decisión organizativa que dependía del liderazgo de La Eme. Pero le correspondía a sus carnales encargarse de la muerte de su hermano internamente en vez de permitir que otra organización, gente de afuera, lo hiciera por ellos. Para René, el asesinato de su hermano no parecía ser trabajo de La Eme. Su cuñada estaba embarazada, en el asiento de enfrente y su sobrino de tres años estaba sentado atrás junto a él. Los carnales nunca pondrían en peligro a los miembros de la familia.

En el tiroteo, René no vio a un miembro de La Eme aproximarse al coche. Sólo vio un tipo de baja estatura que salió de una Ford Expedition blanca. Antes de que René se diera cuenta de que el objeto negro que estaba sacando de su bolsillo no era un teléfono sino una pistola, ya era demasiado tarde. Lo único que pudo hacer fue cubrir a su sobrino y gritar hasta que el atacante dejó de disparar.

La cuñada de René sobrevivió y dio a luz a una niña la siguiente semana.

A René le llegaron rumores, incluyendo el nombre del pistolero: Bart Reta.

René quería conseguirle un coche nuevo a su cuñada. Pero no pudo vender el Lexus lleno de balazos de su hermano ahora que estaba ligado con el famoso asesinato. En la venta de comida en Zapata, un líder Eme, la Mano Negra en persona, se presentó para contribuir al funeral de Moisés. La Mano Negra abrazó a la mamá del fallecido, luego se acercó a René y le preguntó qué necesitaba.

—Un coche —respondió René.

La Mano Negra le ofreció cambiar su Trailblazer por el Lexus baleado. René estuvo de acuerdo y le dio la factura y las llaves del Lexus. Pero a cambio sólo recibió las llaves de la Trailblazer.

—¿Y la factura? —preguntó René—. Mi cuñada la necesita.

—Olvídala —le dijo La Mano Negra—. Pronto va a estar con otro carnal. Que él se ocupe de eso.

René asintió.

—¿Por qué no me dijiste? —preguntó.

—¿Qué?

—Que le había llegado la hora —dijo René refiriéndose a la muerte de su hermano.

—No fuimos nosotros, carnal. Le debía mucho dinero a «la gente».

La Mano Negra convenció a René de no hacer nada precipitado.

—Tu hermano no va a regresar con eso.

Le aseguró a René que él mismo tenía la intención de matar a Miguel Treviño, pero primero quería que René acompañara a otro carnal de La Eme del otro lado para cobrar 10,000 dólares de los Zetas junto con un poco de coca. El dinero, le dijo La Mano Negra a René, estaba marcado para una nueva operación de tráfico. Sería estúpido echarse a Miguel Treviño antes de que los carnales aprovecharan la oportunidad que Treviño les estaba ofreciendo.

René estaba ensimismado con la fantasía de encontrar juntos a Miguel Treviño y a Bart Reta, de destriparlos y colgar sus cuerpos vacíos del International Bridge One con una narcomanta donde se leyera: NO SE METAN CON LA FAMILIA. Estaba demasiado cegado por la furia para dudar de las tonterías de La Mano Negra.

—De acuerdo —dijo—. Iré.

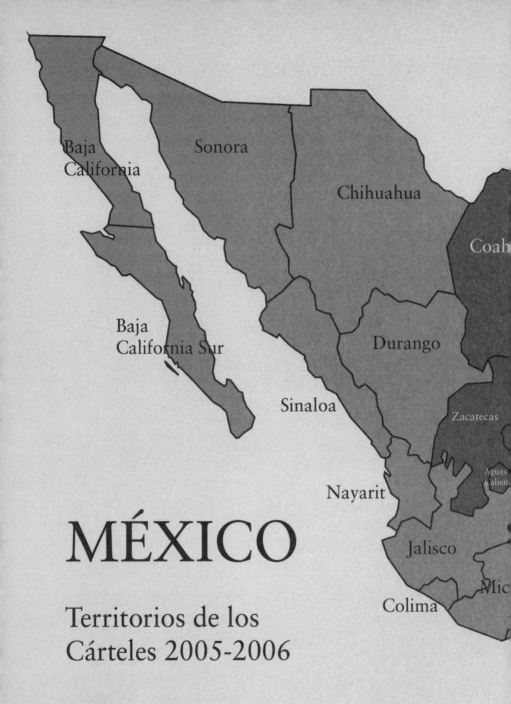

Baja
California

Sonora

Chihuahua

Coah

Baja
California Sur

Durango

Sinaloa

Zacatecas

Aguas
Calien

Nayarit

MÉXICO

Jalisco

Mic

Colima

Territorios de los
Cárteles 2005-2006

 Cártel de Sinaloa

 Cártel del Golfo y los Zetas

uevo
ón

Tamaulipas

uís Potosí

Querétaro

Hidalgo

Edo.
Mex

CD
MX

Tlaxcala

Morelos

Puebla

Veracruz

rero

Oaxaca

Chiapas

Tabasco

Campeche

Yucatán

Quintana
Roo

20
CAPOS MENORES

El ritmo de la polka de la banda rebotaba en el techo abovedado de la casa en el viejo rancho de Valle Hermoso, un poblado justo al sur de la frontera y a ochenta kilómetros tierra adentro de la costa del Golfo, donde unos cuantos cientos de hombres de la Compañía estaban reunidos en una propiedad del comandante Catorce para celebrar las fiestas y rifar regalos costosos.

La banda musical de Los Tucanes estaba efusiva esa noche de diciembre. Los cantantes se turnaban para interpretar los mayores éxitos de la banda, sus corridos y baladas que creaban una nueva iconografía en el narcomundo. Los Tucanes componían baladas convincentes y las actuaban, infundiendo cada presentación con un humor feroz y duro. Con su bigote negro y ojos penetrantes, el líder de Los Tucanes entremezclaba el «narcochic», el machismo eterno mexicano y los luchadores por la libertad como Villa y Zapata. Era una tradición popular que se mantenía viva en el mundo de los teléfonos celulares, los coches deportivos italianos y las enormes tetas que se desparramaban de ajustadas chaquetas de cuero.

El corrido celebraba la yuxtaposición surrealista del México moderno: la extrema pobreza y la riqueza chillante, la cortesía elaborada y la violencia bárbara. Los temas de las canciones eran el tráfico, la corrupción y la traición. Otro valiente muerto. Otro hermano vengado. Una amante despreciada mata a la esposa de su amado. Las mujeres son asesinas

y falsas. Los chicos pobres, rodeados por terratenientes ame-
nazadores, dejan la escuela para vender drogas porque están
cansados de pizcar fruta en las colinas.

Los medios impresos, los académicos y los cineastas de
documentales criticaban a las bandas como Los Tucanes por
apoyar a los mafiosos y por perseguir relaciones oportunis-
tas con los ejércitos del terror. Los cárteles eran famosos por
financiar la promoción de nuevas bandas de corridos para usarlos, eventualmente, como frentes para lavado de dinero. Los
defensores del género, sin embargo, sostenían que las baladas eran una crónica de la vida moderna, no una publicidad.
«Somos el efecto del tráfico de drogas, no la causa», le dijo el
líder de Los Tucanes en una ocasión al periodista de música
Elijah Wald. Había una guerra entre narcos; la violencia y el
romance eran lo que interesaba a la gente. ¿Qué tan distintos
eran los narcocorridos del *gangsta* rap de los Estados Unidos, o de las viejas baladas de asesinato de Johnny Cash y
Woody Guthrie?

En la fiesta, que era una posada, los chicos lobo festejaban
al lado de los comandantes. Había pollos rostizados enteros
así como cabrito, tamales, tortillas hechas a mano, platones de
salsas y jalapeños rellenos, además de toda la cerveza, whiskey y tequila que se pudiera beber. Era como las fiestas de
quinceañeras que hacían las fresas en Nuevo Laredo, excepto
que las quinceañeras no servían montañas de «lavadita», una
forma de cocaína muy preciada a la cual le habían quitado las
impurezas.

Se estaban regalando sesenta vehículos nuevos por cortesía
del fondo de fraude de la Compañía: ganancias provenientes
de la extorsión. Los ganadores de las rifas simplemente aparecían en la agencia de autos designada y reclamaban su premio, el cual ya estaba «pagado» y designado para su entrega.
Casas y Hummers; bolsas de efectivo, joyería, pacas de mota y
ladrillos de coca, relojes y bolsos de diseñador, todo se rifaba
y la posada continuaba.

Se podía distinguir a cada tipo de invitado por sus ropas. Los comandantes combinaban Hugo Boss con accesorios rancheros como enormes hebillas de cinturón. Los sicarios sin rango se vestían como niños «popis», fresas mexicanos, con camisas Lacoste ajustadas y jeans deslavados. Los sicarios gringos como Gabriel, Wences, Bart y Richard, optaban por un *look* más clásico: camisas Versace, pantalones kakis, zapatos color vino o marrón y un corte de pelo degradado. Todos tenían una apariencia de ser jóvenes seguros de sí mismos y que habían alcanzado su posición por méritos propios. Su aspecto estudiado también les daba la apariencia común a los recién llegados a las grandes organizaciones: individuos dispuestos a sacrificar todo por un dios extraño y poderoso. Chicos que iban a pelear una guerra por alguien más.

Los Tucanes tocaron por horas. Todos bailaron las notas fuertes del bajo sexto y las del acordeón. El sonido del corrido es áspero comparado con los refinamientos más sexys del pop anglo. El género es corriente y tiene sus raíces en las áreas rurales por lo cual era despreciado por los intelectuales que definían el buen gusto, pero no por los hombres de la Compañía como Catorce y Miguel Treviño.

Aunque Catorce era quien organizaba la fiesta, Miguel financió la presentación de Los Tucanes y pagó cientos de miles de dólares por una tarde de música. A Miguel le llenaba de emoción tener a músicos famosos cantando historias como la suya. Porque todavía era capaz de sentir orgullo. Quizá sería ya lo único que podía sentir... Bueno, orgullo y tal vez miedo. Mientras más poder reunía Miguel, más idolatraba el respeto. Mientras más temía perderlo, más se perdía en el trabajo. Miguel no dormía bien los días que no mataba. No era ningún panochón, pero eso no significaba que no hubiera cosas que lo asustaban.

El año anterior, 2005, fue un gran año para la Compañía y un momento decisivo en la vida de Miguel. Fue el año que pasó de ser comandante, un soldado que supervisaba que se hicieran las cosas, que iba al frente de las redadas y manejaba su propio negocio de tráfico aparte, a ser un verdadero jefe de plaza, a cargo de un territorio importante de la Compañía, responsable de todo el tráfico ilícito que pasaba por Nuevo Laredo. La lista de éxitos de Miguel lo cambió. Entonces, a sus treinta y tantos años, se deshizo de un poco de su vieja modestia y dejó los jeans y las camisetas. Esa noche estaba usando botas color naranja de avestruz, una camisa de seda blanca, pantalones de vestir negros y una gabardina negra, todo Valentino. Tenía una cadena dorada alrededor del cuello de la cual colgaba una granada de oro con un «40», su código zeta, grabado en la parte exterior de la piña. Ese collar era algo normal entre los hombres de alto rango de la Compañía. Pero la .38 Súper bañada en oro con un «40» de diamantes en la cacha era única. Ya había encargado un Porsche Cayenne blindado al ingeniero de la Compañía.

Sin embargo, como cualquier hombre en ascenso en cualquier entorno competitivo, Miguel, al igual que Osiel Cárdenas, el viejo líder del Cártel del Golfo que creó a los Zetas, era propenso a la paranoia: la preocupación justificada de que estaba rodeado de traición potencial en la forma de otros hombres de la Compañía que estarían más que dispuestos a tomar su lugar. Miguel sentía apego a sus soldados jóvenes, los chicos lobo como Wences y Gabriel, probablemente porque todavía eran lo suficientemente ingenuos para creer que en efecto existía un sistema de valores, que la lealtad al jefe era más que mero camuflaje. A diferencia de lo que sentía de sus contemporáneos, Miguel no sentía que los chicos tuvieran celos, sólo reverencia. Miguel casi nunca bebía, pero en esa fiesta tomó whiskey Buchanan's de dieciocho años de una botella gigante y llamó a los chicos lobo para que tomaran tragos con él. Cuando los llamó para que bebieran con él, Wences mencionó que él tal vez tendría que irse pronto para reunirse con unas chicas en otra parte. Wences había estado trabajando con los hombres por meses; ansiaba la independencia y estar con mujeres lejos de la Compañía.

«Claro. Pero quédate otro rato. Luego te vas», le dijo Miguel. Los chicos lobo, que notaban los celos que los hombres mayores de la Compañía sentían hacia Miguel, solían asumir que lo que generaba el resentimiento era au éxito. Sólo había que ver lo listo que era. ¿Quién trabajaba más? Pero los soldados mayores lo veían de manera distinta. No lo admiraban. Era un patán que todo lo quería supervisar y que amaba la disciplina sólo por el placer de disciplinar. Si recibían una llamada de sus mujeres durante el operativo, más valía que no los descubriera al teléfono porque recibían tablazos, golpes con una tabla con agujeros en el extremo para que pudiera alcanzar la máxima velocidad de golpeo, y no podrían sentarse durante una semana. Incluso cuando estaban de descanso, Miguel esperaba que llamaran dos veces al día y que atendieran el teléfono si él llamaba. Si no, tablazos. ¿Qué clase de vacaciones eran esas?

Miguel era generoso con el dinero, eso era cierto, pero sólo porque lo podía costear. Su actitud era clara. Él estuvo al frente de la batalla contra la incursión de los sinaloenses. Él aseguró Nuevo Laredo. Miguel sólo pensaba en Miguel. No le importaba la Compañía. Había que estar bien pendiente de ese maldito calculador. De la envidia babeante que sentía hacia los jefes zetas Catorce y Lazcano. Lazcano confiaba en Miguel y estaba de acuerdo en la mayoría de sus sugerencias en lo que respectaba a la operación de la Compañía. Un año antes, Lazcano se había roto los huesos de la mano con que disparaba y ahora apenas podía operar un arma. Viajaba por helicóptero y al menos con siete guardaespaldas. Miguel mandaría matar a todos los jefes cuando llegara su momento y sus traiciones destruirían la organización.

«¡Todo va a ser de la Compañía!», gritó Miguel. Quería que la Compañía se encargara de todo, decía públicamente. Pero en su interior, él quería ser el rey.

Habían pasado quinientos años desde que Moctezuma el Joven ascendió al trono y convirtió a los aztecas en los dueños indisputables de un imperio tributario que controlaba la costa del Golfo. Los guerreros de Tenochtitlan se originaron en la mítica tierra del noroeste conocida como Aztlán, el lugar de la blancura, antes de migrar al sur y apoderarse de todo el centro del territorio. Al igual que los Zetas, los aztecas empezaron aplicando sus reglas sin compasión para lograr una estructura de poder establecida. El señor de Culhuacán, dirigente del viejo imperio alrededor de lo que hoy es la Ciudad de México, usó a los aztecas como mercenarios —igual que Osiel y el Cártel del Golfo usaron a los Zetas para lidiar con la violencia— y les prometió a los aztecas la libertad si capturaban a ocho mil enemigos xochimilcas. Los hombres de las tribus aztecas realizaron la masacre y entregaron costales llenos de orejas cercenadas al trono como evidencia. Después, tras derrocar al gobernante de Culhuacán, los aztecas salvajes, dueños de un nuevo imperio en la lodosa isla de Tenochtitlan, sacrificaban a su propia gente para que llegara la primavera y ofrecían a los hijos de los pobres a Tláloc, el dios de la lluvia.

El sacrificio humano de los aztecas tal vez no fue más extendido que las prácticas comparables entre los antiguos sirios y mesopotamios, o los barbaros germanos y los druidas celtas. Miguel Treviño estaba destinado para la grandeza en el bajo mundo de los cárteles quizá porque personificaba los extremos de estas culturas premorales. El modelo azteca de Miguel era Xipe Tótec, una deidad con rostro de calavera que lanzaba cuerpos de las pirámides y masticaba extremidades humanas. Miguel, se decía, había extraído una vez un corazón metiendo la mano al tórax de un cuerpo decapitado.

Más tarde, en esa misma fiesta, Tony Tormenta, el hermano del líder del Cártel del Golfo, Osiel Cárdenas, tomó el estrado y se dirigió a la multitud, una mezcla de empleados de la Compañía, tanto zetas como miembros del Cártel del Golfo.

Tony Tormenta, quien a pesar de su hábito constante de cocaína permanecía obeso, hizo el tipo de discurso alentador que reconocería cualquiera que haya trabajado en un entorno corporativo, donde la expansión y las ganancias son lo más importante. Tormenta dijo que la Compañía estaba progresando. El control de la Compañía ya sobrepasaba sus territorios originales en los estados colindantes con el Golfo —Nuevo León, Tamaulipas y Veracruz— y ahora llegaba al oeste hasta Coahuila e incluso a partes de Durango, al centro a los estados de San Luis Potosí y Zacatecas, y al sur a los estados cruciales del sureste como Tabasco y Chiapas, en la frontera con Guatemala, una entrada importante para el tráfico de cocaína e inmigrantes.

La expansión de la base de empleados de la Compañía era un reflejo de su éxito, señaló Tormenta. Cuando su hermano Osiel creó a los Zetas a mediados de la década de 1990, el Cártel del Golfo tenía menos de 100 personas. Ahora, contando desde los jefes hasta los vigilantes, la Compañía, el Cártel del Golfo y los Zetas combinados, empleaba a unos 10,000 individuos. Y esa cifra se duplicaría a lo largo de los siguientes cinco años. La Compañía también tenía una fuerte conciencia social, un amor a México, dijo Tormenta. Esta buena voluntad adoptaba la forma de dinero en efectivo para los pobres, millones enviados a las recaudaciones de fondos y tráileres llenos de juguetes en Navidad. Los militares estadounidenses tenían su programa Toys for Tots. La Compañía tenía el Día del Niño. Los hombres de la Compañía sonrieron. Todos conocían el sentimiento satisfactorio de darle un regalo a una persona pobre, cómo se sentían cuando un viejo les murmuraba «Bendito sea el Señor» al alejarse. Miguel con frecuencia se acercaba a los pordioseros en las calles y les preguntaba por qué eran pobres; luego los llevaba a Soriana, la cadena de supermercados mexicana, y llenaba un Pickup con comida.

Tormenta continuó: el año siguiente, 2006, traería más sangre. Pero su causa era justa. La guerra surgió por la codicia del otro lado. El Chapo Guzmán y el Cártel de Sinaloa, a través de La Barbie, los Beltrán Leyva y otros clanes de narcotraficantes alineados en contra de la Compañía, habían empezado la guerra ofreciendo recompensas por la muerte de hombres de la Compañía. Los soldados de la Compañía, dijo Tormenta, se extenderían por todas partes, a Reynosa y a Monterrey, e incluso a plazas en la lejana península de Yucatán. Algunos serían enviados hasta Santa Elena, la ciudad portuaria en Colombia y uno o dos al norte hasta Boston. Todo el trabajo, concluyó, sería recompensado y en caso de ser necesario, la familia de cada hombre de la Compañía sería compensada si éste moría.

Los hombres en el público se enderezaron y asintieron estoicamente. Para cuando los hombres de la Compañía alcanzaban el estatus de comandantes, o algo apenas arriba de sicario normal, la mayoría tenían edad suficiente para saber cómo terminaba la vida en el cártel. El padrino de Gabriel, Meme Flores, caracterizaba el fatalismo alegre de los hombres de la Compañía cuando inhalaba coca, bebía tequila y gritaba: «¡A coger y a mamar que el mundo se va a acabar!». Pero en enero de 2006, a los diecinueve años, Gabriel todavía era lo suficientemente joven como para creer que todo duraría para siempre, que cada enfrentamiento violento era algo más que un proyecto aislado. Veía las vacaciones y los bonos, los regalos a los pobres y los tráilers de juguetes del Día del Niño. Estos beneficios provocaban una sensación de que algún comité de la Compañía se encargaba de poner a los chicos lobo en camino hacia algo, los animaba con aumentos salariales y la promesa de llegar a la administración.

Gabriel miró a su alrededor en la posada. Había varios refugiados del régimen. Políticos y policías. Artistas y modelos. El contador con el que Gabriel cobraba su salario de la Compañía había sido empleado del ministerio público federal. El hijo del nuevo alcalde de Nuevo Laredo estaba bebiendo tequila a unos metros de distancia. Había celebridades que iban del brazo de los líderes del cártel: a través de un agente, los comandantes pagaban cinco mil dólares la noche por la compañía de cantantes y actrices latinas. Él pensaba en las fiestas sobre las que solía leer en la revista *Vibe*. Pensó en Tupac y en el famoso abogado de Suge Knight que hacía desaparecer todos los problemas. La vida de la Compañía en realidad no era tan distinta a eso.

Algo había sucedido en los tres meses desde que Gabriel salió de la cárcel. Había obedecido las órdenes, cumplió su condena y volvió a salir. La cárcel era el sitio donde la Compañía perdía algunos de sus reclutas, pero él no sólo continuó sino que se expandió. Llevó consigo a Richard, que fue bien recibido. Y llevó a Bart, un chico lobo muy querido. ¡El pequeño Bart! Si querías que él hiciera algo, lo único que tenías que hacer era pedirle que no lo hiciera. Gabriel estaba orgulloso de Bart y no sentía ninguna amenaza de su parte. Gabriel ya tenía «crédito» con los comandantes. Él estaba en la punta del cañón cuando los demás se replegaban. La gente lo escuchaba.

Gabriel reflexionó sobre su recorrido hasta ese punto. Como nuevo recluta, había trabajado arduamente en el campo de entrenamiento, y luego fue rebotando de plaza en plaza, ayudando sin descanso, voluntariamente, hasta que los comandantes notaron su dedicación y empezaron a darle trabajos más importantes. Se aprendió los códigos de radio. Nuevo Laredo era Néctar Lima. Miguel Alemán era Metro Alfa. La Ciudad de México, el Distrito Federal, era Delta Fox. Reynosa era 9-6. «Sin novedad» era 3-4. «Estoy esperando» era 3-1. «Ejército» era 8-0. «Puros guachos» eran los militares de quienes había que cuidarse, soldados que no habían sido sobornados. «Papeles» significaba dinero. «Nacional» era marihuana. «Extranjero» era cocaína. «Puntos» eran casas de seguridad, pero también podía referirse a objetivos para asesinar. «Chapulines» eran los traidores. Los dispositivos, «pájaros», y «becerros» eran kilos. «Tu estaca», o puesto, era tu equipo: «Mira, güey, mi estaca está toda hecha bolas».

Gabriel sabía cómo comportarse alrededor de los jefes, cómo contestar a sus preguntas con respuestas concretas. En los entornos públicos, especialmente si un comandante estaba de paseo con su familia, Gabriel asentía discretamente pero les daba su espacio, a diferencia de otros sicarios que siempre estaban haciendo la barba. También aprendió a reconocer el resentimiento de los administradores de nivel medio que no estaban muy contentos con el talento más joven. Una vez, cuando tuvo que abortar una misión porque interfirieron los puros guachos, un comandante lo criticó frente a Miguel. Gabriel se burló. El tipo estaba mamándosela a Miguel. Pero Gabriel respetaba el rango. Simplemente dijo que sabía lo que tenía que hacer y que lo haría.

Un soldado podía echar a perder su rango evadiendo misiones o cagándola durante un operativo. Podía portarse mal durante un descanso tirando en seco o matando sin permiso. Y luego estaba la perdición de cualquier chico pobre que conseguía un poco de dinero y reputación: la familia desobediente que le daba un bajón al cargamento de la persona equivocada, que coqueteaba con la mujer equivocada, o que andaba presumiendo el nombre de su pariente más o menos famoso con demasiada soltura.

El tío de Gabriel, Raúl, el hermano menor de su madre, estaba en esta categoría. La mayor parte del tiempo Raúl estaba tras las rejas por pasar marihuana o inmigrantes ilegales, o por violar su libertad condicional cuando su análisis de orina invariablemente salía sucio. Raúl siempre estaba metido en peleas en bares y usaba el nombre de Gabriel cuando lo arrestaba la policía.

—¡Si no dejas de hacer esa mierda te vas a meter en problemas! —le decía Gabriel. Pero Raúl no le daba importancia a sus advertencias.

—¡Pero si tú mandas en Nuevo Laredo!

Era cierto. Como uno de los soldados favoritos de Meme y de Miguel, durante un tiempo en que la Compañía parecía estar defendiéndose efectivamente de los enemigos y controlando la frontera, Gabriel era equivalente a la ley. Podía ir libre por todas partes, presumir, dominar, joder. Y ese estatus le daba poder a sus acompañantes. En los centros nocturnos como Eclipse en la calle 57, el área VIP siempre estaba reservada para los chicos lobo. Incluso si las mesas estaban ocupadas, la gente se iba sin que se lo pidieran cuando Gabriel entraba por la puerta. Incluso tenía su propio chofer, un chico servil de Lazteca llamado Chapa. Cuando Chapa estuvo en la cárcel en Nuevo Laredo, el hermano mayor de Gabriel, Luis, entró al departamento de policía, gritó la clave zeta de Gabriel y exigió que liberaran a Chapa.

Estas demostraciones de poder eran rutinarias y, a decir verdad, le ponían un mal ejemplo al tío Raúl. ¿Pero qué se podía hacer? Raúl era como un hermano y Gabriel lo quería. Cada vez que el tío Raúl tenía un éxito con cargamentos de drogas o con inmigrantes, le daba todo lo que ganaba a la familia. Así que cuando Raúl llegaba corriendo a la casa después de alguna pelea en un bar y exigía una pistola, Gabriel le pedía a todos que se la negaran. Le dieron un teléfono a cambio y le dijeron que hablara cuando se metiera en problemas.

A Gabriel le encantaba el poder, eso sin duda. Pero no le gustaba lo que hacía para ganarse la vida. Años antes, el joven de Lazteca había empezado limpio pero había regresado endurecido. Empezó con el corazón de un pacifista pero se fue calcificando con el código comunitario de la venganza. Las peleas después de la escuela, la escena en los centros nocturnos, la misma frontera, todas estas cosas eran portales a través de los cuales los pasillos blancos se adentraban en la oscuridad al fondo. ¿Y ahora? Sí, ahora era frío. Uno de los valuados fríos de la Compañía. Pero no era sádico. Nunca le dispararía a un gato, como hizo Bart cuando eran niños. Nunca se saldría de su carril en la calle para atropellar a un perro que dormía, como hizo Miguel en México. ¿Cómo se sintió con eso? ¡Él amaba a los perros! Pero cuando era hora de matar, Gabriel se quedaba incólume ante cualquier misión. Lo hacía con la ayuda de las roches, pero también concentrándose en la ejecución de un plan más que en la eliminación de un objetivo humano. En su mente no estaba realizando estos actos, sino que era agente de un negocio, ajustador de los destinos que ya estaban escritos. Como Gabriel le contó en junio a Robert García tras el asesinato de Bruno Orozco: «Uno sabe en qué se está metiendo». Se consideraba un soldado en una guerra, sabía que sus enemigos se veían a sí mismos de manera similar y aceptaba el destino que le correspondiera. Esta mentalidad hacía que las torturas y las golpizas fueran más sencillas de aceptar en su mente: si la situación estuviera invertida, y si hubieran secuestrado a Gabriel, su enemigo no se compadecería de él. Claro, uno de los principios del bajo mundo era, supuestamente, tratar de no tocar a la familia de un objetivo siempre que fuera posible. Pero Gabriel no sintió mucha culpa cuando Bart mató a Moisés García y le disparó a su esposa por accidente. Ella estaba casada con un narcotraficante y asesino conocido. ¿Qué esperaba?

Este código le consiguió éxitos a Gabriel y ahora, en la Compañía, no dudaba de cuál era su lugar. «Tengo claro cuál es mi círculo», le decía Miguel asintiendo, una manera de decir que sabía cuáles de sus socios eran de confianza y que Gabriel era parte de ese círculo. Sentía que tenía un destino que se fundía con el de Miguel y que los conduciría a un reino corporativo exaltado para el cual a Richard y a Wences les faltaba la voluntad de sacrificio para penetrar. «Te dejaré hacer este trabajo», le decían con frecuencia otros chicos lobo a Gabriel en las misiones, como si le estuvieran haciendo un favor, y luego murmuraban algo sobre sus hijos o su familia.

Entre los chicos lobo, sólo Richard se negaba a alabar abiertamente a Gabriel. Para Richard, Gabriel había elegido mal al estar tan cerca de Meme. Cualquier persona razonable podía ver que Meme no era del tipo de Miguel. Simplemente no tenía lo necesario para ser un líder. Como ejemplo, estaba la casa donde Miguel tenía a su esposa y a sus hijas: era un lugar cuidado pero discreto. Luego estaba El Castillo, el palacio de Meme en La Amalia. Con sus grandes columnas y sus torres de vigilancia, El Castillo era como un parque de mal gusto para capos menores. Meme era de la escuela de morir joven y verse apuesto en el ataúd. Al igual que otros comandantes que nunca llegarían a ser capos importantes, Meme era más un soldado en el campo que un general frente a su escritorio. Sin duda era un tirador leal bastante respetado pero no era, en palabras de Richard, «un tipo con conocimientos empresariales». En opinión de Richard, Meme era demasiado amistoso con los chicos más jóvenes como Gabriel porque no se había ganado el respeto de sus iguales.

Ahora, mientras la posada se extendía hacia las horas de la madrugada, Gabriel y Richard bebían whiskey con Miguel.

Richard, con la nariz llena de lavadita, mencionó despreocupadamente que había visto a la exnovia de Miguel, Elsa Sepúlveda, con un tipo de Laredo llamado Mike López, un narcotraficante exitoso que transportaba droga para los Zetas. Esta plática sin control molestaba a Gabriel. Todos sabían que Miguel era celoso. Apenas un mes antes, él había entrado a la boda de otra exnovia y había bailado con ella. Y todos recordaban a Yvette Martínez y a Brenda Cisneros, las estudiantes de Martin High que trabajaban como mandaderas para Miguel. Cuando Yvette y Brenda empezaron a hablar con un tipo que solía estar en la Compañía, un guardaespaldas que se había ido a Sinaloa, Miguel les dio a las chicas boletos para ir a un concierto de Paulina Rubio del cual nunca regresaron. En lo que respectaba a su exnovia, Elsa Sepúlveda, la hermosa hija de un policía de Nuevo Laredo, Miguel se sintió tan humillado cuando ella terminó con él que lanzó una granada a su casa. Solía buscar información sobre sus novias, actuales y anteriores, como si las vicisitudes del drama romántico fueran también asuntos del negocio.

Gabriel se preguntaba: «¿Richard estaba intentando ganarse a Miguel pasándole información que debería haberle dado primero a él?». Cuando Richard entró a los chicos lobo, Gabriel lo presentó a Miguel y le pidió que le dijera todo lo que sabía de logística. «Dile sobre los camiones. Las bodegas. La compañía que sirve de frente. Cuéntale todo». Siguieron varias conversaciones y su candor sorprendió a Gabriel. Richard le contó a Miguel que antes de que la policía descubriera su bodega en San Antonio, había estado moviendo drogas para un proveedor de Sinaloa. Gabriel esperaba que Richard le ocultara esta asociación previa con el enemigo. Le sorprendió aún más, sin embargo, que a Miguel pareció no importarle. Miguel le dijo a Richard que pidiera un préstamo cuando estuviera listo para poner en marcha una nueva línea de camiones. Miguel y Richard, al parecer, compartían un enfoque sofisticado del negocio, una visión madura.

De todas maneras, Gabriel se sentía seguro en su camino elegido. Era un joven que había salido de la pobreza y que había terminado en este estrato de alto nivel ya que poseía la ansiedad y la rabia requeridas para alimentar su obsesión con los detalles. Los trabajadores con esta conciencia son el líquido vital de las empresas, del mismo capitalismo. Como mando medio localizado en uno de los territorios internacionales cruciales para la Compañía —Laredo, Texas— Gabriel se había convertido en el hombre a quien dirigirse para los trabajos de Laredo, y quien asumiría la responsabilidad cuando las cosas salieran mal. Disfrutaba la responsabilidad aunque le generaba presiones que aún no comprendía.

Miguel llamó a una pantera para averiguar si era verdad: ¿Elsa Sepúlveda con Mike López?

Richard y Gabriel podían escuchar fragmentos de lo que decía la voz de la mujer por el teléfono. Miguel cerró el teléfono, sacó la .38 bañada en oro de su cinturón, se dio la vuelta y la ondeó en distintas direcciones, riendo, como si estuviera ensayando maneras de matar a Mike López o para mandarlo matar.

Miguel miró a Gabriel de reojo.

No importaba que Mike López fuera un estadounidense que vivía en Texas. Miguel tenía gente del otro lado también.

21
EXCITADO POR BART

«¿La Isla South Padre? ¿Ahora? ¡Estamos a mitad de semana!», preguntó Ronnie.

Ronnie García era una persona a la que por naturaleza le gustaba estar preparada. Necesitaba tiempo para prepararse para un viaje, para hacer listas de lo que tenía que llevar y considerar todas las opciones de transporte y alojamiento. Así que cuando Robert le avisó, de último minuto, que se irían a la isla South Padre para pasar un fin de semana largo y que Trey los podía acompañar, Ronnie manifestó su molestia desde el instante en que se subieron al auto. Se molestó todavía más cuatro horas después cuando se registraron en un motel de cuarta y se dio cuenta de que había olvidado su traje de baño y su bloqueador solar. Robert la llevó a la calle principal de South Padre para visitar varias tiendas de playa donde vendían bikinis. No se había percatado, al parecer, tras quince años de matrimonio, que una chica grande como Ronnie no usaba bikinis.

Cuando 2005 se convirtió en 2006, el caso del asesinato de Moisés García en el estacionamiento de Torta-Mex se había enfriado. Entonces Robert acudió a la escena de otro asesinato al estilo ejecución en Frost Street. Con la información que tenía, parecía como si Noé Flores, el medio hermano de un traficante de Laredo llamado Mike López, hubiera muerto a causa de una confusión de identidades. Robert se enteró de que López había estado saliendo con una exnovia de Miguel

Treviño. En la escena, una testigo identificó a su excompañero de escuela de Martin High, Gabriel Cardona, como el asesino.

Gabriel Cardona. Robert no había visto a ese chico desde el verano anterior, después de que lo arrestaron por el asesinato de Bruno Orozco.

Robert asumió que las probabilidades eran altas de que Gabriel se hubiera fugado al otro lado de la frontera. Así que le dio una foto de Gabriel a los agentes de aduanas con las instrucciones de llamarlo si el chico trataba de volver a entrar a Texas por el puente. También conservó archivadas todas las órdenes de arresto de Gabriel en el departamento de policía de Laredo y se rehusó a archivarlas en la Oficina del Secretario del Condado Webb, donde se guardaban los informes de las cortes del condado, porque Robert se había enterado a través de un informante que Gabriel tenía un contacto trabajando en esa oficina. Así, si Gabriel llamaba a la oficina del secretario para averiguar si había órdenes de arresto pendientes contra él y averiguar si podía regresar a Laredo desde México, su archivo saldría limpio.

Robert también solicitó que le pasaran información de las torres repetidoras de señal de celulares. Laredo tenía unas doscientas torres de celulares, divididas principalmente entre tres proveedores de servicios: AT&T, Sprint y Verizon. Encontró la torre más cercana a Frost Street de cada proveedor y solicitó toda la información de los teléfonos celulares que llegó a esas torres alrededor del momento del asesinato de Noé Flores. Un delincuente verdaderamente inteligente no llevaba su teléfono celular cuando iba a cometer un delito, pero la mayoría de los delincuentes no eran muy inteligentes. Como los proveedores de celulares borraban los datos de sus torres cada treinta días, sería mejor solicitar los datos y no usarlos que necesitarlos y no tenerlos.

Robert y su pareja, Chuckie, localizaron el coche abandonado que se usó para el asesinato, un Sentra Nissan color gris. Encontraron un recibo de minutos de celular, lo cual los condujo a un vendedor de carros usados y luego al celular de ese vendedor, lo cual los llevó al número de celular de un chico lobo. Con ese número, Robert solicitó los datos de esa cuenta de teléfono e información de la antena. Esta información le indicó a Robert cuáles torres utilizó ese teléfono en particular, durante las llamadas, en la noche del asesinato y a qué horas. La cuenta del teléfono lo condujo a un artista de tatuajes de Laredo.

La visita de Robert dejó alterado al propietario de Chester's Tattoos. En su teléfono celular, el artista del tatuaje tenía listado a Bart, un chico a quien le había empezado a tatuar un demonio grande en el hombro. El tatuador confesó, nerviosamente, que Bart se había ido a la mitad de la sesión y que planeaba regresar pronto para terminarlo.

—¿Por qué lo llamas Bart? —preguntó Robert.

—Así lo llaman sus amigos, porque es de baja estatura y se parece a Bart Simpson.

El tatuador comentó que él era un hombre con familia y que no quería meterse en problemas. No sabía quiénes eran estos chicos. Robert le dio al tatuador su tarjeta del departamento de policía de Laredo con la esperanza de que las noticias sobre su investigación le llegaran a Cardona y a quien estuviera trabajando con él. Y así fue. Cuando Bart llegó al día siguiente a que le terminaran su tatuaje, el tatuador le pasó la tarjeta de Robert. Un día después, Bart llamó a Robert desde México.

—Habla Bart. ¿Me estás buscando?

—Hola, Bart —dijo Robert—. Te he estado buscando. Necesito que...

—Mira, ya deja de investigar estos asesinatos o te voy a matar a ti y a tu familia. No sabes con quién te estás metiendo, ¿ok?

Entonces Bart colgó el teléfono.

Robert azotó el teléfono. ¿Cómo se atrevían estos mocosos? Y luego pensó: «¿Asesinatos? Sólo había estado investigando el asesinato de Noé Flores. ¿Qué más habían hecho?». Regresó a revisar el archivo del caso de Moisés García en el estacionamiento de Torta-Mex. Tanto René García, el hermano de Moisés, como Diana García, la esposa, habían descrito al asesino como un joven de baja estatura con el cabello a rape y un lunar sobre el labio.

Unos días después, la amenaza del cártel empezó a sentirse como algo más real. Un policía de Arizona se puso en contacto con Robert y le envió una grabación de la entrevista con un informante: «Me ofrecieron algo muy grande en Laredo. No sé si es el jefe de homicidios. O si es el de narcóticos. Pero se llama Robert García. Los Zetas quieren desaparecerlo. ¿Creo que descubrió a un tipo que se llama Cardona? ¿Gabriel Cardona?». El informante dijo que Miguel Treviño tenía fotografías, la dirección de su casa e información sobre el horario de Robert.

El jefe de policía de Laredo, Agustín Dovalina, escuchó la grabación y las amenazas.

«Llévate a tu esposa de vacaciones mientras investigamos esto con asuntos internos», le dijo a Robert.

Entonces, cuando Robert regresó de la isla South Padre, el departamento de policía le proporcionó un arma para usarla cuando no estuviera de servicio y colocó vigilancia las veinticuatro horas alrededor de su casa. Ya no podía seguirle ocultando las amenazas a Ronnie.

Ronnie también había servido a su país. Aceptaba la carrera de Robert y sus riesgos. Pero un poco de peligro era una cosa. Estar prisionera en su propia casa y ciudad era otra. Eric ya no vivía en la casa, se graduó en 2005 y entró a una escuela de mecánica de motocicletas en Phoenix. Pero Trey, que era un atleta de dieciséis años, ya no podría practicar el hockey porque la arena estaba del otro lado de la ciudad y su práctica era en la noche. Al principio, Ronnie logró conservar la calma. No tenía sentido aumentar el nivel ya de por sí elevado de estrés. Y vaya que había estrés.

Algunos días, los chicos lobo hacían que la tolerancia de Robert hacia las imperfecciones de sus propios hijos fuera mayor. Antes les gritaba a Trey y a Eric cuando no cuidaban el jardín o cuando jugaban demasiados juegos de video. Su nueva perspectiva: ¿A quién le importaba un carajo? Aunque las cosas también podían empeorar a veces en casa. Algunos días regresaba lleno de adrenalina y sin haber dormido y le gritaba a todos y a todo. Subía directo a la habitación de Trey y, si encontraba algo sucio o fuera de lugar, le tiraba todas sus cosas como un equipo de SWAT y luego se iba de regreso al trabajo. Ronnie lo toleró por un tiempo hasta que un buen día ya no pudo más y lo persiguió hasta la entrada de la cochera.

«¿Es una pinche broma, verdad?», le dijo.

Durante quince años Robert había servido a esta ciudad. ¿Y para qué? Era una guerra de mierda y mentiras. ¿Y por quién peleaba? Por padres ausentes, golpeadores de mujeres. Por los mismos inmigrantes que trataron de meterse a la casa de los García en Eagle Pass hasta que el padre de Robert tuvo que poner vidrios rotos en todas las paredes. Por los delincuentes nacidos en Estados Unidos que decían ser mexicanos cuando no sabían nada de México. Por los gánsteres de la Mafia Mexicana y su ignorante solidaridad con la cultura azteca de la que presumían. En las redadas de las casas de seguridad en Santo Niño, cuando las adolescentes embarazadas salían corriendo descalzas, Robert y sus amigos sacudían la cabeza y lo llamaban «estabilidad laboral». Sentía vergüenza porque era su gente. Sentía rencor porque él también era un espalda mojada.

Cuando era joven se sentía orgulloso de arrestar narcotraficantes y atrapar criminales pero, después de un tiempo, el ciclo de crimen y disfunción de la ciudad empezó a provocarle la sensación de que su lucha como policía era inútil. Y ya había algo más que los tiroteos desde el coche y los robos: había una batalla entre dos cárteles que se estaba esparciendo hacia Texas.

Esa propagación de la violencia era algo real. A partir de 2004, el FBI había investigado casi cien casos de ciudadanos estadounidenses desaparecidos en Nuevo Laredo, y esos eran solamente los que fueron reportados. Entre las desapariciones más famosas estaban las de Yvette Martínez y Brenda Cisneros. Supuestamente ambas habían salido con Miguel Treviño, o habían trabajado haciendo mandados para él, y luego por alguna razón lo hicieron enojar: le robaron drogas o salieron con algún enemigo. El padrastro de Yvette Martínez hizo un escándalo en la prensa. Abrió un sitio web llamado *Laredo Missing* para llevar un registro de todas las desapariciones de estadounidenses. La revista *People* hizo un reportaje sobre él: «¿Quién se está robando a los jóvenes de Laredo?». En las casas de Laredo, los policías y los agentes federales estaban encontrando líneas de ensamblaje para construir armas automáticas y dispositivos explosivos improvisados. En la policía, el ambiente era a la vez eufórico y serio: «¡Algo está pasando! ¡Bombas y esas chingaderas!». Los cárteles sobre los que Robert alguna vez habló en la academia de policía de Laredo ya estaban ahí. La realidad de esta propagación de la violencia le dio un impulso que no había sentido antes.

Y había algo más que lo motivaba, algo que siempre le había molestado como mexicano que amaba su país y que ya no podía regresar a él: los cárteles y su violencia estaban en las raíces de todo lo que Robert odiaba. Y no sólo porque arruinaban a México, sino porque echaban a perder la imagen entera del país. ¿Realmente él estaba relacionado con esta gente fratricida? Las decapitaciones, arrancar rostros. Era peor que cualquier organización terrorista del Medio Oriente. ¿De dónde venía esto?

«Esta mierda me encabrona. Me lo tomo personal, mano. De verdad», le solía decir Robert a Chuckie, su pareja en homicidios.

Chuckie también había nacido en México y luego emigró a Eagle Pass. La violencia del cártel también le afectaba de manera personal. Pero, a diferencia de Robert, Chuckie nunca recibió amenazas personales y rechazó la oferta del departamento de policía de tener patrullas vigilando su casa. Las patrullas, le parecía, llamaban más la atención que la seguridad que proporcionaban.

Ronnie sabía lo que le molestaba a su marido. La familia García, como la mayoría de las familias de Laredo, solía cruzar regularmente a Nuevo Laredo para hacer compras, cenar y tomar algo en los bares. Llevaban a los chicos a conocer el país de su padre. Ya fuera para una boda, cumpleaños o funeral, o cualquier otra razón para ver a la familia, los García regresaban a Piedras Negras varias veces al año. Ahora, debido a la violencia, no podían cruzar y eso era una pena. Pero aunque Ronnie lo comprendía, no lograba entender la magnitud de la obsesión de Robert con esas investigaciones. En su opinión, él no era el mismo desde aquel caso terrible del año anterior, el del asesinato de la niña que apareció en el lago Casa Blanca, y ese caso no había tenido nada que ver con los cárteles.

Su motivación ciertamente no era monetaria. La policía de Laredo era uno de los departamentos de policía mejor pagados en el estado de Texas, pero ser policía, incluso en Laredo, seguía siendo mal compensado en relación con el número de horas y con el riesgo laboral que conllevaba. La paga por horas extra era decente. Pero hubiera o no arrestos, Robert ganaba lo que ganaba, unos 60,000 dólares de salario base. En unos cuantos años, a menos que se convirtiera en jefe —lo cual nunca sucedería porque no era lo suficientemente político, no podía permanecer en una oficina y hacía enojar a demasiada gente— su salario como miembro de la policía llegaría al tope superior de 65,000 dólares. El departamento de policía no era como una agencia federal donde los chicos universitarios consiguen bonos por los arrestos importantes. En el departamento de policía, no hay bonos por casos resueltos. Robert ganó premios que le daban derecho a ciertas promociones laterales, algunas responsabilidades administrativas, más premios y, al final, la misma pensión que todos los demás.

«¿Para qué quiero más dinero? Me gusta podar mi propio césped», bromeaba Robert. Su obsesión no era explicable en términos de dinero. Ronnie podía vivir con eso, pero no con las amenazas. La distancia que el trabajo de Robert creó entre ellos volvió a desgarrar la relación, esta vez quizás para siempre.

En el estudio-guarida que había construido para estar con sus amigos, Robert se escondió para beber whiskey y revisar los informes de la policía mientras las patrullas vigilaban su casa. Sacudió la cabeza. Esos chicos sí le habían puesto una buena cogida mental.

Pero las amenazas sólo sirvieron para endurecer su posición.

Sintió una combinación embriagante de orgullo y miedo. Una cosa era que lo amenazaran los chicos lobo, otra estar en la mira del mismísimo jefe. Significaba que estaba haciendo bien su trabajo y, a su propio estilo algo enfermo —no se lo dijo a nadie en ese momento— eso le excitaba.

Tenía su pistola de cuando estaba fuera de servicio junto a la cama. Una noche, a altas horas de la madrugada, casi mató al mejor amigo de Trey de un balazo en la cabeza cuando el chico despertó a media noche y usó el baño equivocado.

22

LAS VARIEDADES DEL PODER

La guerra de los cárteles significaba distintas cosas para distintas personas. Para algunos traía problemas, para otros, oportunidades.

El embajador estadounidense, Tony Garza, no tenía interés en criticar al gobierno mexicano, pero tampoco podía evitar hablar del tema cuando la seguridad estaba en juego. El Departamento de Estado de Estados Unidos les advirtió a los estadounidenses que no visitaran el norte de México. «Como amigos y vecinos, debemos ser francos unos con otros sobre la situación que rápidamente empeora en la frontera al grado que la ley se ve rebasada en algunas partes», dijo Garza en una declaración de junio de 2005, después del asesinato del jefe de policía de Nuevo Laredo el mismo día que tomó posesión.

En cuanto a Laredo, el mandato de la alcaldesa era claro: negar. Insistía que la guerra no se estaba propagando hacia su encantador poblado de Texas. Al igual que un restaurante anuncia comida limpia, la atormentada junta de turismo de Laredo ponía letreros y espectaculares que decían: «Laredo es seguro».

Pero no todos los burócratas y oficiales de policía de Laredo compartían la misma agenda. El alguacil de Laredo seguía advirtiendo que era posible que los terroristas llegaran en cualquier momento. El alguacil no era estúpido. Después del 11 de septiembre, la palabra «narco» no llamaba mucho la atención en Washington pero la palabra «narcoterrorismo» era otra cosa. Las fuerzas de la ley locales usaban las amenazas a la seguridad nacional como justificación para solicitar presupuestos más altos. La violencia que pasaba la frontera y la percepción de caos en la zona también le daba a los opositores políticos una oportunidad para criticar a los que estaban en funciones por no lograr conservar la paz. Y en lo que concernía a la comunidad periodística, los reporteros siempre pueden sacar provecho de una buena historia y las épocas de paz no generan buenas historias.

Por su parte, el gobierno de los Estados Unidos estaba ansioso por minimizar la narrativa de que la violencia se esparcía hacia los Estados Unidos. A diferencia del estado de Texas que definía esta propagación como cualquier violencia relacionada con los cárteles independientemente de la víctima, la definición federal excluía la violencia de traficante contra traficante. Este enfoque convenientemente hacía caso omiso o maquillaba la realidad de que muchos de los traficantes involucrados en esta propagación de la violencia, como Gabriel Cardona, eran estadounidenses. Pero la definición federal significaba que la mayor parte de la violencia de los cárteles en los Estados Unidos podía categorizarse, al menos en el ámbito federal, como algo que no provenía de esta dispersión.

En el fondo, la violencia colateral que resultaba de la guerra del otro lado de la frontera y cómo se definía dependía del dinero. Razón por la cual el jefe de policía de Laredo, Agustín Dovalina, estaba dispuesto a expandir su definición: significaba más dinero para su departamento. Entre tenientes, sargentos, patrulleros, investigadores y personal administrativo, el jefe Dovalina tenía unos quinientos empleados distribuidos en: drogas, delitos contra la propiedad, robo de autos, delitos contra las personas (homicidio, asalto a mano armada, robo), ofensas sexuales (abuso de menores, pornografía infantil y delitos contra adultos), y delitos juveniles.

La fuerza policial de Dovalina representaba alrededor de 10 por ciento de toda la policía del condado Webb y la competencia entre las agencias para conseguir fondos federales era feroz. En los ámbitos municipal, de condado y estatal, Dovalina competía con el departamento del alguacil, los agentes, la Comisión de Bebidas Alcohólicas, el Departamento de Seguridad Pública, los vales de despensa y los servicios de protección a la infancia (CPS). A nivel federal tenía a la DEA, a la Patrulla Fronteriza, a Seguridad Nacional, al FBI, a la ATF, el ICE, el Departamento de Justicia y el IRS (servicios tributarios).

Cada año, en la primavera, el jefe Dovalina iba a Washington, D.C., para la gran conferencia nacional de policías. Al llegar, siempre visitaba a esos cabrones tacaños del Departamento de Justicia, los que estaban a cargo de distribuir las subvenciones de COPS, dinero federal marcado para departamentos de policía locales bajo el título de Servicios Policiales Orientados a la Comunidad (COPS por sus siglas en inglés). En realidad, las subvenciones de COPS nunca servían de mucho. Si Dovalina tenía suerte, un año de cada cuatro regresaba a casa con una suma ridícula. Con frecuencia sentía que el gobierno federal no lo apoyaba. E incluso ahora, con el incremento en la violencia, no sentía que el gobierno federal le estuviera dando lo que merecía.

Así que poco antes, cuando dos de los subalternos de Dovalina —un teniente a cargo de la división de propiedad robada y un sargento asignado a la división de narcóticos—, llegaron a su oficina y le dijeron que la Mafia Mexicana quería lavar dinero a través de sus casinos de maquinitas tragamonedas programando las maquinitas para que dieran más del límite legal de cinco dólares, Dovalina escuchó la propuesta. La Mafia Mexicana compensaría al departamento de policía de Laredo para que no se fijara en lo que estaban haciendo, ayudaría a cerrar la competencia y mantendría las cosas más tranquilas.

Dovalina lo consideró. Quería un nuevo juego de palos de golf y estuvo de acuerdo con el esquema de sobornos.

El comportamiento de Dovalina fue cínico, pero no sólo porque sentía que el gobierno no le estaba dando lo que le correspondía de fondos. La guerra entre los cárteles le daba a Dovalina algo de poder. Sus contrapartes en las fuerzas de la ley de Nuevo Laredo cruzaban la frontera en busca de equipamiento como ropa antibalas. «Por supuesto», decía Dovalina durante el almuerzo. ¿Y quién sabe? Algo de ese equipo tal vez le llegaría a los policías que luchaban contra el crimen en Nuevo Laredo. Aunque probablemente no. Pero contribuirían a la guerra, un conflicto sobre el cual Dovalina sentía pocas emociones, salvo que era algo malo. Un lado o el otro ganaría. Su propia batalla continuaría.

La batalla de Miguel Treviño continuaba.

En la iglesia, se sentó al lado de su madre, furioso. La señora Treviño sabía acerca de los negocios de sus hijos y lloraba: Fito, su dulce hijo de tan sólo 26 años, a quien lo único que le gustaba era cazar, estaba sentado afuera leyendo el periódico cuando unos asesinos sinaloenses le dispararon cuatro veces en el rostro, una en el pecho y una en cada mano y luego tiraron su cuerpo junto a un columpio en el parque. El funeral privado se realizó en la iglesia de Valle Hermoso con el ataúd cerrado.

Habían asesinado al hermano menor de Miguel y él estaba furioso de que el incidente hubiera salido en un reportaje de la televisión. Era el colmo de las faltas de respeto de parte de la prensa, cuyas actividades Miguel financiaba. Miguel había aplicado el modelo de administración de Catorce en Nuevo Laredo, y tenía en la nómina a los periodistas de nota roja locales de *El Mañana* y de *El Diario*. Pero estas relaciones periodísticas, se enteró Miguel, no dejaban de modificarse. Por ejemplo, la Compañía le ofreció un trato al editor de *El Mañana*: su periódico se convertiría en su portavoz y el editor dejaría de investigar el tráfico de drogas. El editor de *El Mañana* se preocupó ante este acuerdo. Acceder a convertirse en el portavoz de la Compañía era equivalente a firmar su sentencia de muerte. Si la Compañía no lo mataba, el otro lado lo haría. Pero el editor no era estúpido, y accedió a la segunda condición. Desde entonces, un portavoz de la Compañía le comunicaba, a través de un reportero de nota roja, qué historias sobre los delitos podían publicarse en el periódico. Estos acuerdos funcionaban la mayor parte del tiempo, pero los reporteros no eran de fiar. Tomaban el dinero de la Compañía. Luego tomaban el dinero del otro lado. Y pronto se convertían en «orejas» que llevaban información entre un grupo de criminales y el otro.

En 2005, Miguel había tenido que poner un ejemplo con Guadalupe, Lupita, Escamilla, la conductora de un programa de radio que se suponía debía asegurarse de que las noticias no salieran a nivel nacional, lo cual significaba que no debía reportarse en lo local. Se rumoraba que Lupita había exigido que le dieran un aumento por su trabajo con los Zetas y trató de influenciar a la Compañía yendo en contra de sus deseos y publicando material que no debía. Se le advirtió. Lo hizo otra vez. En enero, la Compañía le disparó unas veces al lado de su casa. Eso no la silenció, así que la Compañía le prendió fuego a su coche. En marzo le dieron la última advertencia y en abril terminaron con ella.

Y ahora Miguel tenía que lidiar con este pendejo de Televisa, Joaquín López Dóriga, el famoso periodista, que estaba en Nuevo Laredo. Esa mañana, López Dóriga informó que un hombre estaba leyendo el periódico afuera de un café y lo habían matado. No dijo Fito en la televisión, pero para Miguel, lo importante era el principio, la falta de respeto. Miguel había decidido esa mañana que López Dóriga tenía que desaparecer. No le ayudó a su humor recibir una llamada de su exnovia, Elsa Sepúlveda, en la cual se burló de él por haber perdido a su hermano y por matar al tipo equivocado en Laredo.

Ahora, en el funeral de Fito, sentado al lado de su madre, Miguel tuvo dudas. Tal vez era su propio amor por su familia, su deseo de protegerlos contra otra pérdida. También recordó la junta reciente en Monterrey, donde él y Catorce y Lazcano se reunieron con el director de la SIEDO, la unidad federal de

México contra el crimen organizado. «Sólo mantengan la violencia a un mínimo y por el amor de Dios, ¡que no salga en las noticias!», les dijo el hombre.

Si López Dóriga, un periodista reconocido de la televisión, moría, no pasaría desapercibido. Saldría en todas las noticias. Miguel recibiría una llamada de atención de Catorce y de Lazcano, quizás una mortal. Los jefes de por sí ya lo estaban acusando de ser demasiado reactivo.

Miguel abrazó a su madre y luego miró a Meme Flores y sacudió la cabeza diciendo que no.

Meme llamó a Bart Reta y le pidió que no realizara el trabajo. Miguel aceptó los pésames y regresó a trabajar.

Del lado mexicano, donde Gabriel había estado la mayor parte de 2006, los chicos lobo trabajaban y asistieron a otra fiesta de la Compañía. Antes Gabriel había odiado trabajar en Texas pero ahora estaba ansioso por regresar. En los Estados Unidos era un empleado valioso de la Compañía. En México, era sólo uno de docenas de chicos lobo dispuestos a trabajar.

En la fiesta de la Compañía, en una rifa, Bart se ganó un Mercedes C55 AMG, valuado en 70,000 dólares. Se lo regaló a Gabriel porque él ya tenía un BMW M3 blindado que había personalizado el ingeniero de la Compañía.

Bart estaba haciendo trabajos importantes por comisión y estaba ganando mucho dinero. Estaba comprando ropa de diseñador y relojes y juegos de video a montones. Tenía más ropa Valentino y Versace de la que podía usar. Gran parte de su botín se quedaba nuevo y sin abrir. Se sentía en deuda con Gabriel por la generosidad de su amigo que lo metió en ese mundo. En una vida donde el hogar es un concepto abstracto, un coche es una de las manifestaciones de identidad más importantes. El Mercedes fue un regalo de corazón, uno que a Gabriel le resultó extremadamente difícil de aceptar.

Su relación corporativa se perdía en el pasado, hasta aquellos días en que jugaban futbol en Lazteca, cuando Bart era ese tipo pequeño y rudo que disfrutaba que lo taclearan y Gabriel esperaba ser quien lo lograra. Sus trayectorias breves y brillantes, con grandes variaciones en experiencia, estaban ya alcanzando un nivel importante de tensión interna. Qué delicado era su sistema de reciprocidad. Qué fácil era que los chicos lobo se molestaran cuando los términos no declarados de su buena voluntad se alteraban bajo sus pies.

Gabriel todavía sentía que él tenía la ventaja en su círculo de chicos lobo. Tenía más experiencia. Era el líder. Pero también se preguntaba: «¿Por qué Bart iba a más misiones con Miguel? ¿Por qué estaba ganando más dinero Bart?».

El dinero, en su mundo, era el tipo de poder más fuerte. Ese poder se expresaba a través de la benevolencia. En un nivel personal y comunal, los poderosos daban lo que a ellos se les había dado en el pasado. Eso hacía que todos los miembros se sintieran cuidados, una familia feliz: estos fines justificaban los medios. Gabriel ganaba un salario semanal de 500 dólares y 10,000 extras por misión, a veces más. La mayor parte de esto se lo daba a sus hermanos, a Christina, a su madre, tías y amigos. Él siempre pagaba la cuenta en los antros. Tener dinero para desperdiciar era la máxima expresión del éxito y él tenía a muchos aprovechados a su alrededor que esperaban que cubriera sus necesidades.

Su madre, La Gaby, ganaba dinero adicional comprando coches usados que su segundo esposo arreglaba en su taller. Un par de años antes, cuando estaba perdido en las roches y furioso porque La Gaby lo corrió de la casa cuando encontró su preciado rifle Mini-14 en el clóset, Gabriel le dio de batazos a un Malibu que ella esperaba renovar y vender. Pero ahora, gracias a él, podía comprar varios Malibus usados y arreglarlos. En la secundaria, Gabriel se sentía inferior a las chicas que le gustaban porque no podía comprarles cosas. Ahora le encantaba ver a Christina usando ropa nueva gracias a él y ver a sus hermanos menores disfrutar de lujos como juegos de video y comida en la escuela. Le encantaba ver que su madre y sus tías estaban fuera del hoyo, y que estaban liquidando sus deudas gracias a él. La Gaby gritaba como era su costumbre: «¿De dónde salió esto? ¡Ya deja ese estilo de vida!». Pero nunca rechazaba el dinero. Eso sólo sucedía en las películas.

En cierto momento en la vida del joven Gabriel, La Gaby tuvo esperanzas para su segundo hijo, así como las tuvo para todos sus hijos. Pero cada sueño, uno tras otro, se fue haciendo cada vez más lejano y una distancia dolorosa y familiar la empezaba a separar de sus hijos. Conocía las señales. Todos las conocían. La Gaby y sus amigas de Lincoln Street podían predecir la delincuencia de la misma manera que las madres de Park Avenue pueden intuir la admisión a una escuela prestigiosa. El corte de pelo degradado era mala señal, rapado era peor. Empezaba con tatuajes, pantalones holgados, fiestas hasta la madrugada. Una vez La Gaby vio que una mujer en su cuadra puso una mesa de billar en la entrada de su cochera para que los chicos tuvieran un lugar donde reunirse en la noche. Pensó que era buena idea y compró una computadora vieja con la esperanza de que eso mantuviera a sus hijos en casa. Había escuchado que una computadora era lo que los chicos necesitaban en la actualidad para tener éxito. Y de todas maneras llegó el momento en que no sabía dónde estaba su coche, dónde estaba su hijo. Y de todas maneras llegó el momento en que encontró balas y partes sueltas de pistolas en el clóset.

La caída de Gabriel del sitio en el que estaba al sitio donde terminó fue rápida y la transformación casi instantánea: la Alternativa, el correccional, TYC. La Gaby se encogió de hombros y respiró profundamente. Era lo único que podía hacer. ¿Qué más? El nuevo hombre de La Gaby estaba a punto de pasar otros doce meses tras las rejas por otro caso de narcotráfico. Se acumulaban los citatorios del sistema tributario. Luego llegó un aviso final: el hijo menor le vendió a un inmigrante su permiso para trabajar.

Ella gritó mucho. De verdad lo hizo. Pero ahora Gabriel le podía dar en una semana lo que ella ganaba en seis meses.

El dinero era mucho más de lo que cualquier hermano, novio o esposo jamás generó con las drogas, los migrantes o con el lavado de dinero.

Gabriel pasaba por la casa vestido todo de negro y sólo se quedaba el tiempo suficiente para tomar un vaso de agua, como si alguien lo estuviera persiguiendo:

—Soy soldado, mamá.

Regresó un mes después, con el cuerpo más ancho gracias a las pesas.

—Soy un comandante, mamá.

—¿Comandante de qué? —le dijo—. ¡Alguien va a venir a la casa a matarme por tu culpa!

—Toma diez mil. Renta otra casa.

—Dios te oiga —le dijo. Luego guardó el dinero y retrocedió.

Con el paso del invierno de 2006 y consumido por la ambición, los celos y la suspicacia empezaron a apoderarse de Gabriel, a pesar de o tal vez debido a su poder y estatus en la Compañía. Ahora era común que se quedara en hoteles y Christina a veces iba a México y se quedaba con él. Un compañero de United High le hablaba constantemente a Christina al teléfono que Gabriel le había dado. Cada vez que sonaba el teléfono él la abrazaba por la espalda, la obligaba a contestarlo y luego tomaba el teléfono para escuchar lo que decía el tipo y se lo volvía a poner en el oído diciéndole qué debía responder:

—Hola, Christina.

—Hola.

—¿Qué pasa?

—Nada.

—¿Tienes planes hoy?

—Pienso que no.

—¿Quieres que nos veamos?

—¿Por qué?

—¿Para comer algo?

—¿Comiendo o cogiendo? —le decía Gabriel que preguntara. Porque las palabras sonaban igual. Y luego Gabriel le arrancaba el teléfono de las manos para escuchar la respuesta.

Sin embargo, a pesar de sentirse celoso por Christina, también se portaba distante. Estaba siguiendo el ejemplo de los hombres mayores en la Compañía y mantenía a Christina en el perímetro. La visitaba cuando podía pero la excluía de la mayor parte de su vida. Estaba ocupado. Pero también era un maleante, y no le convenía a ella andar en público con alguien como él.

Desde el punto de vista de ella, parecía como si el amor estuviera desapareciendo, como si la relación estuviera pasando de ser algo serio a ser algo temporal.

—¿Por qué no me has presentado a tu mamá? —le preguntó ella.

—Su casa es vieja.

—No me importa. Llévame.

—Pero se está cayendo la pintura.

—Llévame.

Gabriel nunca llevó a Christina al número 207 de la calle Lincoln. Christina sólo conoció a sus hermanos. Pero Gabriel mencionaba con frecuencia a «mi padrino Cero Dos» refiriéndose al código de llamada de Meme Flores. Para ella, era como si él quisiera impresionarla con sus contactos y portarse reservado al mismo tiempo.

Christina ya casi tenía diecisiete años y procuraba no enterarse de lo que hacía Gabriel, al igual que había hecho su madre con las actividades ilícitas de su padre. Gabriel había pasado el verano en la cárcel. Pero a ella no le quedaba claro específicamente por qué. Había sido el conductor en el asesinato de Bruno Orozco. Wences fue quien lo mató. Corría un rumor sobre algo que había sucedido unos días antes de lo de Orozco. Supuestamente, Gabriel había tocado el timbre de un gánster aliado con los sinaloenses, llamado Pompoño y luego había matado al hijo de trece años de éste por accidente. Pero la gente decía muchas tonterías en Laredo.

Christina creció entre gente devota que iba a la iglesia y era receptiva a la fe. «Cree en una vida mejor y ama incondicionalmente». Pero ese receptáculo ahora estaba en una pendiente muy inclinada. Estaba desesperada por recibir el afecto y atención que nunca obtuvo de su propio padre. El mundo prácticamente desaparecía cuando estaba con un tipo. Gabriel era gentil en la cama, no era brusco. Pero a veces no conseguía lograr una erección. Se quedaba totalmente «abajo» y le decía: «Lo siento, amor, un amigo debe haberle puesto algo a mi bebida». Y cuando lo dijo una tercera y una cuarta vez, Christina pensó: «Este tipo se mete pastillas». Así que sólo se quedaban abrazados hasta que él tenía que irse otra vez.

Pero durante esos breves interludios, él se sumergía en un sopor con los ojos entrecerrados y le confesaba sus pensamientos privados: «Soy un joto para matar», le decía. Las pastillas no eran sólo recreativas, eran necesarias y esta dependencia lo preocupaba. Amaba el dinero y el poder. ¿Pero era un verdadero chico lobo, un verdadero hombre de la Compañía?

Sí, él seguía creyendo que lo era y pronto lo demostraría.

23
¡Soy un buen soldado!

René García cruzó la frontera a pie con uno de sus hermanos de la Mafia Mexicana, su carnal. Del otro lado, una Suburban negra con un rifle de asalto enfundado en un tubo de PVC atornillado al tablero central los recogió y los llevó a un rancho de caballos en las afueras de Nuevo Laredo, donde treinta y tantos soldados zetas andaban rondando en otras ocho Suburbans negras. En medio de todos, Miguel Treviño estaba relajado en el asiento del copiloto de una camioneta Porsche blanca, con la puerta abierta y el pie afuera mientras iba pasando las hojas de una carpeta de fotografías.

Unos minutos después, Miguel salió del Porsche y anunció que era hora de comer. Varios hombres se fueron y regresaron con una de las camionetas llena de refrescos y parrilladas. Todos comieron sobre los coches como si estuvieran afuera de un estadio. Después, Miguel le dijo a René y al carnal que se metieran al asiento trasero del Porsche. Les dijo que no se preocuparan, había pagado 200 mil dólares para blindar el vehículo.

No habían avanzado mucho cuando se detuvieron al lado de la carretera para hablar con un grupo de soldados zetas que regresaban de una redada. Uno de los soldados había recibido un balazo no letal y estaba sangrando a través de los vendajes. Miguel dijo que lo llevaran al hospital de la Compañía.

Cuando llegaron al segundo rancho, Miguel concentró su atención en René y su carnal.

René no sabía cuál era el propósito de este viaje. Había ido por instrucciones del líder de la Mafia Mexicana en Laredo, la Mano Negra. Ahora estaba frente a frente con el hombre que había ordenado la muerte de su hermano, Moisés, en el estacionamiento de Torta-Mex. El carnal de René dijo que lo había enviado la Mano Negra para cobrar 10,000 dólares y 200 kilos de coca.

Miguel le preguntó al carnal:

—¿Entonces ahora tú te encargas de los cuadros? —refiriéndose a los ladrillos, o kilos, de coca.

—Sí —respondió el carnal.

Miguel mandó traer los 10,000 dólares pero le dijo al carnal que sólo le podía dar cuarenta kilos de coca, no 200.

René empezó a entender qué era lo que estaba detrás del complot para matar a su hermano. Con la intención de avanzar en el negocio, la Mano Negra probablemente había entregado al hermano de René, que le había estado robando a Miguel. Los 10,000 dólares eran o una compensación por engañar a Moisés o fondos para otras operaciones de asesinato en Laredo. Además del dinero, Miguel le iba a adelantar un cargamento de prueba de cocaína a la Mano Negra, pero quería limitar su exposición inicial a 400 mil dólares de coca, 40 kilos, y no dos millones, 200 kilos.

Miguel volteó a ver a René y le preguntó:

—¿Tú estás a cargo de los quiebres? —refiriéndose a los asesinatos.

René no sabía de qué hablaba Miguel. Así que dijo que sí, porque le daba la sensación de que Miguel pensaba: «Te mataré en este momento, sólo dame un motivo». Pensó que era fácil sentirse tan seguro de sí mismo si estás rodeado de guardaespaldas y una ciudad de soldados bajo tus órdenes. Pero René decidió que haría lo que le pidieran hasta que llegara la oportunidad de matar a Miguel y luego matar a Bart Reta, los responsables de la muerte de su hermano.

Miguel regresó a su carpeta y pasó las hojas de fotografías.

—Cuarenta de éstos —murmuró refiriéndose a la gente de Laredo que quería muerta. Empezó a dar algunos nombres—: Mike López, Chuy Resendez, Mackey Flores. ¿Los conoces? —le preguntó Miguel a René.

—No —respondió René.

—¿Conoces a Moisés García? —preguntó Miguel.

—No —dijo René, mientras pensaba si Miguel no se estaría burlando de él.

—¿En serio? ¿Él no era miembro de la Mafia Mexicana?

Polvo, polvo, polvo: entraba por las ventanas como una invasión suave que llenaba el vehículo en su trayecto de Guerrero a Reynosa como parte de un convoy de tres camiones a principios de febrero. Miguel iba al frente, Gabriel y Bart atrás. Ambos chicos lobo iban todos «píldoros», llenos de roches.

La Compañía permitía el alcohol y la cocaína. La marihuana estaba bien pero nunca para trabajar y jamás frente a Miguel. Las píldoras, la heroína y la metanfetamina estaban prohibidas. No todos los chicos lobo requerían de roches para matar. Uno de cada cinco sicarios, en promedio, usaba las píldoras. Bart no necesitaba roches para acallar a su conciencia. No tenía mucha para empezar. Pero Gabriel dependía de ellas y ahora ya tomaba en promedio más de diez al día, una cantidad sorprendente para una píldora que se decía era diez veces más fuerte que el Valium. La droga, combinada con una o dos latas de Red Bull en la mañana lo dejaba concentrado y energizado y luego un poco alterado cuando empezaba a bajar el efecto. Con su tolerancia estelar, Gabriel podía ocultar su hábito de roches cuando estaba con los comandantes. ¿Bart? No tanto.

Sobrio, Bart era «huevado», valiente, se ofrecía como voluntario para todo.

Las píldoras hacían que surgiera una versión incluso más concentrada de ese complejo del hombre chaparro. Bart se ponía el doble de animado para que lo aceptaran los chicos grandes, listo para ponerse en la punta del cañón. «¡Soy un buen soldado! ¡Eso nunca debe ponerse en duda! ¡Doy todo por la Compañía, siempre!».

En el camino a Reynosa, Bart gritó:

—¡Denme piñas! ¡Un AR! ¡Yo me encargo de la misión!

Miguel se rio y lo vio por el espejo retrovisor.

—Cálmate. ¿Cuál misión?

—¡Cualquier misión! —dijo Bart.

Miguel volteó.

—¿Andas píldoro o qué pedo?

—Nah —dijo Bart como si eso fuera imposible—. ¿Yo?

Gabriel, que podía actuar normal a pesar de las roches, le dijo a Bart.

—No andes de mentiroso, güey.

Miguel volteó a ver a Gabriel y preguntó:

—¿Tú también?

—Yo no chingo con ese mugrero —le dijo Gabriel.

Bart se veía cagado de miedo. ¿Por qué lo estaba exhibiendo Gabriel enfrente de Miguel?

Miguel le dijo al conductor del camión que se diera la vuelta. Dejó a los chicos de regreso en Guerrero y se fue.

En medio de una nube de polvo, Bart estaba al borde del llanto.

—Quiero hablar contigo —le dijo a Gabriel—. ¿Por qué me estás haciendo esto?

—¿Haciendo qué?

—¡Diciendo esas chingaderas!

Gabriel sacó su pistola y le apuntó a Bart.

—Tú empezaste portándote estúpido. Hablando pendejadas con MT —Bart se quedó firme, sin emoción, sin miedo, esperando a ver qué haría Gabriel—. Tú tienes que responder a tus comentarios pendejos —le dijo Gabriel—. Tú eres el que tiene que echarse la culpa.

Cuando los chicos eran más jóvenes y los arrestaban por delitos menores, se aseguraban el uno al otro que, como nunca se habían delatado entonces, nunca lo harían. Pero ahora ya no podían saberlo. Los arrestos menores crearon un vínculo. Los arrestos mayores se alcanzaban a vislumbrar en el futuro y su vínculo se pondría a prueba. Cuando eran chicos, habían escuchado hablar con frecuencia sobre los capos de la droga que habían «caído en un cuatro», que les habían tendido una trampa y habían caído. Al final, Gabriel sabía que todos traicionaban a todos. Todos. Pero también sabía que no podía estar paranoico todo el tiempo. Si así fuera, entonces convenía más dedicarse a preparar hamburguesas en un sitio de comida rápida.

—Pero no deberías tratarme así —dijo Bart—. Porque somos hermanos —dijo y le hizo los ojos de perrito sin dueño a Gabriel—. ¡Yo te quiero, güey! ¡Haría todo por ti!

Bart y Gabriel se reconciliaron, pero ese episodio los puso a ambos de pésimo humor. Ese día, de regreso en Nuevo Laredo, Bart le disparó a alguien al azar porque no le gustó la manera en que lo estaba viendo. Como consecuencia por disparar sin autorización, la Policía Militar Mexicana hizo una redada en la casa de Nuevo Laredo donde se habían estado quedando los chicos y confiscó el Mercedes nuevo de Gabriel.

Gabriel fue directamente a la base de la Policía Militar, se identificó como gente de Cuarenta y exigió hablar con el jefe de policía. El jefe salió y negó saber sobre el coche y trató a Gabriel como un idiota. Gabriel le llamó a Miguel y puso su teléfono en altavoz.

—Habla Miguel Treviño. Yo le di ese coche.

El jefe se rio. No creía que fuera Miguel.

—¡Soy Miguel! Ese coche te lo llevaste tú.

El jefe se puso pálido.

—¡Mira, hijo de la chingada! Devuelve ese coche o te vas a enterar de quién soy yo personalmente.

El Mercedes salió. Los dos policías que estaban de guardia en la entrada de la base abrieron la reja y le asintieron a Gabriel cuando salió con el auto.

Mientras iba manejando por Nuevo Laredo, escuchó el sonido de una campana en la esquina: el tipo de los *hot dogs*. Se acordó de cuando él y Luis eran niños y estaban vestidos con sus mejores ropas, como todo estadounidense, y compraban un montón de *hot dogs* a un dólar cada uno para ellos y para sus primos mexicanos. Le decían al vendedor que les pusiera frijoles, cebolla picada y jitomate hasta que los platos se desparramaban de comida. Luego corrían al puesto famoso de elotes, Granolandia, y compraban mazorcas de maíz cubiertas de mayonesa, queso y chile. Las tías de Gabriel ganaban como ochenta dólares a la semana y parte de su salario se los pagaban en vales de despensa. Para los estándares estadounidenses él era pobre, pero en México, por ser gringo, nunca se sintió pobre.

Pensó en Laredo. Quería regresar donde lo necesitaban para terminar lo que había empezado y demostrar que era digno de ganarse roles de más importancia en la Compañía.

Se había dado a conocer la lista de las personas de Laredo que Miguel y la Compañía querían muertas. Se conocía como «la lista de cuarenta de Cuarenta». La barrida final de enemigos que, al completarse, aseguraría el cruce fronterizo de Laredo y el preciado corredor de tráfico de la I-35. Miguel se refería a su lista como si fuera un gran proyecto que pronto planeaba echar a andar. Le mencionaba la lista a Gabriel con frecuencia, ya que era su sicario más activo del lado estadounidense de la frontera.

—Nos vamos a esperar otro poco, hasta que las cosas se enfríen un poco por allá, y luego nos ponemos a trabajar —le dijo Miguel en referencia a la investigación de Robert García tras el asesinato de Noé Flores en Frost Street a principios de enero.

Cuando Gabriel se unió a la Compañía, Meme y Miguel le dijeron que disfrutaría de todos los privilegios como guerrero, y así había sido.

Le dijeron que si lo atrapaban o si terminaba en la cárcel, lo sacarían, y así fue. Que si trabajaba duro y se encargaba del negocio, ascendería en la Compañía, y eso estaba sucediendo también. Para Gabriel, cualquier chico lobo que se volviera indispensable en este barrido final tendría garantizada su propia plaza mexicana y el título de comandante hecho y derecho.

Ya había esperado suficiente en México.

Entonces, tomó el camino hacia el norte por Nuevo Laredo, listo para regresar a su país natal, y mientras el cielo oscurecía, él parecía un fantástico insecto pegado en el centro de una gran red vibratoria, o un toro de rodeo jalando los lazos que tiraban de él en todas direcciones preparándolo para la montura. Lo que no le dijeron, lo que él no tenía manera de saber, era que el sistema legal estadounidense, a pesar de todas sus fallas, era un sistema paciente. Esperaría.

PARTE IV
LA PROFECÍA

La «rivalidad» es una relación densamente texturizada
que basa la oposición en la similitud y la solidaridad en la intimidad
de una ambición compartida y la envidia mutua.

Aztecs, Inga Clendinnen

24
LA ÚLTIMA CENA

—¿Necesitas el teléfono?

—Sí.

—¿A quién le vas a hablar?

—A mi hermano.

Robert García le pasó su teléfono a Gabriel por encima de la mesa.

—Dile que le hablarás después.

—Hola —dijo Gabriel cuando Luis le contestó—. Oye, necesito que le hables a mi hermano Mike y le digas que me arrestaron. ¿Te sabes su código de radio? —preguntó. Robert sabía que Gabriel tenía tres hermanos. Ninguno se llamaba Mike—. Me están acusando de dos asesinatos pero yo no sé nada. Dicen que hay un testigo. Creo que todo es mentira. Dile a mi hermano Mike que la fianza es de dos millones... sí... dile que mande 200 mil dólares. Los pagará. Tú sólo sigue cobrando lo mío, todos los lunes.

El 5 de febrero de 2006, Gabriel condujo de regreso a Laredo pero lo hizo sin tomar sus precauciones. Unos días antes, le pidió a un amigo que le hablara a su primo, el que trabajaba en la oficina del secretario del condado Webb, y que preguntara si había órdenes de arresto pendientes para cada miembro de su grupo. Le respondieron que Gabriel no tenía ninguna así que pensó que no habría inconveniente en cruzar. La maniobra de Robert funcionó a la perfección y arrestaron a Gabriel en la frontera.

Habían transcurrido ocho meses desde la última vez que se vieron. Gabriel había subido unos cinco kilos de músculo y su espalda tensaba las costuras de su camisa sin fajar. Además caminaba con nueva seguridad. Su cabello, que ahora lo llevaba más corto, dejaba visibles las cicatrices de fragmentos de metralla. Ya no se comportaba como un joven que estuviera enfrentándose a un periodo largo de encarcelamiento por múltiples cargos de asesinato, sino como alguien que estaba inmiscuido en un juego elaborado. El chico, enfrentado a millones de dólares de fianza, seguía preocupado por cobrar sus quinientos dólares semanales de salario de la Compañía. La mención abierta de su hermano Mike. La confianza de que el dinero llegaría. Robert decidió jugar con su ego.

—En el verano me contaste de los asesinatos que cometiste del otro lado —dijo Robert—. ¿O fue pura mentira?

—No, fueron reales. Me gusta cometerlos del otro lado porque allá no hay problemas.

—¿Dices que te ayudó la policía?

—Ellos te los preparan. Esos tipos tienen todo bajo control.

—¿Se hicieron denuncias sobre esas muertes? ¿O desaparecieron los cuerpos?

—De todos los asesinatos que yo he hecho han desaparecido los cuerpos.

—¿Qué usas allá?

—AR —dijo Gabriel refiriéndose a los rifles de asalto AR-15—. Son más rápidos.

—¿Por qué no usas AR aquí?

—Porque aquí es más difícil con la policía —dijo Gabriel refiriéndose a las penas más graves por usar armamento pesado al cometer un delito.

Robert arqueó una ceja, se recargó en la silla, cruzó los brazos y se quedó mirando a Gabriel, impasible. Era la postura de un terapeuta que no juzgaba sino que simplemente reconocía la gravedad de la confesión de su paciente. Sin cambiar de tono, Robert cambió de tema.

—Entonces, en el asesinato de Torta-Mex, dices que no participaste. Y en éste, en Frost Street, dime qué pasó.

Gabriel negó haber estado involucrado en los asesinatos de Moisés García en Torta-Mex y de Noé Flores en Frost Street. Robert dijo que tenía un testigo ocular en el asesinato de Flores, suficiente para conseguir dos acusaciones más contra Gabriel, una por asesinato y otra por «participar en actividad del crimen organizado». Gabriel sabía que los testigos oculares eran puntos débiles pero también estaba consciente de que eran suficiente para mantenerlo encerrado. Necesitaba una historia. Así que continuó hablando de manera general sobre las operaciones de los Zetas en el lado estadounidense. Algunos de los ataques se habían hecho bajo instrucciones de Miguel Treviño, dijo, pero no sabía cuáles. Había otros grupos en Laredo que trabajaban con otras personas.

Ahí estaba, pensó Robert: «Trocitos de verdad flotando en un gran retrete lleno de mentiras de mierda». Bien, sólo había que mantenerlo hablando.

Pero entonces sucedió algo que Robert no esperaba. Cuando Gabriel empezó a hablar sobre el asesinato de Noé Flores, que supuestamente conocía porque le habían contado otros, parecía como si no pudiera contenerse. Su conocimiento del caso era tan auténtico, los detalles tan reales, que las mentiras que mezclaba en medio tendían a contrastar con la verdad y viceversa.

Gabriel explicó que un hombre llamado El Señor había ordenado el asesinato. Al principio, Bart y su equipo no sabían cómo llevarlo a cabo. Pero luego, unas chicas que trabajaban con El Señor se encontraron al objetivo, Mike López, cuando estaban de fiesta en un club de Laredo que se llamaba Cocktails. Las chicas llamaron a El Señor y luego siguieron a Mike López a su casa. Bart se fue con el equipo en un Nissan gris. El trabajo de las chicas era hacer que López saliera de su casa. Pero en la confusión en Frost Street, el pistolero se equivocó y mató a Noé Flores.

—¿Quién disparó? —preguntó Robert.

Gabriel dijo que había sido un tipo llamado Joseph Allen con una pistola de mano calibre .40. Dijo que había sido el mismo tipo que mató a Moisés García con una 9 mm en Torta-Mex en diciembre.

Joseph Allen era una persona real. Lo buscaban por otro asesinato y casualmente se parecía a Gabriel, cosa que Gabriel enfatizó. Explicaba lo del testigo ocular. Robert estudió sus notas y asintió. «Ah, Joseph Allen. Ahora todo tiene sentido».

—¿Quién fue el testigo? —preguntó Gabriel.

Robert llevó la conversación de regreso a Frost Street.

—El equipo para el asesinato —continuó Gabriel—, dejó el Nissan en una tienda a la vuelta de la esquina. Después salió en las noticias que no habían matado a Mike López. Al principio parecía que iba a ser un problema, pero luego El Señor dijo que no había problema. Mike López iba a morir de todas maneras.

—Había una cajetilla de cigarrillos en el vehículo abandonado —dijo Robert—. ¿Quién fumaba?

—Todos fuman. Pero supuestamente le pertenecían a Bart.

—También había una gorra. ¿Qué tipo de gorra era?

—Una gorra de camuflaje.

—¿De quién?

—De Bart.

—¿Qué me dices de Pablo, Polo y David? —preguntó Robert refiriéndose a otros chicos lobo de Laredo, los chukkies que Gabriel llamaba «equipo B». Habían arrestado a los chukkies por un intento de asesinato en un Walmart días antes y ellos habían implicado a Gabriel en el asesinato de Noé Flores—. ¿Ellos también estaban encargados de asesinar?

—Sí —respondió Gabriel.

—¿Pero nunca hicieron nada? ¿Qué? ¿Eran muy inútiles?

—Estaban asustados.

—¿Y qué me dices de Chapa?

El chofer de Gabriel, Chapa, había estado en la estación de policía unas semanas antes en un interrogatorio porque lo descubrieron entrando de regreso a los Estados Unidos en la Expedition blanca que se usó en el asesinato de Moisés García.

—A él no le decimos nada —dijo Gabriel y luego pidió volver a usar el teléfono. Con Robert sentado ahí, llamó a su hermano Mike.

—No, hermano, te quería avisar, estoy detenido... No, del otro lado. Me están acusando de un asesinato en el que no tuve nada que ver... Sí, estaba con mi novia cuando me arrestaron... No, los demás siguen del otro lado. Sí, sí hicieron caso. Pero ya sabes cómo es ella... Sólo estoy pidiendo un poco de ayuda si puedes. Si no, no hay problema.

En el último año, Robert había entrevistado a más de una docena de informantes del cártel. Este chico estaba más metido en el bajo mundo que todos los demás. Cuando Gabriel pidió hacer otras dos llamadas, Robert le dijo que adelante, que se tomara su tiempo.

Gabriel volvió a llamar a Luis:

—Acabo de hablar con Mike sobre mi fianza. Me dijo que me había advertido que no cruzara. Se enojó y no quiso seguir hablando conmigo. Pero dijo que iba a pagar. Va a conseguir el dinero. Sólo dile al enano que le hable a Mike y que confirme que todo esté bien... Ok... Y ponle unos minutos al teléfono Verizon para que pueda llamarte de la cárcel del condado.

Luego Gabriel llamó otra vez a Christina:

—Me va a sacar... Sí, mi hermano Mike. Van a ser dos millones. ¿Puedes creerlo…? ¿Dónde vas? ¿A tu casa…? Ok, te marco después... Yo también te amo. Bye.

Robert quería que lo percibiera amistoso, como una figura paterna, no como alguien antagónico. No quería que el abogado del cártel, David Almaraz, interfiriera con su investigación. Dijo:

—Está bien, esto es lo que sucederá. Conseguimos la orden de arresto porque los demás te señalaron. Y porque te identificaron. Eres parte del grupo. Eso no lo puedes negar. Pero no te voy a joder por algo que no hiciste, ¿de acuerdo?

Gabriel asintió. Era un hijo de Dios, un hombre de principios. Apreciaba el trato justo.

—Pero necesito tener acceso a ti —continuó Robert—. Sé que vas a hablar con tu abogado, que es tu derecho. Dile que estás hablando con nosotros. Tal vez luego te pueda mostrar una foto de ese tipo —dijo en referencia a Joseph Allen—, para verificar que sea él. Si podemos demostrar que no estabas ahí, entonces tal vez podamos retirar todos los cargos. Continuaré investigando. Pero dime una cosa: ¿dónde puedo encontrar a esos tipos si necesito hablar con ellos? ¿Bart y esos otros pendejos?

—Del otro lado. Pero sería muy difícil. Empezaría un tiroteo. Están entrenados.

—¿Bart está entrenado? —preguntó Robert—. Pero lo arrestaron y salió de TYC el verano pasado, ¿no?

—Sí, pero hace tres o cuatro años ya estaba con ellos. Luego regresó aquí y fue cuando lo arrestaron conmigo. A mí me mandaron a la cárcel del condado y me soltaron. A él lo mandaron a TYC.

A principios de 2006, Bart tenía dieciséis años y medio. Unirse a los Zetas tres o cuatro años antes significaría que tenía doce o trece al entrar. En ese entonces, hasta donde Robert sabía, seguía amenazando a chicos de secundaria, fantaseando con los Navy SEAL's y jurando lealtad a los Sieteros. Pero la historia de Gabriel sobre Bart como miembro de la Compañía antes de que lo mandaran a TYC, historia que Gabriel inventó porque se sentía culpable por haber señalado a Bart en el asesinato de Flores, le agregó un factor irresistible al mito de la frontera. ¡El sicario preadolescente del cártel! Hasta el detector de mentiras de Robert se fundió.

Pero Robert tenía otros motivos para creer, o para fingir creer, todo lo que le dijera Gabriel. Mientras continuaban las investigaciones esperaba lograr convencer a Gabriel de que cooperara como testigo, alguien que pudiera identificar a otros involucrados en los asesinatos y que proporcionara más información sobre Miguel Treviño quien, para febrero de 2006, ya era considerado un objetivo de alta prioridad por Ángel Moreno, la DEA, el FBI y el resto de las fuerzas de la ley en Estados Unidos.

Miguel planeaba bien el ataque final contra sus enemigos de Laredo, pero la muerte de su hermano Fito lo hizo cometer una serie de asesinatos en su búsqueda del atacante.

Había un sillón viejo en un campo abierto. Miguel le dijo a Wences Tovar que llevara a los hombres esposados hacia ese lugar y que regresaría pronto.

Una hora antes de eso, Wences estaba descansando en un hotel de Nuevo Laredo cuando Miguel llegó en una Ford F-150 y le pidió que lo acompañara. Wences se subió al asiento trasero de la cabina extendida, apretado al lado de los tres hombres atados: dos hermanos y su padre.

Omar, el hermano de Miguel, estaba en el asiento del copiloto. Condujeron al rancho de la Compañía, cerca de China, un poblado en el estado vecino de Nuevo León. Cuando Wences comprendió que uno de los dos hermanos atados había confesado matar a Fito Treviño, pensó: «No quisiera estar en sus zapatos».

Entonces, Wences llevó a los tres hombres amarrados hacia el sillón en medio de un prado y les dijo que se recorrieran para poder sentarse. Pasaría un rato antes de que regresaran Miguel y Omar. Wences se distrajo en la tarea de hacer un porro hasta que el alarido familiar de una mutilación lo interrumpió y algo mojado chocó contra su rostro.

Una oreja cortada.

Miguel, vestido con jeans negros y una camisa Tommy Hilfiger, estaba parado al otro lado del sillón, junto al hombre que había matado a Fito. Su cuchillo estaba embarrado de sangre. Entre su torso y el brazo donde blandía el cuchillo tenía un contenedor de ensalada de papas del que sacaba bocados con un tenedor de plástico.

—Si te vuelvo a ver metiéndote esa mierda cerca de mí —le dijo Miguel a Wences mientras masticaba las papas—, tú serás el siguiente.

Wences lanzó el porro a un lado y se puso de pie. No quería apartar la mirada. Miguel odiaba eso. Así que Wences se fijó en la herida del tipo que había matado al hermano de su jefe. Siempre que cortaban una oreja, Wences se sorprendía de lo pequeño que era el interior. Sólo dos pequeños agujeros en la cabeza.

El asesino pidió que no mataran a su hermano ni a su padre.

—Ellos no tuvieron nada que ver —dijo.

—¿Y mi hermano tenía algo que ver? —preguntó Miguel—. No, nada. Así que ahora tú vas a verlos morir a ellos.

Miguel llamó al doctor por radio. Quería que sus muertes fueran lentas. Luego calentó su cuchillo sobre una flama y cauterizó la herida de la oreja mientras el asesino de Fito gritaba y luego vomitaba.

Omar se veía impaciente.

De todos los hermanos Treviño, Omar era el más cercano a Fito y el más alterado por su muerte. Omar no quería hacer esto lentamente. Jaló al padre, un hombre enorme, para levantarlo del sillón y le disparó en la cara con un AR-15. Le vació docenas de tiros en la nariz, en las mejillas, en la barbilla, en los ojos, en la frente. Al recibir el golpe de cada balazo, la cara del hombre se iba hundiendo más hasta que la cabeza quedó aplanada en el suelo como una máscara de hule, delgada como un hotcake. Wences se obligó a mirar.

Miguel, con la mano derecha en su .38 y la pierna izquierda moviéndose, miró a su alrededor.

—¿Dónde está ese doctor?

Incitado por Omar, Miguel dejó que también lo venciera la impaciencia. Le disparó al hermano del asesino de Fito en las piernas. Esta vez le vació cinco cargadores. Cargó el sexto y le disparó al hermano en el cráneo dándole un rozón de lado que dejó expuesto el cerebro. Enfundó su pistola, caminó a

NARCO EN LA FRONTERA

un árbol de mezquite cercano y cortó un trozo de corteza en forma de cuchara. Se sentó junto a la cabeza del hermano muerto, sacó una cucharada de materia gris, y le dio la cuchara al asesino de su hermano.

«¿Miguel está enfermo?», se preguntó Wences. Pero luego pensó: «Nah. ¿Cómo sería posible que Miguel fuera tan inteligente si también estuviera tan enfermo de la cabeza?». Claro, era verdad que Miguel abría mucho los cuerpos y parecía disfrutarlo. Pero los médicos y los forenses también lo hacían.

—¿Cómo sabe? —preguntó Miguel después de darle varias cucharadas de cerebro al asesino.

—A pollo —respondió el hombre.

Este destello de desafío provocó una sonrisa en Miguel. Luego le disparó en la cabeza y se alejó caminando.

Wences se quedó en las sombras del atardecer viendo la cabeza diezmada del padre, una masa húmeda de agujeros en los cuales ya zumbaban las moscas. La interminable y ansiosa creación de la persona, la lucha infinita y luego, el revés: el asalto físico repentino, masivo, por algún descuido posiblemente involuntario. La amenaza estaba siempre latente, así como la evidencia de su realidad. Cuando Wences cerró los ojos, el rostro aplanado se le quedó grabado y se tropezó, imaginando a su propia familia. ¿Qué tal si alguien le decía una mentira sobre él a Miguel? ¿Éste sería el destino de todos?

—¡Vámonos! —gritó Miguel, y la caravana se fue a otro rancho. Elsa Sepúlveda, la ex de Miguel, había aparecido.

La Aguilera era una casa de disciplina, un lugar para guardar a los hombres de la Compañía que habían desobedecido órdenes, así como inmigrantes, contras y otros colaterales. Wences siguió a Miguel al interior. Pasaron junto a mujeres maduras que pedían comida y que las dejaran ir al baño, niños que pedían ir a casa. Miguel caminó hacia una chica atada a una silla en la esquina. Le arrancó la cinta adhesiva de los ojos y la boca.

Cuando le vio la cara se puso furioso.

DAN SLATER

Llamó al soldado que la había traído y lanzó las fotografías de Elsa Sepúlveda al piso. ¿Cómo era posible que el soldado hubiera confundido a Elsa con esta persona? El soldado se disculpó y trató de postrarse. Miguel rio. Lo único que odiaba más que la incompetencia era un maldito panochón. Sacudió la pierna izquierda, echó la cabeza para atrás, lo miró y dijo: «Ya mamastes». Tiró del gatillo de su .38 y le disparó al soldado en la cabeza. Le dijo a la mujer que estaba en el suelo, quienquiera que haya sido, que iba a irse con ellos. Le dijo a Wences que condujera el Porsche Cayenne.

Afuera, la mujer intentó abrir la puerta del Porsche antes de que Wences la desactivara y recibió una descarga eléctrica del sistema de blindaje.

Wences desactivó la seguridad y todos se subieron. Era de noche. De regreso en el rancho de China, Miguel habló con la mujer en términos sorprendentemente francos y emocionales sobre su relación con Elsa Sepúlveda. Habló de lo humillante que había sido cuando lo dejó, cómo esa humillación se profundizó cuando supo que ella lo engañaba. Su llamada para burlarse por la muerte de Fito fue la gota que derramó el vaso.

En el rancho de China, Miguel pidió que trajeran el tigre blanco. Llegó la jaula.

Unos guardaespaldas salieron de un gallinero cargando los cuerpos desnudos y sin vida de los tres hombres asesinados esa tarde, uno sin la parte superior de la cabeza. El tigre que moría de hambre, salió de su jaula mientras un guardaespaldas lo controlaba con una correa y se comió los brazos y las piernas mientras Miguel reía. Le dijo a la mujer, que aparentemente era una amiga de Elsa, que se habían robado el tigre de un circo. Juró hacer lo mismo con Elsa si alguna vez la encontraba.

Se fueron del rancho.

Cerca de la frontera, Miguel y Wences dejaron a la mujer con un hombre que llamaban El Licenciado, un abogado de Miguel que la llevaría al cruce y se encargaría de que regresara

266

a Texas.[2] El Licenciado le dijo a Miguel que la familia de los hombres asesinados había solicitado que les dieran los cuerpos para darles sepultura. Miguel se rio y pidió el teléfono. Su hermano, le dijo a la familia, no había podido tener un entierro como era debido y ellos tampoco lo tendrían. Dijo que los cuerpos estaban tirados al lado de la carretera. No se acordaba dónde. Tal vez se los habrían comido.

---

[2] El título de «licenciado» se refiere a alguien graduado de la universidad e insinúa una especie de respeto falso por abogados y políticos de la élite corrupta de México, la gente educada que hace negocios con criminales. Su poder, escribe Corchado, es un síntoma de impunidad que «tenía sus raíces en estructuras de poder que venían de tiempos de los aztecas, amoldadas a la era moderna por el PRI».

25
HÉROES Y MENTIROSOS

A finales de enero de 2006, dos jóvenes agentes de la DEA se pusieron en contacto con Ángel Moreno para decirle que tenían un informante que decía estar conectado con Miguel Treviño. El informante —llamado Rocky— era un exempleado de los Zetas que había salido de una larga estancia en el hospital después de que Omar Treviño lo golpeara casi hasta la muerte. Los agentes de la DEA confiaban en que podían usar a Rocky para armar los casos en contra de los altos mandos de la Compañía.

Era uno de los mejores aspectos del sistema y uno de los peores: la increíble libertad de decisión que se le proporcionaba a alguien como Ángel Moreno. Los agentes que estaban buscando armar un caso debían acercarse a Moreno, tenían que pasar a través de él por una simple razón: en la corte, antes de llegar al juez, el fiscal federal era el rostro del gobierno estadounidense. Se podría decir que Moreno tenía más influencia en el futuro de un criminal que cualquier juez. Quién era acusado, cuándo, cuántas veces y por cuánto, y si se le daría una sentencia mínima obligatoria, todas estas decisiones dependían de Moreno. A él le gustaba decir que hacía más por los derechos de los acusados antes de que los acusaran que cualquier otro abogado defensor hacía después.

Los fiscales en la frontera tenían dos tipos distintos de casos de narco: los reactivos y los proactivos. Los reactivos eran sencillos. La Patrulla Fronteriza descubría a alguien que quería cruzar la frontera con un cargamento de droga, y llamaba a la DEA o al ICE, agencias con capacidad de arrestar. Un agente iba al puente, o al punto de revisión, hacía el arresto y entrevistaba al narcotraficante para que les diera información sobre su red. ¿Este tipo podía llevarlos a peces más gordos? ¿Estaba dispuesto a cooperar a cambio de una reducción en su condena? Entonces el fiscal abría un caso e iniciaban las negociaciones.

Los casos proactivos eran los que los agentes tenían que venderle al fiscal: «Rolando Mota no tiene trabajo pero es dueño de muchos camiones. Sabemos de buena fuente que está moviendo coca. Queremos una orden de cateo». Los agentes entregaban un archivo y el fiscal abría el caso.

Moreno se encargaba de escuchar las propuestas de un subconjunto de los casos proactivos: de los agentes que querían meter un caso para que fuera asignado a la OCDETF y recibir los fondos correspondientes. Algunos agentes, con frecuencia los más nuevos, querían llegar y contarle a Moreno toda la historia con una presentación de PowerPoint y Moreno se quedaba pensando «Gracias, sé leer». Pero siempre intentaba escuchar y fingir interés. Como jefe, no era buena idea sofocar el entusiasmo.

J. J. Gómez y Chris Díaz tenían todo salvo la presentación de PowerPoint cuando entraron a la sala de conferencias de Moreno hablando sobre lo prometedor de Rocky, su nuevo informante o fuente confidencial. J. J. Gómez era un chico local de 26 años que había ido a Martin High siete años antes que Gabriel Cardona. Tocaba la batería cuando estaba en la escuela y le gustaba estudiar. Pensaba que las pandillas de barrio eran infantiles. Le tenía más miedo a su mamá. Los fines de semana del verano, su padre los llevaba a él y a su hermano a la construcción, donde las temperaturas alcanzaban los 45 grados en julio y agosto. La lección: haz lo que tengas que hacer para evitar un destino como éste. J. J. recordaba que en Martin había buenas personas y malas personas que se sabía eran fracasados. Caminaban como si fueran muy rudos por los pasillos y les hablaban mal a los maestros. Se juntaban del otro lado de la frontera, tenían coches y chicas. Muchos de los estudiantes de la generación de J. J. eran del tipo de Gabriel Cardona y ahora estaban muertos.

El segundo agente de la DEA, Chris Díaz, era un policía de 29 años de Virginia que hablaba español como gringo. Chris se sabía mover en las calles. Su padre era un mexicano que había crecido en el este de Los Ángeles. Chris era alto, fuerte y usaba una barba de candado larga, su look para ir encubierto. Su devoción a la DEA era evidente por su mera presencia en la oficina de Laredo, un puesto difícil para todos los fuereños salvo los más ambiciosos.

En los círculos federales, en particular en la oficina del fiscal de los Estados Unidos, los agentes más nuevos como Chris Díaz y J. J. Gómez se conocían como FNG (*fucking new guys* o pinches tipos nuevos). Moreno pensaba que los FNG rara vez tenían idea de lo que hacían. No sabía que, entre ambos, Díaz y Gómez tenían ocho años de experiencia en la DEA, ni que habían estado investigando la actividad de los cárteles en Laredo desde 2003. En cuanto a este Rocky, cualquier informante nuevo era un riesgo. Pero después de que Rocky le ayudó a los FNG con dos casos de drogas junto al río, Moreno reconsideró su evaluación de Díaz y Gómez y le prestó más atención al caso, al igual que el jefe de la DEA.

Un par de meses antes, las agencias habían estado intentando atrapar a La Barbie ya que las dimensiones del perfil público de este narcotraficante estaban directamente relacionadas con el valor de su pellejo. Pero en diciembre de 2005, el informante de La Barbie que estaba trabajando con la DEA se fue. Resultó que había estado ayudando a los dos lados al mismo tiempo. Entonces, en retrospectiva, como suele suceder con los informantes, lo que había sucedido tenía sentido. Cuando apareció el informante, en junio, le dio el video de ejecución de La Barbie a Robert García, quien se lo quedó un tiempo y luego lo compartió con agentes de la DEA y el FBI. La Barbie nunca envió el video al *Dallas Morning News,* como se había informado. Lo filtró un agente del FBI. El rostro de La Barbie ni siquiera estaba en el video. El propósito de La Barbie no era hacerse de una reputación sino que las organizaciones de noticias independientes transmitieran la depravación del otro bando.

«Cuéntame qué es el guiso y de quemar a la gente con diferentes combustibles. Cuéntame de esa reportera que mataste».

Con informantes voluntarios (e incluso con los involuntarios, contra quienes se tienen cargos), era imposible saber si decían la verdad. Con frecuencia, el supuesto informante no tenía nada, y simplemente quería que el gobierno le pagara. O estaba ahí bajo órdenes de algún capo para extraer o entregar inteligencia (o información falsa) y luego desaparecer. Incluso si se podía armar un caso a partir de lo que dijera el informante, incluso si se conseguía una condena o un encarcelamiento, no se podía saber si había sido un engaño o no. Los policías y los delincuentes llamaban a la guerra contra las drogas «el juego» pero ése no era un buen nombre. En los juegos, los oponentes están bien definidos y surge un ganador.

Los informantes eran la consecuencia de la intensificación de la guerra. Cada nueva estrategia de incautación se topaba sistemáticamente con una nueva técnica de evasión y la guerra dependía cada vez más de los soplones pagados. En México, los criminales les pagaban a los policías. En los Estados Unidos, los policías les pagaban a los criminales. En Laredo, quienes aspiraban a ser informantes trabajaban con los agentes de narcóticos, llamaban a la oficina y pasaban a todas horas intentando vender su negocio como empresarios en drogas:

AGENTE: ¿Puedo ayudarte?

SOPLÓN: Quiero regresar a la escuela y entrar a Job Corps.[3] Necesito reportarme con mi oficial de libertad condicional. Debo como cuatrocientos dólares.

---

[3] Job Corps es un programa gubernamental que proporciona capacitación y educación en carreras técnicas a jóvenes. (N. de la T.)

AGENTE: ¿Por qué te multaron?

SOPLÓN: Me encontraron clonazepam en la escuela. Lo tomo por mi ansiedad. Tengo 18 años pero he vivido una vida de cuarenta. No me arrepiento, porque me hizo el hombre que soy.

AGENTE: Muy bien. ¿Cómo puedes ayudarme tú a mí?

SOPLÓN: Puedo ayudarte con la heroína y la coca. ¿Puedes hablar con mi oficial de libertad condicional?

AGENTE: Mientras más rápido trabajes más rápido se te pagará. Dame direcciones de las casas. Espero que no sean las que ya tenemos.

SOPLÓN: No tienes éstas, créeme. No son direcciones, son entregas.

AGENTE: ¿Distribuidores?

SOPLÓN: Sí. Yo era adicto a la heroína, así que confían en mí.

AGENTE: ¿Quiénes?

SOPLÓN: Amigos de la familia. Primos. Los mayores traficantes de heroína en Laredo. Ellos fueron los que me engancharon así que, a la chingada. Yo les construí su casa.

AGENTE: ¿La construiste con tus manos?

SOPLÓN: La pinté. Mira, la única razón por la que estoy haciendo esto es por mi novia y mi hijo. He visto amigos morir por sobredosis. Amo demasiado a mi ciudad para verla irse al caño tan rápido.

AGENTE: ¿Tienes los números de las entregas?

SOPLÓN: No, están en mi teléfono y se me rompió.

AGENTE: [Mirando el teléfono del soplón] ¿De quién es ese teléfono?

SOPLÓN: Es el de mi novia.

AGENTE: ¿Me mencionaste unos policías corruptos?

SOPLÓN: Los he vendido. No voy a dar nombres.

AGENTE: ¿Por qué no? Ya estás aquí.

SOPLÓN: [Suena el teléfono] ¿Hola?... Sí... Señorita, ¿le puedo devolver la llamada más tarde? [Al agente] Perdón, estoy intentando conseguir mi medicamento para el TDA. Pero déjame ver cómo funciona esto primero. Todo se reduce a la confianza. Ya no se puede tener confianza estos días. Por eso desearía haber nacido en los setenta o en los ochenta...

Para poder usar a los soplones, y no ser usado por ellos, se tenían que comprender sus móviles. En primer lugar, estaba el informante regular, que sólo quería que le pagaran. Este informante probablemente era una persona que vendía bienes raíces o servicios bancarios y que nunca había sido arrestado. Los informantes regulares se mantenían a cierta distancia del crimen, por lo general eran de fiar, pero proporcionaban muy poca información. En segundo estaba el informante político, un funcionario extranjero que debía ser autorizado en el nivel más alto de la DEA. Eran un misterio, sus verdaderas alianzas sólo se podían intentar adivinar.

En tercero estaba el informante restringido, el tipo más común de soplón. Este informante era un criminal que buscaba dinero o venganza, o que quería deshacerse de la competencia. O era alguien que se había desencantado con el bajo mundo y sentía que debía haber sido parte de las fuerzas de la ley. Podía ser un mentiroso lleno de drogas que se levantó una mañana y decidió que sería divertido jugar al policía, usar una placa, fantasear. Los informantes restringidos podían armar casos muy grandes y siempre era difícil trabajar con ellos. Regresaban a su mundo y jugaban de ambos lados. Cuando finalmente había un plan y entraban de encubiertos, los informantes invariablemente cambiaban el plan de último momento y echaban a perder la operación si no se les quitaba del camino rápidamente. Uno de cada veinte era un informante decente, pero se necesitaban varias reuniones para evaluarlo. Para emplearlos, había que proporcionar una cantidad infinita de papeleo acerca de sus pasados criminales.

«¿Historia con la coca? ¿Heroína? ¿Abuso doméstico? ¿Asalto? Bueno, tendremos que darle una maquillada al historial y a los papeles».

Si el caso llegaba a juicio y el informante tenía que testificar, el abogado de la defensa podía intentar usar el pasado criminal del informante para impugnar su testimonio. Sin embargo, rara vez importaba. El jurado asumía que los informantes mentían.

La economía de la frontera complicaba el juego de espías. Los mejores informantes podían ganar cientos de miles de dólares a lo largo de sus carreras como soplones, pero la mayoría con suerte apenas ganaban unos cuantos miles. Así que si no había una venganza personal motivando al informante, o alguna prerrogativa del mercado negro, el salario mediocre de un informante por lo general no era suficiente para contrarrestar el atractivo de la paga de los criminales y el riesgo del destierro de la comunidad, o peor.

Sin embargo, Rocky estaba listo para trabajar. Quería venganza por la vez que lo confundieron con un traidor y Omar Treviño le dio una golpiza. Rocky consumía cocaína, hablaba incesantemente, era muy manipulador y golpeaba a su esposa de vez en cuando. Pero al menos no tenía cargos por asesinato, al menos no del lado de Estados Unidos. Si cumplía con lo que prometía, se ganaría su salario de soplón.

Después de que demostró que decía la verdad ayudando a la DEA con los dos casos del río, el liderazgo zeta le pidió a Rocky que formara un nuevo escuadrón de asesinato en Laredo. Gracias al micrófono que ahora traía puesto Rocky, los agentes de la DEA, Díaz y Gómez, averiguaron que Miguel había enviado a dos de sus hombres a dejar clara su postura de la manera más pública a la fecha: una masacre al estilo *Scarface* en el Agave Azul, el centro nocturno de moda en Laredo, propiedad de La Barbie.

La Mano Negra, el líder de la Mafia Mexicana en Laredo, supuestamente usaría los 10,000 dólares de Miguel para rentar una casa de seguridad para uno de los equipos de Miguel. Pero la Mano Negra se gastó el dinero, por lo cual le pidió a René

García, que seguía deseando vengar la muerte de su hermano Moisés, que llevara a los sicarios de Miguel al motel El Cortez de Laredo y que luego hiciera de su ayudante y chofer.

«Hay que matar a mucha gente para que quede clara nuestra posición aquí —dijo uno de los sicarios en presencia de Rocky, quien estaba trabajando con René al servicio de los asesinos—. ¡Para que sepan quiénes son los Zetas!». Se metieron lavadita en el motel y prometieron usar granadas si se presentaban policías.

René llevó a los sicarios al centro comercial y a los bares. Les ayudó a conseguir armas, drogas y prostitutas. Uno de los sicarios le dijo a René que se parecía a Moisés García y le preguntó si eran hermanos. «No», respondió René. Tenía que fingir lo suficiente para conocer a Bart Reta y luego echarse al pendejo en ese mismo sitio.

Pero a René nunca se le presentó la oportunidad.

Cuando mandaron a Rocky a otro mandado, Díaz y Gómez le ordenaron a la policía local, dirigida por Robert, que hiciera una redada en el motel y que hiciera los arrestos pero que ocultaran la participación federal.[4]

En sólo dos meses, René pasó de ser testigo del asesinato de su hermano, a buscar venganza y a ser arrestado por ayudar a la organización responsable. Era un camino extraño pero su lógica tenía perfecto sentido en Laredo.

Para Moreno, el caso más grande se estaba preparando bien. Rocky estaba funcionando. La DEA prometió apoyar el caso de la OCDETF de Moreno.

En su mente, el juicio avanzaba. Usaría información obtenida de los trabajadores de los Zetas para hacer citatorios para

---

[4] Es común que los agentes federales le pidan a los policías locales que disimulen su participación porque es menos probable que los criminales más grandes se asusten si piensan que el arresto de sus subordinados fue cosa de la policía local. Cualquier señal de participación federal puede echar a perder la investigación.

los líderes. En el juicio, cuando el abogado de la defensa señalara que los únicos testigos eran asesinos, Moreno usaría una línea que no había usado en años. Le diría al jurado que no es posible tener ángeles como testigos para delitos que se cometieron en el infierno.

Sonrió al pensarlo y recordó su película favorita de Christopher Walken, *The Prophecy*, en la cual un personaje dice: «¿Te has fijado que en la *Biblia* cada vez que Dios quería castigar a alguien, o poner un ejemplo, o cuando necesitaba matar, enviaba un ángel? ¿Te has preguntado qué tipo de criatura debe ser? Toda su existencia alabando a su Dios pero siempre con un ala metida en sangre. ¿Realmente te gustaría ver un ángel?».

Moreno ingresó la propuesta para la OCDETF bajo el nombre de Operación Profecía y firmó la solicitud para los fondos de los cofres de guerra federales.

Los policías levantan cargos. Los fiscales revisan las órdenes judiciales para buscar la causa probable. Y los jueces deciden la fianza. Pero en Laredo, los traficantes de drogas conducen coches de lujo con calcomanías en las ventanas donde apoyan a su juez favorito. La calcomanía de un Mercedes dice: «Elije a Ricardo Rangel como Juez de Paz». Rangel fue encarcelado por una acusación federal por aceptar sobornos. En un Jaguar se puede leer: «Elige a Manuel Flores para Juez de Distrito». Uno de los hijos de Flores proporcionó el arma en un triple homicidio; otro fue acusado de dispararle a alguien con una pistola que le había dado su madre.

En Texas, el fiscal podía pedirle a la corte que negara la fianza en los casos de homicidios múltiples o en los casos de asesinatos a sueldo. Pero eso nunca sucedió en el caso de Gabriel. En vez de eso, un juez de paz le redujo su fianza por el cargo de participación con el crimen organizado a 50,000 dólares y su fianza por el cargo de asesinato de Noé Flores a 150 mil dólares. Cuando Gabriel se presentó frente al juez

Manuel Flores —que no era pariente del asesinado— por el asesinato de Orozco, Flores estableció la fianza en 2 millones, lo cual dejaba a Gabriel con un total de 2.2 millones de dólares, de los cuales tenía que pagar un 10 por ciento para salir en libertad condicional, es decir, 220 mil dólares.

Los Zetas no pagarían eso.

Cuando David Almaraz, uno de los fiscales de Laredo convertido en abogado del cártel convenció al juez Flores de que hicieran una audiencia para reducir la fianza, no le notificaron a nadie en la policía de Laredo. Apareció un fiscal distinto que no había estado en la primera audiencia. Almaraz dijo que él y el nuevo fiscal habían acordado 200 mil dólares por los cargos de Orozco, lo cual dejaba la fianza total de Gabriel en 600 mil, y saldría en libertad condicional por sólo 60,000 dólares.

Texas se había convertido en un mercado de valores para los asesinos. A Miguel Treviño no le gustaba Gabriel a 220 mil, pero lo amaba a sólo 60,000 dólares. Así que el 20 de marzo de 2006, un guardia de la cárcel del condado Webb gritó: «¡Cardona! ¡Con todo y chivas!».

Un asesino de los Zetas de diecinueve años vinculado con múltiples homicidios en Estados Unidos y más en México, salió de la cárcel por tercera vez en seis meses.

Chris Díaz, J. J. Gómez y Robert García se reunieron para almorzar en Danny's, una cadena de merenderos populares en Laredo especializada en comida mexicana. Intercambiaron información sobre los cárteles, pero no compartieron todo.

Por ejemplo, Díaz y Gómez no le dijeron a Robert que Chuy Resendez era un exzeta; ni que Chuy era ahora un traficante aliado de Sinaloa en Laredo que trabajaba con La Barbie ni que era una fuente de información para la DEA. En la década de 1990, antes de que llegaran los Zetas, los viejos traficantes independientes eran bien conocidos en Laredo y en Nuevo Laredo. La gente temía y respetaba a Chuy Resendez, incluyendo a Miguel y Omar Treviño, que crecieron con Chuy en Nuevo Laredo, robando coches y traficando drogas juntos. Cuando Miguel asumió el control de la plaza de Nuevo Laredo para los Zetas, intentó cobrarle un impuesto de tráfico a su viejo amigo Chuy. «No mames, güey. Crecimos juntos. Somos amigos», dijo Chuy. Pero Miguel insistió: Chuy podía pagar el impuesto o ser borrado del mapa. Chuy se negó a ceder. En 2003, cuando Miguel mandó a sus zetas a la casa de Chuy en Nuevo Laredo, Chuy estaba esperándolos con granadas y su AK-47. Mató a todos los hombres de Miguel y luego se brincó el río, se asoció con La Barbie y el Cártel de Sinaloa, empezó una nueva operación de tráfico cerca de Laredo y empezó a pasarle inteligencia sobre los Zetas a dos jóvenes agentes de la DEA: Chris Díaz y J. J. Gómez.

Aunque su relación con la DEA aportaba a las ganancias de Chuy, no siempre lo protegía. Los Zetas cazaban a Chuy, y casi lo matan, recientemente, en el Walmart de Laredo. Tenían a Chuy corriendo. Al matar a Bruno Orozco, un traidor de los Zetas, en junio de 2005, Wences Tovar y Gabriel Cardona habían eliminado a una de las mejores fuentes de inteligencia zeta de Chuy y habían disminuido su valor con la DEA.

El policía y los agentes comieron y platicaron. Desde el estacionamiento, Gabriel los observaba.

—Aquí estoy —le dijo Rocky al comandante después de cruzar el puente de los Estados Unidos a México.

—Ok, no pude ir por ti. Pero dale la vuelta a la manzana. Vas a ver a un tipo en un Jetta plateado que te está esperando.

Rocky estaba nervioso de que lo mataran, y tenía buenos motivos: había estado presente en los dos casos del río y en el arresto de los asesinos del motel Cortez. Y las tres veces se había ido sin que lo arrestaran.

Había un tipo a la vuelta de la esquina en un Jetta plateado. El tipo le puso una pistola en la cabeza mientras lo cacheaba. «Todo en orden», le dijo a Rocky. Le comentó que la Compañía tenía una larga lista de objetivos en Laredo y luego le dio

5,500 dólares y le pidió que pusiera una nueva casa de seguridad en Laredo, una casa grande para un nuevo grupo de asesinos.

Rocky regresó a Laredo a pie con el dinero y con nueva inteligencia importante: los Zetas tenían una lista larga de gente que querían asesinar en Laredo. ¿Quién estaba en la lista? Rocky no lo sabía. Pero parecía haber docenas de objetivos.

Robert García, Chris Díaz y J. J. Gómez se reunieron con Ángel Moreno. Si querías matar a alguien o atacar un centro nocturno, ordenabas que se hiciera y tus asesinos huían de regreso a México. Pero, ¿varios asesinos y varios objetivos? ¿Una casa de seguridad? Estaban planeando una matanza.

Esta nueva información alteró el pensamiento de Moreno: la Operación Profecía ya no sólo era sobre una investigación de la OCDETF y armar un caso contra los capos de México. Moreno, los agentes y Robert necesitaban intentar identificar a algunos o a todos los objetivos de la lista para poder detener los asesinatos antes de que sucedieran. Limitarse a arrestar a los sicarios no evitaría los asesinatos. Si un cártel quería que alguien muriera, continuaría poniéndole precio a su cabeza hasta que el trabajo se hiciera.

Moreno propuso un plan: poner micrófonos y cámaras en una casa de seguridad y luego usar a Rocky para atraer a los Zetas a la casa, donde el gobierno podría monitorear sus movimientos y registrar sus llamadas telefónicas con el liderazgo zeta en México, intentando averiguar quién estaba en la lista de objetivos y reuniendo todas las pruebas posibles contra los líderes zetas antes de entrar abriendo la puerta a patadas. Moreno, los agentes y Robert lo pensaron. Podría ser una locura o podría ser brillante.

¿Permitir que los asesinos anduvieran por Laredo mientras el gobierno los observaba? Definitivamente era algo sin precedentes.

¿Qué pasaría si alguien moría mientras los agentes observaban desde la sala de monitoreo? ¿Qué pasaría si los asesinos le pedían a Rocky que consiguiera armas? ¿El gobierno podía darle armas a los criminales? «Por supuesto que no. Bueno... tal vez bajo ciertas circunstancias. Tal vez si las pistolas no funcionaran», dijo la ATF. De hecho, no sabían. ¿Qué tal si los asesinos le pedían drogas a Rocky? ¿El gobierno podía proporcionar drogas? Probablemente no, pero la DEA podía observar a los criminales consumir sus propias drogas sin cerrarles la operación. Surgieron más preguntas. ¿Cuál sería el costo de apoyo por aire y por tierra al día? ¿Qué sucedería si hubiera un tiroteo alrededor de la casa de seguridad? ¿Habría un plan de extracción de los vecinos? ¿Necesitaban alertar a los vecinos?

«No les hagan caso a esos chicos del otro lado de la calle... son sicarios».

Moreno convocó a una junta de todos los directores de agencias en Laredo y describió el plan.

—Si funciona, todos seremos héroes —le dijo a todos en la habitación—. Si no, me levantarán cargos.

Los directores de las agencias se quedaron mirando a Moreno con un respeto renuente. Todos eran directores federales. Pero Moreno, como fiscal, tenía el poder de tomar decisiones así y autorizar investigaciones. Todos los directores tenían su colección de historias de guerra sobre enfrentamientos amargos con Moreno que solían relacionarse con el uso de micrófonos o un citatorio que no enviaba a la corte, por lo general porque el caso no estaba sólidamente armado. Por poner un ejemplo, un agente de la DEA, molesto por la decisión, llevaba el caso con su jefe local. El jefe local llamaba a Moreno y le decía: «Necesitas impulsar esto. Nuestros consejeros legales dicen que el caso cuenta con lo necesario». Y Moreno decía: «Sí, pero tu consejero legal no se basará en eso cuando el caso llegue a juicio. Yo sí». Y entonces el jefe local lo llevaba con el jefe regional en Houston, y el jefe regional le hablaba a Moreno: «Tienes que hacer esto. Estamos perdiendo tiempo». Y Moreno decía: «¿Ya leíste el caso? ¿No? Bueno, léelo y luego me hablas». Y en vez de tomarse cinco minutos para hacerlo, el jefe regional de la DEA llamaba a la oficina regional del Departamento de Justicia en Houston y exigía hablar con el jefe de drogas, y le decían que el jefe de drogas era Moreno. Entonces el jefe regional llamaba al director de la División Criminal del Departamento de Justicia, luego a Washington, y así hacia arriba y hacia arriba.

Los fiscales como Moreno tendían a tener diferentes relaciones con las agencias federales más esotéricas. La agencia de Pesca y vida silvestre, Fish & Wildlife, por ejemplo, se emocionaba y se portaba muy agradecida cuando un fiscal aceptaba un caso que haría que la agencia saliera en las noticias. Pero las agencias más grandes, con las cuales Moreno lidiaba todos los días, la DEA, el FBI, la ATF, Seguridad Nacional, eran las peores y Moreno no tenía paciencia para sus tonterías. Si la Operación Profecía era un éxito, los agentes más jóvenes subirían de categoría, a GS-13 o el estatus más alto. Pero si fracasaba, o aunque tuviera éxito pero si ciertas partes menores salían mal, no compartirían con él la ignominia. Todo el peso caería sobre Moreno. Él conocía a un AUSA que fue juzgado por adelantarse algo de dinero en su tarjeta de cajero automático del gobierno. Fue una decisión tonta, claro, pero fue una infracción por la cual el agente merecía, como mucho, una llamada de atención. Si un agente hacía enojar a un juez, o si echaba a perder su testimonio, casi nunca se mencionaba. Pero si un juez hablaba mal de un fiscal, al fiscal le convenía actuar antes de que el asunto llegara a las noticias. Cuando Moreno adoptó una posición inflexible, los agentes se preguntaron por qué estaría portándose como un patán, y él sólo pensó: «No se compara con lo que nos hacen a nosotros». Este acuerdo era el precio de ser fiscal, y parte de la razón por la cual el sistema legal de los Estados Unidos básicamente funcionaba. El poder completo venía acompañado de una responsabilidad completa.

Moreno reunió los recursos de nueve agencias federales, estatales y locales, incluyendo a la DEA, el FBI, el ICE, la ATF, el servicio de Jefes de Policía de los Estados Unidos, la Patrulla

Fronteriza y el departamento de policía de Laredo. Los jefes de la DEA estaban emocionados por la investigación y se comprometieron a seguirla hasta el final. Rocky, después de todo, era su informante. Pero los directores de las demás agencias chocaban entre sí al discutir esta operación compleja y de alto riesgo. Querían el caso pero al mismo tiempo no lo querían. Era su caso un día, cuando las cosas pintaban bien, y al siguiente no, cuando la investigación se topaba con un problema. Si tenía éxito, todos los perros alfa iban a querer crédito. Si no, ninguno iba a querer la responsabilidad. Moreno sabía por experiencia que esto era la esencia de una investigación multiagencias de la OCDETF.

Díaz y Gómez trabajaron duro. Era su caso y ellos eran los dueños. Revisaron la ley de la Cuarta Enmienda para averiguar todo lo posible sobre qué se podía grabar y qué no en la casa de seguridad. Díaz escribió las órdenes judiciales de Título III para los micrófonos. Robert consiguió armas de la sala de evidencias de la policía de Laredo, las llevó al campo de tiro y les limó los percutores justo lo suficiente para que hicieran clic al probar el gatillo pero que no lograran disparar las balas. Su motivación y su enfoque controlador en el trabajo hacían enojar a mucha gente. Los que no habían trabajado con él antes llegaron a la misma opinión que los que sí: era un patán. Pero Robert estaba acostumbrado a esta dinámica en situaciones de equipo y nunca se detenía el tiempo suficiente para procesar los chismes. Para él, se aplicaban las mismas reglas. Había que dirigir, seguir o quitarse del camino.

A finales de marzo de 2006 el equipo Profecía todavía estaba terminando de pulir los aspectos legales de la vigilancia cuando el equipo zeta le habló a Rocky para preguntarle si ya tenía lista la casa de seguridad. Fue doloroso tener que retrasar a los criminales, arriesgar perder la operación, pero los burócratas se movían a paso muy lento. Díaz y Gómez le dijeron a Rocky que pidiera un par de días más.

Para el primero de abril, cuando un juez firmó las órdenes para los micrófonos y todo estaba listo, el teléfono de Rocky se enfrió. Miguel Treviño se había impacientado. El liderazgo zeta se acercó a otro ayudante. Empezaron a instalar otra célula en una parte distinta de Laredo. La masacre se acercaba y los agentes de la Operación Profecía no podían hacer nada al respecto.

26
MOMENTOS DEFINITIVOS

Después de terminar una sesión en el gimnasio con el equipo de pesas que había comprado para la casa de Hillside, Gabriel se sentó en el balcón con un AR-15 en las piernas y una corta en el cinturón. Fumaba mota en una pipa que hizo con una naranja, cortándole una concavidad en la parte superior y un agujero a la mitad.

La marihuana abría y concentraba su mente.

¿Qué era este juego, se preguntaba, de echarse a la gente como si fueran moscas?

Y luego se salió de su mente. Se vio a sí mismo sacando la corta, liberando el cargador, haciendo girar una bala entre los dedos. Pensó: «Soy dueño de un AR. Tengo una corta. Tengo una camisa Versace y un rollo de efectivo en el bolsillo». Las líneas de Tupac Shakur pasaron por su mente.

Pensó en ese libro que leyó en la cárcel en febrero y marzo. Era una investigación sobre los asesinatos de Tupac y Biggie Smalls, también conocido como Notorious B.I.G. Gabriel cumplió diez años el día que Tupac, de 25, murió en 1996. Tupac y su productor, Suge Knight, estaban en Las Vegas, saliendo de una pelea de Mike Tyson y camino a una fiesta cuando un Cadillac se detuvo repentinamente frente al BMW de Suge. Se abrió la ventana de atrás y varias balas de calibre .40 desgarraron el tatuaje de *Thug Life* que Tupac tenía en el abdomen mientras él intentaba buscar refugio en el asiento trasero. Seis meses después, Biggie Smalls, el rival de Tupac de la costa este en la escena del hip-hop de la década de 1990, de 24 años, también murió baleado desde un auto.

Gabriel siempre había pensado que Tupac y Biggie habían muerto en una guerra entre pandillas de raperos de la costa oeste y la costa este de Estados Unidos o Bloods contra Crips.

Este libro contaba otra historia. En este recuento, Tupac estaba intentando retornar a la fama cuando lo asesinaron. Un año antes de su muerte, Tupac estuvo preso en Nueva York, cumpliendo una condena de cincuenta y dos meses por agredir sexualmente a una fanática. Para entonces, ya había sacado dos álbumes exitosos y había protagonizado *Poetic Justice* al lado de Janet Jackson. También lo habían arrestado ocho veces, había escapado a una condena por el ataque a dos policías fuera de servicio, y había burlado a la muerte cuando le dispararon en el vestíbulo de un estudio de grabación de Manhattan. Varias veces intentaron demandarlo en la corte civil y lo culparon por la letra de sus canciones por el tiroteo donde murió un policía de Texas y por la parálisis de una mujer que recibió un balazo durante uno de sus conciertos. De los muchos casos de asalto contra Tupac, en uno se le acusaba de atacar a los cineastas que dirigieron *Menace II Society* porque sentía que lo estaban poniendo en un papel de tonto.

Al final, Tupac acabó en prisión por agresión sexual y se sintió listo para cambiar.

Había ayudado a convertir el *gangsta* rap en un negocio multimillonario que gustaba a todos. Todos esos chicos blancos de los suburbios vivían indirectamente a través de sus versos del gueto. Sin embargo, económicamente, Tupac estaba en la ruina. Los costos legales de su vida de maleante se comían todas sus ganancias. En la cárcel empezó a pensar que si esa vida era real, entonces prefería que alguien más la representara.

Suge Knight, según el libro, visitó a Tupac en la cárcel. Los problemas de Tupac lo hacían más atractivo para Suge. Le dijo a Tupac que si accedía a unirse a su disquera, Death Row Records, podía sacarlo de la cárcel. Una semana después, Tupac salió.

Si Tupac era el poeta-guerrero, Suge era el general que compraba e intimidaba a la gente para conseguir la impunidad. Dentro del castillo del hip-hop, sin embargo, estaban compitiendo por los mismos sujetos, un público base del gueto que exigía crimen y sexo de sus ídolos en la industria del rap, el arte como reflejo de la vida. Pero también tenían actividades con conciencia social. Gabriel leyó que Suge patrocinaba celebraciones del Día de las Madres y entregas de juguetes en Navidad. Y Tupac tenía sus cosas dulces, como su oda a las madres en la canción *Dear Mama*. En otra canción, *I Ain't Mad at Cha*, Tupac le pedía a los chicos que no hicieran caso de la negatividad y que buscaran metas más altas que lo que veían en sus vecindarios. Pero sin los asaltos, los tiroteos de policía, el tiempo tras las rejas... Sin todas esas locuras para atraer a los más dañados, Tupac, al igual que South Park Mexican, no tendría estrado, no sería el negro de la época.

Lo malo, decidió Gabriel, hacía posible lo bueno.

Cuando salió de la cárcel para trabajar en Death Row Records, la idea de Tupac era conservar su amistad con Suge pero ir separando su negocio lentamente de esa disquera y empezar la suya propia, Makaveli Records, nombre inspirado en su lectura de *El príncipe* de Maquiavelo en la cárcel. Pero desenmarañar la relación de negocios con Suge fue difícil. Ese prospecto fue desapareciendo cuando el primer disco de Tupac en la disquera Death Row, *All Eyez on Me*, ganó 10 millones de dólares en su primera semana. En aquel entonces sólo era superado por *The Beatles Anthology* como el mejor lanzamiento comercial en la historia. Gabriel leyó que Tupac de todas maneras estaba decidido a separarse. Confiaba más en su abogado de la costa este, un profesor de Harvard y despidió al abogado de Death Row.

La pelea de Tyson en Las Vegas fue diez días después.

El libro afirmaba que todo lo sucedido alrededor del asesinato de Tupac era raro. En un típico tiroteo de auto, el coche del pistolero se acerca paralelo al auto de la víctima, para que tanto pasajero como conductor estén en la línea de fuego. Eso también facilitaba la huida. Pero el Cadillac se cerró frente al BMW de Suge. El tirador le disparó a Tupac de frente y sólo a Tupac. El asesinato parecía ser, a primera vista, una venganza porque Tupac atacó a un miembro de una pandilla de Crips ese día, al salir de la pelea de Tyson con Suge. El libro sugería que Suge había organizado ese enfrentamiento para crear la apariencia de un motivo.

«Los pactos de sangre de las pandillas», pensó Gabriel.

Bueno, pues no admiraba menos a Tupac. Pero el propio código de Gabriel era distinto. Solía pensar en sí mismo como un independiente pero ya había madurado para convertirse en soldado, en un hombre de la Compañía, más que sólo un chico lobo, y ahora vivía acorde con los principios de deber y lealtad. «Por y sobre la verga». Cualquier cosa dentro del negocio no era salvo el negocio. Había que hacer el trabajo y hacerse valer, se había dicho siempre a sí mismo. Y lo hizo. Se dijo que el hermano mayor, Mike, estaría ahí y tenía razón.

La ley seguía dejándolo salir y la Compañía seguía pagándolo. ¿Acaso había una validación más clara que ésa?

Sus habilidades de liderazgo eran impecables. Con los chicos que estaban debajo de él en la jerarquía era generoso pero exigente. Respetaba la autoridad. Escuchaba primero y hablaba después. Conocía la organización. Sabía quién controlaba cada plaza en México. Sabía, por ejemplo, que Cancún estaba disponible y que él era un candidato para ser el jefe de plaza. México sería más fácil. Una plaza en la playa para él solo. Él y Christina vivirían como la realeza entre un grupo de sus amigos más cercanos.

Durmió.

Al día siguiente, Richard y otro chico lobo llegaron con noticias. Alfonso, Poncho, Avilés, un chico de 16 años que Gabriel recordaba de la escuela, se había unido al Cártel de Sinaloa y estaba reclutando a otros chicos de Laredo.

Gabriel le habló a Meme, quien le dijo: «Averigua con quién trabaja y qué hace».

Gabriel, Richard y el tercer chico lobo, que conocía a Poncho, fueron a casa de Poncho y se hicieron pasar por sinaloenses. Poncho mencionó algunos nombres de los prospectos para reclutas y luego un pariente suspicaz salió y los chicos se fueron. Unos minutos después Poncho les habló. Les dijo que sabía que trabajaban realmente con Cuarenta y que si volvía a verlos de nuevo, las cosas no serían agradables.

No, no lo serían, coincidió Gabriel.

Las seis semanas que Gabriel pasó en la cárcel durante febrero y marzo no fueron un desperdicio. Fueron una oportunidad. Conoció a un joven llamado Pantera que estaba en la cárcel porque su cuñado, Chuy Resendez, lo había traicionado. Chuy, aliado con los de Sinaloa, controlaba las rutas de tráfico a través de Río Bravo, el poblado fronterizo al este de Laredo.

Chuy sería difícil de matar, un trofeo para cualquier hombre en ascenso en la Compañía. Echarse a Chuy sería poco menos que una garantía de la promoción de Gabriel. Así que cuando el Pantera salió bajo fianza, una semana después que Gabriel, éste y Richard le pidieron que consiguiera una foto de Chuy. Richard amplió la fotografía en una copiadora y los tres cruzaron del otro lado para reunirse con Miguel.

Rodeado por diez pistoleros con chalecos antibalas y armados con AR-15, Miguel saludó a Gabriel, Richard y Pantera y los invitó a subirse a su Porsche Cayenne.

—Bien —dijo Miguel—. ¿Cuánto va a costar?

Volteó a ver a Gabriel y a Richard esperando un número. Como Gabriel no respondió, Richard dijo:

—¿Cincuenta para nosotros y cuarenta para Pantera?

Miguel estuvo de acuerdo: los cincuenta mil dólares se dividirían entre Gabriel y Richard y los cuarenta se le pagarían a Pantera por entregarles a Chuy. Pantera le avisaría a los chicos lobo cuando Chuy estuviera en la ciudad, les diría dónde se estaba quedando y a quién iría a visitar.

Cuando Richard y Gabriel salieron del Porsche, Miguel dijo:

—Oye, Gaby. Hay otro grupo allá que está intentando localizar a Chuy. Reúnete con ellos, úsalos como quieras. Tú lo diriges pero mantente aparte. ¿Me entiendes?

—Sí, Comandante —dijo Gabriel y se alejó corriendo.

Más tarde ese mismo día, se reunieron con los otros seis sicarios zetas en un parque en Siete Viejo para coordinar su protocolo. Luego Gabriel, con Pantera, fue en busca de Chuy en la Dodge Ram mientras Richard y varios chicos lobo del equipo B, los chukkies, esperaban en una casa de seguridad. Pantera y Gabriel le informaban los movimientos de Chuy a Richard y los demás: la camioneta de Chuy iba por la Carretera 83. Richard y los chicos lobo se subieron a un Pickup verde Chevrolet y salieron a toda velocidad de la casa.

Armado con una 9 mm, Richard se recostó en la cama del Pickup, entre dos chicos con AK-47. El conductor localizó la camioneta de Resendez en la 83 y se adelantó. Cuando el chico del asiento del copiloto empezó a disparar, Richard y los otros dos de atrás se levantaron como esqueletos de la tumba y deshicieron la Suburban de Chuy con más de noventa disparos. El vehículo de Chuy empezó a bajar la velocidad, cruzó los carriles y se detuvo al chocar con un letrero.

Más tarde, ese mismo domingo, Gabriel y Richard se bañaron, recogieron a la esposa de Richard y se fueron a recorrer la San Bernardo Avenue.

El lunes, Miguel y Meme invitaron a Gabriel y a Richard a Nuevo Laredo para almorzar. Era la comisión más grande de Gabriel hasta ese momento: 50,000 dólares que dividirían entre él y Richard. Gabriel se quedaría con 30,000 y Richard con 20,000.

En la reunión con Miguel, hablaron de negocios. Dos meses después de la muerte de Fito, Miguel seguía lamentándose de la pérdida de su hermano menor.

—No es justo —repetía—. Fito no estaba involucrado.

Gabriel lo entendía. Pero Richard pensaba: «¿Cuánta gente inocente has matado tú, Miguel? ¿No fuiste tú el que empezó con todo esto de las familias? ¿Matando niños de menos de diez años?».

Miguel quería saber si ya habían localizado a Robert García.

Gabriel le dijo que sabía el horario de Robert, dónde vivía, incluso dónde jugaba hockey su hijo. Conocía su Jeep y había memorizado las placas. También sabía, aunque no lo dijo, que matar a un policía estadounidense te mandaba derechito a la silla eléctrica.

El detective, le dijo Miguel, valía 500 mil dólares.

J. J. Gómez y Chris Díaz estaban furiosos. Habían hecho muchas promesas a muchas personas. Habían conseguido que se les dieran los fondos. Ángel Moreno los respaldaba. No era que la muerte de Chuy Resendez fuera una gran pérdida por la información confidencial que les compartía. Tenían otras fuentes dentro de los Zetas; Rocky era el más cercano a los comandantes de nivel superior del cártel. Pero si la Operación Profecía fallaba ahora, porque su informante terminaba tras las rejas, bueno, pues Díaz y Gómez serían los pinches tipos nuevos para siempre. Le llamaron la atención fuertemente a Rocky.

—¡No vamos a perder nuestras carreras por esto!

—¡Ya llévatelos a la chingada casa!

Rocky conservó la calma a pesar de la presión. Se imaginó distintos escenarios y descartó los que le parecieron que terminarían con él torturado y luego muerto. Pensó en el día que su cuerpo había terminado destrozado en la casa de seguridad de Nuevo Laredo, cuando Omar Treviño estuvo a unos segundos de meterle una bala en la cabeza. Ese día, Iván Velázquez Caballero, el líder zeta conocido como El Talibán, le salvó la vida a Rocky.

Así que, la mañana del sábado 8 de abril de 2006, Rocky le habló a El Talibán. Le mencionó que estaba esperando escuchar noticias de algún comandante sobre una casa de seguridad y se preguntó si El Talibán había escuchado algo acerca de esto. Treinta minutos después, el teléfono de Rocky sonó. El comandante le dijo que se reuniera con dos tipos en el estacionamiento del Best Buy, al este de la I-35.

Y, así de fácil, la Operación Profecía estaba de nuevo en marcha. Las agencias federales, estatales y locales se movilizaron. En las oficinas principales de la DEA, en Shiloh Drive, los técnicos echaron a andar los monitores que recibían las imágenes de las cámaras y revisaron nuevamente todo el equipo que habían instalado en la casa de seguridad de Orange Blossom Loop, una calle suburbana tranquila en el lado norte de Laredo. Los aviones de la DEA estaban listos por si eran necesarios. Habría cuatro patrullas de la policía listas además de una docena de unidades sin distintivos. Dos equipos de SWAT, uno del departamento de policía y uno de la oficina del alguacil, se alternarían en turnos de ocho horas en la sala de conferencias de la DEA donde colocaron catres y comida. Un tráiler de la DEA, con cámaras y micrófonos se encargaría de la vigilancia móvil de la casa y de los asesinos.

A las dos de la tarde del sábado, Díaz y Gómez siguieron a Rocky a la reunión en el Best Buy, pero no pudieron acercarse lo suficiente para ver a los dos tipos a quienes Rocky les dio las llaves.

Rocky llevó a los asesinos a la casa de seguridad, una casa de ladrillo blanco de un solo piso en Orange Blossom Loop, escondida y discreta en los suburbios.

De vuelta en la sala de monitoreo, en las oficinas de la DEA, a menos de dos kilómetros de distancia, tres pantallas mostraban las imágenes de tres cámaras. La primera, instalada sobre la cochera de la casa de seguridad, veía hacia afuera y mostraba la entrada a la cochera y la calle al frente. La segunda mostraba la cocina, con una isla de formica blanca en medio, gabinetes en la parte superior y un desayunador con una pequeña mesa que veía hacia el jardín de la casa vecina. La tercera pantalla mostraba la sala sin muebles. Los micrófonos detectaban todos los sonidos excepto en los baños y las recámaras.

Los celulares de todos en la casa de seguridad también estarían intervenidos pronto.

Cuando se echó a andar la Operación Profecía, no había motivos para pensar que Gabriel Cardona participaría en el operativo. Así eran los caprichos del protocolo de libertad bajo fianza de Laredo. Nadie estaba enterado de que Gabriel había salido de la cárcel tres semanas antes. Desde la sala de monitoreo, Robert y los agentes vieron a los asesinos entrar a su nueva casa y acomodarse.

—¡Carajo! —dijo Robert—. Ése es el tipo que he estado arrestando todo el año.

27

TE ESTÁS AMARICONANDO

«Mierda, ¿dónde están?», pensó Rocky.

Después de que Rocky les dio las llaves en el Best Buy fueron a inspeccionar la casa de Orange Blossom Loop y Gabriel le dijo a Rocky: «Al rato regresamos». Luego Gabriel y Richard se fueron a México y el equipo de Profecía perdió contacto con ellos.

Ya se acercaba la media noche y Rocky, que traía una camisa de vestir a rayas y shorts holgados, caminaba por la sala vacía de la casa de seguridad. El papel principal de Rocky en la Operación Profecía era mantener a los chicos lobo a la vista y tratar de informar sobre sus movimientos antes de que los hicieran. Ya había hecho mal ambas cosas. Casi podía escuchar a Díaz y a Gómez gritándole desde la sala de monitoreo de la DEA: «¡Háblales, con una chingada! ¡Averigua dónde están!».

Rocky le habló a Gabriel e intentó sonar desinteresado.

—¿Qué onda, güey?

—Nada —contestó Gabriel—. ¿Qué onda contigo?

—Nada. Nomás estoy aquí en la casa. No me has dicho que haga nada.

—Bueno, ya estamos trabajando. Vamos a hacer un trabajo, güey. Pero ya tenemos reunido al grupo.

—¿Qué hago?

—Pues, nada. Ya tenemos todo. Todo está muy bien organizado.

—Está bien —dijo Rocky—. Aquí voy a estar.

Quería preguntar «¿Dónde es el trabajo?», pero se contuvo porque eso podría sonar sospechoso de un simple ayudante.

Gabriel colgó.

Luego le volvió a llamar.

—Oye, güey. Tenemos una misión para ti. El trabajo que vamos a hacer es éste: hay una Hummer azul estacionada afuera de Cosmos. Una Hummer azul. Afuera de Cosmos. Vamos a necesitar a alguien que esté vigilando al vato que va a caminar a la Hummer. Tú vigílalo —le dijo Gabriel. Luego le explicó que en cuanto viera al vato acercándose a la Hummer debía hablarle al chico lobo encargado del trabajo—. Te voy a dar su número. Tú le llamas y le dices «Oye, ¡el vato se está subiendo a su troca! ¡El vato se está subiendo a su troca!».

—Está bien —dijo Rocky, mientras caminaba hacia su coche para poder ir rápidamente al Cosmos Bar & Grill—. ¿Trae juguete?

—Ya tiene juguete —confirmó Gabriel—. Ya tiene juguete.

—Pistola —les dijo Robert a los que escuchaban en la DEA—. Juguete significa pistola.

Robert se fue al estacionamiento de la DEA. El tablero de su Jeep Cherokee estaba lleno de radios, uno del FBI, otro de la DEA y otro de la policía de Laredo. Ordenó que diez unidades sin distintivos que estaban cerca de la casa de seguridad se dirigieran al Cosmos Bar & Grill. Luego fue hacia allá.

Había dos entradas y salidas del estacionamiento del Cosmos y un vehículo sin distintivos estacionado cerca de cada una. Otra unidad localizó la Hummer azul, estacionada cerca. Un equipo SWAT de seis hombres permaneció en su vehículo blindado a 400 metros de distancia, detrás de unos tanques de agua. Robert se escondió en un lote del otro lado de la calle, detrás de una tienda de Sprint, con las luces apagadas y el aire acondicionado encendido. Escuchaba sus tres radios.

En dos minutos una de las unidades sin distintivos informó que había localizado a los hombres que correspondían con las descripciones de los sicarios de la casa de seguridad.

—¿Está Cardona? —preguntó Robert.

—Negativo. No lo hemos visto.

Afuera del coche de Robert el tráfico avanzaba. Cosmos era parte de la zona de clubes y centros nocturnos en el centro de Laredo, que incluía a Tonic, District y F-Bar. Había mucho movimiento de Pickups y camionetas.

Uno de cada dos vehículos en Laredo era un Pickup.

Pasó un Pickup que se movía más lentamente que los demás. La Dodge Ram azul estaba deteniendo el tráfico sin hacer caso a los coches que se iban acumulando detrás. El conductor de la Ram miraba hacia Cosmos pero no se metió al estacionamiento.

En vez de eso, el conductor de la Ram se metió en un estacionamiento en contra esquina del lugar donde estaba Robert y se estacionó cerca de un banco, de reversa, de manera que el frente de la Ram apuntaba hacia Cosmos. El conductor era joven, se veía de unos veinte años, y usaba una camisa polo color negro y caquis.

—Lo tengo —dijo Robert.

Gabriel estaba hablando en su teléfono, usando la función de *walkie-talkie*. Hubo un pequeño retraso y luego la señal con la llamada de Gabriel le llegó a Robert:

«Mackey es al que vamos a matar —le dijo Gabriel a Rocky que ahora estaba estacionado cerca de Cosmos también—. Antes de que Mackey se suba a su coche, tú llamas a J.P. y le dices: "¡Ahí va Mackey, ahí va Mackey! ¡Es el que trae puesto tal y tal!"».

«¿Sólo le tengo que hablar a J. P.? ¿Sólo a él?».

«Sí, sólo a él. Él va a hacer el trabajo y luego otro tipo lo va a estar esperando en la esquina para escapar».

Está bien, pensó Robert, ya tenían suficiente información sobre este intento de asesinato: «Mackey es al que vamos a matar».

Robert le ordenó a dos patrullas que entraran al estacionamiento de Cosmos, que encendieran sus luces y que se quedaran en sus coches. Las patrullas asustarían a Cardona y lo harían cancelar el trabajo.

Las patrullas entraron al lote de Cosmos y encendieron sus luces.

Gabriel no se movió.

Robert veía a Gabriel observando las patrullas. Gabriel volvió a hablar por su radio.

La sala de monitoreo le pasó la llamada a Robert. Gabriel quería que su equipo se quedara en sus posiciones hasta que Mackey saliera de Cosmos. Dejarían que se subiera a su Hummer, que se fuera y luego lo seguirían. Cada uno se turnaría para seguirlo un rato y luego se quedaría atrás y dejaría que otro se adelantara, como pelotón de ciclistas. Eso harían hasta que Mackey llegara a algún lugar aislado, solo. Y entonces Gabriel personalmente mataría a Mackey.

Pasaron sesenta minutos. El centro nocturno se vació. Eran las dos de la mañana.

El dueño de la Hummer azul salió. Le tomó un momento acostumbrarse a las lámparas de halógeno del estacionamiento. Se subió a la Hummer. Luego encendió el motor y Robert ordenó a las patrullas: «Detengan a Mackey en cuanto salga a la calle».

La sala de monitoreo le pasó otra conversación a Robert.

«¿Qué pasa, güey? —preguntó Gabriel—. ¿Dónde va la Hummer?».

«Está saliendo por el lado norte —dijo Rocky—. El lado norte. Está saliendo del estacionamiento. Pero, este, hay dos patrullas detrás de él».

«¿El lado norte? ¿Como si se dirigiera a Del Mar?».

«Sí, sí, sí. El lado norte. Pero pon cuidado, güey. Los policías van justo detrás de él».

«Ok, voy para allá».

«¡Se estacionó! —dijo Rocky—. ¡Los policías lo pararon!».

«¿Qué onda?».

«¡Pinche puto! —dijo Rocky—. Este culero tiene demasiada buena suerte».

«Vamos a esperar a ver si lo dejan irse».

«Está bien. Estoy viendo todo. Parece que lo van a arrestar. Parece que lo están esposando, como si se fueran a llevar al puto. ¿Estaría borracho o algo?».

Llegó una grúa y se llevó la Hummer. Los chicos lobo se fueron.

Robert cruzó la calle hacia la patrulla y miró en la parte de atrás. El hombre que estaba dentro no era Mackey. Era un dentista local que se parecía un poco a Mackey y tenía una Hummer azul que era igualita a la de Mackey. El dentista estaba furioso porque no sabía por qué una grúa se estaba llevando su coche mientras él estaba sentado en una patrulla. Robert le dijo que unos asesinos habían estado a punto de matarlo.

—Lo arrestamos para protegerlo.

—Es mi pinche esposa, ¿verdad? —gritó el dentista. La esposa del dentista no tenía nada que ver, le aseguró Robert—. ¡Seguro ella los contrató! ¡Lo sé! Nos estamos divorciando. ¡Ella me quiere ver muerto!

De vuelta en la sala de monitoreo los miembros principales del equipo Profecía se dejaron caer en los sillones, muy alterados después de lo cerca que habían estado: «¿Qué carajos había pasado?».

Para ellos, lo único peor a que los «quemaran» —que los maleantes se enteraran sobre la investigación y se fueran— era que alguien terminara muerto. Se dieron cuenta de que la Operación Profecía no sería una investigación típica, donde se usa al informante para tener cierto control sobre las actividades de los criminales. Los chicos tenían su propia agenda y harían lo que quisieran.

El equipo Profecía decidió mantener la operación en pie, para poder grabar conversaciones entre Gabriel y los líderes de la Compañía en México y para que Rocky pudiera averiguar quién más estaba en la lista de objetivos. Tendrían que

estar en modo reactivo constantemente. Sólo habían transcurrido doce horas tras darle las llaves de la casa de seguridad a Cardona. ¿Cuánto tiempo podrían seguirles el ritmo a
estos chicos?

Esa noche, Gabriel y Richard se fueron a buscar a un objetivo viejo
y familiar de la lista de Miguel, Mike López, al Taco Palenque,
donde muchos en Laredo iban después de que cerraban los bares,
pero no lo encontraron. De camino al norte en la I-35, Richard se
dio cuenta de que los seguía un coche sin distintivos color blanco, una Ford Explorer. Richard aceleró. La Explorer los siguió.
Richard se salió de la carretera, dio vuelta en un retorno debajo
de un paso a desnivel y se volvió a meter a la I-35 en dirección
al sur. Aceleró, salió en Saunders Street, llamó a un amigo que
vivía cerca, le pidió que abriera su puerta y unos minutos después
Richard y Gabriel se metieron a esa cochera y apagaron las luces.

—Los perdimos —dijo Gabriel.

La Explorer pasó por la calle lentamente.

—¡Carajo! —dijo Richard.

—El FBI debe estar investigando lo de los chicos —dijo
Gabriel en referencia a Poncho Avilés y el otro adolescente
de Laredo, ambos de Sinaloa, a quienes Gabriel y Richard
habían secuestrado de un centro nocturno de Nuevo Laredo
una semana antes. Gabriel se encogió de hombros. Esos asesinatos habían sido del otro lado así que le aseguró a Richard
que no tenían importancia.

De todas maneras, la persecución había puesto nervioso
a Richard.

—Estamos llamando demasiado la atención —dijo. Quería dar por terminada la noche e ir a Nuevo Laredo hasta que
las cosas se enfriaran.

—Te estás amariconando, mano —le dijo Gabriel—. Vamos
a hacer este trabajo.

Gabriel y Richard nunca habían diferido tan abiertamente.
El subtexto de la discusión era claro. Durante sus primeros

años en Lazteca, Richard tenía el dinero y el poder. Era el jefe. Ahora se habían invertido los roles. En el fondo, Richard estaba molesto consigo mismo. Seis meses antes se había metido al grupo de los sicarios por lo que parecía ser una buena razón: para conocer a Miguel Treviño y volver a traficar.

En los últimos meses, Richard y Miguel habían tenido muchas conversaciones sobre el regreso de Richard a la logística con la oferta de que le darían algo para empezar y toda la cocaína que pudiera mover. Miguel confiaba en Richard porque Richard estaba con Gabriel. Cada vez que se veían, Miguel le preguntaba a Richard si estaba listo para empezar la operación de tráfico. Richard siempre inventaba alguna excusa. La razón real era que gozaba de tener el poder de provocar miedo en su papel de sicario y eso le había robado la ambición de trabajar arduamente y ganar dinero real otra vez. El miedo, a largo plazo, tal vez fuera una fuerza más débil que el dinero, pero de cierta manera era más adictivo. Una cosa era tener dinero y poder salirse de un aprieto con las autoridades mexicanas. Pero de todas maneras había que seguir las reglas. Porque los enemigos podrían tener más dinero y por lo tanto más poder sobre la policía. Por otro lado, el poder del miedo implicaba hacer huir a los policías sin pagarles. El privilegio de humillar había seducido a Richard y había perdido su camino.

—Estamos buscando a un puto fantasma —dijo Richard—. Yo ya acabé por hoy.

Entonces sonó el teléfono de Gabriel. Era Meme Flores que llamaba desde México. Meme les explicó que había dos jóvenes de la Compañía en Nuevo Laredo que estaban recibiendo su salario semanal pero que nunca hacían trabajos. Necesitaban disciplinarlos. ¿Gabriel podía encargarse de eso? En una guerra interminable, el trabajo del que hace valer las reglas nunca termina. Sí, Gabriel podía hacerlo.

—Está bien —le dijo a Richard—. Se te va a cumplir tu deseo. Llévanos del otro lado.

Después, Richard se quedó en México para continuar de fiesta. Gabriel regresó a la casa de seguridad en Orange Blossom Loop poco antes del amanecer. Había sido una noche larga. Se durmió.

El domingo pasó sin actividad. El lunes, el tercer día de la casa de seguridad, Robert quería ver a los chicos. Ninguno de los cuartos tenía cámaras. Pero se podía imaginar a Gabriel durmiendo en el colchón de aire de lujo que había comprado en Walmart. Mientras los oficiales vestidos de civil lo seguían por los pasillos ese día, el chico compró ropa de cama, utensilios de cocina y un mueble triangular para la vieja televisión, el único artículo de la sala que había puesto el gobierno de los Estados Unidos.

Al mediodía, los chicos lobo despertaron y Gabriel entró en su faceta de limpieza. Puso a cada uno de los chicos a hacer una tarea: limpiar la cocina, el baño, encontrar una podadora y cortar el césped, armar el mueble para la televisión. Este sitio iba a ser una «casa hecha y derecha», les dijo, no una pocilga. Todos aprenderían a respetar lo que les dieran. Desempacó los utensilios de la cocina, llenó un cajón, fue a la cochera y regresó cargado de toallas de Martha Stewart, blancas y nuevas, con franjas, colgó unas y las demás las distribuyó entre los chicos.

Ahora, en su recámara, donde Robert podía escuchar pero no ver, Gabriel intentó reconciliarse con Christina por teléfono.

—¿Estás ocupado o qué? —le preguntó ella.

Él alcanzaba a oír a sus subalternos trabajando en la cochera.

—Estoy limpiando el coche —dijo Gabriel al teléfono—. ¿Qué pasó, amor?

—Te llamé porque tú no me has hablado.

—Muy bien.

Un silencio incómodo.

—Ayúdame a ser fuerte, Gabriel —dijo finalmente con un suspiro—. No tengo a nadie más. No entiendes cómo me siento cuando no me llamas. Se siente tan... ¡terrible!

La dedicación renovada de Gabriel a su trabajo en la Compañía, en especial a esta lista de asesinatos en Texas, había sido muy desgastante para su relación. Ella le hablaba para preguntarle qué planes tenía y él le contestaba: «¡No entiendes! ¡Estoy trabajando!». «¡Pero dijiste que nos veríamos!». «¡Está bien! ¡Voy por ti!». Y Gabriel pasaba por ella e iban a algún lado a comer comida rápida y él se enojaba y le decía que reorganizara los pepinillos en su hamburguesa, que los distribuyera por todas partes para que hubiera un pepinillo en cada bocado.

Ella ya no podía seguir fingiendo que no sabía sobre su trabajo. No desde la noche reciente que regresó de México y se quitó la camisa negra Versace que le quedaba tan bien en su cuerpo de adolescente maduro. Notó que estaba manchada de rojo. Corría un rumor: habían secuestrado a dos adolescentes de Laredo en el centro nocturno Eclipse en Nuevo Laredo, los habían golpeado y los habían echado al guiso. Cuando estaban en el hotel, Gabriel le preguntó a Christina si quería un coche nuevo. Ella dijo que le encantaría un coche nuevo. Él le dijo que podía escoger el coche que quisiera, siempre y cuando ella le ayudara a entregar la cabeza de La Barbie en una caja.

—¡Qué chingados, Gabriel! —gritó ella.

—¿Qué? —dijo él encogiéndose de hombros.

Ella chasqueó la lengua, un sonido que hacía cuando estaba triste. Pensaba que podían ser una buena pareja, que podían ser fuertes, pero la Compañía estaba separándolos y ya estaba harta.

—Sabes que a veces no te puedo llamar —le dijo Gabriel ahora en el teléfono intervenido—. He estado ocupado. Y si no me crees, sólo mira a Chuy Resendez.

Ella respiró profundamente, exasperada.

—Lo sé. No quiero saber —dijo. Luego le contó que alguien estaba ofreciendo mil dólares por información sobre el asesinato—. Entiendo que estés muy ocupado, Gabriel. Pero cuando amas a alguien, cuando verdaderamente lo amas, intentas hacerte un poquito de tiempo para llamar. Al menos un poquito de tiempo. ¡Yo te amo, carajo!

Acordaron verse para cenar en dos días. Ella le dijo que tuviera cuidado. Colgaron.

En la sala de monitoreo, Díaz y Gómez rodaban de risa. Robert rio entre dientes. Casi podía sentir empatía. El chico se iría a la cárcel con cadena perpetua porque su novia se sentía sola.

28
CREPÚSCULO

Tenían un Big Gulp en la isla de la cocina de la casa de Orange Blossom Loop y cada uno de los chicos iba dándole tragos mientras daban vueltas por ahí y armaban el mueble de la televisión que compró Gabriel en Walmart.

Gabriel se levantó la camisa y les mostró el nuevo tatuaje de la Santa Muerte que se había hecho en la espalda: una calavera encapuchada que sostenía una hoz y un globo. La hoz simbolizaba cortar las energías negativas. Como herramienta de la cosecha, también representaba la prosperidad. El cráneo representaba el dominio de la muerte sobre la tierra, mientras que el globo significaba al mismo tiempo poder y olvido, la tumba a la cual todos regresarían. Durante la estancia más reciente de Gabriel en la cárcel del condado Webb, se había convertido en devoto de la Santa Muerte. Cuando llegó a la cárcel a principios de febrero, los guardias lo pusieron en una unidad segregada. Le rezó a la Santa Muerte. Al día siguiente los guardias lo pasaron a celdas. Le volvió a rezar ahí, esta vez para que lo fuera a ver el abogado y entonces supo que David Almaraz iba en camino. Rezó por conseguir una reducción de su fianza y lo consiguió. Los chicos se turnaron para tocar el tatuaje. Estuvieron de acuerdo en que era genial.

Gabriel estaba sentado en el piso de la sala, con la espalda recargada en la pared y platicaba con Rocky.

—¿Qué onda? —preguntó Rocky.

—Estoy esperando que crucen los dos sicarios... entonces Checo —respondió Gabriel.

—¿Checo? —confirmó Rocky para ayudar a los de la sala de monitoreo.

—Sí.

—¿En qué área vive? —preguntó Rocky.

Gabriel respondió:

—Hmm, chingados, no sé. Todavía no me dicen. Nomás me dijeron «Consigue los muebles y los sicarios listos y los fierros».

Gabriel mencionó otros objetivos, incluido Mike López, y dijo que en total eran cuarenta objetivos, varios de los cuales ya habían sido eliminados.

Rocky asintió y luego dijo:

—Si quieres yo me puedo encargar de ubicar a la gente. Tú nomás me dices va a ser éste y éste y éste.

—Simón —respondió Gabriel.

—Porque no puedes salir muchas veces, hijo —agregó Rocky.

—Yo sé. Pero con Checo ahorita ya está en corto. No hay pedo.

Rocky le preguntó cómo iban a matar a Checo y Gabriel le explicó:

—Mike dijo: «Como tú pienses... Mientras ustedes lo hagan bien».

Gabriel dijo que como había escuchado que Checo era muy confiado, había pensado que quien lo matara simplemente podía gritar su nombre «¡Oye, Checo!» y luego acercarse al coche y dispararle.

Rocky preguntó qué coches necesitaba Gabriel. Gabriel le dijo que necesitaba un carro usado que valiera unos cinco mil dólares, uno con tracción delantera y motor de ocho cilindros. Un Alero, según dijo Gabriel, sería un buen coche para los asesinatos porque los testigos con frecuencia confunden los Aleros con los Mustangs. Rocky sugirió un coche que no llamara la atención, algo «chiquito y tranquilo pero bueno y efectivo». Sugirió ponerle calcomanías, tal vez cosas políticas o algo de niños para encubrirse.

Sonó el teléfono de Gabriel. Se puso de pie, contestó la llamada y caminó por el lugar. Habló con los chicos lobo, que tenían su base en otra casa de seguridad en Laredo, sobre localizar a un objetivo llamado Tiofo.

Robert apuntó todos los nombres que Gabriel mencionó, incluyendo a Tiofo y se preguntó por qué le sonaba familiar. ¡Ah, sí! Era un matón de La Barbie, el que le había dado el video de ejecución de La Barbie el verano anterior.

Robert envió una lista con los objetivos al departamento de policía de Laredo con instrucciones de ponerse en contacto con ellos y sus familias. Era un principio. ¿Pero y los otros objetivos en la lista? ¿Había cuarenta?

Ese día, Gabriel intentó hacer un pequeño negocio con cocaína. Entre los regalos a su familia y amigos, y los gastos relacionados con la Compañía, que no solían reembolsarle, el dinero del trabajo de Chuy Resendez ya se le había terminado. Gabriel envió a su amigo, un chico lobo menor llamado Camacho, a recoger diez onzas de coca de un vendedor de Laredo. Primero Camacho llamó para decir que la báscula se había quedado sin pila y bla bla bla. Luego habló para decir que apenas eran un poco más de cuatro onzas.

—¿Cómo que cuatro? —preguntó Gabriel—. ¿Por qué lo dices?

—Son cuatro onzas, güey.

—¿Cuatro?

—Cuatro y un poquito más, pero espero...

—No voy a trabajar ya contigo si me vas a estar haciendo estas pendejadas. A ver, quedamos que diez onzas. Así que no me vengas con esas pendejadas de que eran cuatro. De hecho, voy a hablarle en este momento y si me da su palabra de que eran diez...

—¡No, no, espera! Quiero decir que hay nueve y tres octavos. Casi diez. Estaba diciendo cuatro porque ya tengo cinco para ti en otro vaso que ya pesé.

Gabriel sacudió la cabeza. ¿Estos pendejos creían que eran más listos que él?

—Está bien, llámame después para que sepa cuánto es exactamente.

Camacho se rio.

—Casi te da un infarto, güey.

—Sí.

—Me ibas a matar.

Cuando llegó la coca, Gabriel quería que su chofer, Chapa, la llevara a Dallas en autobús. Un comprador les daría 5,000 dólares por diez onzas, una ganancia de 3,000. Discutieron sobre cómo podía ocultar Chapa la coca durante un recorrido de ocho horas en autobús.

—¿Adentro de mis pantalones?

—Nah.

—¿Entre los cojines de los asientos?

—Ya sé —dijo Gabriel y tomó el vaso del Big Gulp—. Envuélvela bien, que sea a prueba de agua, y esconde la coca en la Coca. Así, cuando detengan el autobús para hacer revisiones, tú sólo te bajas el vaso y sigues bebiendo.

A los chicos les gustó la idea. Si Richard hubiera estado ahí, hubiera puesto los ojos en blanco. ¿Diez onzas? Eso era para uso personal. ¿Por qué arriesgarse por una venta tan pequeña? Carajo, hasta la DEA se reiría de eso.

En la sala de monitoreo Robert sonrió. Si él fuera traficante, rentaría una casa en Laredo con un nombre falso, la amueblaría, llenaría los muebles con drogas y luego contrataría una mudanza que se llevara los muebles a Nueva York. No había escuchado que alguien lo hiciera así. Tal vez funcionaría.

Se tomó un descanso mientras Díaz y Gómez tomaban notas sobre el asunto de las drogas. Conspiración para traficar. Más cargos. Más años.

Detrás de ellos, en la pared, había un pizarrón blanco con unas veintitantas fotografías pegadas. Hasta arriba estaba

Miguel Treviño. Debajo estaban los miembros del equipo de Gabriel, algunos de ellos sirvientes, como Chapa, y otros chicos lobo hechos y derechos. Robert trazó líneas desde Gabriel, en medio del pizarrón, a varios superiores zetas. Además de detener los asesinatos, en los días venideros usarían los micrófonos ocultos para reunir más información sobre la jerarquía y poder tener suficiente evidencia no sólo para encerrar a Gabriel para siempre, sino para levantar cargos a la jerarquía superior también.

En la mañana del cuarto día, Robert despertó con el sonido que le advertía de una nueva llamada de los teléfonos intervenidos. Conocía la voz del otro lado de la línea. Cuando un tipo amenazaba a tu familia, nunca olvidabas su voz.

—Acabo de empezar aquí y ya hay varios muertos —le dijo Bart a Gabriel—. Es como decir: «Oye, échate a ese tipo» y ¡pum!

Bart estaba en México viajando con la escolta de Miguel. Dijo que estaba descansando, jugando juegos en un Xbox 360 y fumando mota mientras se curaba de una herida fea. Durante una redada el día anterior se había disparado en la pierna con una bala para perforar blindaje.

—Íbamos como en siete carros blindados. Yo iba en un Marquis verde bonito. Íbamos por la calle y cuando llegamos a la casa me bajé y entré por la puerta de atrás. Traía piñas, todas las chingaderas. Estaban todos en el piso. Estuvo increíble. ¡Pum! ¡Pum! Luego llegaron las ratas. Salí disparado. Sentí la pierna caliente. Miré hacia abajo. ¡Y que veo uno de esos huecos donde me falta carne de la pierna! —dijo Bart riendo histéricamente—. Me falta carne de la pierna, güey. ¡Eso lo dice todo!

—Voy a ir para allá y vas a ver la barrida que les voy a poner. Mientras tanto, voy a estar aquí un poquito más. Por cierto, ¿has visto a Richard por allá? —dijo Gabriel.

—Negativo.

—Se fue hace dos días. Si no regresa, ya es un desertor —declaró. Hizo una pausa—. Lo bueno es que no he hecho nada, güey. Las cosas están calientes. Pero ahorita están tranquilas porque sólo estamos escondidos. Cuando salgamos, ya valió: pum, pum, pum. Nosotros hacemos la acción. Pero yo no hago realmente nada. Los dirijo desde el radio: «El tipo está aquí». «Está allá». «Bájense y dispárenle». Richard y el tipo de Dallas, J. P., ellos van a ser los que maten. Sé que ellos dos son buenos para eso.

Gabriel y Bart se informaron mutuamente sobre la situación en la que estaban en sus respectivas casas. Gabriel le dijo que su habitación era más pequeña que las otras, pero más elegante.

—¿Para qué necesito una recámara grande si no tengo muebles? —le dijo Gabriel.

Hablaron sobre pistolas, balas y chalecos. Discutieron las virtudes de la FN Herstal, la pistola que habían recibido muchos hombres de la Compañía. La trayectoria plana de la bala de 5.7x28 mm prácticamente garantizaba que le atinarían a su blanco a distancias cortas y además tenía poca patada. Bart bostezó. Dijo que le asustaba lo que una bala calibre .50 le hacía a la cabeza de alguien.

Bart preguntó sobre el estatus de una deuda que Gabriel tenía con él. Se suponía que Gabriel le pagaría la deuda con el dinero de Chuy Resendez. Gabriel le explicó:

—Carajo, güey. Me lo gasté. Eran cincuenta. Le di veinte a Richard y me quedaron treinta. Me gasté cuatro, cinco, seis, siete, ocho en el Mercedes para ponerle una parrilla, defensa, ventilador, luces para niebla y pintura. De los veintidós restantes le di mil a Chapa y mil a mi hermano menor. Son veinte. De esos veinte compré dos mil de ropa. Son dieciocho. Gasté en hoteles. Son catorce. De esos catorce, le di diez a mi mamá. Me quedan cuatro. De esos cuatro usé dos para comprar las diez onzas. Así que digamos que por el momento sólo tengo dos mil.

Bart sospechaba que Gabriel no le estaba diciendo la verdad, pero aceptó la explicación. Gabriel le preguntó a Bart si había escuchado sobre los adolescentes de Sinaloa, Poncho Avilés e Inés Villarreal, a quienes Richard y Gabriel habían secuestrado en el club Eclipse.

—Nah. ¿Dónde los cocinaron?

—En esa casa del kilómetro 14. Deberías haber visto a Poncho. Lloraba como un puto. «No, güey, yo soy tu amigo». «¿Cuál amigo hijo de tu pinche madre, cállate la boca». Y ¡pum! Tomé una pinche botella y ¡zas! le abrí la puta panza. Tomé una tacita y la llené de sangre y ¡pum!, se la dediqué a mi Santa Muerte. Y luego fui con el otro puto y ¡zas!

Gabriel dijo que creía que el FBI se estaba involucrando, pero que eso no era un problema ya que los asesinatos se habían cometido del otro lado.

La conversación pasó al tema del liderazgo de la Compañía. Bart dijo que Miguel y Omar habían ido a la casa donde Bart estaba convaleciendo y le mostraron a todos una lista actualizada, incluyendo a más personas que creían que estaban involucradas en la muerte de Fito. Gabriel y Bart se quejaron de Miguel, cómo no siempre los respetaba, pero siempre terminaba llamándolos hermanos cuando quería algo.

—Pregúntale al comandante si puedes regresar —le dijo Gabriel—. Dile que tengo al siguiente punto listo —dijo, refiriéndose al traficante de Sinaloa conocido como Checo—. Si quieres, puedes participar.

Robert, con los ojos rojos por la falta de sueño, caminó hacia el pizarrón pasando por encima de envoltorios de hamburguesas y cajas de pizza. Destapó un marcador, trazó líneas de Miguel Treviño a Omar Treviño a Meme Flores y a otros jefes de la Compañía que se mencionaron por código en la llamada. Las líneas entre los chicos lobo y sus jefes mexicanos estaban empezando a aclararse.

Pero había un problema: la lista de objetivos de Miguel tenía a cuarenta personas, tal vez más. La Operación Profecía nunca se enteraría de quiénes eran todos si sólo se valían de los micrófonos ocultos y los teléfonos intervenidos. De ahora en adelante habría que hacer un análisis constante de costo-beneficio: ¿Cuánto más valía la información sobre el cártel y sus objetivos si se le comparaba contra el riesgo de permitir que Gabriel y su equipo anduvieran libres por Laredo? Lo del Cosmos había estado demasiado cerca, no necesitaban que eso se repitiera.

Lo que querían, más que nada, era una conversación entre Gabriel y Miguel, y en el cuarto día en la casa de seguridad, el martes 11 de abril, la consiguieron.

—¿Qué onda, hombre? —preguntó Miguel a Gabriel por teléfono.

—Compré los dos vehículos del otro lado —dijo Gabriel refiriéndose a los coches que adquirió en México—. Uno es un Malibu verde y el otro un Marquis blanco.

—¿Y quién va a ser? —preguntó Miguel refiriéndose a quién mataría al siguiente objetivo, Checo. ¿Quién era su gallo para la misión?

—Me falta un sicario —dijo Gabriel refiriéndose a Richard, que aún no regresaba de México—. Pero si quieres podemos hacer lo de Checo de una vez.

—Déjame ver —respondió Miguel, como si dijera «Demuéstrame que puedes».

—Ok. Cuando tenga reunido al cuadro —dijo Gabriel, refiriéndose al equipo—, te llamo y te aviso que vamos en camino.

Gabriel salió para recoger a Christina de la escuela y llevarla a cenar temprano. En el Applebee's se disculpó por no hablarle con más frecuencia.

—Sí, te amo —le dijo—, pero es el trabajo.

—Lo sé. No quiero hablar ya de eso.

Ordenaron refrescos de naranja y esperaron sus sándwiches. Ella mencionó que había escuchado que la gente se refería a él como Comandante Gaby.

Esta información le encantó a Gabriel. Sólo podía querer decir que Miguel estaba hablando de que Gabriel ascendería en la Compañía.

Sonó su teléfono. Un chico lobo de la casa de seguridad informó que dos tipos habían tocado a la puerta.

—Uno es alto. El otro bajito y gordo. El bajo tiene piel morena y anteojos. ¡Creo que tal vez es Robert!

—No te preocupes —lo tranquilizó Gabriel—. No era Robert. Los policías no tienen idea de dónde estoy.

Los hombres esperaron, tocaron de nuevo, esperaron más, tocaron una tercera vez y luego se alejaron.

El chico confirmó que no era Robert.

—Creo que eran agentes inmobiliarios porque traían corbatas y camisas de manga larga.

Era un día agradable de abril. Gabriel y Christina fueron al lago Casa Blanca y caminaron por el parque que rodea el lago al sur del campus de TAMIU, donde el presidente de la universidad, Ray Keck, daba clases sobre *Cien años de soledad* en el español original y también sobre el punto de vista de Isaiah Berlin de Maquiavelo. Los amantes adolescentes recorrieron las penínsulas cubiertas de juncos que se adentraban en el agua. Gabriel le contó que, de niños, él y sus amigos de Lazteca, cuando tenían dinero, solían venir al lago y rentar lanchitas y hacer carne asada. Nostálgicos, compartieron un beso tembloroso.

—No te preocupes —dijo ella—. No le he dicho a nadie. Me hago la tonta. Ni siquiera quiero saber —suspiró. Luego chasqueó la lengua—. Me gusta que luchemos juntos, Gabriel. Pero los Zetas están empezando a lastimar.

—Ya sé, amor. Pero tengo que seguir ayudándolo. ¿Qué puedo hacer? No hay nada que pueda hacer con este hombre. Así es, Christina.

El viento hizo que los juncos chocaran con sus jeans. Él le dijo que tenía una casa nueva y que le encantaría que vivieran ahí juntos los dos.

Cuando la dejó en su casa, le dio 500 dólares. Le llamaría pronto y le diría cuándo empacar. Se abrazaron.

—Más fuerte —dijo ella.

Un par de horas después, cuando Gabriel y Richard finalmente hablaron por teléfono, Gabriel le dijo que llevaba mucho tiempo buscándolo.

—Espero no estarte molestando —dijo Gabriel sarcásticamente.

—Estoy aquí en La Quinta —dijo Richard refiriéndose al hotel de Laredo donde había estado recibiendo chicas los fines de semana.

—Bueno, pues me llamaron y... Checo.

—Está bien —dijo Richard y le dijo a Gabriel que regresaría a la casa de seguridad. En el camino se paró a comer algo rápido en el Subway y, mientras comía, vio a uno de los miembros del equipo de Orange Blossom pasar en el Marquis blanco. Richard se percató de que detrás del Marquis iba una Explorer blanca. Llamó a Gabriel para informarle, pero Gabriel le respondió que estaba siendo paranoico.

—Carajo, güey, ya te estás amariconando de nuevo.

En la casa de seguridad, cuando Richard finalmente regresó, los chicos lobo estaban activos: entraban y salían de la cocina, balanceaban los brazos, se tocaban la punta de los pies. Dos de ellos limpiaron los coches que circulaban con calcomanías falsas y un permiso de los que dan las agencias antes de tramitar las placas que ellos mismos habían llenado con una serie de números y letras aleatorias.

Recorrían la casa con pasos rápidos en preparación para el trabajo de la noche.

Gabriel traía pantalones de vestir y una camisa blanca Polo nueva y estaba parado en la cocina preparando a su recluta más reciente. El chico, J. P., había llegado de Dallas sin ropa, así que Gabriel le prestó una camiseta de *Scarface*. Le dio al chico un tutorial de último minuto: «Te le acercas y nomás

¡pum! —le dijo a su recluta más reciente—. En la cabezota. Pero con las dos manos. En la coronilla, ¡pum! Así te lo chingas. Y si no, ¡pum! ¡pum! ¡pum! ¡pum! Cuatro en el pecho. Y luego en la cabezota, para estar seguro».

Eran jóvenes, vigorosos y apasionados en la certeza de su éxito.

«¡Es hora de ponerse a trabajar!», gritó Gabriel y aplaudió para animar a su equipo.

Todo estaba listo. Era hora. Era el principio de algo.

Christina fue al centro comercial con los 500 dólares y compró camisas y zapatos y aretes, y luego fue a casa a dormir una siesta. Soñó que empacaba una maleta y que se iba con Gabriel a empezar una nueva vida. Una vida en la cual se cumplían las promesas y los hombres no desaparecían. Una vida en la cual la gente respetaba la fe y trabajaba arduamente para acercarse más a Dios.

Despertó al amanecer, le habló por teléfono, como si se estuviera pellizcando para asegurarse de que era real y no un sueño. Nadie le contestó.

Robert consideró sus opciones. Esperaban poder mantener los micrófonos más tiempo, pero los chicos estaban muy activos.

Bueno, tenía lo que necesitaba. Todos lo tenían. Así que cuando empezó a caer la noche, mandó a un equipo de SWAT a Orange Blossom Loop y luego se dirigió al estacionamiento un minuto antes de que la pantalla principal de la sala de monitoreo se pusiera en blanco con un chispazo incandescente.

Un escándalo afuera, botas, voces que gritaban, un golpe: ¡bang!

En la cocina, Richard y Gabriel se miraron: Richard sacudía la cabeza decepcionado como diciendo: «Te lo dije»; Gabriel se veía incrédulo.

Lo que entró por la puerta principal había sido una granada aturdidora. El golpe que se sintió con el estallido sacudió los oídos de Gabriel. Se tambaleó. Un destello brillante deslumbró los fotorreceptores de sus ojos y lo dejó ciego por tres segundos. Uno. Dos. Tres. Estaba boca abajo en la alfombra, con las manos esposadas a la espalda. Pensó que tal vez moriría. Pensó que tal vez escaparía. El mundo de posibilidades era amplio.

Luego escuchó esa voz familiar.

—¿Cómo estás, Gaby? Y supo entonces que todas sus posibilidades se habían reducido a una sola.

Ella llamó una y otra vez pero nadie contestó. Tocaron a la puerta. Robert García venía con dos policías uniformados y afuera había una camioneta encendida. Le dijo que tenía que ir con él a la estación de policía.

—Pero yo no sé nada —dijo ella.

Él sonrió.

—Mira lo que traes puesto —le dijo él refiriéndose a la ropa que había comprado con el dinero obtenido de los asesinatos de Gabriel.

—¿Qué? —preguntó ella y se miró—. Es ropa nueva.

—Está cubierta de sangre.

—¿Tío? —dijo Gabriel al teléfono después de llamar a Miguel.

—Llama después —le contestó alguien que no era Miguel—. Está ocupado.

—La cosa es que me atraparon —dijo Gabriel—. No sé si me van a encerrar. Sólo quería avisarles.

—¿Quién te va a encerrar?

—La ley. Estoy aquí en las oficinas de la ley. Llegaron y me dijeron: «Toma, éste es tu radio, úsalo como quieras. Tienes derecho a hablarle a tus parientes para que sepan qué está pasando». Hicieron una redada en nuestra casa. Dicen que nosotros hicimos lo de Chuy.

—¿Te están culpando de eso?

—No me han dicho todavía. El maldito abogado no contesta. Tiene el teléfono apagado. Trajeron a mi vieja y la están

316

NARCO EN LA FRONTERA

presionando... Una y otra vez... Quieren que les diga que yo lo hice. Me puse como loco. Los hice ver su suerte.

—Escúchame, güey. Que se jodan.

—Están investigando a Rocky y a los otros. No sé si los demás van a decir algo. No les dije nada a los del FBI y los mandé a la chingada. Así que me dejaron solo en un cuarto.

—Que te vean. Esos putos siempre están cometiendo errores.

—Sí. No. Sólo quería avisarles. Pero no es problema. Voy a llamar al abogado para que me saque de aquí. Pero avísale al tío Mike. Sólo dile a mi amigo de allá, ¿ok?

PARTE V
CONGELADO EN EL TIEMPO

Para el guerrero, la fama era el punto inmediato de todo...,
las miradas de las mujeres, la adulación de los niños,
el respeto cuidadoso de los que alguna vez fueron sus iguales.

Aztecs, Inga Clendinnen

29
LA LEYENDA DE LAREDO

En las oficinas de la ley, Gabriel intentó una nueva estrategia: cuando hablar le podría haber ayudado, no decía nada y no hacía ningún trato. El miedo y la prudencia estaban por encima del orgullo. Motivado por un deseo de proteger a su familia de la Compañía, decidió no impugnar su caso ni tratar de reducir su sentencia dando información sobre los Zetas, y en vez de eso se portó como un tipo íntegro de los que Ángel Moreno prácticamente no había visto en sus veinte años como fiscal.

Por su supuesta participación en los asesinatos de Bruno Orozco, Moisés García, Noé Flores, Chuy Resendez y el sobrino de Chuy, Gabriel se declaró culpable. Sus tres condenas de cincuenta años y las dos de ochenta correrían al mismo tiempo, lo cual significaba que estaría un total de ochenta años en la prisión estatal.

Y en cuanto a la confesión que se grabó en los micrófonos ocultos acerca del asesinato a golpes de dos adolescentes estadounidenses en Nuevo Laredo, Poncho Avilés e Inés Villarreal, no importó que no hubiera cuerpos o evidencia ni importó tampoco que los asesinatos se hubieran cometido en México. Aunque había muchas opciones para acusar a Gabriel, Moreno le permitió declararse culpable de un cargo: una ley federal nueva posterior al 11 de septiembre tenía la intención de utilizarse contra los estadounidenses que participaran con grupos terroristas y fueran al extranjero a pelear. Cubría el asesinato de un estadounidense a manos de otro estadounidense en territorio extranjero.

Los cargos federales de Moreno en la Operación Profecía nombraban a más de treinta acusados, incluyendo a Miguel y Omar Treviño, René García e incluso la Mano Negra, el líder de la Mafia Mexicana.

Cuando Gabriel y Richard se presentaron para la lectura de cargos en la corte federal en 2008, Gabriel, que había decidido declararse culpable, dudó un poco ante el juez.

—Yo no sabía que estaba renunciando a mi derecho de apelar en la negociación —le dijo a la juez Micaela Álvarez.

La juez Álvarez le explicó que si no quería renunciar a su derecho a apelar, entonces el gobierno —en otras palabras, Moreno— tenía el derecho de retirar su oferta e irse a juicio. Gabriel cedió:

—Está bien, renunciaré a mi derecho a apelar.

La juez Álvarez quería estar segura de que él entendía qué significaba renunciar a la apelación.

—Digamos que te sentencio a cadena perpetua, lo cual es una posibilidad —dijo—. Si luego en la cárcel te pones a pensar: «Mi abogado no hizo un buen trabajo. Mi abogado debería haber peleado más». Si haces una solicitud de apelación, es gracioso decirlo pero la gente lo sigue haciendo a pesar de haber renunciado a su derecho, lo primero que te dirá el gobierno será: «Oye, espera, renunciaste a ese derecho». Y el Quinto Circuito, la corte federal de apelaciones, dirá: «Sí, renunció a su derecho». Ahora, lo otro sobre lo que hablaba, el 2255. Digamos que estás en prisión. Estás platicando con otros prisioneros. Y te dicen: «¿Sabes qué? Hay una cosa que puedes hacer que se llama un 2255 —refiriéndose a un llamado ataque colateral que puede solicitar el acusado en el primer año después de recibir su sentencia—. Yo lo veré. Diré que yo le expliqué todo eso a él. Le dije que no lo iba a poder hacer». ¿Entiendes?

—Sí, señora.

Entonces Moreno leyó en voz alta los hechos de lo que el gobierno intentaría demostrar si el caso se iba a juicio: las desapariciones de Poncho Avilés e Inés Villarreal; su asesinato con

tortura; la admisión de Gabriel durante su llamada de diecisiete minutos con Bart.

Cuando Moreno terminó, la juez Álvarez le preguntó a
Gabriel:

—¿Hay alguna acción de las que aquí se te atribuyen en la
cual dirías que no participaste?

—No, todo es correcto —dijo Gabriel. Lo único que negó
fueron las declaraciones que se le atribuyeron en las cuales
supuestamente hablaba sobre terceras personas. No quería
que quedara ningún registro de haber hablado sobre Miguel
Treviño, Meme Flores o cualquier otro líder de la Compañía.

La fecha de lectura de la sentencia de Gabriel llegó siete
meses después. En la audiencia, cuando la juez Álvarez preguntó si alguna de las víctimas deseaba dirigirse a la corte, la
madre de Inés Villarreal, el niño de 14 años, dio un paso al
frente. Podría haber estado hablando a nombre de miles de
madres de Laredo cuando explicó cómo había perdido un año
de trabajo buscando a su hijo y que estaba a punto de perder
su casa y su auto también. Se dirigió directamente a Gabriel:

—Te voy a decir esto, hijo, porque sé que tu madre está
pasando por el mismo dolor que yo. Pero mi dolor es más
fuerte porque tu madre sabe dónde estás. Te pido, si quieres
te pido de rodillas, que si sabes dónde está enterrado mi hijo
por favor se lo digas a la juez.

La juez le dio las gracias, le dijo a Gabriel que le diera a
su abogado cualquier información que tuviera sobre el para-
dero de Inés Villarreal y luego le preguntó si tenía algo que
decir a su favor.

El joven que alguna vez aspiró a ser abogado, respondió:

—Pido una disculpa al gobierno de los Estados Unidos y
a la comunidad de Laredo por haber participado en este tipo
de delitos. Y, por favor, que sólo me den la menor sentencia
que puedan. Eso es todo. Gracias.

El abogado de Gabriel en el caso federal, Jeff Czar, le insistió
a la juez que le diera a Gabriel «algo de esperanza en términos de

que hay luz al final del túnel». Czar argumentaba que la personalidad de Gabriel era fuerte pero no estaba de acuerdo en que él hubiera estado encargado de supervisar a otros involucrados.

—No hay nada que demuestre que su inteligencia sea mayor ni que haya sido el más brillante de ese grupo —señaló Czar. Luego agregó que las drogas tenían un papel como agravantes, que Gabriel era un desertor de la preparatoria y que vivió en las calles la mayor parte de su vida—. La historia y las características de mi cliente no son buenas. No puedo hacer nada sobre eso en el informe. No hay manera de componerlo.

Después resaltó que los hechos que se estaban discutiendo, verdaderos o no, habían convertido a su cliente en una leyenda urbana.

Ángel Moreno respondió.

A partir del arresto de Gabriel y su equipo, tres años antes, el índice de homicidios de Laredo se redujo a menos de la mitad de lo que era cuando ellos estaban en funciones, sostuvo Moreno. Enfatizó el rol de Gabriel como líder, y que él tenía contacto directo con los líderes de los cárteles en México.

—Él estaba tomando las decisiones —dijo Moreno.

Aunque Gabriel era joven, no era más joven que los hombres y mujeres que servían a su país en la guerra. Lo arrestaron varias veces. Desafortunadamente, siempre lo liberaban bajo fianza. Pero había tenido muchas oportunidades para dejar de hacerlo.

—Y en lo que respecta a si este caso se ha convertido en una leyenda, su señoría, yo diría que noventa por ciento de lo que está incluido en este informe provino directamente de él. Sus declaraciones. Sus admisiones. Las llamadas interceptadas. Los videos. Tal vez, en su mente, era romántico formar parte de este grupo y participar en estas actividades. Si se convirtió en leyenda, fue porque el acusado así eligió que fuera.

La juez concedió que Gabriel «no estaba a cargo de toda la organización», pero dijo que los informes claramente reflejaban que él estaba «a cargo al menos de su propio grupo particular». Ya fuera por un problema del entorno, del ADN, o las drogas, o porque vivía en un mundo de fantasía donde pensaba que cometer estos asesinatos lo glorificaba, la juez concluyó que, aunque fuera bilingüe, ella y Gabriel no hablaban el mismo idioma, el idioma de la humanidad. Dijo:

—Con toda franqueza, no veo nada en este informe que indique que tiene alguna consideración por los demás seres humanos.

Por la seguridad de Laredo, por la seguridad de los Estados Unidos, le parecía que estaba justificado darle cadena perpetua. Tenía suerte, dijo la juez. En su opinión, merecía la pena de muerte.

Todavía faltaba la lectura de los cargos de muchos de los acusados en la Operación Profecía. Pero Robert se sintió decepcionado cuando escuchó la sentencia de Gabriel sentado en la parte de atrás de la sala. Los medios festejaron mucho a las fuerzas de la ley de Laredo por ese caso.

El actor de *Los Soprano* que narró un documental para la televisión sobre Gabriel y Bart llamó a Robert «el Sherlock Holmes de la frontera Tex-Mex». Pero Robert tenía la esperanza de que Gabriel impugnara el cargo federal y que el caso se fuera a juicio. Quería que los soplones subieran al estrado como testigos y que se abriera la cortina que ocultaba el reino cruel y grotesco de Miguel Treviño, un hombre que apenas llevaba unos años en ascenso en la Compañía cuando le dijo a Gabriel y a Wences que había matado a más de ochocientas personas.

En 2006, tres meses después de que los agentes de la Operación Profecía entraran a la casa de seguridad, hubo posibilidades de que se hiciera un juicio grande contra los Zetas en Laredo. En México, Bart Reta había desafiado las órdenes de los Zetas y había atacado un centro nocturno en Monterrey, dejando cuatro muertos y varios heridos. Sin la protección de la Compañía, llegó a las manos de las autoridades mexicanas.

En el arresto de Bart, hicieron una redada en su casa y encontraron 275 mil dólares en efectivo, un BMW M3 blindado, un anillo de diamantes valuado en 25,000 dólares y aproximadamente 50,000 dólares en ropa nueva de Versace. En las evaluaciones psicológicas se consideró que la condición de Bart era un «trastorno disociativo de la personalidad» y se concluyó que no sólo era inestable sino que era una amenaza a la seguridad de cualquier institución que lo alojara.

Cada país tiene diferentes requisitos de extradición. Si Moreno quería extraditar a alguien de Canadá, mandaba un pequeño sobre de documentos. México está del otro lado del espectro: su sistema exige una carretonada de documentos. La extradición puede tardar años o simplemente no ocurrir. Pero México ofreció a Bart sin que se hiciera ninguna solicitud y Bart estaba ansioso por salir de México. Si se hubiera quedado, hubiera tenido que enfrentar la ira de los Zetas. Pensó que en Texas las autoridades tenían poca evidencia que lo vinculara con los asesinatos de Moisés García y Noé Flores. Así que, el día que Bart cumplió diecisiete años, el 28 de julio de 2006, Robert conoció al mítico asesino a media noche en la pista del aeropuerto de San Antonio. Esposado y con grilletes, Bart sonrió ampliamente y recitó el número de la placa del coche de trabajo encubierto de Robert.

Durante varios días en la sala de interrogatorios, mientras comían lo que Bart había pedido de Wendy's, sándwiches de pollo, botellas de Big Red y mucho hielo picado, Bart le contó a Robert historias sobre el tiempo que estuvo en la Compañía. Matar lo hacía sentir como James Bond o Supermán, según dijo. Era básicamente un detective, igual que Robert. Tenía un empleo, como cualquier hombre, y era bueno en lo que hacía. Nunca mostraba sus emociones. Un minuto podía estar divirtiéndose, conversando con alguien como hermanos, y al siguiente podía estarle metiendo una bala en la cabeza. No, no era normal. Él lo sabía. Y sí, al principio lo hizo por el dinero. Pero después de un tiempo se volvió una adicción.

No podía dejarlo de hacer. Solía provocarle placer. Llegó un momento en el cual no se sentía satisfecho si no había matado a alguien ese día. Quitarle la pistola, dijo, era «como quitarle un dulce a un bebé». Carajo, estaba tan perdido que hubiera podido matar a su propio padre y no hubiera sentido nada.

Sus pláticas llenas de sangre asumieron una especie de normalidad extraña y cordial. Robert y Bart hablaban sin mayor problema sobre alimentar a tigres con humanos vivos y sobre quemar personas en tambos de petróleo, sobre desmembrar y torturar, sobre los campamentos. Bart consideraba que Miguel Treviño era un hombre inteligente y cruel. Miguel confiaba en Bart como si fuera su hijo y lo moldeó para convertirlo en asesino. Bart incluso quería comprar dos tigres blancos para poder ser como Mike. Y, sí, era verdad, absolutamente, lo que había dicho Gabriel de que Bart apenas tenía trece años cuando se unió a los Zetas. Miguel prácticamente lo había criado, lo envió a un campo militar de fuerzas especiales donde siempre sacó las calificaciones más altas en armamento, explosivos, combate mano a mano, cómo moverse como un fantasma. Luego lo enviaron a diferentes puntos del país, a lugares desconocidos, y la única evidencia de que había estado ahí era el rastro de cadáveres que dejaba detrás.

Robert había entrevistado a docenas de asesinos. Todos se iban directamente a las excusas, a las justificaciones. Pero a pesar de todas las mentiras que Bart le dijo a Robert, era el primer asesino en confesarle directamente que no mataba por la pobreza de sus orígenes, ni porque su mamá no lo abrazó lo suficiente cuando era bebé. Mataba porque le gustaba matar. Los sentimientos que Robert tenía por Bart eran complejos. Haciendo a un lado el hecho de que el chico había tenido la intención de matarlo, e incluso había amenazado a su familia, a Robert le agradaba. De verdad le agradaba.

La franqueza de Bart ciertamente era parte de su encanto, pero también lo era su ingenuidad. El chico se sorprendió al descubrir que su honestidad en los interrogatorios no le ganaría ningún favor con la corte estatal en las acusaciones de asesinato de Moisés García y Noé Flores. Bart también se sintió muy decepcionado cuando Robert le dijo que Gabriel lo había delatado por el asesinato de Flores. Bart se preguntó: «¿Cómo le podía haber hecho eso su hermano». Robert fingió sentir empatía e insistió en la traición hasta que Bart decidió impugnar su caso e irse a juicio.

Al verano siguiente, durante el juicio estatal de Bart, se tuvo que asegurar todo el centro de Laredo. Había patrullas estacionadas en todas las intersecciones cerca del edificio de la corte. Robert subió al estrado y explicó la investigación del asesinato de Flores, cómo las llamadas telefónicas lo condujeron al tatuador. El tatuador, que temía por su familia, subió al estrado como testigo y le rogó al juez que lo mandara de regreso a su casa. Cuando Christina testificó, estaba tan asustada que se negó a confirmar lo que había dicho el día anterior en su testimonio. El Señor, como dice en el *Libro de Isaías*, versículo 3:16, había desnudado sus secretos, le había quitado brazaletes, mascadas y perfume. Debido a su involucramiento en el caso, la corrieron de su empleo en un banco. Sin embargo, en el juicio de Bart no eran necesarios ni el tatuador ni Christina. Las pruebas contra Bart eran irrefutables. Al tercer día del juicio, Bart decidió terminarlo y se declaró culpable.

«Espero que en prisión te tomes el tiempo de reflexionar sobre tu vida. Es aún una vida joven», le dijo el juez a Bart cuando lo sentenció por setenta años.

No quedó claro cuántas de las personas de la lista de 40 de Miguel escaparon de la muerte. Las entrevistas e interrogatorios le sirvieron a la policía de Laredo para identificar a muchos de los objetivos de la lista. Mike López, el traficante de Laredo que se había acostado con la exnovia de Miguel, no hizo caso a los consejos de la policía de irse de Laredo. En 2007, un miembro de la pandilla Texas Syndicate asesinó a López frente a un bar que acababa de abrir.

Nuevos informantes pasaban por la oficina de Robert y él iba averiguando diferentes datos. Miguel cometió un error al pensar que tenían al siguiente presidente «asegurado». La Compañía le apostó al caballo equivocado. Pensaron entonces en ejecutar al presidente electo, Felipe Calderón, por rechazar el soborno. Los altos mandos de la Compañía creían que Calderón favorecía al Cártel de Sinaloa.

Cuando Calderón, graduado de Harvard, tomó posesión de la presidencia a finales de 2006, dijo que planeaba declarar la guerra a los cárteles. Si lo hacía, la Iniciativa Mérida de Washington le enviaría a México 1.5 mil millones de dólares como apoyo para la lucha contra el crimen. No era mucho si se comparaba con los aproximadamente 50 mil millones de dólares al año en transacciones libres de impuestos (aproximadamente el 5 por ciento del PIB mexicano) que los usuarios de drogas daban a los cárteles. Pero era suficiente para comprar una guerra. Calderón echó a andar su intento, condenado al fracaso desde el principio, de limpiar a México de los cárteles.

En México, los cárteles rápidamente se dieron cuenta de la dificultad que implicaba pelear unos contra otros y contra el gobierno de Calderón. En 2007, el Chapo Guzmán se reunió con Heriberto Lazcano en un hotel en Valle Hermoso. Estuvieron de acuerdo en dividir al país. La junta terminó con una fiesta y los enemigos se unieron entre el whisky y la cocaína. Pero al igual que la mayoría de las promesas en el mundo de los cárteles, el Pacto de Valle Hermoso duró poco tiempo.

Lejos de terminar con el conflicto, marcó el inicio de su fase más sangrienta. Los cárteles peleaban contra el gobierno, contra cárteles rivales, e incluso al interior de sí. Catorce, el zeta original que dirigía la organización junto con Lazcano y que era el encargado del negocio de la Compañía en Veracruz, murió baleado en una carrera de caballos en Veracruz, probablemente por órdenes de Miguel. Después de eso, Miguel mató a los hombres leales al Z-14 y empezó a planear cómo ascender a la nueva vacante. La guerra mexicana de las drogas había empezado.

Gabriel Cardona nunca tuvo su oportunidad con La Barbie. Pero Gabriel y otros chicos lobo habían servido bien a sus jefes. Para finales de 2006, los Zetas y el Cártel del Golfo habían repelido a los de Sinaloa y conservaban el control de la Compañía en la costa del Golfo y en el cruce fronterizo de Laredo.

La Barbie buscó reacomodarse. Se separó de su primera esposa, su novia de la escuela, y se casó con Priscilla, la hija adolescente de un socio traficante de Laredo. Pero La Barbie estaba perdiendo amigos y dinero rápidamente. A través de su abogado, se puso en contacto con la oficina de la DEA en Laredo. La DEA quería un informante que ayudara a capturar a Arturo Beltrán Leyva, el socio sinaloense que era el jefe de La Barbie, y al Chapo, el líder de Sinaloa. La Barbie le dijo a la DEA que se entregaría sólo bajo ciertas condiciones.

En un memorando interno de la DEA, se lee lo siguiente:

(1) VALDEZ Villarreal proporcionará información e inteligencia sobre funcionarios importantes del gobierno mexicano que sean corruptos y que trabajen con la DEA y con otras agencias federales en México;

(2) no proporcionará información sobre [líderes de cárteles] discutidos en la primera negociación;

(3) en caso de ser arrestado, VALDEZ Villarreal quiere ser extraditado inmediatamente a los Estados Unidos;

(4) quiere inmunidad de la parte acusadora para él y para dos de sus primos;

(5) no quiere testificar contra ninguna persona sobre la cual proporcione información.

«Las consideraciones legales todavía tienen que ser revisadas por el AUSA, Ángel Moreno —decía el memorando—. Los términos que acordaron la Oficina de Distrito y la Oficina de Distrito de McAllen se enumeran a continuación».

(1) VALDEZ Villarreal deberá acceder a reunirse con agentes de la DEA en un país neutral para dar su testimonio completo;

(2) VALDEZ Villarreal deberá proporcionar información que resulte en el arresto de uno de tres [líderes de cárteles] (BELTRÁN Leyva, GUZMÁN Loera o ZAMBADA García);

(3) VALDEZ Villarreal no recibirá inmunidad total de la parte acusadora (probablemente se considere un tiempo mínimo en prisión);

(4) VALDEZ Villarreal se entregará a las autoridades de los Estados Unidos en un puerto de entrada de los Estados Unidos o en un país donde la extradición sea posible; y

(5) VALDEZ Villarreal entregará una cantidad igual a la cantidad que quiera ingresar a los Estados Unidos (VALDEZ Villarreal ha expresado su deseo de ingresar 5 millones de dólares a los Estados Unidos).

La Barbie ofreció ayudar a la captura de Arturo Beltrán Leyva o del Chapo, pero no de ambos. Los agentes de Laredo estaban ansiosos por conseguir un trato, pero su jefe en Houston terminó con las negociaciones: «Es un puto traficante; si no quiere cooperar, que se chingue».

En ese momento, el gobierno estadounidense estaba hablando con uno de sus cooperadores más grandes en los cárteles. Osiel Cárdenas, el líder del Cártel del Golfo, de cuya mente habían surgido los Zetas una década antes, fue extraditado a los Estados Unidos en 2007 y sentenciado en 2010. Aunque era candidato a recibir una sentencia de cadena perpetua, Osiel tenía programada su liberación para 2025. Su acuerdo permaneció sellado. Pero Osiel, a través de su propio informante, pasó información a las autoridades de los Estados Unidos sobre los cargamentos de droga y la ubicación de otros jefes del Cártel del Golfo y de los Zetas, el tipo de inteligencia significativa y en tiempo real que sólo un capo importante podía poseer. Probablemente también hubo un intercambio de dinero entre Osiel y el gobierno de los Estados Unidos.

En 2013, en un juicio federal de un caso relacionado con los Zetas en Washington, D. C., un exteniente zeta testificó que la Compañía le envió 60 millones a Osiel «para usarlos en los Estados Unidos para reducir su sentencia».[5]

La estrategia central, en la cual las autoridades estadounidenses y mexicanas buscaban desmantelar los cárteles eliminando sus cabezas, no sólo era una falacia (los líderes extraditados consiguieron negociar excelentes acuerdos para obtener sentencias más cortas mientras que los soldados de a pie solían recibir sentencias mucho más severas) sino una catástrofe: cuando capturaban a un capo, el vacío de poder que le seguía a la captura sólo provocaba más violencia. Como observó una académica, el esfuerzo del presidente Calderón por limpiar su país enfrascó a México en un «equilibrio violento que se refuerza a sí mismo».

No fue culpa de Calderón. Tal vez había perdido a México contra los salvajes, al igual que los presidentes Fox, Zedillo y Salinas que le precedieron... y hasta el pasado lejano con Benito Juárez, el vigesimosexto presidente de México, que gobernó entre 1858 y 1872, quien ayudó a expulsar a los ocupantes franceses y españoles, pero estableció un gobierno central propio demasiado débil. Al igual que el señor de Culhuacán, dirigente del viejo imperio cuando se levantaron sus mercenarios aztecas, Calderón y Fox heredaron un reino condenado. El paternalismo de la política de drogas estadounidense, combinado con los astutos

---

[5] El gobierno eliminó su testimonio de los registros públicos y rechazó la solicitud que hizo el autor acorde con el *Freedom of Information Act*. La transcripción llegó a manos del autor a través de una fuente confidencial y demuestra que el juez tuvo una reunión privada con los abogados donde dijo: «El testigo implicó que se enviaron 60 millones aquí para ayudar a reducir la sentencia [de Osiel]. ¿Vamos a permitir que eso se quede así como está en el informe?». El juez añadió: «Queda implícito algo que valdría la pena aclarar, si los 60 millones iban a afectar su sentencia. Espero que ése no haya sido el caso. Si eran 60 millones para pagar un abogado, tal vez podríamos mostrar eso en vez de hacerlo sonar como algo distinto». El asunto nunca se resolvió y nunca volvió a mencionarse en el informe.

acuerdos comerciales del Gran Padre, las agendas geopolíti-
cas y los sistemas de deuda engañosos, aseguraba que México
permanecería, como lo dicen los intelectuales, problemático.

30
LA GUERRA MÁS COMPLEJA

Desde 1990, el gobierno viejo y autoritario del PRI que alguna vez manejó una industria de la droga relativamente pacífica en México había estado perdiendo su poder a un ritmo promedio de ochenta municipios al año. Cada ciclo electoral, los partidos de oposición reclamaban otro diez por ciento del gobierno local total de México. Para 2012, se eligió a otro presidente del PRI, Enrique Peña Nieto, pero el control dictatorial del partido en México ya había dejado de existir. Es una historia que empieza medio siglo antes, con un sistema político centralizado en el cual los traficantes y los políticos compartían mesas en las bodas, y que terminó con los narcotraficantes asesinando a quince alcaldes y un candidato a gobernador tan sólo en 2010.

Ese año, Heriberto Lazcano, el líder zeta, orquestó una separación del Cártel del Golfo y dividió las dos entidades que una vez conformaron la Compañía e hizo que los Zetas se volvieran contra sus viejos jefes. Lazcano designó a Miguel Treviño como el comandante nacional de los Zetas.

Bajo el liderazgo de Miguel, los Zetas parecieron cambiar de giro criminal y dedicarse a ser una organización del terror. Cuando Miguel se enteró de que los cárteles aliados en su contra estaban convocando refuerzos en el sur y le llegó el rumor de que llegarían al noreste de México en autobuses públicos de bajo perfil, Miguel interceptó autobuses en San Fernando, una plaza menor entre Veracruz y la frontera, y supervisó el asesinato de lo que al final parecieron ser simples trabajadores. Aunque después de su muerte fue difícil discernir qué habían sido. Cuando se descubrieron las fosas, los cuerpos estaban deformados por lesiones con elementos contundentes. Se dice que Miguel les preguntó: «¿Quién quiere vivir?», antes de obligar a los hombres a que se enfrascaran en un combate como gladiadores donde los perdedores eran muertos a golpes y los ganadores enviados a misiones contra rivales.

Miguel también le dio la espalda a su viejo compañero comandante, Iván Velázquez Caballero, El Talibán, quien se separó de los Zetas y empezó a reclutar soldados para un nuevo cártel llamado los Caballeros Templarios. En 2012 apareció una narcomanta —una manta colocada a modo de anuncio espectacular que usan los cárteles para difundir sus mensajes y la intimidación— colgada de un puente en Tamaulipas que supuestamente había escrito Miguel. La narcomanta proporcionaba una noción de cómo percibía Miguel el panorama de los cárteles así como su versión de las últimas batallas internas:

> A todos los C.D.G. Caballeros Templarios y pendejos que se hallan ido con el joto y pendejo y mediocre del Taliban a mi me pelan toda la verga son una bola de jotos que se la pasan en bola [...] Ustedes son una bola de pinches rateros extorsionadores y muertos de hambre que no hayan como llegarme [...] son bien traidores [...] Yo soy leal a la letra Z y al Comandante Lazcano. [...] Los que quedan del C.D.G. son una bola de mitoteros chismosos y panochones [...] quedan puros segundos y terceros y les va a ganar la ambicion y se van a dar en la madre eso pasa cuando no hay lider que los controle putos. [...] Los Caballeros Templarios son una pinche bola de indios adictos al cristal que se la pasan cobrando cuotas a los aguacates y hasta las escuelas [...]

Cuando Lazcano intentó tranquilizarlo, Miguel traicionó a su jefe y le tendió una trampa. Un mes después de la narcomanta, Lazcano iba saliendo de un juego de beisbol en

Coahuila cuando llegaron las fuerzas de seguridad mexicanas. El compañero de Lazcano aceleró el Pickup mientras Lazcano usaba el lanzagranadas desde la parte de atrás. El primero en recibir un tiro fue el conductor. Lazcano murió de un disparo que salió de un lugar a casi trescientos metros del vehículo. Unos hombres encapuchados se robaron el cuerpo de la funeraria más tarde.

Como líder de los Zetas, Miguel viajaba de ciudad en ciudad, por lo general en las noches, para revisar cómo iban las operaciones y entregar municiones a sus comandantes y soldados. Se movía con grandes grupos de guardaespaldas y luego desaparecía en una ciudad él solo. A veces se ocultaba solo en los ranchos.

A través de informantes de alto nivel, J. J. Gómez, quien ya era un agente veterano de la DEA, rastreaba los movimientos de Miguel en coordinación con otras agencias estadounidenses y mexicanas. El 15 de julio de 2013, las autoridades mexicanas capturaron a Miguel antes del amanecer, sin que se disparara un solo tiro, después de que visitara a su bebé recién nacido en una casa cerca de la frontera. En su Pickup traía ocho armas y dos millones de dólares en efectivo. Asumió que podría pagar para evitar que lo arrestaran.

«Ni se molesten en hacerme preguntas, porque no voy a contestarles ninguna», dijo a sus captores.

En su fotografía de captura, Miguel traía una playera negra y pantalones de camuflaje. A sus cuarenta y tantos años había subido de peso. La hinchazón ocultaba sus pómulos antes prominentes. Con la cabeza hacia atrás, sacando el pecho, tenía la mirada irritada de un comandante al que habían interrumpido durante una misión importante.

Semanas después del arresto de Miguel en México, uno de sus hermanos mayores, José Treviño, fue encarcelado en los Estados Unidos por lavar dinero de la Compañía a través de un fraude de caballos cuarto de milla en Oklahoma.

Los detalles sobre los negocios de caballos de Miguel salieron a la luz en el juicio: cómo se arreglaban las carreras, cómo usaba prestanombres para comprar los caballos y cómo los miembros importantes de la industria de los cuarto de milla estaban involucrados.

Era buen material para los periódicos texanos. Pero para la gente como Robert García, el juicio de los caballos era un buen ejemplo: recursos masivos invertidos en una investigación de años que, a final de cuentas, no logró nada. Comparado con el resto de las finanzas y el lavado de dinero de los cárteles, el negocio de los caballos era minúsculo. Los casos reales de lavado de dinero nunca llegaron a juicio. Entre 2004 y 2006, Wachovia, el gigante bancario de Estados Unidos, ayudó a los cárteles a lavar miles de millones. El fiscal dijo que el banco Wachovia violó las leyes bancarias y le dio a los cárteles «carta blanca virtual para financiar sus operaciones». El castigo para Wachovia fue dos por ciento de las ganancias de 2009 del banco.

Cuando Washington entregó el reconocimiento de «Investigación excepcional de la OCDETF», pasó por alto el caso de los caballos a pesar de toda la prensa que recibió. El premio se lo llevó la Operación El Chacal, un caso aparte de los Zetas que produjo 22 millones de dólares en efectivo, media tonelada de cocaína, casi una tonelada de marihuana y 301 armas de fuego. También permitió que se salvara a una víctima de secuestro y proporcionó evidencia para resolver tres casos de homicidio de Laredo. En la Operación El Chacal, Robert era el investigador en jefe de parte del estado, a cargo de los homicidios y los secuestros, pero era difícil emocionarse mucho con el premio.

En el papel, la OCDETF era un concepto hermoso, un mecanismo de financiamiento que facilitaba la cooperación entre las agencias y concentraba los recursos en un solo objetivo. Y los jefes de los cárteles sí fueron capturados. En 2013, El Talibán fue extraditado a Laredo, donde se declaró culpable, lo interrogaron y aguardaba sentencia. Omar Treviño, el hermano de Miguel, al que le gustaba lavar su dinero a través de las industrias de minas de carbón y de la construcción, fue capturado en Matamoros en 2015.

Diez años antes, esta serie de arrestos era lo que Robert quería: para lograr terminar con los «cabrones responsables de la violencia». Pero cuando estos tipos caían siempre había alguien que ocupaba su lugar. La región del suroeste podía realizar cincuenta investigaciones de la OCDETF al año y ver poco impacto en el narcotráfico. Quitar la cabeza de un cártel mandaba un mensaje a los criminales, ¿pero con qué fin? Si no se ataca el lado de la demanda en Estados Unidos, no importa cuántos capos se maten del otro lado.

La Barbie continuo vendiendo información en diferentes agencias federales, la CIA, el ICE, y encontró una buena recepción en el FBI, que se valió de lo que él les dijo (y lo usó para transferir un sistema de rastreo) para capturar a Arturo Beltrán Leyva en México en 2009. «En aquel momento, La Barbie hubiera amado regresar a los Estados Unidos y que le redujeran mucho su sentencia —dijo Art Fontes, un agente del FBI que trabajó en el caso—. Pero nunca hubo un acuerdo explícito donde le dijéramos "Sí, podemos ayudarte". Fue complicado. Demasiadas jurisdicciones tenían cargos contra él. También había algunas ejecuciones de agentes policíacos en México».

Así que La Barbie quedó flotando nuevamente, esperando, en ausencia de Aturo Beltrán Leyva, tomar el control del importante negocio de la cocaína que entraba por la vía de Zihuatanejo. Pero sin afiliación, La Barbie no duró mucho tiempo. Lo capturaron entre la DEA, el FBI y las autoridades mexicanas en 2010 en una casa cerca de la Ciudad de México. Posó frente a las cámaras, sonriente, con una camisa verde con un símbolo grande de Polo en el pecho. Su legado fue la moda que creó, el «Narco Polo». Después de pasar cinco años en una cárcel mexicana, un tiempo durante el cual su utilidad como informante casi desapareció, La Barbie fue extraditado a Atlanta, donde se declaró culpable de uno de los cargos que se le imputaban y aguardó su sentencia.

El capo de capos, el líder del Cártel de Sinaloa, el Chapo Guzmán, el capo más astuto y duradero del narco, fue capturado en 2014 y encarcelado en Puente Grande, una de las prisiones de más alta seguridad en México. Un incidente que dejó clara la extensión de la influencia del Chapo en los Estados Unidos fue el caso de los gemelos estadounidenses de Chicago que jugaron un papel muy importante en su captura. Entre 2001 y 2008, Pedro y Margarito Flores se convirtieron en el centro de operaciones del Cártel de Sinaloa en el centro-oeste de los Estados Unidos. Los gemelos idénticos tenían veintitantos años cuando empezaron y traficaron al menos 71 toneladas de cocaína y heroína a Chicago y más allá. Movían 700 millones de dólares de drogas anualmente, unas cinco veces lo que se decomisaba en Chicago durante un año típico, y usaban legiones de hombres en su operación.

Después de que los capturaran, los gemelos Flores se convirtieron en informantes de la DEA y grabaron conversaciones en México con el mismo Chapo. Al ser sentenciados en 2015, el juez federal de Chicago calificó a los gemelos como «los narcotraficantes más importantes» que jamás había visto, al mismo tiempo que los felicitaba por su desempeño como soplones. Los gemelos Flores fueron condenados a catorce años. Con los seis que ya habían cumplido, como informantes, aunque durante este periodo siguieron importando clandestinamente cientos de kilos de heroína a Chicago, saldrían de la cárcel antes de cumplir cuarenta. Seis meses después de que sentenciaran a los gemelos, el Chapo escapó de la cárcel (de nuevo) por un túnel y seis meses después lo volvieron a aprehender.

Pero en octubre de 2015, cuando todavía estaba fugitivo, el Chapo le concedió una entrevista, cosa excepcional, al actor estadounidense Sean Penn y a la actriz mexicana Kate del Castillo. Vestido con una gorra de beisbol y una camisa de vestir azul estampada, el Chapo, en lo que parece ser una granja, se sentó frente a la cámara. Mientras los gallos cantaban a su alrededor, respondió preguntas durante 17 minutos.

En el lugar donde él creció, en las montañas de la Sierra Madre, no había oportunidades de empleo, contó a los entrevistadores. Su familia cultivaba maíz y frijol. Su madre hacía pan y él lo vendía, junto con naranjas, refrescos y dulces. Para sobrevivir, la gente también cultivaba amapola y marihuana. El tráfico de drogas, explicó el Chapo, era parte de una cultura que se originaba con «los ancestros». Pero ahora había más drogas, más gente, más traficantes, y más maneras de hacer el negocio. Es una realidad que las drogas destruyen a la humanidad, confesó, pero él no era responsable de las drogas en el mundo. El día que él dejara de existir, dijo, las drogas no dejarían de circular. También negó que su organización fuera un cártel. La gente que dedicaba sus vidas «a esta actividad», dijo, no dependía de él. El tráfico de drogas no depende de una persona. Sobre la violencia que va de la mano con el tráfico, algunas personas, dijo, «ya crecen con problemas y alguna envidia», pero a él no le gustaba buscar problemas. Él sólo se defendía.

Las estadísticas sobre homicidios son difíciles de comprobar, particularmente en el bajo mundo, y en especial en México, donde según los académicos sólo 25 por ciento (o menos) de los delitos se denuncian. Algunos dicen que al menos 60,000 personas murieron entre 2006 y 2012, los años de la presidencia de Calderón. Otros reportan que durante ese mismo periodo al menos 150 mil murieron o desaparecieron en México. Ninguna de esas dos cifras incluye los muertos de antes de 2006, ni las más de 800 personas que Miguel decía haber matado para 2005. Si el cálculo de 150 mil muertos o desaparecidos entre 2006 y 2012 se basa solamente en los incidentes denunciados, entonces habría que multiplicar esa cifra por cuatro: la guerra mexicana contra las drogas cobró más vidas en esos seis años que todos los soldados estadounidenses perdidos en la Primera Guerra Mundial, la Segunda Guerra Mundial y la Guerra de Vietnam combinadas. En América Latina, el índice de homicidios entre hombres jóvenes es el más alto del mundo.

El desinterés del estadounidense promedio en la guerra suele atribuirse a la falta de violencia cerca de ellos. Pero muchos de quienes trabajan en las fuerzas de seguridad en los Estados Unidos lo ven de manera distinta: la guerra está avanzando hacia el norte a nuevas zonas en disputa. En 2005, el Departamento de Justicia identificó 100 ciudades estadounidenses donde los cárteles tenían redes de distribución. Para 2008, ese número pasó a 230 ciudades, incluyendo Anchorage, Atlanta, Boston y Billings. Durante ese tiempo, se registró violencia relacionada con los cárteles en Oregón, Minnesota, Illinois, Indiana, Michigan, Maryland y Nueva Jersey entre otros estados del norte. Después de arrestar a quince miembros del Cártel de Sinaloa en Carolina del Norte, el alguacil local dijo: «Hace unos años la policía estadounidense no veía esto como un problema salvo en la frontera. Pero lo que sucede en la frontera no se queda en la frontera. Avanza hacia mi condado bastante rápido».

De regreso en Texas, el Departamento de Seguridad Pública dijo que seis de los siete cárteles más importantes de México estaban reclutando activamente estudiantes de bachillerato de Texas para apoyar el tráfico de drogas, inmigrantes, dinero y armamento. Mientras tanto, los guerreros antinarcóticos de la DEA y otros lugares se aferraban con más fuerza a la justicia de la guerra. La violencia que pasaba a los Estados Unidos, insistían, justificaba los esfuerzos renovados y no era motivo de la reevaluación de la política existente.

La guerra se había convertido en una industria enorme en casa, igual que lo era en el extranjero. Uno de los muchos fiscales convertidos en abogados defensores observó que Laredo, a pesar de estar en la frontera y ser en su mayoría una ciudad de hispanos, era similar a otras ciudades grandes con delincuencia importante en los Estados Unidos, en tanto que una tercera parte de su economía legítima dependía de la guerra contra las drogas. Los policías y agentes, los abogados y jueces, las prisiones y los agentes de fianzas, la lista de beneficiarios es larga.

Las victorias ocasionales convertían a los agentes en héroes. Jack Riley, el jefe de la DEA en Chicago, quien ayudó a los gemelos Flores a actuar contra el Chapo, dijo: «Actualmente operamos como si Chicago estuviera en la frontera». El éxito de Riley fue recompensado con un cambio a Washington y una promoción en la que quedó en la tercera posición más importante de la DEA. Según el afiliado de la ABC de Chicago, Riley dejó «una ciudad donde la heroína y el crack siguen vendiéndose como helados en cada esquina».

31
NO SOMOS ÁNGELES

La Operación Profecía fue un caso importante para las carreras de los involucrados. Sería una pena que el público no conociera su trabajo. Robert vio realizado su deseo de que el caso se fuera a juicio cuando un chico lobo menor que participó en la Operación Profecía negó estar asociado con la Compañía. Habría un juicio, lo cual implicaría poner a los soplones en el estrado para que testificaran sobre el tiempo que estuvieron con la Compañía.

Para Ángel Moreno, elegir un jurado para esos casos no era sencillo. Muchos de los candidatos terminaban descalificados ya fuera porque pensaban que el gobierno era culpable de la violencia en Laredo y creían que la legalización de las drogas era la solución o porque estaban relacionados con algún detective que iba a testificar en el caso, o porque creían que los medios recurrían al sensacionalismo al representar los cárteles, ya que era algo que parecía mandado hacer para la televisión, y que mucho de lo que se informaba no era cierto, o porque un amigo o hermano o hijo o hijastro o padre o suegro o tío o sobrino había estado en la cárcel y no podían ser imparciales o porque, como lo planteó el miembro del jurado número 69: «Las drogas han estado aquí por muchos años. Apenas en los últimos cinco o diez, por los problemas del otro lado, hemos empezado a hablar del tema. Pero estábamos como el avestruz. Así que, ¿qué sentido tiene? ¿Dónde vamos a llegar? Creo que a ninguna parte».

Richard Jasso estuvo de acuerdo en cooperar con Moreno para así poder negociar un trato para su esposa: Richard cumpliría su condena en una prisión estatal, por el doble homicidio de Resendez, y luego se reuniría con su padre en el sistema federal por el doble homicidio de los adolescentes estadounidenses. Richard saldría a los cincuenta y tantos años. A cambio de este trato, Richard accedió a testificar contra el chico lobo misterioso en el juicio, un chico conocido como Cachetes.

Richard Jasso se reunió con su padre, brevemente, en la prisión de Laredo donde se quedó durante el juicio Profecía. Fue la primera vez que se veían desde que su padre entró a la cárcel en 1999 por tráfico y acusado de asesinato. La conversación fue incómoda. Su padre, miembro de la Mafia Mexicana, no entendía por qué Richard había empezado a matar gente si le iba bien con el tráfico. Pero Richard se arrepentía principalmente del día que le pidió a su esposa que pasara por Gabriel y Bart después de que se echaron a Moisés García. Su encarcelamiento provocó que sus hijos pasaran tres años sin ninguno de sus padres. Fuera de eso, Richard no expresaba remordimientos. Se preguntaba qué tan distinta habría sido su vida si se hubiera conformado con quedarse en cierto nivel viviendo cómodamente con lo que tenía. Nunca lo sabría. Si tuviera la oportunidad de hacerlo otra vez, lo volvería a hacer, sólo que mejor.

Richard apenas conocía al chico que estaban juzgando. Habían trabajado juntos en el homicidio de Resendez. Pero este caso era sobre una conspiración enorme que involucraba a criminales de bajo nivel que trabajaban, a final de cuentas, para los mismos criminales. Y por lo tanto no era necesario que todos los testigos conocieran al acusado, sólo hacía falta que supieran sobre la supuesta conspiración. Richard también podía testificar sobre su trabajo con Gabriel. Y Moreno podía fácilmente vincular a Gabriel con los líderes del cártel en México a través de las conversaciones grabadas.

Aunque Gabriel se negaba a testificar, lo transportaron a Laredo desde su prisión estatal en el norte de Texas y lo pusieron en una celda frente a la de Richard durante las semanas que duró el juicio. No hablaron. Gabriel cortó la comunicación con Richard porque Richard había cooperado con Moreno.

Pero para Richard «todos enlodaban a todos». Todos delataban a todos porque así era como funcionaba el bajo mundo. Richard también creía que la atención de los medios había hecho que Gabriel se sintiera demasiado importante. Además de los artículos sobre él en el *New York Times, Esquire* y *Details*, su caso sonaba por todas partes en los medios del sur de Texas. Richard pensaba que la atención encajonaba a Gabriel más en la imagen que siempre había anhelado: el *gangsta* estoico que aceptaba toda la responsabilidad y asumía todas las consecuencias por graves que fueran. Pero Richard no le creía: Gabriel culpaba a todos salvo a sí mismo por su situación. Desde la infancia, Gabriel se sentía orgulloso de su independencia, pero en realidad no podía concebir su vida sin una afiliación. Para Richard, esta contradicción básica definía a muchos de sus viejos amigos, empleados y jefes.

Del otro lado del corredor Gabriel opinaba que Richard podía testificar si quería. Buena suerte para sobrevivir como soplón. Gabriel notó que Richard se veía más musculoso. Richard sabía que tendría que ir a la prisión federal eventualmente. No había «segregación administrativa» allá. «Todas las familias de la prisión andan libres y lo que ahí le esperaba...».

Richard subió al estrado e hizo un buen papel como testigo para el gobierno. Habló con franqueza y de manera creíble. Describió la tarde de marzo de 2006 en la que él, Gabriel y otro chico lobo entraron a la casa del adolescente de Laredo, Poncho Avilés, para averiguar a quién estaba reclutando Poncho para los de Sinaloa.

—¿Lo viste [a Poncho] de nuevo? —preguntó Moreno.

—Sí —respondió Richard.

Una semana después en Nuevo Laredo, Richard y otros dos chicos lobo (no Gabriel) vieron a Poncho en Eclipse, el club nocturno. Richard dijo que él y los otros vieron a Poncho y lo siguieron por el lugar. Uno de los chicos lobo sacó su pistola y golpeó a Poncho en la cabeza con la cacha y luego lo metieron al coche. Richard relató que llamó a Gabriel, quien estaba en Laredo en ese momento, y le contó que tenían a Poncho. «Llévalo a la casa», dijo que había respondido Gabriel. En la casa de Nuevo Laredo, antes de que llegara Gabriel, los chicos lobo desvistieron a Poncho y lo empezaron a interrogar y a golpear. Le preguntaron a Poncho con quién trabajaba, qué sabía sobre los contras y qué estaba haciendo en Nuevo Laredo. Poncho confesó que estaba en el Eclipse con otro chico, Inés Villarreal. Así que Richard regresó al Eclipse y secuestró a Inés, que tenía catorce años. Cuando Richard regresó a la casa con Inés, Gabriel ya había llegado y estaba al teléfono con Meme Flores. Según el testimonio de Richard, en ese momento Gabriel llevó a los detenidos a otra casa y Richard regresó al Eclipse a festejar.

—¿Sabes qué le pasó a Poncho y a Inés? —preguntó Moreno.

—Los mataron —respondió Richard.

—¿Cómo te enteraste de que los habían matado?

—Gabriel me dijo al otro día.

—¿Te dijo qué habían hecho con los cuerpos?

—Sólo que en la madrugada ya estaban muertos y que los habían echado al guiso.

—¿Qué es el guiso?

—Cuando los meten en barriles. Les echan gasolina y los queman hasta que quedan hechos polvo.

Ángel Moreno convenció a otros chicos lobo para que también cooperaran y testificaran, incluyendo a Bart y a Wences. Ninguno de ellos parecía tener mucha información sobre el chico lobo misterioso que estaba siendo juzgado, pero todos tenían varias historias sobre estar en la Compañía.

Cuando estaba interrogando a los testigos, el abogado de la defensa sostuvo que ese juicio no era más que un montón de asesinos que subían al estrado y decían lo que fuera que el gobierno quería que dijeran. En sus preguntas, el abogado de la defensa, como suelen hacer las defensas en esos casos, se concentró en devaluar el carácter de los testigos que cooperaban en un intento por minar su credibilidad con el jurado.

El abogado defensor le preguntó a Bart:

—Le dijiste al detective [Robert] García que pensabas que te creías «Supermán y así», ¿verdad?

—Sí, señor.

—¿Y cometías asesinatos te pagaran o no?

—Eso fue ya al final —aclaró Bart.

—¿Es cierto que has participado en más de treinta asesinatos?

—Realmente no puedo explicar eso —respondió Bart.

—¿Es verdad que le dijiste al detective García que perseguías a la gente y les «volabas la cabeza»?

Wences siguió a Bart en el estrado.

Después de huir a México tras el asesinato de 2005 de Bruno Orozco, Wences ya no regresó a los Estados Unidos. Sin embargo, su carrera con el cártel terminó pocos días después que la de Gabriel. En abril de 2006, después de la redada de la Operación Profecía en la casa de Orange Blossom Loop, Wences iba conduciendo ebrio en México, cuando intentó forjar un churro mientras manejaba con las rodillas y chocó su Avalanche, se volteó y se rompió la columna. Miguel llegó al sitio del accidente, sacó a Wences del carro, lo llevó al hospital de la Compañía y estuvo a su lado por tres días. Después lo mandó a Cuba para que lo trataran unos especialistas. Wences recuperó el uso de la parte superior del cuerpo y su función sexual, pero permanecería en silla de ruedas el resto de su vida. Cuando regresó a México, Miguel le dio una Dodge Charger y 10,000 dólares. Le dijo que no tendría que trabajar más y le pagó 1,000 dólares cada dos semanas. Wences se quedó en México durante cuatro años, controlando el dolor con tequila y mota, hasta que el sistema legal estadounidense lo rastreó a través de las llamadas telefónicas de su celular.

Cuando llegó el momento de ser interrogado por la defensa, el abogado defensor le preguntó:

—¿Por qué decidiste cooperar con el gobierno?

—Creo que es lo correcto para mi país —dijo Wences.

—¿Y esperas que eso te dé menos de treinta años, cierto?

—Sí.

—¿Y quieres eso porque ser una persona en silla de ruedas en la cárcel no es fácil?

—No. No es fácil.

No era fácil. En la unidad médica en Butner, Carolina del Norte, en la misma prisión federal donde está Bernie Madoff, el de la famosa estafa piramidal Ponzi, Wences estaba rodeado de moribundos: hombres que estaban demasiado gordos o demasiado viejos o demasiado enfermos para estar en la cárcel normal. Se quedaba dormido en la noche entre gemidos. Sus hijos lo visitaban, pero a Wences no le gustaba. «¿Por qué estás aquí, papi?», le preguntaban. «Porque jugué con pistolas —les decía—. No jueguen con pistolas». En prisión, Wences se hizo adicto a los opioides, la manera más sencilla de mantener tranquilo a un lisiado. De cualquier manera, agradecía tener una fecha de salida. Wences logró recortar unos años de su sentencia por su participación en el asesinato de Bruno Orozco, cargo que se hizo federal (y más serio) porque él y Gabriel cruzaron la frontera para cometer un delito violento —Viaje Interestatal para Participación en Delitos (ITAR, por sus siglas en inglés)— y porque Wences usó silenciador en un arma de asalto.

Saldría de la cárcel a los cincuenta años.

Sólo Gabriel se negó a testificar, lo cual hacía más fácil al gobierno posicionarlo como el vínculo crucial entre los chicos lobo y los mandos zetas. Cuando preguntaron, todos los soplones, Bart, Wences, Richard y otros, confirmaron que Gabriel era su líder en Laredo.

Cuando Rocky, el informante de la DEA, subió al estrado, el abogado de la defensa hizo un recuento de los pagos que le había hecho la DEA que, para 2008, sumaban 212 mil dólares, más que el salario total de Robert García en la policía de Laredo en ese mismo periodo de tres años. El abogado de la defensa le preguntó a Rocky:

—¿Estarías de acuerdo que en diciembre de 2005 te arrestaron por golpear a tu esposa? ¿Y que en marzo de 2006 tu esposa informó a la DEA que llevabas tres días en un viaje de cocaína y que otra vez estabas portándote muy violento con ella?

—Sí, señor —dijo Rocky.

—¿Y estarías de acuerdo en que la violencia contra tu esposa podría ser un acto delictivo que viola tu acuerdo con la DEA?

—Cierto, señor. Sí, señor.

Acostumbrado a esta estrategia de defensa, Ángel Moreno habló al respecto en su argumento de cierre. La defensa, dijo Moreno al jurado, tenía razón. A estos testigos no se les podían confiar cosas importantes. No podían confiar en ellos para que les cuidaran a sus hijos o que les vendieran un coche. Ciertamente no se podía confiar en ellos para que les realizaran una cirugía. Pero esa no era la razón de su testimonio. Estaban explicando cómo funcionaba la Compañía, cómo funcionaba el tráfico de drogas, cómo funcionaban los asesinatos y en estas operaciones ellos eran los expertos.

—Estoy seguro de que el acusado desearía que esto hubiera sucedido en el Vaticano —concluyó Moreno—, y que todos los testigos fueran sacerdotes o monjas. Pero, señoras y señores, no se pueden tener ángeles como testigos para los delitos cometidos en el infierno.

En el primer juicio del chico lobo el jurado no llegó a una decisión. Perdió el segundo juicio y lo sentenciaron a cadena perpetua.

32
CABRONES HIPÓCRITAS

En la cárcel, muchos reporteros visitaron a Bart: el History Channel, Investigation Discovery, Fox y el *New York Times*.

Su historia servía para ilustrar muchas situaciones distintas. La corresponsal de Fox, la única mujer que entrevistó a Bart, se puso emocional. Otro periodista comparó a Bart con los soldados infantiles en África e hizo referencia a Ishmael Beah, quien mató civiles durante la guerra civil de Sierra Leona cuando era adolescente. Después de vivir en un campo de rehabilitación, Beah voló a Nueva York y se dirigió a las Naciones Unidas, asistió a la universidad en los Estados Unidos y se convirtió en un exitoso escritor de memorias. Bart se preguntaba si él podría producir una obra literaria similar, algo que quedara entre *A long way gone: Memoirs of a boy soldier* de Beah y *A house in the sky*, las memorias demoledoras de la periodista canadiense Amanda Lindhout sobre su cautiverio en Somalia. Incluso ya tenía el título elegido: *Memorias de un asesino adolescente*.

Bart tenía un talento especial para entender qué buscaba su entrevistador. En algunas entrevistas se portaba rudo y orgulloso. Aunque los Zetas querían matarlo por llevar su caso a juicio, él seguía admirando a Miguel, el general que lideraba con el ejemplo. En momentos de valentía fría («qué mal para ellos», dijo refiriéndose a sus víctimas), la voz de Bart permanecía suave y melódica aunque sus palabras fueran amenazadoras, señaló el *Times*. El reportero del *Times* notó cómo «la expresión de Bart cambiaba entre el sarcasmo de alguien que sabe moverse en las calles con ojos sin emoción a la risa sorprendentemente inocente y la sonrisa de un chico para quien todo es una broma». En otras entrevistas, Bart describió las atrocidades con un aire de renuencia, pausadamente, como si estuviera luchando con un trauma y tratando de que tuvieran sentido los recuerdos reprimidos. No tardó en darse cuenta de que este estilo para expresarse era un éxito con el público, así que hablaba de su arrepentimiento con la mirada vidriosa y se describía a sí mismo como víctima de «ese mundo».

En 2011, Bart encontró una nueva inspiración. Empezó a intercambiar correspondencia con una mujer de Massachusetts, madre de dos niños. Era diez inestables años mayor que Bart. Se llamaba Erica y lloraba después de ver los documentales sobre él. Le gustaban las flamas diabólicas que se había tatuado alrededor de los ojos. Ella quería algún tipo de relación con él.

A Bart le pareció que sus intenciones eran puras pero, ¿cómo podía estar seguro? Le faltaba mucho tiempo en su condena. No quería empezar algo que no pudiera terminar. Le pidió a Erica que nunca le mintiera. Una amistad, le escribió, debe basarse en la confianza, y debe ganarse, no sólo solicitarse. Abrió su corazón con ella. Le explicó que él era más del tipo cariñoso. Le dijo que nunca se cansaba de escuchar R&B pero que también le gustaba la «música instrumental» como Mozart. En la escuela, cuando aún iba en el sexto grado, era bueno en biología y bioquímica. Siempre había querido ser forense y hacer los estudios post mórtem. Pero, carajo, escribió, no quería que ella pensara que era un enfermo. Ciertamente no era el monstruo que decían que era y no era como lo pintaban; era importante recordar que en su círculo había que matar o morir. Pero Bart nunca mató a una persona inocente, dijo. Era un trabajo. Todos tenían un precio. Pero sí, era cierto. De donde él venía, «Bart» era un nombre que inspiraba miedo. Cuando Erica tuvo problemas con su ex, Bart le dijo que necesitaba comprarse una pistola y volarle los sesos. Se enamoraron y acordaron casarse.

Erica le dijo a Bart que había tramitado algo llamado un «matrimonio por poder» en el cual su hermana podía ocupar el lugar de Bart en la ceremonia. Pero nunca le mostró los documentos cuando Bart solicitó verlos. Le escribió que estaba buscando opciones para hacer una fertilización in vitro e investigó si Bart podía enviar su semen por correo.

En uno de los segmentos de televisión de Bart, con el *Center for Investigative Reporting*, Erica le dijo a la cámara:

—Se hizo cercano a Miguel Treviño, muy cercano con el jefe. Él le dio a Rosalio los trabajos importantes... Miguel Treviño, él era un monstruo. Las cosas que obligó a Rosalio a hacer eran cosas que nadie debería verse obligado a hacer.

En Twitter, Erica reveló su nuevo estatus como «esposa del cártel». Pero cuando el *Center for Investigative Reporting* transmitió la entrevista sin ocultar su identidad los demandó por 500 mil dólares en perjuicios. Desde que salió al aire en 2013, según su denuncia: «La señorita Almeciga ha soportado humillación pública... así como un temor abrumador de que el cártel de los Zetas busque vengarse de ella en cualquier momento... Ha desarrollado paranoia y ha recibido tratamiento por depresión y estrés postraumático, específicamente los síntomas que contribuyen a una ansiedad extrema, falta de sueño, pesadillas constantes y demás». Un juez federal dijo que Erica no era «ni remotamente una testigo creíble» y desestimó el caso.

Llegaron más reporteros y para entonces ya empezaban a irritar a Bart. Sólo les interesaba su pasado. Nadie le preguntaba sobre su futuro, sus planes de apelar y salir del sistema carcelario de Texas para después irse a vivir a un estado donde la Mafia Mexicana no lo estuviera molestando (lo habían apuñalado en la cárcel en venganza por el asesinato de Moisés García). Pero los periodistas le dieron a Bart una idea. ¿Qué tal si usaba la entrevista para mostrarle a la gente cuánto había cambiado? Eso podría lograr que su caso volviera a abrirse. Él necesitaba publicidad a nivel mundial. Se preguntó si algún medio de comunicación importante le pagaría por una entrevista. Entonces, para mostrar su benevolencia, podía donar dinero a las familias de las víctimas.

Se puso en contacto con Ed Lavandera, de CNN, quien se tomó tiempo para ir con Bart en 2013, después de la captura de Miguel Treviño en México. Bart se preparó con mucho cuidado. Pero cuando salió el reportaje en CNN en el programa *Anderson Cooper 360* Bart no quedó contento. Cuando describió lo que él decía había sido su primer asesinato para Miguel, Bart le contó a Lavandera:

—Tenía que hacerlo. ¿Qué otra opción tenía? Si no lo hacía, ya sabía lo que me sucedería —dijo. Luego continuó—: El primer día que tuve que quitarle la vida a alguien, ése es un día que nunca voy a olvidar. Porque después de eso ya no tuve vida.

—Pero seguiste matando después de esa primera vez —señaló Lavandera.

—Tenía que hacerlo —contestó Bart—. Eso es lo que mucha gente no entiende.

En el reportaje, Lavandera agrega:

—Eso es lo que Reta dice ahora. Pero en el video de interrogación de la policía con Robert García, el joven asesino disfrutaba del poder letal que poseía...

El truco de edición que usó Lavandera, a juicio de Bart, había sido una «movida muy perra». ¿Por qué después de que Bart habló sobre la coerción para ejecutar a un hombre indefenso tuvo Lavandera que poner la entrevista con el comentario de Supermán y luego mencionar las «marcas faciales» a pesar de que Bart le había dicho al «cabrón hipócrita» que los tatuajes no tenían nada que ver con la vida del cártel?

En contraste, la franqueza de Gabriel con Lavandera cuando dijo: «Supongo que estaba intentando crear una imagen cuando estaba allá afuera», no le sirvió a Bart.

Las opciones de Bart se iban reduciendo y el interés de los medios se desvanecía. Entonces le llegó un consejo de una reportera de Fox que lo entrevistó.

Ella no fingió entender lo solitario y deprimido que se sentía Bart y deseaba poder decir o hacer algo para hacerlo sentirse mejor. Todo el mundo tiene valor, escribió. Todos poseen la capacidad de contribuir a la sociedad. Si Bart ponía de su parte, ella estaba segura de que él también encontraría su camino. Mientras más pronto se alejara del viejo mundo en el que vivía, más libertad tendría. Ese mundo le daba una falsa sensación de poder y de pertenencia. Ahora estaba pasando por los síntomas de la abstinencia. Pero estaba segura de que podría rehacer su vida. Tal vez le tomara tiempo, pero lo lograría.

Al igual que Bart, Gabriel estaba clasificado como una amenaza a la seguridad y como un prisionero de alto perfil. Estaba en una unidad segregada donde veía a otros presos con poca frecuencia. Sus días empezaban a las seis de la mañana, cuando un oficial tocaba en su celda y gritaba: «¡Levanta el trasero!».

A las once, salía durante una hora de recreación en una de seis jaulas cerradas. En su primera prisión estatal, estuvo en la misma zona segregada que su viejo ídolo del rap, South Park Mexican. Jugaban una especie de basquetbol, mandando la pelota de un lado al otro de la cerca. Tal como pensaba Gabriel, SPM insistía en que lo habían engañado sus fanáticas que se vestían para parecer mayores de edad. Pero de hecho, fue condenado a cuarenta y cinco años por meterse a la habitación de su hija y hacerle sexo oral a su amiga de nueve años.

Gabriel estaba atrapado entre la imagen por la cual había sacrificado todo y la mejor persona que él creía existía debajo de eso. Para aceptar a la segunda, necesitaba deshacerse de la primera. Podía empezar inscribiéndose a un curso en la cárcel que se llamaba GRAD, Gang Renunciation and Disassociation (Renunciar y Disociarse de las Pandillas). Pero no era tan sencillo. Estaba en una pandilla de la cárcel llamada HPL. Los

Zetas no eran bien recibidos en la cárcel y Gabriel no tenía ganas de renunciar a la protección que le ofrecía HPL. Además, su vieja imagen era útil.

Como no hablaba mucho, la gente solía percibirlo como débil. Otros estaban tatuados de pies a cabeza y rara vez les faltaban al respeto. Además de sus cuatro tatuajes de la Santa Muerte en la espalda, brazo y piernas, no tenía muchos tatuajes visibles, excepto por la palabra «Christina» en la muñeca y un segundo par de ojos en los párpados. La gente con frecuencia trataba de abusar. Los peores eran los latinos del norte. Preferían asociarse con los negros que con los mexicanos puros del sur de Texas, sin importar que sus padres vinieran de todas partes: El Salvador, Honduras, México. Cuando cambiaron a Gabriel a otra unidad, buscó al «chismoso, al que era como una chica» del lugar y le contó cosas del cártel. Luego Gabriel le mandó artículos y esperó a que se corriera la voz.

«¡Ese güey sí es matón de a deveras! ¡Ese güey no se anda con mamadas!».

En su celda hacía lagartijas y abdominales. Leía revistas y textos legales. Varias personas le escribían, principalmente mujeres y periodistas. Pero tendían a desaparecer después de una o dos cartas. Uno siguió insistiendo.

33
OTRO TIPO DE LOS MEDIOS

Sería exagerado decir que me vi atraído al cártel de drogas mexicano a causa de la economía y el declive de mi negocio legítimo. Pero hay una conexión. A mis treinta y un años, ya había pasado por dos carreras: primero dejé la ley por el periodismo y luego llegué al *Wall Street Journal* donde cubría las historias legales. Después de que Rupert Murdoch compró el periódico, perdí mi empleo junto con otras dos docenas de reporteros y editores. Nos dijeron que los motivos de los despidos no estaban relacionados con el desempeño. Yo solicité el seguro de desempleo y cancelé mi suscripción al *Journal*. Por esta razón estaba en mi departamento esa mañana de junio de 2009 cuando recogí el *New York Times* de la entrada de mi edificio.

La sección nacional del periódico contenía un artículo, escrito por James C. McKinley Jr., titulado «Cártel mexicano atrae a adolescentes estadounidenses como sicarios». Era una historia sobre dos maleantes adolescentes de Laredo, Texas, amigos de la infancia que trabajaban como asesinos para los Zetas, el violento cártel de drogas creado por un hombre que, después me convencería de ello, se encontraba entre los caciques de guerra más brutales de la historia moderna.

Leí el artículo varias veces, absorbiendo sus detalles mientras mi imaginación llenaba los huecos. Me sentí fascinado y horrorizado. Entendía que los niños, niños mexicanos, morían con frecuencia mientras peleaban entre sí por el derecho de alimentar el hábito de la droga de los estadounidenses. Había viajado a Sinaloa, donde visité un cementerio del cártel, Jardines del Humaya. Muchos de los cuerpos enterrados ahí son de niños y sus mausoleos están decorados de manera llamativa con caricaturas e imágenes de las películas que disfrutaban en vida. Pero en este tema de los niños soldados, ¿acaso el río no divide la tierra de los cárteles abandonada de Dios de la tierra de la ley y el orden de los Estados Unidos libres de drogas?

Leí todos los libros que pude encontrar sobre la historia de las drogas y los cárteles latinoamericanos, empezando con los primeros libros como *Desperados* (1988), *Drug Lord* (1990) y *Killing Pablo* (2001).

Muchos de estos libros se enfocaban en las hazañas de narcotraficantes famosos y líderes de cárteles, esos multimillonarios psicóticos, como el Chapo Guzmán, que terminó en las páginas de *Forbes*. Sus imágenes exóticas los hacían llamativos por naturaleza para los medios, los nuevos Pablos Escobares de Latinoamérica. Y, al igual que Escobar, que también llegó a *Forbes* y cuya tumba es una de las principales atracciones turísticas de Colombia, su glamour, su audacia y su riqueza disimulaban sus legados y las atrocidades que les habían permitido llegar ahí. Estos capos tenían túneles con aire acondicionado que pasaban debajo de la frontera y evadían la captura con cirugías plásticas. Rara vez se les veía, pero sus mitos vivían incluso después de sus muertes. Los Estados Unidos como país tenía un fetiche con el espectáculo de los cárteles pero no le prestaba atención a sus raíces ni a sus consecuencias.

Me pregunté qué tenían estos jóvenes soldados de a pie que pasaban desapercibidos en los centros comerciales de Estados Unidos. ¿Quiénes son?

Coloqué el artículo del *Times* a un lado junto con unas cuantas cajas de investigación secundaria y escribí un libro diferente, sobre el negocio de las citas en línea y cómo afectaba al romance moderno. Pasaría los siguientes dos años escribiendo sobre el amor, no sobre la guerra.

Pero el cártel se negaba a dejarme en paz. No podía dejar de pensar en Gabriel y Bart.

En 2013, los jóvenes volvieron a salir en las noticias tras la captura de Miguel. Escogí ese momento para acercarme a los lobos, con la esperanza de que el encarcelamiento de su ex jefe los hubiera puesto en una mejor disposición a abrirse sobre sus pasados. Me presenté como un periodista que quería escribir un libro sobre ellos. Me disculpé por no ser más específico. No estaba seguro de qué rumbo tomaría el proyecto.

No estaba interesado en hacer una crónica de la historia de los cárteles. Los Zetas, con sus raíces en una de las unidades élite de combate en México, representaban algo nuevo en la creciente guerra de las drogas. Pero ningún cártel en particular parecía importar mucho más que otros. No me importaba la sociología del crimen, las cacerías de hombres, ni el desorden tóxico de la geopolítica que nutre la violencia de la guerra contra las drogas a ambos lados de la frontera. La indignación por la corrupción endémica en México y la hipocresía e ignorancia voluntaria de los legisladores estadounidenses también eran temas que estaban bien asentados en la literatura.

El objetivo de mi investigación era más estrecho. ¿Cómo es ser un empleado de una organización global de tráfico de drogas? ¿Cómo se solicita el empleo? ¿En qué consiste el entrenamiento de los que acaban de ingresar? ¿Cómo se asciende? ¿Cuál es la psicología de un sicario joven que mata todos los días? ¿Son todos psicópatas? (¿Eso sería posible, estadísticamente?) ¿Cómo se les paga? ¿Cómo se gastan el dinero? ¿Qué tipo de mujeres salen con ellos? ¿Cómo se relacionan con sus amigos? ¿Cómo saben quiénes son sus amigos? ¿Por qué la vida del cártel está mandando a niños y adolescentes a sus muertes a un ritmo más rápido que cualquier otra actividad en el mundo?

Me pregunté si Gabriel y Bart podrían llevarme por este territorio, a los lugares a los que yo nunca podría ir, y traer la guerra a casa, contextualizada no en las pandillas cambiantes y los capos en lucha sino en los términos humanos poco glamorosos de delincuencia y engaño. Si Gabriel y Bart anunciaban las amenazas por venir de la guerra de las drogas, quería saber qué cultura era la que formaba a estos asesinos seriales adolescentes y qué pasaba cuando el sistema de justicia de los Estados Unidos se veía confrontado con un operativo de cárteles locales. Sospechaba que sus historias contendrían claves sobre hacia dónde se dirige nuestro país, la naturaleza cambiante de la frontera y cómo es que las cosas se pusieron tan mal.

Empecé intercambiando correspondencia con los dos jóvenes, que para entonces tenían veintitantos años. Bart inicialmente rechazó mi oferta. «La historia de mi vida es invaluable para mí —escribió—. La gente sólo la ensuciará contándola con sus propias palabras y no de la manera en que las cosas realmente sucedieron. La gente usa a los demás, señor Slater. A mí me han usado los medios sólo para satisfacer sus necesidades personales». Visité a Bart en la cárcel. Hablamos durante ocho horas. Me contó historias. Dijo que Miguel Treviño nunca se drogaba y que vivía básicamente de agua y yogurt. Bart era pensativo, inquisitivo y manipulador. Me preguntó qué haría si Treviño estuviera parado a mi lado. Nos reímos con mi respuesta. Empezó a considerar aceptar contarme sobre su pasado. Regresé a casa. Nos escribimos durante tres meses hasta que transfirieron a Bart a Laredo para otro interrogatorio con los fiscales. Cuando regresó al sistema de prisiones estatal, a veces no quería o no podía recordar su vida con claridad. Nuestra comunicación se detuvo.

Mi experiencia con Gabriel fue distinta. Después de visitarlo en la cárcel, me escribió: «No me importa compartir la historia de mi vida, Dan. Verás, no finjo ser alguien que no soy. Pero algunos medios se han acercado a mí con mentiras». No le gustaba cómo los reporteros le decían una cosa y luego escribían otra. Le decían, por ejemplo, que iban a enviar un mensaje a los niños sobre las consecuencias de vivir el estilo de vida del cártel y luego escribían solamente sobre los aspectos sensacionalistas. Tampoco le agradaba que las estaciones de televisión le hicieran ofertas para que contara su lado de la historia y luego lo representaban solamente como un monstruo. «Tú me suenas honesto y me pareces un tipo agradable. Veamos hacia dónde nos lleva eso en tu proyecto».

A lo largo de los siguientes dos años y medio cubrimos cada una de las fases de su vida, desde la niñez hasta la cárcel. La narrativa condenada de su equipo, que corroboraron otros, se movía por un paisaje vasto de personajes sorprendentes y escenas asombrosas. No era Jeffrey Dahmer ni el bajo mundo marginal de Brooklyn con sus mafiosos. Esto era la vida en un narcoestado, el inframundo que envolvía el supramundo en México y en Estados Unidos. Era la normalización del asesinato y del caos como si fuera un trabajo común y corriente, y eso era escalofriante.

Gabriel y yo intercambiamos más de ochocientas páginas por escrito. Me quedó claro, a partir de sus primeras oraciones, que su educación de noveno grado ocultaba una inteligencia natural fortalecida por las lecturas que había hecho en la cárcel. Su estilo de escritura era una mezcla de niveles alto y bajo: luego de empezar con una escritura improvisada sobre las sagradas escrituras, historia y temas de actualidad, pasaba a una descripción detallada sobre cómo controlar una plaza, cómo hacer una redada en una casa, cómo acuchillar a un enemigo hasta matarlo o cómo incinerar un cuerpo con máxima eficiencia. Sus cartas me absorbieron.

Los ocho años en la celda y tener toda una vida por delante le habían proporcionado cierta perspectiva al joven. Me habló acerca del «orgullo irracional» de los hombres de su comunidad, sobre el «ego devorador» que oculta la baja autoestima, y sobre la necesidad de ser el más importante que hace que toda una legión de hombres lleguen a finales tan destructivos. En una carta donde expresaba remordimiento por el dolor que le provocó a su madre, que a veces deseaba que Gabriel hubiera muerto, firmaba como: «el G-man autoabandonado y desheredado».

Su introspección tenía un límite. Era un asesino y a pesar del remordimiento auténtico que pudiera sentir su correspondencia contenía partes ocultas. Insistía en que los Zetas tenían una regla sobre respetar a las familias de sus víctimas. Los detalles de sus propios delitos dejaban claro que esto era mentira. «Ya sé que me atacarás por esto, pero MT es un buen hombre —escribió refiriéndose a Miguel—. Serio. Estoico. Nunca degrada a nadie. Cuida a la gente. Es leal y confiable con sus amigos. Enemigo de sus enemigos».

A pesar de lo absurdo e inmerecido de su respeto, era, de cierta manera, lo que yo buscaba: el atractivo de la lógica del cártel. En la disposición de Gabriel por corresponder, en su franqueza y en su perspectiva astuta, así como en sus evasiones y mentiras, había una oportunidad, finalmente, de entender lo que siempre había querido entender: ¿Cómo es la vida vivida así?

Durante el primer año, nuestras cartas estuvieron marcadas por un tono cordial pero íntimo. Empezamos a tener nuestros propios chistes privados. Christina, a quien se refería irónicamente como «el amor de mi vida», la escribía como LOML (*love of my life*). Bart, quien hizo enojar a los Zetas por llevar su caso a juicio era «persona non grata» o «el PNG», o a veces sólo «el Enano». De los libros que le mandé, su favorito fue *Undaunted Courage* sobre la expedición de Lewis y Clark, y el título *El efecto Lucifer: El porqué de la maldad* de Philip Zimbardo. Mi libro favorito de 2014, *The Short and Tragic Life of Robert Peace*, lo aburrió. Pasaba su vida entre negros en el sistema carcelario y conocía bien su lucha. ¿Qué tenía de emocionante que un tipo negro nacido en la pobreza llegara a Yale y muriera vendiendo drogas?

Al igual que todas las relaciones de larga distancia, la temperatura de nuestros intercambios fluctuaba. Perseveramos a pesar de los malos entendidos, peleas y reconciliaciones. Mientras yo intentaba reconstruir la elaborada existencia criminal que vivió en apenas diecinueve años, y entender cómo se cruzaba su vida con la guerra que se peleaba a su alrededor, muchas de mis preguntas inevitables provocaban tensión entre nosotros. Después de una serie de cartas donde le hacía preguntas sobre lo que le había dicho a las fuerzas de la ley, sobre por qué había dicho tal o cual cosa, o por qué había implicado a sus socios, y sobre detalles de delitos de los que se le había acusado, empezó a sospechar de mi motivación y se preguntó si no sería que yo simplemente sería «otro tipo de los medios», con su propia misión, otro escritor que buscaba lucrar con la narrativa sensacionalista generada por «tus colegas».

Nuestra relación empeoró antes de mejorar. Cuando me topé con evidencias de un asesinato del que no se le había acusado, volvimos a tener diferencias: «No estuve involucrado en eso de ninguna manera y no tengo conocimiento sobre ese incidente —escribió—. Las preguntas dentro de ese contexto son irrelevantes para mí». Tuvimos varios meses de correspondencia cortante e improductiva después de eso.

En una de sus cartas escribió la frase «Respeta a mi *gangsta*» varias veces. Su verdadera preocupación resultó ser su adherencia al código. Cuando lo arrestaron por última vez se negó a testificar o a hacer «la tarea de los cerdos». Se salía de las reuniones con los fiscales federales que podrían haber reducido su sentencia mientras su equipo ganaba favores ayudando al gobierno con su caso. Hubo varios juicios federales y otros soplones estaban testificando, incluyendo varios de sus superiores en la Compañía. Mientras los líderes zetas eran extraditados y les ofrecían alternativas a cambio de información sobre otros capos y jefes de cárteles, Gabriel permaneció en silencio. Era un hombre de principios, un hijo de Dios. No era un soplón. «Respeta a mi *gangsta*».

Retomamos nuestro trabajo. Pero para entonces mi investigación se había expandido mucho más allá de él.

Tal vez era la sensación insistente de que mi vida de escritor me había dado un mejor entendimiento de mis comunidades nativas: Wall Street, la corte, sus provincias asociadas. Tal vez era la profunda incomodidad con mi comodidad: recién casado y establecido en la zona rural de Nueva Inglaterra, rodeado de mercados de comida, vehículos ahorradores de combustible y con un horario flexible gracias a que trabajaba por mi cuenta. O tal vez era algo más específico, como mi pasado como fumador de marihuana ocasional desde la edad de diecisiete años, alguien cuyos errores graves rara vez se toparon con consecuencias serias. Sentía una atracción. Escuchaba una voz que me decía que debía irme antes de que la cautela se estableciera definitivamente.

Empecé a viajar de ida y vuelta a Laredo. Entrevisté a la familia, amigos y novias de Gabriel. Visité e intercambié correspondencia con varios de sus amigos de la infancia que se volvieron sus socios zetas y que también estaban en la cárcel, incluyendo a Richard Jasso, Wences Tovar y otros chicos lobo que no menciono en el libro. (Excluí a un chico lobo importante, Jesse Gonzales de la narrativa porque no lo podía entrevistar: lo mataron en una cárcel de Nuevo Laredo en 2009) Hablé con uno de los rivales de Gabriel. Intercambié un año de correspondencia con uno de los guardaespaldas de Miguel Treviño. La mayoría de ellos, como Gabriel, eran tipos interesantes: inteligentes, graciosos y genuinamente peligrosos.

Saqué información de los interrogatorios, las grabaciones de micrófonos ocultos, más de quince mil páginas de testimonios en la corte a lo largo de diez juicios, y montones de entrevistas con informantes e informes confidenciales que detallaban las operaciones de la Compañía, las personalidades y el conflicto con el Cártel de Sinaloa: la batalla que empezó la guerra estableció un estándar de violencia que revolvía el estómago y definió las vidas de Gabriel Cardona y de Robert García.

Pasé mucho tiempo con Robert, su familia y sus colegas de la policía. De inmigrante ilegal a trabajador migrante a ingeniero militar a uno de los investigadores más importantes de la frontera, Robert era un contraste fascinante con los chicos lobo. El inmigrante mexicano que se convirtió en policía estadounidense arrestó a los estadounidenses de nacimiento que se habían convertido en maleantes de un cártel. El recorrido de la pérdida de la inocencia de Robert, de un ferviente luchador contra las drogas a un crítico desilusionado parecía contener toda la historia de la prohibición de las drogas en Estados Unidos.

Cuando Robert regresó a las calles, como sargento, en 2014, lo acompañé en su patrulla, por lo general en el turno de la noche. Monitoreábamos los informes de delitos e íbamos a donde queríamos. Una mujer borracha destrozó su Mercedes cuando daba una vuelta y luego se fue caminando a casa antes de perder la conciencia. Un problema en un motel que rentaba habitaciones por semana reveló sucesos extraños entre un hombre, su esposa y su hijo adulto. Una pandilla secuestró a un miembro de una pandilla rival. Un camión de limones terminó desmantelado en las aduanas y luego resultó que era un transportista legal de frutas y verduras. Cada noche era distinta. Falta de seguro de autos. Posesión de drogas. Una bebé que se cayó del sillón y se dislocó el hombro. En una fiesta de secundaria con fumadores de cigarrillos y personas que no cumplieron con su hora de regreso, un bebedor menor de edad miró mis jeans y mi camiseta y me preguntó: «¿Eres de la CIA?».

A las 4:30 de la mañana, después de un desayuno de chilaquiles y café con otros sargentos en Danny's, me hacía invisible en el asiento y veía pasar la ciudad moviéndose en cámara lenta como en un sueño. Por todo Clark, Calton y Del Mar, vueltas y vueltas por el Bob Bullock Loop. Veía pasar los letreros larguiruchos con luces de neón que brillaban como incendios forestales, las franjas anaranjadas de las W de los Whataburger. La paz previa al amanecer.

Viajé a Matamoros, a la Ciudad de México y a Veracruz con un agente retirado de la DEA. Durante dos días nos sentamos en el viejo café de Veracruz, La Parroquia, bebiendo

café lechero y entrevistando reporteros acerca de cómo funcionaba la corrupción de los medios en la costa del Golfo. En
Laredo, acompañé a los policías que patrullaban ciertos guetos específicos. En Heights, al norte y este de Lazteca, donde
el presidente de TAMIU, Ray Keck, vivió de niño en la década
de 1950, cuando la zona era de clase media suburbana, patru-
llamos lo que ahora es un refugio de adictos a la heroína y
prostitutas. Deteníamos a mujeres de la noche. Llamába
a policías mujeres para hacer registros de cavidades co
les en las mujeres como la chica blanca de Mississippi cuyo
rostro empolvado no lograba ocultar los efectos de la heroína
mala. Acompañé a los detectives de otras divisiones, como
Chuckie Adan, el viejo compañero de Robert en homicidios,
y que ahora dirigía una unidad encubierta de drogas en la
policía de Laredo. Entrevisté a informantes potenciales, par-
ticipé en la redada de una casa de seguridad en Santo Niño,
busqué drogas en estatuas de la Santa Muerte y vi cómo se
llevaban a varios chicos sin camisa. Fui a los centros nocturnos de Laredo con los hermanos de Gabriel. Acompañé al
hijo de Robert, Eric, cuando trabajaba en su segundo empleo
como guardia de uno de esos clubes. Asistí a carnes asadas en
las casas de los agentes de la DEA y de la Patrulla Fronteriza.
Me juntaba con las chicas de barrio una noche y bebía con
los fiscales a la siguiente. Con frecuencia, Ángel Moreno me
preguntaba, incrédulo: «¿Cómo estás confirmando lo que te
están diciendo estos tipos en la cárcel?». Compré cerveza en
el Mami Chula's y hablé con las menores de edad que servían
six-packs disfrazadas de mucamas francesas. Asistí a un recorrido en auto en domingo, estuve en Martin High y vi un partido de futbol una noche de viernes.

Una noche me fui manejando a Heights con Luis, el hermano mayor de Gabriel, compré una *eight-ball*, regresé a mi
hotel y probé la cocaína por segunda vez en mi vida.

Luis pasó casi toda la década entre sus veinte y sus treinta
años en prisión gracias a dos cargos de tráfico de marihuana.

Salió de la cárcel por un año cuando lo conocí por primera vez, en el otoño de 2014. Estaba viviendo con familiares de La Gaby en San Antonio y preparaba pollo en la cadena Popeye's mientras terminaba su carrera técnica en tecnología de la información. En el hotel, Luis y yo mezclamos líneas de coca con botellas de Heineken.

Hablamos sobre el ciclo de la violencia doméstica, sobre las buenas intenciones de La Gaby y cómo la sobrepasó la tarea de criar a cuatro hijos. Hablamos sobre los políticos de Laredo y lo fácil que era robarle a la gente sin educación. Hablamos sobre los efectos embriagantes del poder en un chico pobre, sobre cómo Gabriel confundía el miedo con el respeto. En la tercera cerveza Luis se puso emocional y empezó a enumerar los pasos que él hubiera podido dar para evitarle ese destino a su inestable hermano. Como la vez que La Gaby corrió a Gabriel de la casa después de encontrar la Mini-14 en el clóset y Gabriel respondió dándole de batazos al Malibu que ella había comprado para reparar y revender.

«Debería haber hecho algo. Mi mamá me favorecía porque yo era el mayor. Cuando cumplí quince años, me dio una cadena de oro y cien dólares. Cuando Gabriel cumplió quince no le dio nada. Él le dijo: "Oye, ¿no me vas a dar nada a mí?" Y luego...», dijo Luis y empezó a llorar antes de poder terminar la historia.

Los libros empiezan con un impulso, luego despegan, como fuegos artificiales, de maneras impredecibles. Yo empecé investigando la experiencia del cártel y observé los efectos de la guerra contra las drogas en la vida estadounidense, pero me topé con otras ideas también. Con las elecciones de 2016 en puerta, cuando un candidato a presidente hizo su teatro en el escenario político de Laredo, los problemas de esta ciudad parecieron resonar con un segmento creciente de la nación, un país que existía más allá de las preocupaciones cotidianas de las páginas de opinión con sus textos sobre el ingreso a la universidad y los escándalos corporativos. Un país de familias sin padres y de familias desintegradas y familias desperdigadas de inmigrantes que intentan sobrevivir, en este caso, en el borde que se hunde de un imperio que está construido y se mantiene sobre ellos pero que quiere mantenerlos fuera.

¿Cuáles, me preguntaba, eran sus actitudes hacia este país? Aquí, en uno de los puertos comerciales más grandes del mundo, con miles de camiones que pasaban a toda velocidad cada día al igual que tantas oportunidades perdidas, ¿a qué se aferraba la gente mientras veía que sus sueños desaparecían? ¿Qué pensaban que había sucedido en el país? ¿O siempre había sido un espejismo?

Si encontré las respuestas a estas preguntas no fue porque Laredo sea una ciudad fronteriza, sino porque es una ciudad estadounidense. Al final, no me vi atraído hacia Gabriel y los chicos lobo porque fueran criminales exitosos (no lo eran), ni porque trabajaran con un cártel en vez de con otro. Eran sujetos atractivos, más bien, porque podían haber sido otros chicos cualquiera que vivieran en el punto de unión de la opulencia estadounidense y la pobreza miserable requerida para preservarla.

Si los chicos lobo no eran únicos, ¿qué eran? ¿Los chicos sin reglas que se volvieron unos contra otros en *El señor de las moscas*? En abstracto, sí. El virus del cártel indicaba cosas perturbadoras sobre la maldad como un producto natural de la conciencia humana. Pero también destacaba nuestra propia capacidad como estadounidenses para mirar permanentemente hacia otro lado, ignorar la enfermedad mientras se extendía.

En 2009, cuando estaban sentenciando a Gabriel por sus cargos federales, su abogado, que buscaba algo menor a la cadena perpetua, le dijo al juez: «No sé qué esté pasando por la mente de mi cliente. No soy Freud. Estoy seguro de que Freud se divertiría de lo lindo. No sé cuál sería su motivación. No sabemos qué le molesta. A nadie parece importarle».

EPÍLOGO

En la mañana de un sábado de 2015 el puente internacional principal que conecta a Laredo con Nuevo Laredo se cerró y se despejó durante un par de horas como se hace todos los años. Febrero es un mes de celebración en Laredo, con carnavales, desfiles, concursos de belleza, exhibiciones de autos, cocteles y fuegos artificiales, todo en honor al cumpleaños de George Washington. Nadie parece saber por qué una de las ciudades más marginales de los Estados Unidos hace la celebración más grande para George Washington en todo el país, sólo se sabe que es una tradición.

El mes de fiestas concluye en la mañana de la ceremonia del Abrazo. Dos niños estadounidenses de Laredo, vestidos con ropa de la era colonial, cruzan el puente internacional debajo de un toldo de saludos militares, espadas y banderas. A medio camino, abrazan a dos niños de Nuevo Laredo, que usan el equivalente mexicano de ropa de época. Dignatarios, patrocinadores y políticos de ambos países se forman de su lado respectivo del puente, como un enfrentamiento de amor que cruza fronteras.

Un funcionario federal de alto rango de los Estados Unidos estuvo presente. Gil Kerlikowske caminó hacia el escenario temporal al centro del puente. Con su nariz rosada y su mandíbula cuadrada, ojos angostos y labios delgados que se doblan hacia abajo en las comisuras, Kerlikowske parece una caricatura de la autoridad, un tipo como el comediante Fred

Willard intentando representar a un burócrata serio. Después de una carrera en la policía en Florida, Nueva York y el estado de Washington, aceptó la petición de Barack Obama, en 2009, para convertirse en el director de la Office of National Drug Control Policy (Oficina Nacional de Control Policial de las Drogas). Como zar de las drogas, Kerlikowske peleó contra el movimiento de la legalización, argumentando que la marihuana era peligrosa y que la campaña de «Di no a las drogas» de Nancy Reagan fue uno de los mayores éxitos en la guerra contra las drogas. En 2014, el senado de los Estados Unidos confirmó a Kerlikowske como comisionado de los U.S. Customs and Border Protection (Protección de Aduanas y Fronteras de Estados Unidos), la segunda agencia que tiene más ganancias en el país después del IRS.

Kerlikowske no había asistido a una ceremonia del Abrazo desde 2000, cuando unos aviones de la fuerza aérea honraron el evento con un sobrevuelo. Al ir caminando hacia el escenario, se lamentó de que los jets hubieran sido reemplazados por los drones zumbadores que filmarían el abrazo de ese año desde las alturas. En su discurso principal, dijo que la buena voluntad intercambiada entre las ciudades hermanas de Laredo y Nuevo Laredo reforzaba su vínculo fuerte y lleno de patriotismo. Calificó a la frontera de tres mil kilómetros entre México y Estados Unidos como el mejor vecindario del mundo.

Los niños se abrazaron.

Cuando retrocedieron una descarga de balazos a una distancia mediana del lado de Nuevo Laredo rompió el silencio ceremonial. En el puente, la gente en su mayoría hizo caso omiso al disturbio. La reverencia de los espectadores se reafirmó. Robert García, uno de varios cientos de policías que estaban trabajando horas extra para cubrir el evento, disimuló una sonrisa.

Estos días, Robert anda en un Chevy Avalanche rojo, una Suburban azul, un BMW plateado: «coches decomisados» originalmente adquiridos por los traficantes. No son discretos.

Pero sí transmiten el mensaje.

Ha pasado una década desde la Operación Profecía y Robert ya no tiene las fotos de Gabriel Cardona que durante mucho tiempo adornaron su oficina. Sus propios hijos salieron bien. Trey es un artillero del ejército que desactiva bombas en el Medio Oriente. Eric es uno de los mejores mecánicos de Harley-Davidson de la zona.

Robert da conferencias por todo el país y explica a sus colegas en la policía lo que ha aprendido de su recopilación de información y lo que se está haciendo en la frontera para combatir a los cárteles. Durante años creyó que la información obtenida al observar a los chicos en la casa de seguridad era importante. «Pudimos ver cómo operan esos tipos en su entorno», decía de manera ambigua, pero en cierto momento lo dejó de creer. Espera que se extradite a los hermanos Treviño para que puedan hacer tratos con Ángel Moreno o alguien como él. Le darán información sobre rutas de tráfico largamente establecidas y variaciones sobre la conocida corrupción. Actualmente dice: «Debemos actuar como los cárteles. De cierta manera debemos quererlos, o necesitarlos. Es una locura. Es como si necesitáramos el mal para definir el bien. El yin y el yang».

En el mundo de Robert, a veces es difícil distinguir la diferencia. En 2007, su exjefe, el jefe de policía de Laredo, Agustín Dovalina, se declaró culpable por cargos de corrupción federales relacionados con los sobornos que recibió de la Mafia Mexicana a cambio de hacerse el desentendido de las actividades de lavado de dinero de la pandilla en sus casinos. Junto con Dovalina, los policías que le ofrecieron el negocio también fueron acusados: el teniente de la división de propiedad robada y el sargento de narcóticos, un policía que vivía en Lincoln Street, a una cuadra de los Cardona.

En 2008, Robert asistió a la Academia Forense Nacional en Nashville, Tennessee, conocida como la Granja de Cuerpos. Durante diez semanas estudió químicos, fotografía, bombas y el arte de restaurar números de serie. Cuando regresó a Laredo, diseñó e impartió su propio plan de estudios de procesamiento de escenas del crimen en la academia de policía pero descubrió que odiaba enseñar. No tenía la paciencia para hacerse a un lado y permitir que los estudiantes cometieran sus propios errores. En 2012, después de ocho años en homicidios, solicitó que lo transfirieran. El cártel había regresado a sus viejas costumbres, contratando gánsteres más experimentados en Laredo para llevar a cabo sus ejecuciones. Pero en general había menos asesinatos y Robert se aburrió con los asesinatos corrientes, en los que la esposa mata al esposo y no hay que armar ninguna investigación. Cuando empezó a usar la frase «asesinatos buenos» para describir los casos deseables, pensó que tal vez era el momento de dejarlo de hacer.

Ahora, después de veinticinco años siente que ya se cansó de Laredo. Es demasiado caliente, no es suficientemente verde. Lo único que conoce es a los policías, a los maleantes y a los abogados. Le faltan 25,000 dólares por pagar de su casa más los pagos de una nueva camioneta para sus padres y los fondos universitarios de tres nietos. Por otro lado, gana 800 dólares al día por dar pláticas y 40 por hora por encargarse de la seguridad nocturna en sitios de construcción. Las noches de los sábados, de medianoche a las seis de la mañana, se sienta en un coche, lee libros de astronomía y hace su tarea de las clases en línea que toma de criminología.

Recorre el circuito siempre que puede, conduciendo 225 kilómetros al noroeste a lo largo de la frontera para ver a sus padres en Eagle Pass, y luego al norte para ver a los padres de Ronnie, que se mudaron de Arizona a Kerrville, Texas, donde compraron once acres de colinas verdes. A pesar de la riqueza considerable acumulada en el negocio de los bares, viven modestamente en una casa móvil de tres recámaras. Desde el momento en que sale de su coche en Kerrville hasta el momento que se va, Robert arregla cosas, corta el césped y limpia la tierra para la casa de retiro que quiere construir para él y Ronnie. Observando a Robert absorto en el trabajo, su suegro piensa que lo que sea que hace para ganarse la vida debe ser aburrido o implicar demasiado trabajo tras un escritorio. ¿De dónde más podría provenir tanta energía?

Como jefe de la unidad de inteligencia del departamento de policía, persigue a la familia más grande de traficantes y vendedores, el clan Meléndez. Ellos son dueños de toda una manzana de casas en el sur de Laredo, en Santo Niño. Robert tuvo una oportunidad cuando el patriarca Meléndez le tomó el pelo al carpintero que construyó chimeneas a la medida, bares exteriores y compartimentos para esconder la droga. Despojado, el carpintero decidió cobrar la tarifa de informante de la policía de Laredo. Esto no era la Operación Profecía, pero el caso Meléndez colocará más pellejos en la pared de Ángel Moreno. ¿Qué significa un caso como éste para Robert? Un hijo Meléndez recientemente se compró un Corvette amarillo.

Gabriel escribe:

> Ya vi pasar toda mi etapa de veinteañero. Rezo todos los días por la gente que lastimé y las vidas que nunca podré reparar o devolver. He tenido mucho tiempo para preguntarme de dónde provienen mis características violentas. El doctor Freud seguro identificaría algún trauma en mi niñez a partir del cual saqué mi coraje que rogaba ser liberado. Pero no tengo ningún resentimiento contra mis padres, ni siquiera contra mi padre. Creo que mis padres son buenas personas y creo que yo soy buena persona. Hablo con tanta honestidad como puedo. Comparto con otros y respeto sus opiniones.

En Laredo, Christina trabaja como recepcionista en un consultorio médico y cría a su hija, que tuvo con un antiguo novio que ahora también está en prisión. Gabriel le escribe una tarjeta de San Valentín a la hija de Christina: «Sé una buena princesita y siempre hazle caso a tu mamá». El hermano de

Christina le insiste en que tire las cartas de Gabriel. Como Gabriel le reza a la Santa Muerte, dice el hermano, los demonios están acechando en el cajón donde ella guarda sus cartas. Esas cartas, dice, son el motivo de que su vida no vaya tan bien.

La vida en Lazteca permanece igual. A La Gaby la atraparon metiendo 25,000 dólares en ingresos ilegales a México. Su tercer esposo fue condenado a un año en la cárcel por traficar con una tonelada de marihuana. Su hermano, el tío Raúl, sucumbió a su destino: cuando el nombre de su sobrino ya no le aseguró impunidad, Raúl murió a manos de los Zetas durante una pelea en un bar en Boystown.

Luis, que ya estaba por terminar su carrera técnica, dijo que planeaba solicitar su ingreso a la universidad en San Antonio, hasta que violó su acuerdo de libertad condicional al cruzar a México para ver a una joven de la que se había enamorado. Pagó para que la pasaran del otro lado pero para cuando ella llegó a Laredo, embarazada del tercer hijo de Luis, Luis ya estaba de nuevo en la cárcel por seis meses por la violación de su libertad condicional y estaba enfrentando un posible cargo por conspiración para distribuir metanfetaminas. Si Luis alcanza el estatus de reincidente, podría pasar bastante tiempo tras las rejas.

El hermano menor de Gabriel apenas logró escapar de un cargo por homicidio preterintencional después de que condujo a la invasión de una casa que terminó con su propio compañero muerto. La policía anticipa que eventualmente desaparecerá. A los veinticuatro años dejará seis hijos nacidos de tres diferentes mujeres.

Que todo esto sea normal para ese barrio no hace que sea más fácil para Gabriel observarlo: la desintegración de una familia de la cual él se enorgullecía mucho de ser el proveedor.

Pero la noticia más dolorosa es tal vez la que era más predecible: El único hijo del tío Raúl, Raulito, el niño de rostro dulce que Gabriel sólo conoció de bebé. Raulito a los diez años vivía con su abuela en San Antonio. Ella quería que él tuviera éxito. Pero él hablaba de bazucas, pistolas, de matar gente. No lo enderezaban en la escuela. Pateaba a sus maestros. Pateó a una niña. Los directivos de la escuela lo dejaron solo en una habitación mientras su abuela iba por él. Pero él no se quería ir con ella. Así que la policía lo esposó y se lo llevó a casa. Gabriel se pregunta: ¿Qué será de Raulito?

Llevaron al niño a ver al psicólogo. «Bueno, caramba. ¿Cómo creen que está funcionando ahora la mente de Raulito?». El niño sabe que su papá está muerto. Sabe que su mamá se fue. Le escribe cartas a su mamá. Ella no se las contesta. Habla con la puta sólo cuando ella llama para pedirle dinero a la abuela. «¿Será tal vez que Raulito se siente rechazado?».

En prisión, Gabriel lee historia, mitología, psicología. Su conocimiento del mundo se expande. El estudio afila su mente mientras que el aislamiento aletarga sus sentidos. De ciertas maneras, crece. El chico arrogante se convierte en alguien con autoconciencia, se burla de sus propias pretensiones, bromea sobre cómo lo utilizaron Miguel y la Compañía. Traduce libros mexicanos al inglés y los manda capítulo por capítulo al periodista judío —Slaterooni o Slaquiao— que quiere saber todo, a quien Gabriel se dirige como Daniel cuando quiere hablar de algo serio, a quien regaña por tener «malos hábitos» cuando el periodista hace tonterías como enviar cartas sin confirmar que Gabriel haya recibido su carta anterior.

También estudia leyes, y manda interposiciones a las oficinas de gobierno. Trabaja duro. Pero tiene huecos en su comprensión. «Ni siquiera lo detuvimos contra su voluntad —argumenta respecto al secuestro agravado de Bruno Orozco—. Las acciones ocurrieron a plena luz del día. Hubo una lucha. La víctima se negó a que la restringieran. Su muerte fue su restricción».

Gabriel piensa que sus sentencias son injustas. Si, como dijo el juez, el G-man no siente remordimiento, entonces ¿por qué, sabiendo que va a pasar toda su vida en prisión, un sitio lleno de envidia, rabia, frustración, opresión y egoísmo, tomaría clases de estudio de la *Biblia*? La *Biblia* da paz, te hace un

mejor hombre. La *Biblia* cambia a la gente. Te enseña a amar
a los demás. Te enseña la historia de cómo era el mundo antes
y cómo fue después. Es un libro de sabiduría. «No necesita
hacerle una reverencia a ningún juez de pacotilla para que
Dios lo perdone».

Pero si no pueden creer que haya cambiado, basta con
preguntarle al señor Tenorio, el psicólogo de la prisión federal de Laredo donde estuvo Gabriel después del incidente de
Orange Blossom. Tenorio pasaba por su celda todos los días
y se llevaba a Gabriel a su oficina. Tenían grandes conversaciones. Tenorio decía que no creía que Gabriel mereciera una
cadena perpetua. Gabriel recuerda a Tenorio cuando lee *El
efecto Lucifer*, circunstancias, conformidad, obediencia ciega a
la autoridad. Un chico se convierte en su entorno. «Lo metieron a la Lara Academy, que estaba llena de mierda. No había
opciones. No había manera de conseguir dinero. Traficar y
disparar». Pon a cualquier chico en ese ambiente. Dale un par
de bolsitas y grapas para vender. Amará el dinero fácil. Dale
una pistola para que se defienda. Le encanta sentir la emoción
de dispararla. Dispárale. Se vengará. Y cuando esté metido
hasta el fondo en ese mundo, si ya lo hizo una vez, va a querer avanzar en responsabilidades y en poder.

Gabriel escribe:

Allá afuera usaba el vestido de payaso de la pobreza, desperdi-
ciando 2,000 dólares a la semana solamente en moda. Era el tipo
agresivo que quería hacer el trabajo a toda costa. En retrospectiva
puedo ver al chico inseguro. Pero en aquel entonces me consideraba un empresario. Podía justificar cualquier acto considerado
como normal dentro de ese negocio. Es una cultura de hombres
que carecen de autocontrol y que dejan que las pequeñeces que
afectan su orgullo entorpezcan una vida tranquila.

Una de las cosas que no quiere es la glorificación, darle a
los jóvenes una idea de que lo sucedido con los chicos lobo

es algo deseable. Escucha sobre las balaceras en las escuelas. Los que copian los actos de los criminales cuando los delitos se presentan de manera sensacionalista. Si algo quiere es que los jóvenes vean lo estúpido que es intentar pertenecer, intentar ser alguien que no son. «Un puto seguidor. Un aspirante a gánster». No es una buena vida. No vale la pena. Decepcionas a mucha gente. Su equipo de futbol. Sus compañeros de clases. Su amado abuelo que, en su lecho de muerte, les dijo a Gabriel y a Luis que se fajaran las camisas, que siguieran por el buen camino y que siempre hicieran caso a su madre. En los meses que siguieron a la muerte de su abuelo, Luis sí hizo un esfuerzo por corregirse. Llegó al último grado del bachillerato y le faltaban dos créditos para graduarse cuando Gabriel y los amigos de Lazteca lo volvieron a jalar y se salió de la escuela.

De todas las cosas, Gabriel se siente más destrozado por su sobrinito Raulito. Su abuela lleva a Raulito a ver a Gabriel. Raulito pregunta por qué Gabriel está en la cárcel. Gabriel le dice que se portó mal en la escuela. Raulito sonríe. «Ya sé todo porque lo vi en internet».

La comida llega a las tres. Escucha el radio. ESPN. Fox. *Dateline. Marshal Law: Texas.*

Así que cuelga su overol blanco en la puerta y abre el agua del lavabo. Pone un trozo de tubo de plástico bajo el grifo y se arrodilla junto al lavabo mientras redirige el agua a un costado. Se lava y luego deja que su cuerpo se seque mientras empuja el agua hacia el drenaje. Se queda hincado, congelado en el tiempo pero con la esperanza de evolucionar más allá de donde ha estado, y suplica por el perdón.

UNA NOTA SOBRE LAS FUENTES

Para escribir *Narco en la frontera* me basé en entrevistas, cartas, informes de la policía y testimonios de los juicios. Pero para el contexto y la historia me basé mucho en el trabajo de otros.

Smuggler Nation: How Illicit Trade Made America (2013), de Peter Andreas publicado por Brown University, es un hito. Andreas escribe: «Las peticiones de políticos por "retomar el control" de las fronteras de la nación están sufriendo de un caso extremo de amnesia histórica, implicando nostálgicamente que alguna vez hubo un tiempo en el cual nuestras fronteras estaban de verdad "bajo control". Esto es un mito; nunca ha habido una época dorada de las fronteras seguras». *Smuggler Nation* me ayudó a entender los límites del libro que estaba escribiendo y me sirvió como introducción a otros libros importantes, como *White Man's Wicked Water: The Alcohol Trade and Prohibition in Indian Country 1802-1892* (1996) de William E. Unrau, y *Conflict and Commerce on the Rio Grande: Laredo, 1755-1955* (2008) de John J. Adams. El primer libro de Andreas, *Border Games: Policing the U.S.-Mexico Divide* (2009) me ayudó a poner la experiencia de la DEA de Robert García en contexto.

Para la transición democrática de México y el impacto del TLCAN, y el famoso banquete de los oligarcas de 1993 (que se describe en el capítulo 8), no podía haber pedido una mejor guía que *Bordering on Chaos: Guerrillas, Stockbrokers, Poli-*

ticians, and Mexico's Road to Prosperity (1996) de Andrés Oppenheimer. La disertación doctoral de Harvard de Viridiana Ríos Contreras *How Government Structure Encourages Criminal Violence: The Causes of Mexico's Drug War* (2012) trazó un vínculo convincente entre la liberalización política y la expansión del bajo mundo.

Lo que sé sobre los inicios del negocio de la droga en México proviene principalmente de *Desperados: Latin Drug Lords, U.S. Lawmen, and the War America Can't Win* (1988) de Elaine Shannon y *Drug Lord: The Life and Death of a Mexican Kingpin* (1990) de Terrence Poppa. Si no fuera por una mención en la página 92 del libro *Border Contraband: A History of Smuggling Across the Rio Grande* (2015) de George T. Díaz, nunca hubiera sabido sobre el Coronel Esteban Cantú, el primer capo del vicio mexicano, ni sobre los artículos que detallan el reino de Cantú sobre Mexicali: «*Northern Separatism During the Mexican Revolution: An Inquiry into the Role of Drug Trafficking, 1919-1920*» de James A. Sandos en *Americas* 41, no. 2 (octubre 1984); y «*All Night at the Owl: The Social and Political Relations of Mexicali's Red-Light District, 1913-1925*» de Eric Michael Schantz en *Journal of the Southwest* 43, no. 1 (invierno 2001). Si hablamos de agujeros de conejo, la investigación de Cantú me mandó por uno maravilloso.

Díaz me confirmó en un correo:

> Sí, yo diría que Cantú fue el primer capo del vicio. El único paralelo previo a eso en el que puedo pensar es Santiago Vidaurri, quien colaboró en el comercio de algodón confederado. De cualquier forma, Vidaurri no era para nada como Cantú, quien ganaba dinero del opio, las apuestas y la prostitución.

Mi sección de epígrafes salió en su totalidad del libro *Aztecs* de Inga Clendinnen (1991) y sugiere lo indispensable que fue ese libro. Un historiador de Mesoamérica de igual estatura es T. R. Fehrenbach. Consulté con regularidad la segunda edición de la historia de México de Fehrenbach, *Fire & Blood* (1995). *Narcocorrido: A Journey into the Music of Drugs, Guns and Guerrillas* (2001) de Elijah Wald es un trabajo singular. Para una actualización sobre el narcocorrido consulté el documental de Shaul Schwarz *Narco Cultura* (2013).

La vida corta de Tupac Shakur inspiró muchos libros. *Labyrinth* (2002) de Randall Sullivan, el libro que Gabriel leyó en la prisión del condado, ofrece el recuento más claro y no politizado de la vida de Tupac y propone la versión más probable de lo que sucedió en Las Vegas esa noche de 1996.

En cuanto a los ídolos del hip-hop, fue interesante comparar la impresión idealizada de Gabriel sobre Carlos Coy, también conocido como South Park Mexican, con el pedófilo descarado cuyo perfil se describe en el artículo de 2002 de John Nova Lomax en *Houston Press*: «South Park Monster».

He trabajado para una universidad, una agencia literaria, un bufete legal, una compañía de producción de televisión, revistas, periódicos, restaurantes, un rancho y una compañía de reciclaje de latas. Además de mi vasta, y muy poco exitosa, experiencia personal con las políticas de oficina, la obra magistral sobre sociología corporativa, *Moral Mazes: The World of Corporate Managers* (1988) de Robert Jackall me ayudó a articular el entorno social de la Compañía que Gabriel y otros chicos lobo describieron.

Estoy en deuda con el personal del *Laredo Morning Times* y del *San Antonio Express News*, así como con los periodistas cuyos reportajes sobre los chicos lobo, así como del Chapo, La Barbie, y los cárteles, me proporcionaron mucha información y datos: Julián Aguilar, Randal C. Archibold, Malcolm Beith, Charles Bowden, Jason Buch, Damien Cave, Mary Cuddehe, Samuel Dillon, Luke Dittrick, William Finnegan, George Grayson, Vanessa Grigoriadis, Ioan Grillo, Anabel Hernández, Jesse Hyde, Marc Lacey, Samuel Logan, Patrick Radden Keefe, Elisabeth Malkin, James C. McKinley Jr., Julia Preston, Ricardo Ravelo, Sebastian Rotella, Ginger Thompson y Ed

Vulliamy. En *The Beast: Riding the Rails and Dodging Narcos on the Migrant Trail* (2014), Óscar Martínez me llevó en un viaje por lo que los Zetas eventualmente serían: tiranos nómadas.

En sus memorias oscurísimas, *Medianoche en Mexico: El descenso de un periodista a las tinieblas de su país* (2013), el intrépido Alfredo Corchado informa sobre los acuerdos entre los Zetas y *El Mañana* y hace una crónica sobre su propio rol en la publicación de El video de ejecución de La Barbie (2005). Hago referencia específica a la entrevista de Corchado con el zar de las drogas y subprocurador que en el video se decía había aceptado dinero de la Compañía. «¿Por qué no mejor te enfocas en tus historias de turismo? —preguntó el funcionario—. Son más seguras». Mis respetos para Corchado, a pesar de que sea un triste espectador, por negarse a seguir las instrucciones del subprocurador.

Le debo este libro a la gente de Laredo, a tantos que conocí durante mis siete viajes a la ciudad. Como reportero, con frecuencia me siento paranoico con la sensación que provoca mi presencia, la de ser una persona muy preocupada por convertir la vida de los demás en una historia para su propio beneficio. Todo el tiempo estuve esperando que alguien dijera, de manera que yo lo pudiera escuchar: «¿Qué clase de imbécil se queda con nosotros haciéndonos todas estas preguntas sobre nuestras vidas?». No podía haber estado más equivocado, por supuesto. Es fácil hacer amigos en Laredo, e hice muchos. La gente es abierta y generosa, son un grupo cálido, en el lado sur y en el lado norte.

ÍNDICE

Narco en la frontera.
Adolescentes al servicio de los Zetas
de Dan Slater se terminó de imprimir
y encuadernar en octubre de 2016
en Programas Educativos, s. a. de c.v.,
calzada Chabacano 65 A | Colonia Asturias | cdmx | 06850 | México

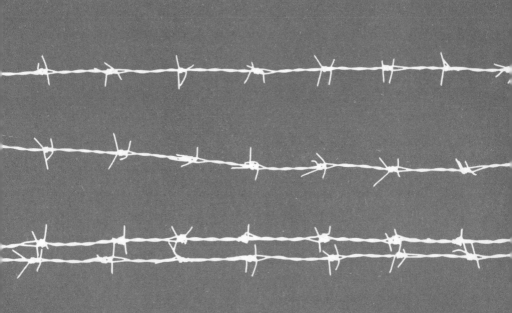

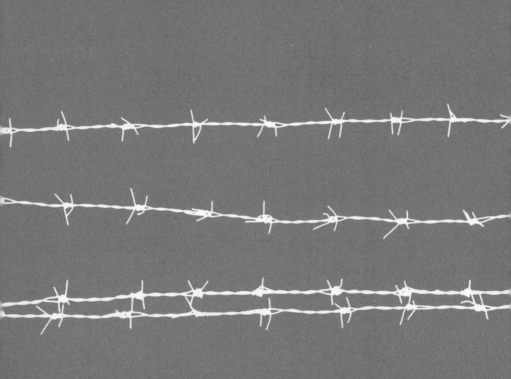